KB261046

한백림 新무협 판타지 소설

천잠비룡포

Fantastic Oriental Heroes

天蠶飛龍袍

천잠비룡포 11

한백림 新무협 판타지 소설

초판 1쇄 찍은 날 § 2009년 11월 5일
초판 1쇄 펴낸 날 § 2009년 11월 11일

지은이 § 한백림
펴낸이 § 서경석

편집장 § 문혜영
편집책임 § 유경화
편집 § 조수희

펴낸곳 § 도서출판 청어람
등록번호 § 제1081-1-89호
등록일자 § 1999. 5. 31
어람번호 § 제2-1841호

주소 § 경기도 부천시 원미구 심곡2동 163-2 서경빌딩 3층
전화 § 032-656-4452 팩스 § 032-656-4453
http://www.chungeoram.com
E-mail § chungeorambook@hanmail.net

ⓒ 한백림, 2006

ISBN 978-89-251-1983-0 04810
ISBN 89-251-0108-4 (세트)

※ 파본은 구입하신 서점에서 교환하여 드립니다.
※ 저자와 협의하여 인지를 붙이지 않습니다.
※ 이 책은 도서출판 청어람과 저작자의 계약에 의해 출판된 것이므로,
   무단 전재 및 유포·공유를 금합니다.

한백림 新무협 판타지 소설
천잠비룡포
Fantastic Oriental Heroes
天蠶飛龍袍
11
■신화(神話)
도서출판 청어람

목차

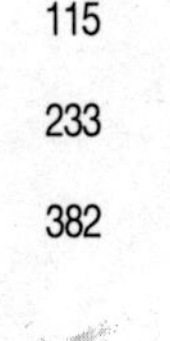

제37장 구원(救援)

늪을 건너는 둑길은 무척이나 탄탄했다.

개보수한 흔적이 많은 것을 보면 꽤나 오래된 것 같았지만 무슨 기술로 기반을 닦았는지 어지간해서 무너질 일은 없겠다. 확실한 것은 이 지역 공법이 아니라는 사실이다. 저런 축대는 북방에서나 쓴다. 그것도 북방 저 멀리. 장성 너머에서나.

숲도 그랬다.

독물이 우글거리는 숲이었다는데, 지금은 예전보다 많이 줄었다고 했다. 숲에 난 길을 보니 그럴 수도 있겠다는 생각이 든다. 대로는 관도보다도 넓게 뚫려 있었다.

대로에 꿈틀거리던 뱀 한 마리가 도망치듯 사라졌다.

충사(蟲蛇)들이란 어디까지나 작고 나약한 미물이다. 사람이 왔다 갔다 하는 곳에는 제아무리 사나운 독물이라도 살기가 힘들다. 사람보다 더 큰 독을 품은 동물은 세상에 없다.

신기한 것투성이라 생각하며, 무구고원을 올랐다.

고원 중앙의 연무장에선 무공 수련이 한창이다. 무공교두로 보이는 자가 도를 휘둘렀다. 우르릉 하는 소리가 울려 나왔다. 용음도(龍吟刀)였다. 마천용음도가 전수한 것인지 물어봤다. 아니라는 답이 돌아왔다. 무구고원의 용음도는 그 기원이 태 대공이란 사람이라고 했다.

들어본 적이 있었다. 황금비룡번은 의협비룡회의 무인들에게 가르치는 가장 유명한 절기 중에 하나다.

망루에 오르면 구독림이라는 숲과 촉사와 늪이 훤히 보였다. 의협비룡회가 이곳에서 수성(守成)을 마음먹으면 누구도 깨기가 힘들 것 같다.

멋진 곳이었다.

문득, 제천회 십익 중에서 가장 튼튼한 기반을 지닌 게 아닐까 하는 생각이 들었다. 궁벽한 오지에 있다는 사실을 제외한다면 말이다…(중략)…….

한백무림서 미완
한백의 일기 中에서.

천잠보의…….

회천 도사는 말했다.

곤륜파 도사들 중에 절대로 끊어지지 않는 실인 천잠사를 사용하여 부적들을 날리는 비적술을 펼치는 이들이 있다고.

강설영은 곤륜으로 향했다.

하지만 곤륜산은 쉽사리 그들 앞에 나타나지 않았다. 곤륜산은 실제 거리도 멀었지만, 마음으로 더 먼 산이었다. 정확한 위치가 알려저 있지 않았기 때문이다.

청해에 들어오기까지가 한 달. 곤륜산맥을 뒤지는 데만 두 달을 허비했다.

"여기가 곤륜산이라고요?"

엎친 데 덮친 격이라고, 곤륜산맥 산민(山民)들과는 말도 잘 통하지 않았다. 중원 온갖 지역의 방언에 능통한 곽경무도 의사 소통에 애를 먹을 정도였다.

일개 성만큼이나 넓은 곤륜산맥 줄기에는 곤륜산이라 불리는 봉우리가 곳곳에 솟아 있었다. 산맥 줄기를 따라 자리 잡은 산촌(山村)에 찾아들면, 자기 마을 뒷산이 곧 곤륜산이라는 식이었다.

곤륜검파 무인들이 운룡대팔식을 펼치고, 곤륜도문 도사들이 신통력을 발한다는 곤륜파는 어찌 된 일인지 좀처럼 찾을 방도가 없었다.

"분명 구파일방 중 하나 아니었나요?"

강설영이 뒤를 보며 물었다. 이군명이 그녀의 옆으로 나란히 발을 맞추며 대답했다.

"구파일방으로 쳐주는 경우도 있고, 아닌 경우도 있지. 청해나 섬서에서는 당연히 곤륜파를 구파로 꼽아줘. 사천에서도 그렇고."

일설에 의하면 곤륜산은 단지 신화(神話) 속의 산일 뿐, 청해의 곤륜산맥과는 아무런 상관이 없다고도 하였다.

희망을 거는 것은 곤륜산에서 왔다는 곤륜파의 무인들이 실제로 강호에 나타나고 있다는 사실이다. 회천 도사의 말도 있다. 그와 같은 이가 없는 것을 있다고 했을 리도 만무했다. 분명히 여기 어딘가에 있으리라. 부적을 천잠사에 달아 파마축귀를 행하는 도사들이 지금 이 순간에도 곤륜산맥 산줄기를 타고 있을 것이 틀림없었다.

"화완포(火浣布)요?"

곤륜산맥 깊은 곳에서 범상치 않은 사냥꾼을 만났다. 강설영은 그를 만나 천잠보의 천잠사 대신 또 다른 기물(奇物)에 대한 전설을 들어야만 했다.

"염화산의 그 화완포 말씀이시죠?"

두 달하고도 며칠이 지나도록 강설영 일행은 여전히 답보 상태였다.

그토록 찾아 헤매고도 닿을 수 없었던 천잠보의마냥, 서왕모 신선들이 산다는 곤륜성산(崑崙聖山)은 쫓아봐야 잡을 수 없는 구름처럼 도무지 발끝에 걸릴 줄을 몰랐다.

"그렇소. 그 화완포요."

석양 깔린 저녁, 사냥꾼은 한 손엔 커다란 활을 비껴든 채 모닥불을 피우고 있었다. 사냥꾼의 눈동자는 산중 맹수들의 그것 같은 엷은 갈색이었다. 그가 두런두런 나지막한 목소리를 깔아 놓았다.

"전설인즉슨… 이러하오."

곤륜의 성산은 천상과 지상을 이어주는 신선들의 보금자리다. 무릇 땅을 걷는 사람들은 성스러운 산에 발을 들일 수가 없다.

곤륜산 주위엔 새의 깃털도 가라앉는 약수(弱水)라는 물이 흘러 누구도 쉽게 건널 수가 없으며, 약수 바깥에는 모진 불길이 이글거리는 염화산(炎火山)이 둘러쳐 있으니 입산(入山)을 원하는 자, 온몸이 불에 탈 각오를 해야 한다고 하였다.

살아 있는 동물은 그 무엇이라도 염화산의 열기를 두려워하지만, 괴이한 짐승들이 그 안에 살고 있었으니 그 짐승은 생김새가 커다란 쥐와 같고 사로잡으면 무게가 천 근을 나갔더라.

천 근에 달하는 이 쥐들은 염화산 불꽃마냥 붉은색을 띠었으며 온몸에는 명주실같이 가늘고 긴 털이 나 있었다고 하였다. 그 털로 짠 옷감의 이름이 곧 화완포(火浣布)다.

불 화(火), 씻을 완(浣).

더러워졌을 때 불 속에 던지면 옷감이 타버리는 대신, 새것처럼 깨끗하게 빨아졌다는 전설이다. 불에 씻는 옷이라 하여 화완이라 부른다.

"화완포란 옷감이 진짜로 있다는 말씀이시죠?"

"그래요. 내가 보았소."

사냥꾼은 일렁이는 모닥불 그림자를 받으며 고개를 주억거렸다.

강설영의 두 눈이 환하게 빛났다.

그녀는 화완포의 전설을 너무나도 잘 알고 있었다. 아니, 모를 리가 없었다. 천잠보의 전설의 근간은 수화불침이었다. 석실에서 꿈을 키우던 어린 시절, 불에 타지 않는 옷감에 대한 이야기라면 눈에 불을 켜고 찾아내지 않았었던가.

곤륜산 화완포의 전설은 꽤나 알려진 편이었다. 문제는 화완포에 또 다른 특징이 있다는 점이다. 화완포 옷감을 얻는 쥐는 무게가 천 근을 나갈 만큼 거대한 영물이다. 그런 영물을 어떻게 잡았냐는 데에는 의문이 생길 수밖에 없었다. 해답은 의외로 간단했다. 이 쥐는 물에 약했다. 물을 뿌리면 견디지 못하고 죽는다는 것이다. 화불침이되, 수불침은 아니라는 뜻이었다. 어느 한쪽에만 강하다면, 그것은 이미 천잠보의가 아니다. 천잠보의를 찾으면서도 화완포의 전설을 머리 한구석에 처박아두었던 이유였다.

"그걸 어디서 보았는지 여쭤봐도 되나요?"

천잠보의가 아니어도 좋다.

이 여정의 목적은 이제 천잠보의를 찾는 것이 아니라, 천잠보의의 재료를 찾는 것이다. 수불침이든 화불침이든, 비슷한 이야기만으로도 충분한 단서가 될 것이라 생각했다.

"화완포 적화의(赤火衣)는 개명수(開明獸)라는 분이 입고 있소."

"개명수요? 그건 전설의 동물 아닌가요?"

"성산의 문을 지키는 위대한 도사를 부르는 이름이오."

"곤륜의 도사……!"

전설 속 개명수는 몸체가 호랑이와 같고 사람의 얼굴을 아홉 개나 지녔다는 무시무시한 신수(神獸)였다. 곤륜산 정상, 동쪽 대지를 향해 버티고 서서 출입자들을 감시하는 문지기라 하였다. 한데, 그 이름이 곤륜산의 도사에게 붙었다고 한다. 신비문파 곤륜파라면 과연 그런 이름을 쓸 수도 있겠다는 생각이 들었다. 이제야 곤륜파를 향한 길이 열릴 모양이었다.

"곤륜의 성산에 들어가기 위해서는 두 가지가 필요하다고 하였소. 그중 하나가 화완포요. 화완포를 입으면 염화산의 열기를 물리치고 곤륜산이 보이는 약수에 이를 수 있소. 하지만 화완포는 물에 약하다고 하였소. 약수는 매미 날개도 가라앉는다는 신기한 물이니, 배를 띄울 수도 없거니와 헤엄쳐 건너는 것도 불가능하오. 때문에 특별한 것이 하나 더 있어야만 한다고 했소."

"그것이 무엇인가요."

"사당목(沙堂木) 열매요."

"사당목… 열매요?"

"사당목은 곤륜산에 자라는 신비한 나무요. 그 열매를 지니면 물에 빠져도 몸이 둥둥 뜬다고 하였소."

"아아… 개명수란 도사가 그 두 가지를 모두 가지고 있겠네요."

"그렇소."

"그럼, 그 개명수란 도사는 어디서 만날 수 있죠?"

"못 만나오."

"예?"

"그는 곤륜에서 잘 내려오지 않소. 내려오더라도 언제 어디에 나타날지 모르는 분이오."

"그, 그러면 염화산은 어떻게 찾아가면 되나요?"

"모르오."

"모른다고요?"

"염화산은 전설 속의 산이오. 불길에 휩싸여 있다면, 글쎄… 난 근 몇 년 동안 이 근처에서 그런 산을 본 일이 없소."

기가 막힐 노릇이었다.

강설영이 곽경무를 돌아보고 여은과 이군명을 번갈아 바라보았다. 모두가 그렇게 어이없다는 시선을 교환했다. 한참 동안 귀가 솔깃해질 이야기를 듣는다 했더니, 막상 결론에 이르자 아무 것도 남은 게 없는 식이다.

맥 빠진 강설영이 다시금 고개를 갸웃거리며 물었다.

"염화산에 가본 일이 없는데 화완포가 진짜 화완포라는 것은 어찌 아셨죠?"

다소 공격적인 말투였지만, 그녀를 탓하기도 애매한 상황이다.

결말의 허무함이 지나치게 컸던 까닭이다. 그나마 다행인 것은 그녀가 광동 말을 쓴다는 사실이다. 서쪽 끝 곤륜산맥의 사냥꾼은 그 목소리에 섞인 날 선 감정을 온전히 짚어내지 못하는 것 같았다. 곽경무가 외해의 말을 번역하듯, 다시 두 번을 말한 뒤에야 사냥꾼이 고개를 끄덕이며 입을 열었다.

"내가 살던 동굴 앞에 큰불이 난 적이 있었소. 우연히 근처를 지나던 그분께서 많은 생령을 구하셨소. 동물들이 모두 엎드려 그분께 감복하였소. 그분은 타는 불길에도 아무런 해를 입지 않으셨소. 화완포 적화의 때문이오. 그분은 화완포 웃옷에 덧대어 비단 장포를 휘감고 계셨는데, 그 비단 장포가 전부 다 타 들어가는 와중에도 적화의는 불길에 그을린 흔적조차 없었소. 오히려 열기가 닿을수록 선명하게 일렁이는 붉은빛을 띠는 것이, 마치 주변의 불꽃을 안으로 빨아들이는 것 같았다오. 그날의 기억은 내 평생토록 잊지 못할 거요."

곽경무는 다시 한참 동안 쩔쩔맸다.

진땀을 뺀 곽경무가 사냥꾼의 단어 선택이 괴이하다며 안 하던 불평을 했다. 목숨을 생령이라 하고 동물들을 정령이라 표현하여 서두부터 막힐 수밖에 없었다고 하였다.

듣고 말하느라 고생했지만 얻은 것은 별로 없었다.

차라리 듣지 않았으면 더 나았을 것을.

아쉬움만 더 키운 꼴이다. 화완포에 대한 이야기는 예상했던 것보다 훨씬 더 구체적이었고, 무시하기엔 너무나도 그럴듯했다. 보통 사람들이야 세상에 그런 물건이 어디 있냐며 코웃음을 치겠지만, 강설영 일행은 지난 이 년 동안 그보다 신기한 물건들을 수없이 보고 들어왔다. 그렇기에 그들은 사냥꾼의 말이 진짜라는 것을 알 수 있었다.

"좋은 이야기 들려주셔서 고마워요."

강설영은 마음이 상한 와중에도 감사의 말을 잊지 않았다.

최소한 목표 하나는 생긴 것이다. 개명수와의 만남이 그것이었다.

화완포는 화불침이며 사당목은 수불침이라.

누가 알겠는가.

그것들이 또한 천잠보의의 재료가 될지.

발길을 재촉했다. 개명수를 찾는 여행이었다.

사냥꾼과는 이틀 뒤에 헤어졌다. 함께한 이틀 동안에도 엄밀히 말하자면 동행은 아니었다고 하겠다. 말도 잘 통하지 않거니와, 앞장서 나가든 뒤를 따르든 자꾸 거리를 두려고 하는 것이 사람들과 몰려다니는 것을 별로 좋아하지 않는 듯했다.

마지막으로 성산 곤륜이 아닌 곤륜검파에 대해 물어보았다. 곤륜은 오직 하나라는 모호한 대답만 돌아왔다. 그러고도 사냥꾼은 좋은 일이 있을 것이오, 인사하며 떠났다. 작은 인연이며, 묘한 인연이었다.

한참 동안 더 산맥을 헤맸다.

산속의 밤은 추웠다. 다른 셋은 몰라도 여은에겐 지나치게 고된 날들이었다.

곤륜산맥 깊은 곳, 네 사람은 산 중턱에 위치한 신선묘에서 밤을 보내기로 했다. 유구필응(有求必應)이라는 네 글자가 신선묘 고색창연한 현판에 걸려 있었다.

"유구필응, 원하는 것은 반드시 이루어진다……. 여동빈의 신선묘로군."

곽경무의 묵직한 목소리에 여은이 두 눈을 동그랗게 떴다.

"여동빈이요?"

대답은 강설영이 대신했다.

"유명한 신선이야. 팔선 중의 하나이기도 하고."

그녀가 앞장서 신선묘 문을 열어젖혔다. 들어가 보니 과연 여동빈의 신선상이 보였다. 등 뒤에 검을 찬, 한눈에도 오래되어 보이는 목조상이었다.

"내가 땔감을 좀 가져오겠소."

이군명은 궂은일을 마다하지 않았다. 이 험한 곤륜산맥을 몇 달째 헤매고 있음에도 싫은 내색 한 번을 내비친 적이 없었다. 불을 피우고 건량을 삶아 간단히 요기를 했다. 궂은 잠자리와 조악한 음식도 이젠 일상처럼 익숙해진 상태였다.

"좀 더 드세요, 아가씨!"

여은은 힘이 든 와중에도 활달함을 잃지 않았다. 강설영이 곽경무를 돌아보았다. 벽에 기대어 졸고 있는 노인의 모습이 문득 그녀의 가슴을 찔렀다. 평생 동안 외지(外地)를 돌아다니며 고단한 삶을 살아왔는데, 기어코 강설영의 보물찾기에 휩쓸려 말년까지 힘든 굴레를 벗어나지 못하고 있다. 미안한 마음이 절로 일었다.

"영 매."

그리고 이 남자.

작아지는 화톳불을 사이에 둔 채, 이군명이 강설영을 부르고 있었다. 강설영은 알 수 있었다. 엷은 졸음을 즐기듯 벽에 기대어 눈을 감고 있던 곽경무가 두 눈을 슬그머니 떴다는 사실을 말이다.

곽경무는 언제나 불안해했다.

일행의 수가 줄어든 만큼, 이군명과 강설영은 거의 모든 행동을 함께하다시피 하고 있던 차였다. 더 가까워져서는 곤란할 것이라 생각하는 모양이었다. 청춘 남녀가 온종일 같이 있다 보면 자연스럽게 연정이란 것이 생기기 마련이다. 강설영도 이젠 그런 사실을 안다. 하지만 당장은 안 될 일이었다. 행여 그런 일이 생길지라도 광주에 돌아가서 생겨야 한다. 곽경무의 지론이자, 강설영도 동의하는 바였다.

'하지만…….'

종종 생각한다. 돌아보면 이군명만큼 고마운 사람도 없었다. 아직까진 그냥 오빠 동생처럼 느끼고는 있지만, 사람 일이란 또 모르는 일이다. 여은이 종종 질러놓듯 속삭이는 것을 듣자 하면, 다들 오빠 동생 하다가 연애에 빠져든다고 하지 않았었나.

곽경무의 시선이 느껴졌다.

더욱더 미안한 마음이 들었다. 안 그래도 이곳저곳 돌아다니느라 힘들 텐데, 한참 동안 두 사람 사이의 감시역까지 자처하고 있다. 그러지 않아도 된다고 말하고 싶었다. 학을 떼겠지만.

그러다가 다시 이군명에게로 시선을 돌렸다. 분명 먼저 그녀를 부른 것은 이군명이다. 이군명은 말이 없다. 강설영이 고운 눈썹을 치켜올리며 물었다.

"뭐 해요, 불러놓구."

"아, 아니."

"뭔데요?"

"확신이 안 서서 그래."

"확신이라뇨?"

"그게 말이야, 화염산이라는 건 불이 치솟는 산이라는 거겠지?"

"그렇겠죠."

"그건 혹시 화산(火山)을 뜻하는 게 아닐까?"

"화산?"

"예전에 들은 적이 있어. 수만 관의 화약이 폭발하듯, 검은색 먼지구름과 불길이 치솟는 산들이 있다고 말야."

하도 머뭇거리며 말을 꺼내기에 행여나 두 사람 사이의 이야기를 할까 봐 내심 긴장도, 또 한편으로는 기대도 하고 있었던 참이었다.

다행인지 불행인지 그런 것은 아니었다. 이군명은 사냥꾼에게 들었던 이야기에 대해 말하고 있었다. 여은이 슬쩍슬쩍 곽경무 쪽으로 붙으며 손녀딸처럼 속삭이듯 물었다.

"진짜로 그런 산들이 있어요?"

곽경무가 고개를 끄덕이며 그렇다 말하였다. 여은이 두 눈을 동그랗게 떴다.

"아가씨, 진짜 그런 산이 있대요."

"응, 나도 들었어."

강설영의 눈이 곽경무를 향했다. 그녀의 시선을 받은 곽경무가 흠흠 헛기침을 하며 입을 열었다.

"예, 아가씨. 이 공자가 말한 것처럼 폭발과 함께 땅이 갈라지고 녹은 바위가 솟구쳐 흘러내리는 기사(奇事)가 있답니다. 서쪽 세외와 먼바다 섬들에서 드물게 생기는 재앙이라고 하지요."

"녹은 바위가 흘러내린다고요?"

"용암(鎔巖)이 굳으면 검은 암석이 됩니다. 조그만 구멍이 수없이 뚫린 돌이 되지요."

"광주 남쪽 바다의 흑도(黑島)에 있는 것 같은?"

"예. 맞습니다."

강설영이 이군명을 돌아보았다. 이군명이 잘생긴 얼굴에 그것 보라구, 하는 표정을 지었다. 그녀가 다시 곽경무를 돌아보며 물었다.

"그럼, 곽 노대도 본 적이 있단 이야기예요?"

"저도 직접 본 적은 없습니다. 다만 쉬고 있는 화산은 몇 번 본 적이 있지요."

"쉬고 있는 화산이라뇨?"

"북쪽 변방과 남서쪽에 몇 군데 있습니다. 걷다 보면 대지가 우르릉거리며 울고, 땅바닥에 손을 대면 따뜻한 느낌이 들지요. 주변 마을 사람들에게 물었더니 몇 년 전, 또는 몇백 년 전에 땅이 갈라지며 폭발이 있었다는 이야기를 했습니다. 한결같이 산을 오르지 말라고 경고하는데 중턱 곳곳에 연기가 피어오르는

곳이 있는가 하면, 산야엔 김이 모락모락 날 정도로 뜨거운 물이
솟구치곤 합니다."

"뜨거운 물? 그거 혹시?"

"예. 광주에도 있지요."

"온천(溫泉)!!"

강설영이 신기하다는 표정을 지었다. 어릴 적 아버지 어머니
와 함께 종화(從化)와 중산(中山) 지역의 온천들을 다닌 기억이
있다. 그런 온천들이 불 뿜는 산과 관계가 있다니, 놀라울 수밖
에 없었다.

"기기묘묘한 현상들을 연구하는 좌도방문의 학자들은 지진이
나 화산, 온천 등이 결국 하나의 일맥으로 땅속을 흐르는 지기(地
氣)과 땅속 깊이 숨어 있는 열원(熱願)에 근본을 둔다고 합니다.
하지만 글쎄요. 그들 말이 옳은 것인지는 저도 잘 모르겠습니
다."

"군명 오빠, 오빠도 이런 이야기 알고 있었어요?"

"본가(本家)의 주사업 중 하나가 수리(水利)와 지리(地利) 관련
이야. 곽 노선배만큼은 아니지만, 어느 정도는 알고 있었지."

"와아. 그래요……."

강설영은 모처럼 밝은 표정을 짓고 있었다. 단운룡과 그 난리
를 벌이고 헤어진 이래, 강설영은 좀처럼 웃는 얼굴을 보여준 일
이 없었다. 시간이 모든 것을 해결해 준다더니, 웃음도 돌아오는
모양이다. 뭐에 홀린 사람처럼 곤륜산을 뒤지더니, 이제 겨우 옛
모습을 조금씩 찾아가는 듯싶었다.

"곽 노선배, 제가 화산에 대해 들었던 이야기 중에는 지독한

독향(毒香)이 나는 웅덩이에 관한 것도 있었습니다. 혹시 들어보신 적이 있으신지요?"

"유황연(硫黃淵) 같은 것들 말인가?"

"예. 그렇습니다. 못에서 나는 냄새를 오래 맡으면 정신을 잃을 뿐 아니라 사람과 동물은 발조차 들이지 못하며, 심한 경우엔 닿는 즉시 그대로 녹아버리는 경우도 있다고……."

"그렇지. 화산(火山) 주변엔 분명 그런 연못들이 있었네. 유황 냄새가 진한 곳에서는 제아무리 심후한 내가고수라도 오래 버티기가 힘들 듯싶었지."

"그래서인데……."

이군명이 잠시 뭔가를 골똘히 생각하는 것 같더니, 다시금 강설영에게로 고개를 돌렸다. 그가 그녀를 부르며 입을 열었다.

"영 매, 혹시 그 약수(弱水)라는 것도 그런 종류가 아닐까?"

"약수요?"

"사냥꾼이 말한 이야기 말이야. 염화산과 약수. 약수에는 깃털도 뜨지 못한다고 했잖아. 그게 가라앉는 것이 아니라, 그냥 녹아 없어지는 것이었다면? 마치 가라앉는 것처럼 보일 것 같지 않아?"

"아, 유황연이라는 연못처럼요?"

"연못만 있는 것이 아니라, 시냇물처럼 흐르는 경우도 있다고 들었어. 결국 그 이야기의 핵심은 결국 누구도 그 물을 건널 수 없다는 데 있잖아. 독향이 심하면 가까이 갈 수 없을 것이요, 유황의 독력이 진해서 사람을 해하거나 띄운 배를 망가뜨린다면, 그것이야말로 전설 속 약수(弱水)의 성질과 비슷한 게 아닐까 해.”

“그럼, 사당목 열매라는 것은……?”

“생각해 봐. 열매로 사람을 물에 띄운다? 그건 좀 아니잖아. 하지만 사당목 열매가 유황연의 독향을 막아줄 수 있는 물건이라 하면 어때? 그게 더 이치에 맞지 않을까? 들이마신 유황독을 해독할 수 있는 해독제 역할을 한다든지…….”

강설영이 입을 반쯤 벌린 채 놀랍다는 눈빛으로 이군명을 바라보았다.

그것이 이군명의 성정이자 강점이다. 모든 것을 사리에 맞게 생각하는 것. 그는 주술이나 요행 같은 것을 배제하고 이론에 맞춰 생각할 줄 안다. 한참 동안 술법의 세계를 헤매왔던 강설영으로서는 떠올리는 것 자체가 불가능했을 접근방식이었다.

“과연… 일리가 있는 이야기네요.”

그녀가 곽경무를 돌아보았다. 곽경무 역시 감탄했다는 얼굴이다. 그가 그녀를 향해 고개를 끄덕였다. 가능성이 충분하다는 의미였다.

“화산이란 끊임없이 터지는 게 아니라 휴식과 폭발을 반복한다고 들었어. 그러니까 지금 당장 불타는 염화산을 찾는 것은 정답이 아닐지 몰라. 곽 노선배가 지금 이야기해 주신 것처럼 휴식기엔 폭발하는 불꽃 대신 미약한 흔들림만 있을 테니까. 어쩌면 아예 보통 산과 똑같을 수도 있겠지. 온천과 유황연이 많은 곳을 찾는 게 먼저일 것 같아. 그중에서도 극도로 위험한 유황연이 존재한다면, 그게 바로 약수(弱水)를 일컫는 말일 거야. 어때? 꽤나 그럴듯하지?”

"그럴듯한 정도가 아니에요, 군명 오빠. 정말 그게 해답일 것 같아요."

강설영은 진심으로 기뻐했다. 곽경무가 없었더라면 뛰어가 안기기라도 했을 것 같다.

새삼 이군명이 달리 보였다. 묵묵히 참고 견디며 여기까지 와 주었을 뿐 아니라, 자기 일처럼 고민해 주고 어떻게든 도움을 주려 한다.

찌릿.

왼쪽 어깨가 저려왔다. 이군명에 마음을 쏟으려 하자, 마치 그러지 말라고 하듯 아직까지도 간간이 아파오던 상처가 순간적으로 요동을 쳤다.

생각하지 않으려 했던 얼굴이다. 불쑥 떠올라 그녀의 심장을 흔들기 시작했다.

"이쪽인 것 같아."

그는 이군명과 달랐다. 그처럼 단순한 몇 마디로 일행을 이끌었었다.

구구절절 자세한 설명 같은 것은 없었다. 왜인지, 어째서 그렇게 생각했는지 이유도 말해주지 않았다.

그냥 그런 거였다.

그럴 것 같다 하여 따라가면 거짓말처럼 숨겨진 비경(秘境)이 나타났고, 이곳이다 자신있게 이끈 곳에서는 반드시 모습 감춘 술법사가 기다리고 있었다.

고개를 들고 생각을 쫓아냈다. 머리카락을 뒤로 넘기고 한 번 흔들어 고쳐 맸다.

'지금 곁에 있는 사람…….'

불길 너머 그를 보았다. 이군명이 그윽한 눈빛으로 그녀를 바라보고 있었다.

'그와는 다른 사람.'

설명 못할 직감만으로 모든 것을 해결할 수는 없는 법이었다. 그런 직감에 길들여진 사람은 모든 것을 즉흥적으로 결정하게 되고, 모든 것을 쉽게만 받아들이게 된다. 단운룡을 보면서 항상 불안하고 마음 졸여했던 것은 바로 그런 것 때문이었을지도 몰랐다.

모든 것을 어렵지 않게 풀어내는 사람……. 만남도, 대화도, 인연도, 그냥 당연한 운명처럼 받아들이는 사람……. 그래서 이별까지도 그렇게 간단히 해치울 수 있는 사람.

어쩌면 그녀는. 마음 깊은 곳에서부터 그녀는, 단운룡이 그녀에게 큰 상처를 주리라는 것을 알고 있었는지도 모를 일이다.

질끈 눈을 감았다가 다시 떴다.

어둠이 지나가도 이군명은 그 모습 그대로 거기에 앉아 있었다.

냉철하면서도 무조건적인 사람으로. 영영 상처 같은 것은 주지 않을 것 같은 모습으로.

"영 매, 갑자기 왜 그래? 표정이 안 좋아."

이군명이 부드러운 목소리로 물어왔다. 그녀가 당황한 기색을 감추며 말했다.

“아, 아니에요. 뭘 좀 생각하느라.”

“내 의견이… 틀린 것 같아?”

“아뇨. 우리 내일부턴 독성이 강한 유황연부터 찾아봐요. 군명 오빠 말대로 하면 당장이라도 곤륜산에 갈 수 있을 것 같아요.”

이군명은 한결같은 웃음을 지었다.

강설영이 마주 웃었다. 마음은, 웃고 있지 않았다.

*　　*　　*

지사괴는 미칠 지경이었다.

지사괴의 병장기는 적동과 강철 합금으로 연결부 없이 주조한 통 철곤이었다. 무게만도 사십 근. 내력을 집중해서 후려치면 타가군 철갑기마를 단숨에 때려잡을 수 있는 위력을 자랑했다.

그런 철곤이 솜방망이처럼 막히고 있었다. 계집의 무공은 견고하기가 남쪽 끝 흑광에서 나는 금강석과도 같았다. 힘껏 내려치는 일격에도 요만한 계집아이 손바닥 하나를 부숴내지 못했던 것이다.

“크합!”

거칠게 기합성을 내면서 앞으로 찔러 들어갔다. 몸 전체를 던졌을 정도로 전력을 다한 일격이었다.

턱!

하나, 지사괴는 철곤을 끝까지 뻗을 수조차 없었다. 도요화는 피하지 않았다. 손바닥을 앞으로 돌려 짓쳐 오는 철추를 정면으로 받아낸 것이다. 가느다란 손가락이 팔각철추 모서리를 굳게 감싸 쥐고 있었다.

"큭!"

완력이라면 당연히 우위에 있을 거라 생각했다.

대가의 경지에 이른 암토경기공은, 그 위력이 어떤 중원의 정통심법 못지않았다. 부드러운 목젖에도 도끼날이 들어가지 않을 정도였다.

그러나 이 계집은 어찌 된 것이 공력마저 그보다 강한 것 같았다. 내공을 있는 대로 끌어올려 봤지만, 고운 손아귀에 잡힌 팔각철추는 미동도 하질 않았다. 강철 집게에라도 잡혀 있는 느낌이었다.

'무슨 내공이……!'

힘으로는 상대할 수 없음을 깨달았다. 공력 대결로 넘어가면 손해를 보는 것은 그녀가 아닌 그였다.

밀어내는 것을 포기하고, 기습적으로 발끝을 휘둘러 그녀의 옆구리를 노렸다. 도요화는 갑작스럽게 들어오는 공격에도 전혀 당황하는 기색이 없었다. 왼쪽 무릎을 슬쩍 들어 올리는 것이 다였다. 오른발 한 발로 버텨선 채, 정강이와 허벅지 측면으로 육중하게 들어오는 일격을 아무렇지 않게 받아냈다.

더 이상 놀랄 것도 없었다. 퍼억! 하는 소리가 울렸지만 도요화는 조금도 충격을 받은 것 같지 않았다. 발끝에 전해진 느낌도 그랬다. 커다란 바윗덩이를 찬 기분이었다.

'괴물 같은 년!'

아무것도 통하지 않았다.

이를 악물고 철곤을 비틀었다. 그녀는 억지로 버티지 않았다. 용을 쓴 것이 무색하게도 가볍게 손아귀를 풀어주었다.

그녀가 왼발을 다시 내리고 차분히 자세를 잡았다. 마보를 기반으로 하는 좌족선방의 권격식이었다.

기가 질렸다.

아까부터 봤다. 그녀는 저 자세 하나로 그가 발하는 모든 기예를 무용지물로 만들었다.

정련된 투로, 정교한 초식, 심후한 내력. 갖출 건 다 갖췄다.

부족한 것이 있다면 진득한 살심(殺心)뿐이다. 백련연공된 정공을 지녔을 뿐 아니라 지저분한 진흙탕 싸움에도 능통한 그녀다. 하지만 치명적인 살초를 쓰는 데에는 매번 주저하는 모습을 보여왔다. 지사괴가 지금까지 버틸 수 있었던 것도 그 덕분이다. 그녀가 이곳 쥐새끼 전사들의 반만큼만 잔인했어도 지사괴는 이미 이렇게 서 있지 못했을 것이었다.

'지각군은 아직 여력이 있다. 조금만 더 밀고 들어올 수 있다면……!'

지사괴는 그녀 하나 때문에 완벽히 고립된 상황이었다. 쉽게 생각하고 깊이 들어온 것이 화근이었다.

앞에는 도저히 이길 방도가 안 보이는 강적이 서 있고, 등 뒤에는 마군 전사들만 가득했다. 목표를 바꿔 전사들을 노려보려 했지만, 도요화는 그것조차 허용하지 않았다. 거리를 벌리면 어김없이 북채를 들었고, 북소리가 터지면 방어에 집중해야 했다.

인정할 수밖에 없었다. 그 혼자 해결하는 것이 불가능한 일이라는 사실을 말이다.

지각군 쪽을 돌아보았다.

지각군은 분투하는 마군 전사들을 좀처럼 뚫어내질 못하고 있었다.

손실 자체는 그리 많아 보이질 않았다. 마군 전사들의 싸움은 지각군을 섬멸하기 위함이 아니었기 때문이다. 무엇보다 그들에겐 그럴 만한 능력이 없었다.

그들의 목적은 어디까지나 지각군의 돌파를 저지하는 데 있었다. 결코 무리한 공격을 가하지 않는다는 이야기다. 사상자가 적은 것도 당연한 일이었다.

'위쪽에서 떨어지는 공격도 곧 한계에 다다를 것이다.'

지사괴는 시간을 좀 더 끌어보는 쪽으로 가닥을 잡았다.

큰 바위나, 날카롭게 깎은 통나무는 이제 거의 바닥나 버린 듯했다. 쏟아지던 화살비도 확실히 드문드문 약해져 있었다.

성가신 공성 공격이 멈추면, 지각군의 운신이 한결 가벼워질 것이다. 기회를 봐서 거세게 두드리면 잡졸들의 방어도 깰 수 있다는 판단이었다.

하지만 그 결심은 오래가지 못했다.

지각군 뒤쪽에서 들려온 보고 때문이다.

"타가 놈들이 나타났답니다!"

내력을 실은 목소리였다.

지사괴의 눈동자가 크게 흔들렸다. 생각지도 못했던 사태였다.

철곤을 넓게 휘둘러 도요화를 견제하고, 측후방으로 몸을 띄웠다. 도요화는 쫓아오는 대신 북채를 들었다. 지사괴의 얼굴이 일그러졌다.

"칫!!"

그가 황급히 뒤쪽으로 한 번 더 땅을 박찼다.

투웅! 하는 북소리와 함께, 강력한 충격파가 짓쳐들었다. 암토경기공을 위쪽으로 끌어올려 상체를 감쌌다.

펑!

묵직한 충격이 전해졌다.

지사괴는 버티지 않고, 반탄력을 이용해서 뒤쪽으로 더 몸을 날렸다. 공중에 몸을 띄운 상태로 뒤를 향해 소리쳤다.

"자세히 말하라!"

대답은 즉각 돌아왔다.

"황각군의 전언입니다! 병력은 소수, 남쪽에서 나타나 서쪽으로 움직였다는데 현재는 소재가 파악되지 않는답니다!"

적진 한가운데서 중요한 정보를 큰소리로 주고받는다는 것이 어불성설이긴 하지만, 지금 상황으로서는 어쩔 수가 없었다. 아니, 오히려 들리라고 말하는 것이 더 좋을 수도 있다. 마군 놈들에게도 파급효과가 만만치 않을 내용을 담고 있었던 까닭이다.

"놈들의 지휘자는?"

"확실하진 않지만, 저 흉호의 아야크라는 것 같습니다!"

수하의 목소리는 온갖 소음이 난무하는 사이에서도 뚜렷하게 들렸다.

지사괴는 수하의 보고를 들으면서도 도요화의 북채에서 눈을 떼지 않았다. 그가 다시 한 번 몸을 날렸다. 옆에 있던 바위벽에서 꽝! 하는 소리가 터져 나왔다.

지사괴는 마음을 바꿀 수밖에 없었다. 그가 땅을 박차며 큰소리로 외쳤다.

"퇴각, 전군 퇴각하라!"

어쩔 수 없는 결정이었다.

시간을 끌면 이쪽에 유리할 수도 있겠지만, 지금은 예상 밖의 변수가 나타난 상황이었다.

게다가 저 계집의 기이한 술수를 재차 겪어보자니, 아무래도 뚫어내기가 만만치 않을 것 같았다.

지금 이곳에서 저 계집을 맞상대할 수 있는 사람은 지사괴 자신밖에 없는데, 만에 하나 그가 쓰러지기라도 한다면, 지각군은 큰 타격을 면치 못할 것이었다.

"퇴각 명령이 떨어졌다! 뒤로 물러나라!"

지각군 무인들은 명령에 의문을 품지 않았다. 전방의 무인들이 소리치며 후열의 무인들을 뒤로 물렸다. 꿈틀꿈틀 움직이던 지각군의 행렬이 일관된 흐름을 타기까지는 촌각의 시간으로 충분했다.

"계집! 들어라! 우리 수중엔 일원요새의 허유가 있다! 함부로 날뛰다간 그놈 목숨부터 날아갈 줄 알아라!"

지사괴는 마지막으로 소리쳤다.

하지만 그녀는 허유가 누군지도 모른다. 몇몇 대화에서 들어본 적이 있긴 했지만, 사실 그녀에게 있어서는 관심 밖의 인물일 수밖에 없었다.

때문에 그녀는 놀라지 않았다. 당황한 것은 그녀가 아니라 우목과 일원요새의 관계를 알고 있는 몇몇 핵심 전사들이었다. 막

적들을 몰아내고 있던 흑망과 좌둔의 얼굴이 급격히 굳어졌다.

하지만 지사괴의 눈은 전사들이 아닌 도요화 한 명에게 고정되어 있었다. 아무런 변화가 없는 도요화의 신색에, 지사괴의 얼굴이 또 한 번 굳어졌다. 그가 이를 갈며 몸을 돌렸다.

'이 무슨 수치스러운 일인가!'

철저하게 당한 꼴이었다.

지각군은 월등한 무력을 보유했음에도 중턱에서 막힌 채 올라가질 못했고, 수장인 자신은 웬 듣도 보도 못한 계집에게 무공에서 밀려 버렸다. 그뿐인가. 마지막 발악으로 쏟아낸 위협에도 계집은 눈 하나 깜짝하지 않았다. 가히 화룡점정의 굴욕이라 할 수 있었다.

와아아아아아!

협곡을 흐르는 계곡물마냥 지각군 전원이 진입로를 따라 빠져나갔다. 이어 지사괴마저 등을 돌린 채 멀어지니, 전사들의 함성 소리가 사위를 울린다.

돌아보는 지사괴의 관자놀이에 핏발이 섰다.

저 높은 곳 멀리에서, 하얀 얼굴 무표정한 도요화가 그를 내려보고 있었다.

이런 수모가 없었다.

위에서 공병대가 떨어뜨린 바윗돌 하나가 그의 발치에 걸렸다. 분노로 내리찍은 철곤에 애꿎은 바위만 산산조각이 났다. 폭음이 사위를 울렸다. 분노로 휩싸인 그의 기세가 진입로 전체에 몰아치는 데에도, 전사들의 함성 소리는 멈출 줄을 몰랐다.

지사괴의 이름이란, 더 이상 공포의 대상이 아닌 까닭이었다.

그야말로 값진, 값진 승리였다.

*   *   *

치링! 채채채챙!

백색과 청색의 검영이 암천을 가르고 불꽃을 튀겼다. 마건위의 연검은 사검(蛇劍)이라는 이름처럼 그야말로 살아 있는 뱀과 같았다. 아야크의 움직임이 급박해졌다. 여유롭던 얼굴에도 확연한 긴장감이 묻어나고 있었다.

칭! 째애앵!

마건위의 검이 아야크의 검을 휘감으며 찢어지는 금속성을 울렸다. 옆으로 검을 뽑아낸 아야크가 순간 거리를 좁히며 손을 뻗었다. 마건위의 왼쪽 어깨 옷깃이 그의 손가락에 걸렸다. 오른발을 앞으로 밟고 허리를 돌리며 마건위의 상체를 잡아 돌렸다. 짧게 감아 쥔 검날이 위협적인 빛을 뿜어내고 있었다.

"흡!"

하지만 그 검은 마건위에게 꽂힐 수 없었다. 마건위가 한줄기 짧은 기합성과 함께 왼발을 꿍 하고 땅바닥에 박아 넣었다. 아야크의 체술에 끌려가던 몸이 덜컥 멈추었다. 아야크의 두 눈에 놀라움이 어렸다. 마음먹고 걸어본 체술을 힘으로 버텨냈을 뿐 아니라, 곧바로 반격까지 가해온 까닭이었다.

쉬이익! 슈각!

아야크의 가슴 앞섶이 길게 찢어졌다. 핏물은 배어 나오지 않았다.

종이 한 장 차다. 운이 좋았다고밖에 말할 수 없는 공방이었다.

아야크가 뒤쪽으로 물러났다. 그가 마건위를 노려보며 고개를 갸웃거렸다. 그리고는 나직한 목소리로 말했다.

"이대로는 안 되겠군요."

왼쪽 소매를 위로 걷어 올리더니, 검날을 옆으로 비껴들고 자신의 팔뚝을 그었다. 검을 대고 있는 팔뚝에는 셀 수 없이 많은 검흔(劍痕)이 남아 있었다.

"그것은……?!"

마건위의 눈이 이채를 띠었다. 아야크의 팔뚝에서 솟아 나온 선혈이 청색 검날 한가운데를 가르는 혈조(血漕)에 배어들었다. 푸르스름했던 검날의 색이 변하기 시작했다. 짧은 시간으로 족했다. 검신 전체가 붉은색으로 물들기까지는.

"주혈검(誅血劍)!"

"알아보십니까? 늙은이의 식견은 확실히 얕볼 게 아닌 모양입니다."

"주혈검은 중원의 무공이었을 텐데."

"오래전 이야기지요."

주혈검문은 사라진 지 오래된 문파다.

검과 심령의 조화를 극대화하여 살상력을 높이는 검법을 가르쳤다. 피를 먹여 키운 요검은 오직 주인의 피에만 반응하여 그 색을 달리한다고 알려져 있었다. 괴이한 수련법과 살초 가득한 검예로 인해 강호의 동도들로부터 사이한 문파라 오해를 받았지만, 실상은 원나라의 지배에 끝까지 저항하다 스러져 간 명예로운 검문이었다.

"흉호의 적검(赤劍)이란 말은 그래서 나왔던 것인가! 주혈검 문의 영령들이 땅에서 통곡을 하겠구나."

마건위는 꽤나 분노한 듯했다.

성정은 교활하고 음험하나, 그 역시도 역사 깊은 검문인 백사타의 후예다. 존경받아 마땅한 검예가 대적들의 손에 넘어갔으니 노화가 치밀 수밖에 없다. 낭창낭창 휘어지던 마건위의 연검이 서늘한 백광을 뿜으며 강철장검처럼 곧게 뻗었다.

쩌엉!

순식간에 두 사람의 거리가 좁혀지고, 찢어지는 충돌음이 사위를 울렸다.

붉게 변한 검영이 백색 검영과 어지럽게 얽혀들었다.

'강해졌어!'

우목은 놀라움을 감추지 못했다.

마건위의 무공을 마지막으로 본 것이 언제였던가.

몇 년 전, 그가 마사충에게 왼손을 잃었을 때쯤이었을 것이다. 그 당시 마건위의 무공은 모르긴 몰라도, 사대괴인이나 타가삼흉 수준이었으리라. 그들 중 두 명의 합공을 받으면 필패, 한 명이라면 어찌어찌 이길 수 있는 정도. 딱 그만큼이 우목이 생각했던 마건위의 무위였다.

하지만 지금의 마건위는 그때와 완전히 달랐다.

상대가 주혈검이란 비장의 술수를 꺼내들었지만 마건위는 조금도 밀리는 느낌이 없었다. 핏빛 살기를 뿌리며 짓쳐드는 검격들을 아무렇지도 않게 막아낸다. 명백한 우위였다.

'절치부심(切齒腐心)이란 것인가!'

달리 설명할 길이 없다.

마건위의 연배에서 무공의 진전이란 말처럼 쉬운 일이 아니다.

그는 늙었다. 아마도 환갑 이상일 것이다.

저 중원 산중 무파들의 고고한 절세신공이라도 익히지 않고서야 현상 유지 정도가 한계다. 그게 인간 육체의 근본적인 한계다. 하지만 마건위는 강해졌다. 난데없는 신선비급을 얻었을 리도 만무하고, 기화요초 무림영약을 먹었을 리도 만무하다. 무엇보다 마건위의 무공투로는 예전과 그대로인 것으로 보인다. 단지 더 빨라지고, 더 날카로워졌을 뿐이다.

나이를 초월한 집념과 의지밖에 없다. 순수한 수련으로 강해진 거다. 치명적인 부상을 몇 군데나 입은 상태였다고는 하나 본신 실력보다도 한참 약한 자에게, 그것도 친아들처럼 키웠던 이에게 당해서 불구가 되었으니, 그 집념도 이해 못할 바도 아니다. 와신상담 복수의 일념으로 뼈를 깎는 단련을 해온 것이 틀림없었다.

채앵!

마건위의 연검이 다시 한 번 아야크의 검을 튕겨냈다. 아야크가 뒤쪽으로 훌쩍 물러났다. 그의 얼굴엔 힘의 열세에 대한 당혹감이 진하게 떠올라 있었다.

"귀비신단?"

아야크가 미간을 좁히며 물었다. 그렇게 믿고 싶은 것 같았다. 하지만 돌아온 것은 비웃음뿐이었다. 마건위가 검날을 휘영청 비껴들며 대답했다.

"그런 것을 쓸 것 같나? 이 내가?"

마건위는 귀비신단을 하지 않았다. 아야크가 밀린 것은 순전히 무력에 의해서다.

아야크의 눈이 이번엔 절벽 쪽으로 향했다. 절벽 끝에서 올라오는 이들이 보였다.

그의 수하들이 아니었다.

옷차림은 허름했다. 백전의 경험을 철갑으로 입은 자들이다. 사망산의 전사들, 패망하는 순간까지 오원을 사수하며 지키려 했던 통한의 전사들이 거기에 있었다.

"늦었어."

"달자 놈들의 실력이 상당하더랍니다."

포랑족 전사 하나가 마건위의 말을 받았다. 올라오는 전사들의 숫자는 꽤 많았다. 두세 명, 네댓 명씩 올라오더니, 순식간에 삼십 명을 넘긴다. 사망산에 있었던 전사들 거의 모두를 데려 온 것 같았다.

"인정해야겠군요. 이번엔 제가 진 모양입니다."

먼저 올라온 정병들도 이미 모두 다 쓰러진 상태였다.

고립무원, 홀로 남은 아야크가 순순히 패배를 인정했다.

한 발 한 발, 전사들이 이야크를 항해 거리를 좁혔다. 앞에는 마건위가 뿜어내는 살기의 벽이, 뒤에는 가파른 절벽이 까만 깊은 암흑으로 입을 벌렸다.

"하지만 여기서 잡혀줄 수는 없는 노릇이겠지요."

당연한 선택이었을 것이다.

아야크가 뒤로 한 걸음 물러나는 듯하더니, 급작스럽게 몸을 날렸다. 전사 두 명이 재빨리 뛰쳐나가 호철도를 휘둘렀지만 아야크의 신형은 이미 절벽 위 허공 위에 걸려 있었다.

"제길!"

아야크의 몸이 이내 아래쪽으로 내려가기 시작했다. 절벽의 어둠이 순식간에 그의 몸을 삼켜 버렸다. 희미하게 빛나는 붉은색 궤적만 남았다.

"쫓지 마라. 잡을 수 없을 것이다."

절벽으로 몸을 던졌지만, 죽었으리라 생각한 자는 아무도 없었다.

절벽 끝에 서서 아래쪽을 바라보던 마건위가 검을 든 손목을 툭 털었다. 휘릭, 하는 파공음과 함께 연검 검날이 그의 허리에 감겼다.

그에게로 다가온 우목이 고개를 까딱 숙이며 입을 열었다.

"…고맙다는 말부터 해야겠어."

"말조심해라, 애송이. 내가 제때 안 왔으면 너흰 다 죽었다."

"아쉽다는 말투로군."

"후후후. 그것도 나쁘진 않았겠지."

마건위가 비틀린 웃음을 지었다. 그가 고원을 둘러 늘어선 목책과 망루들을 한바퀴 돌아보았다. 그가 은근한 어조로 말을 이었다.

"생각보다 잘해놓았다. 아주 괜찮아. 네놈이 여기서 죽어줬으면 글쎄, 이 고원을 통째로 꿀꺽할 수도 있었을 텐데 말이야."

절로 경각심이 일어난다.

우목의 옆에 있던 전사들이 마건위의 말을 듣고 칼자루를 고쳐 쥐었다.

"진심인가?"

"어떨 거 같나?"

두 사람의 분위기는 첨예하기 이를 데 없었지만, 그의 뒤로 보이는 광경은 사뭇 달랐다.

사망산 전사 하나가 쓰러진 마군 전사에게 손을 내밀고 있었다. 오래된 전사의 부축을 받으며 이제 막 칼을 잡은 전사가 무릎을 세우고 몸을 일으켰다.

기묘한 모습이었다.

뭐라고 해야 할까. 왕래가 뜸한 혈육들이 한자리에 모인 느낌이랄까.

피치 못할 어색함이 있지만 그러면서도 강력한 동질감이 그들 사이를 엮어주고 있다. 특히나 서로를 노려보는 마건위와 우목은 한 식구 중에서도 가장 사이가 나쁜, 고집 센 아버지와 제멋대로인 아들처럼 보였다.

"방 하나 정도는 내줄 수 있겠지. 고원을 모조리 넘겨주는 건 안 되지만."

우목은 그렇게 대답했다. 마건위가 두 눈을 번쩍 빛내며 말했다.

"많이 컸구나, 애송이."

새삼스럽다는 듯한 어조였다. 그릇을 재보려 했다. 한데, 생각보다 크다는 결론이다. 어느새 어엿한 전사들의 우두머리가 되어 있었다.

"남쪽 입구에서… 그 건방진 녀석이 싸우는 것을 보았다. 적의 수가 여간 많은 것이 아냐. 버티기가 만만치 않아 보였다."

마건위가 하늘을 올려보며 말했다. 새까만 암천 위로 피어오르는 불꽃 알갱이가 점점이 사라지고 있다. 마지막을 급히 태우는 늙은 목숨처럼 말이다.

건방진 놈이란 곧 단운룡을 뜻함이었다.

우목이 미간을 좁히며 마건위의 말을 되새겼다.

그러고 보니 시간이 너무 많이 흘렀다. 동쪽 진입로로 쳐들어왔던 것은 지각군뿐이었다. 단운룡 홀로 황각군 전체와 싸우고 있다는 이야기였다.

'가봐야 해.'

일전에 단운룡이 했던 말이 마음에 걸렸다.

"뇌신이라 한다. 내공 소모가 극심하기에, 싸움이 길어지면 보조해 줄 사람이 필요하다. 장기전은 어렵다."

약점이라 했다.

그는 또한 이야기했다. 함께 무구고원을 지키기 위해서는 우목이 단운룡의 능력을 정확히 알고 있을 필요가 있다고 말이다.

"전사들은 부상자들과 화재를 수습해라! 내측에 남은 공병대를 불러와. 망루부터 다시 갖춰야 해. 최대한 빨리!"

노련한 전사들은 그의 명령이 떨어지기 전부터 이미 제 할 일을 하고 있었다. 그러나 몇몇 전사들은 아직도 칼을 쥔 채 그의 곁을 떠날 줄을 몰랐다. 새로 온 놈들이거나 새파랗게 젊은 놈들이다. 마건위와 사망산 전사들에 대해 모르는 녀석들이었다.

"나는 남문으로 간다. 다른 지시는 저들에게 받으면 돼."

"하지만 군주! 저들이 대체 누구이기에……?"

그들은 경계심을 풀지 못하고 있었다. 사망산 전사들은 풍기는 살벌함이 대단했다. 행여나 다른 마음을 먹는다면 막을 수가 없을 것이다. 마건위가 심상치 않은 말을 내뱉기까지 했으니, 더더욱 그럴 수밖에 없었다.

"저들은 적이 아냐."

우목이 몸을 돌렸다. 적이 아닌 이들. 함께 싸웠던 이들. 달리 표현할 말이 무엇이 있을까. 마건위의 시선을 피한 채 그가 입을 열었다.

"저들은… 우리다."

그가 어둠 속으로 사라졌다.

남쪽을 향해 달렸다.

그제야 지원하러 뛰어오는 전사들을 마주쳤다. 우목은 달리는 속도를 줄이지 않은 채 소리쳤다.

"모두 따라와! 남문으로 간다!"

이십오 명 전사들이 우목의 뒤를 따라붙었다. 목책을 넓게 돌아 남쪽 진입로로 향하는 내리막길에 이르렀다. 망루 위를 올려보며 물었다.

"동쪽은?"

"물리쳤습니다! 적 퇴각! 승전 깃발이 올라왔습니다!"

'좋아!'

우목은 지체하지 않았다. 귀비신단의 기운 때문인지 아니면 좋은 소식을 들어서인지 다소 들뜬 기분이 들었다.

그대로 몸을 날려 남쪽 진입로로 향했다. 내려가며 꺾어지는 모퉁이를 두 번 돌자, 아래쪽 전황이 한눈에 들어왔다.

번쩍거리는 빛줄기가 먼저 두 눈을 자극했다. 강렬한 폭음이 남문 언덕 밑을 무자비하게 훑어 내리고 있었다.

"이럴 수가……!"

"마, 말도 안 되는……."

뒤따라온 전사들의 경악성이 이어졌다. 우목도 다르진 않았다. 그의 얼굴에도 전사들과 다름없는 놀라움이 떠올라 있었다.

'실로 대단하구나!'

초림 숲에서도 본 적이 있었지만, 사실 그때는 제대로 본 게 아니었던 모양이다. 이주 계획이 실패로 돌아갔다는 생각에 정신이 반쯤 나가 있었던 까닭이었다.

지금 와서 다시 보는 단운룡은 믿기지 않을 만큼 강했다. 움직임을 눈으로 따라잡기가 힘들 정도다. 단신으로 현오괴의 목을 따온 것이 절로 이해가 되는 광경이었다.

"오오오!"

전사들의 감탄성이 그의 주먹마저 불끈 쥐게 만든다.

번쩍, 단운룡이 두 놈을 쓰러뜨리고 앞으로 나아가는 것이 보였다.

거리를 좁힌 채 두 손을 앞으로 모은다.

꽈앙! 하는 폭음이 터져 나왔다. 우목이 있는 곳까지 진동이 느껴질 만큼 무지막지한 일격이었다.

후두둑, 부서진 몸뚱이가 다른 시체들 사이로 흩어졌다.

내려다본 아래쪽은 이미 시산혈해다. 눈대중으로만 봐도 쓰러진 자가 백 명을 넘는다. 아니, 이백은 족히 될 것 같았다.

홀린 듯 단운룡을 바라보던 우목이 이내 퍼뜩 정신을 차렸다.

일단 보기엔 학살에 가까운 장면을 보여주고 있었지만, 그렇다고 무조건 낙관하기엔 일렀다. 황각군 무인들은 아직도 많았다. 마치 이걸 전부 쓰러뜨릴 수 있겠냐고 묻는 것처럼 개떼처럼 우글거리며 물러날 줄을 몰랐다

보이는 것처럼 쉬운 싸움이 결코 아니었다. 단운룡은 산문을 철통처럼 지키고 선 채였다. 그것은 곧, 움직임의 범위가 한정되어 있다는 것을 뜻했다.

황각군 무인들이 거리를 두고 달려들지 않으면, 단운룡도 선공을 가하기가 부담스러울 수밖에 없었다. 틈을 주면 단운룡을 지나쳐서라도 산문을 통과해 들어갈 것이 뻔했기 때문이었다.

'침투를 우선하고 있어. 이길 수 없다는 걸 안 거다.'

놈들은 이미 단운룡을 쓰러뜨리길 포기한 느낌이었다. 그들은 공략 노선을 달리하고 있었다. 서너 놈이 단운룡에게 달려들면, 나머지는 그 옆을 우회하여 산문으로 향하는 식이었다. 단운룡을 죽이는 것보다 산문 안으로 들어가는 것을 더 큰 목표로 삼은 듯했다.

'끝내야 해.'

아직까진 한 놈도 안으로 들어오지 못했지만, 한 놈이라도 비집고 들어오면 상황 자체가 달라질 공산이 있었다. 한 명도 없는 것과 한 명이라도 있는 것은 차이가 클 수밖에 없었다. 단운룡이

이제껏 보여준 압도적인 기량, 그 완벽함에 금이 간 것을 의미하는 까닭이다.

우목은 서둘러 몸을 날렸다.

이만큼이 딱 좋다. 단운룡은 절대 뚫리지 않는 무적의 상징으로 남아야 했다. 그러려면 단운룡의 힘이 온전할 때 싸움을 멈출 필요가 있었다.

타다닥!

산문 앞에 당도했다.

산문 틈새로 은은한 뇌광이 번뜩번뜩 새어 나오고 있었다.

우목은 망설이지 않고 산문을 열어젖혔다.

끼이이이익!

갑작스레 열린 산문에 황각군 무인들이 더 놀란 듯 그 자리에 멈춰 서는 것이 보였다.

단운룡이 그를 돌아보았다. 기다렸다는 눈빛이다. 우목이 걸음을 옮겼다.

쓰러진 황각군 시체들이 발치에 걸렸다. 산문 바로 앞에서부터 즐비했다. 팔다리 몸뚱이가 빽빽하다. 드러나 있는 맨땅보다 시체들에 가려진 땅바닥이 더 넓은 것 같았다.

"황육괴!"

단운룡의 옆에 나란히 선 우목이다. 그가 거침없이 황육괴를 불렀다. 감히 앞으로 나와 싸우지 못하던 황육괴가 얼굴을 찌푸리며 소리쳤다.

"네놈은 또 웬 놈이냐!!"

"마군주다."

우목이 짧게 답했다. 황육괴의 두 눈에 불꽃이 튀었다.

"쥐새끼들의 우두머리가 너였구나! 이런 짓을 벌이고도 무사할 성싶은가!!"

덧없는 발악이었다.

쓰러진 자가 이백을 헤아리는 지금, 짓밟아 죽이자던 그마저도 전의를 상실하다시피 한 상태였다. 황육괴가 그러할진대, 죽을 것을 알면서도 명령에 의해 달려들어야 했던 황각군 무인들은 말할 것도 없다. 그들에게 단운룡은 말 그대로 악몽과 같았다. 우목의 출현으로 싸움이 중단된 것이 오히려 반가운 눈치였다.

"이미 지사괴는 패퇴하여 군사들을 물렸다. 죽고 싶지 않으면 그만 물러가는 것이 좋을 것이다, 황육괴!"

우목의 목소리는 산중재사와 같이 차분하면서도 만인을 호령하는 대장군처럼 당당했다. 한 번 단운룡에게 압도당한 황각군 무인들은 우목의 앞에서도 좀처럼 맥을 추지 못했다. 고수인 황육괴만이 이를 가는 분노로 대꾸할 뿐이었다.

"여우가 범의 위세를 빌린다더니, 네놈이 그 꼴이로구나! 감히 누구 앞에서 허세를 부리는가!"

입만 살았다는 표현이란, 바로 지금의 황육괴를 두고 할 말이다.

우목이 단운룡을 슬쩍 돌아보았다.

'더 싸울 수는 있나?'

'한계다. 여기서 멈추는 것이 좋겠어.'

눈으로 나눈 대화다.

우목의 시선이 다시금 황육괴에게로 향했다. 그가 가슴 앞섶에 손을 넣었다 뺐다. 작은 자기병 두 개가 그 손에 들려 있었다. 싸움을 멈추고 적들을 몰아낼 물건이었다.

"물러나지 않겠다면, 물러나게 만들어야지. 황육괴, 이것이 뭔지는 알고 있겠지?"

우목이 검은색 자기병을 높게 쳐들며 물었다.

술렁. 황각군 무인들의 반응이 더 빨랐다. 황육괴도 이내 두 눈을 치뜨며 소리친다. 불쾌함이 잔뜩 어린 목소리였다.

"촉와독! 아직도 남아 있었나!!"

다수의 병력, 인해전술 때문에 다소 빛이 바래긴 했지만, 황각군은 기본적으로 전투 경험이 풍부한 무인집단이었다. 그들은 알고 있었다. 촉와독, 촉와향에 중독되면 내력 운용이 어려워져 전투력이 절망적인 수준으로 떨어진다는 사실을 말이다.

"알았으면 꺼져라. 구독림 바깥으로 나가 다시는 이 땅에 발을 들이지 말라!"

우목의 목소리가 쩌렁, 산문 앞을 울렸다.

앞쪽에 도열한 무인들이 그 기세에 눌려 움찔 뒤로 물러났다. 내력이 멀쩡해도 일격일타를 버텨내기 어려운 판에 중독까지 당하면 죽는 것은 순식간이다. 단운룡과 같은 괴물은 촉와향 같은 독에 아무런 영향을 받지 않을 것이다. 무공을 익힌 무인이라면, 누구나 그렇게 생각할 수밖에 없었다.

"잠깐! 나에겐 인질이 있다! 이놈을 보고도 그것을 쓸 수 있겠느냐!"

황육괴는 마지막까지 치졸한 수를 잊지 않았다.

그의 손짓에 사륜거 기둥 밑으로 횃불이 밝혀졌다. 숲 그림자에 섞여 있던 허유의 모습이 비참하게 드러났다.

우목의 미간이 가볍게 찌푸려졌다. 그것뿐이다. 우목은 흔들리지 않았다. 단운룡이 그랬듯 아무렇지 않은 표정으로 황육괴를 돌아보며 말했다.

"그런 게 통할 줄 알았나."

더 이상 시간을 끌 이유가 없었다.

우목은 망설이지 않았다. 곧바로 팔을 휘둘렀다. 자기병이 하늘을 날았다.

"큭!!"

황육괴가 땅을 박차고 유성추를 던졌다. 촉와향 자기병을 깨뜨리지 않고 받아낼 심산이었다. 하지만 이쪽에는 단운룡이 있었다. 유성추 철사가 자기병을 부드럽게 휘감아 잡아챌 때다. 단운룡의 쏘아진 작은 돌 하나가 자기병의 궤적을 쫓았다.

퍼석!

놓치는 법이 없다. 공중에서 자기병이 박살나 깨알 같은 파편을 흩날렸다. 동시에 황육괴를 비롯한 황각군 무인들이 사방으로 몸을 날렸다.

화아아악!

아무런 소리도 없었지만, 그럼에도 독이 퍼지는 음성이 생생하게 들리는 듯했다.

황각군 무인들은 빠르게 물러났다.

순식간에 넓은 반경의 공터가 생겼다. 단운룡에게 달려들 때보다 움직임이 배는 더 빠른 느낌이었다.

“하나 더 받아라!”

우목은 남아 있던 자기병 하나를 더 던졌다. 이번 것은 방금 것보다 좀 더 멀리 날아갔다. 황육괴는 더 이상 받아낼 시도를 하지 않았다. 무의미하다는 것을 알았기 때문이다.

파삭!

미처 피하지 못한 황각군 무인들이 휘청거리며 침음성을 흘렸다.

워낙 많은 인원이 구독림 앞 좁은 공간에 들어차 있었으니, 물러나는 일도 쉬운 일이 될 수 없었다. 특히나 허유가 묶인 사륜거 앞은 더했다. 급하게 물러나는 자들이 엉키면서 중독자들의 수를 늘렸다. 내공을 익힌 무인들이기에 쓰러지는 놈들은 없었지만, 움직임이 느려지는 것까지는 어쩔 수 없었다. 머리털이 다 곤두설 정도로 분노한 황육괴가 가슴이 터질 듯한 목소리로 소리쳤다.

“물러나라! 숲으로 들어가! 중독 지역에서 벗어나라!!”

거리를 두고 터뜨린 촉와향 두 개의 중독 반경은 산문 진입로 앞에서 구독림까지를 아우르고도 남았다.

중독을 피하기 위하여 아수라장이 된 황각군 무인들 앞에서, 단운룡은 허유를 구해낼 틈부터 찾았다. 하지만 황육괴는 치졸함과 교활함을 동시에 지닌 자였다. 뒤로 물러나자마자 직접 사륜거로 몸을 날리더니, 늘어진 허유부터 끌고 가버렸다. 기어코 인질로 써먹으려는 심산인 것 같았다.

단운룡과 우목은 그것을 보며 동시에 낭패라 생각했지만, 결코 그 마음을 얼굴 밖으로 드러내진 않았다. 허유를 구하지 못한

것은 안타까운 일이나 싸움 결과는 지극히 만족스럽다 할 것이
었다. 뇌신 지속 시간이 한계에 다다르고 있었던 만큼 우목의 등
장 시점도 절묘했을 뿐 아니라, 전체적인 피해도 경미한 수준이
었다.

후욱!

단운룡의 몸을 둘러친 뇌전이 흩날리듯 사라졌다. 황각군 무
인들이 사륜거까지 끌고서 구독림으로 빠져나간 직후였다.

"올라가자. 당분간은 쳐들어올 엄두조차 못 낼 거야."

우목이 말했다.

단운룡이 고개를 끄덕이며 뇌정광구와 기경팔맥을 점검했다.

내공 소모가 막심했지만, 예전처럼 온몸을 쥐어짜는 통증은
없었다. 흩어진 공력도 하루 이틀만 운기하면 완전한 상태로 끌
어올릴 수 있을 것 같았다. 박동하는 뇌정광구가 벌써부터 새 진
기를 끌어 모으는 중이었다. 뇌신 발동도 이젠 안정화 단계에 접
어든 것이다.

앞장서는 우목의 뒤를 따라 산문으로 들어왔다. 매캐한 냄새,
박살난 육체들이 비현실적인 지옥도를 연출하고 있었다. 단운룡
은 그 자신이 만들어낸 혈해(血海)의 참상을 보면서 아무런 가책
조차 느끼지 못했다. 열렸던 산문을 묵직하게 닫을 뿐이었다.

"구해야 해."

황육괴 앞에서는 그토록 태연했던 우목이지만, 올라와서도 그
러진 못했다.

지금의 무구고원은 허유가 만든 것이나 다름이 없다. 그가 적

진 한가운데서 목숨을 걸지 않았더라면 이와 같은 보금자리도 갖추지 못했을 것이다.

반드시 구해와야 했다. 우목은 당장이라도 뛰쳐나갈 기세였다.

"한데……."

허유를 구해야 한다는 것은 단운룡도 동감이다. 하지만 단운룡은 그보다 먼저 한 사람의 등장에 시선을 빼앗길 수밖에 없었다. 마건위다. 중앙 병영에 당도한 마건위를 보며 단운룡이 물었다. 그의 목소리엔 새끼손톱만큼의 환대도 깃들어 있지 않았다.

"당신이 여기 어쩐 일이지?"

"이 땅에서 내가 가고자 하는 곳에 가겠다는데 네 녀석의 허락이라도 받아야 하는 건가?"

"묻는 말에 대답이나 해. 비루한 자존심 따윈 챙겨줄 마음 없으니까."

단운룡의 말투는 신랄했다.

마건위의 얼굴이 다소 굳어졌지만, 그뿐이다. 괜히 고집을 부려보았자 단운룡의 말처럼 비루한 자존심에 지나지 않음을 잘 알고 있었다.

"도와주러 왔다."

"그건 좋아. 덕분에 서쪽 절벽의 침입을 막을 수 있다고 들었다. 내 질문은 그게 아냐. 어떻게 이렇게 나타날 수 있었냐는 거다."

"늑대 놈이 잡혀간 건 알고 있겠지?"

"그래. 직접 봤다."

“어떻던가?”

“어떨 것 같나?”

“살아는 있더냐?”

“죽진 않았더군. 배신자라 욕하더니, 이제 와서 측은지심이라도 든 건가?”

“난, 그를 오해하고 있었다. 명백한 불찰이다.”

세월과 고난의 힘이란 인간을 이렇게도 변하게 만들 수 있는 것이었던가. 마건위는 진지했다. 자신의 잘못을 이야기하는 데 있어 조금의 망설임도 없었다.

“의외인걸.”

“진심이다. 목여강이란 놈이 허유의 측근이란 것은 이전부터 알고 있었지. 처음 그놈이 사망산에 나타났을 땐, 당장 죽이려 했었어. 대체 무슨 소릴 지껄이는지 들어나 보자 했더니, 늙은이를 수치스럽게 만드는 이야기만 잔뜩 늘어놓더군. 뭐, 애초에 혹시나 하는 의심이 없었던 건 아니나 괜한 기대를 갖는 것보다는 그냥 변절자라 생각하는 것이 편했으니까.”

“그럼 그 목여강이란 자가 당신을 움직인 건가?”

“그렇다. 그놈은 납서족이야. 허유를 일심으로 모시고 있었다. 허유는 적들의 암수에 죽었을 가능성이 농후하나 천운이 따라서 살아 있다면 적 대군의 진군과 함께 무구고원으로 향하고 있을 기라 말해주었다. 그러면서 간곡히 부탁했다. 무구고원은 허유가 목숨을 건 마지막 희망이니 무구고원의 사람들을 지키는 데 힘이 되어달라고 말이다.”

“그것뿐인가? 함정이란 생각은 안 했나?”

"당연히 했지. 하지만 확인하고 싶었다. 발 없는 말이 천 리를 가는 것은 이 지경이 된 땅에서도 예외가 아닌지라 부락과 부락 사이, 종족과 종족 사이에도 소문이란 것이 돌고 있다. 들리는 이야기에 따르자면 살아남은 마군이 숨어들어 간 고원이 있는데, 그 고원이란 하늘의 낙원과도 같아 악적들의 지배를 받지 않고 자유롭게 살 수 있는 곳이라 하였다. 분노한 악의 군대가 그 낙원을 부수기 위해 수천의 병력을 이끌고 진군했다 하니, 모든 마을과 부족들의 눈이 지금 이곳에 집중되어 있는 시점이다. 직접 와보지 않고서는 배길 도리가 없었지."

자초지종이 그렇게 된 거였다. 하지만 단운룡은 짚고 넘어가야 했다. 이 마건위란 겉으로 하얗게 보일지라도 안쪽으로는 충분히 검을 수 있는 자다. 진심으로 보이긴 했지만, 또 누가 알까. 뱀이란 음흉하여 언제 생각을 바꿀지 모른다. 처음부터 확실히 할 필요가 있었다.

"난 아직도 당신 저의가 의심돼. 당신은 결코 순수한 자가 아냐."

"틀린 말은 아닐 거다. 나 역시도 이 고원에 올라오는 순간, 다 잃어버린 줄 알았던 탐심(貪心)이란 것이 솟구치는 것을 느꼈으니까. 그러나 지금에 와서는 어떤 야심도 쓸모가 없다는 것을 잘 알고 있다. 혹시 또 모르지. 네놈 말대로 타가와 맹획을 이 대지에서 몰아내고 나면, 그때 가선 어떤 욕심을 부리게 될지. 솔직히 그것까진 장담 못하겠다."

마건위는 있는 그대로를 밑바닥까지 다 드러냈다.

단운룡 앞에선 무언가를 감추는 게 무의미하다는 걸 충분히 배웠던 까닭이다.

"좋아. 다음에 기회를 봐서 사망산의 식솔들을 모두 다 데려와."

"그 말은……."

"일단은 받아주겠어. 허튼 생각하다간 죽을 거라는 거 잊지 말고."

단운룡은 가타부타 대답조차 듣지 않았다.

마건위의 표정이 묘하게 변했다.

온다 간다 이야기도 안 했는데 곧바로 마건위의 거취를 결정해 버렸으니, 기가 막히기도 할 노릇이다. 하지만 마건위는 이내 표정을 풀고 고개를 끄덕였다.

과정이 어떻게 되든 단운룡의 말을 따르는 게 이치에 맞는다. 적들과 싸우기 위해 최선의 선택을 하는 것. 그것이 지금 마건위가 고려해야 할 전부였다.

"우목, 다음은 허유의 구출 건이다. 급하긴 하지만 지금 당장은 안 돼. 그를 구출하는 것은 이곳에서 적을 막는 것과는 판이하게 다른 문제다. 일단은 내 내력이 온전해야 해. 그래야 가능성이 있다."

"그건 알고 있어. 어느 정도면 되지?"

"이틀. 운기를 해봐야 알겠지만, 이틀 정도면 충분할 거다."

"이틀……."

"버티기엔 다소 불안한 시간이지. 하지만 그래도 어쩔 수 없어. 이건 반드시 한 번에 성공해야 하는 싸움이다. 두 번의 기회는 없을 거야."

단운룡의 말대로였다.

성급히 달려들었다가는 모든 것을 그르칠 공산이 컸다. 구하고자 하는 낌새를 미리 줘서도 안 되고, 첫 시도에 실패해서도 안 된다. 두 번, 세 번의 기회는 결코 주어지지 않을 것이다. 그 전에 허유가 먼저 죽을 테니 말이다.

"누가 가지?"

"나와 요화. 둘만 간다."

"둘이……?"

"여럿이 움직이면 오히려 짐이 될 거다. 내가 이곳에 없는 상황에서의 방어도 생각하자면 고수들을 남겨놔야 해."

단운룡이 마건위 쪽으로 고개를 돌리며 말을 이었다.

"당신과 전사들이 와서 그나마 다행이야. 당신이 없었으면 혼자 가야 했을 거다. 남문은 당분간 당신이 맡아줘."

"이래라저래라. 잘도 말하는군. 한스러울 지경이다. 이 내가 네 녀석의 명령을 듣는 날이 오다니."

"받아들여."

단운룡은 짧은 한마디로 마건위의 불만을 잠재웠다. 그게 그리도 자연스러울 수가 없다. 마건위는 그저 헛웃음으로 수긍할 수밖에 없었다.

우목은 못내 우려를 감추지 못했다.

"아무래도 모험 같다. 물론 네 실력은 잘 알아. 요화선자도 보통 강한 게 아니지. 하지만 둘만으로는 글쎄……."

"허유는 그냥 버릴 수 있는 패(牌)가 아니잖냐. 그동안 적진 한가운데서 목숨 건 것을 생각하면 우리도 목숨을 걸어줘야지."

모험이다?

단운룡은 허유를 위해 목숨을 걸겠다고 말했다.

그러면 된 거다. 단운룡의 시선이 다시 마건위 쪽으로 향했다.

"허유를 구하는 것도 중요하지만 그 이후가 더 중요해. 소문이 나고 있다고 했지? 고무적인 일이다. 그런 소문은 부족민들의 자발적인 이주까지 유발할 수 있거든. 병력 부족을 극복할 수 있는 열쇠가 될 거다."

미래까지 내다보는 단운룡이다.

마건위는 비로소 깨달았다.

하루하루 살아남을 것만 생각하던 시대는 지났다. 새 시대가 오고 있었다.

*　　　*　　　*

"깨워라."

황육괴의 명령에 황각군 무인 하나가 허유의 머리채를 휘어잡았다. 퍽! 하는 소리가 울리고, 까만 핏물 말라붙은 입술에 새빨간 선혈이 새롭게 흘러나왔다.

"눈을 뜨지 않습니다. 촉와향 때문인 것 같습니다."

황각군과 지각군은 진지를 구축하기 위해 구독림 바깥까지 후퇴해야만 했다. 모두가 내공을 익힌 무인들이기에 구독림의 독물들은 큰 문제가 될 수 없었지만, 그것도 몸 상태가 멀쩡할 때의 이야기다.

촉와향에 당한 이들이 너무 많았다.

촉와향에 중독되면 내공 운용이 어려워진다. 진정한 고수들도 본신진기를 대폭 깎아먹어야 할 만큼 대단한 독이다.

그 상태에서는 독사 한 마리에만 잘못 물려도 치명적일 수 있다. 서둘러 구독림을 벗어나야만 했던 이유였다.

"인질이 있는 곳에 주저치 않고 촉와향을 던지다니……! 이놈은 이제 아무런 쓸모가 없는 모양이다."

황육괴의 몰골은 지난밤의 노화로 인해 더욱더 추악해져 있었다. 일그러진 얼굴에 듬성듬성 산발한 머리카락이 제멋대로 뻗쳐 있었다.

"그냥 죽여 버릴까."

동의를 구하듯 황육괴가 고개를 돌리며 물었다.

지사괴의 눈매가 꿈틀했다. 화가 난 것으로는 지사괴도 황육괴 못지않은 상태였다.

지사괴가 널브러진 허유를 한참이나 내려보았다. 허유의 운명은 두 사람의 마음에 온전히 달려 있었다. 짧은 시간 몇 번이나 생과 사를 오간 것일까. 지사괴가 천천히 입을 열었다.

"허세였을 겁니다."

"허세?"

"놈들은 이자를 구하러 옵니다. 시도조차 안 할 리 없습니다."

"하지만 놈들은 이자를 보고도 아무런 반응을 보이지 않았다."

"바로 그 부분입니다. 이자는 놈들에게 중한 인물입니다. 그것만큼은 틀림없습니다. 그런데도 망설이는 기색조차 없었다면, 그건 본심이 아니라 꾸며낸 얼굴일 가능성이 높습니다."

"촉와향은?"

"촉와향은 직접적인 살상력이 없습니다. 머리를 쓴 게지요."

황육괴가 씩씩대며 화를 냈다. 속았다는 사실에 분노한 것이다.

"죽여 버리고 시체를 매달아놓을까 보다."

"이자를 구하러 온다면 필시 중원 연놈들이 나설 게 분명합니다. 확실히 유인하려면 살려두는 편이 낫다고 봅니다. 저곳을 뚫지 못한 근본적인 이유는 지형 때문입니다. 이처럼 탁 트인 곳에서는 제아무리 뛰어난 실력을 지녔어도 날뛸 재간이 없을 겁니다. 연놈들을 죽일 수 있는 절호의 기회가 되겠지요."

"어차피 이 거리에선 죽었는지 살았는지 분간이 안 될 텐데."

"굳이 죽이고 싶으시다면 그렇게 하시지요. 그러나 당장 죽여 버리기엔 중원 연놈들의 정체가 궁금합니다. 몇 가지만 물어보고 죽입시다."

또 한 번 죽음을 비껴가는 허유다.

황육괴가 퉤 하고, 침을 뱉었다. 진득하게 더러운 침이 허유의 머리카락 위에 엉겨 붙었다.

"명줄 한 번 질기구나. 네놈의 목은 내 친히 따주마."

씹어뱉듯 말하고 몸을 돌렸다.

어둠 저편으로 높게 솟은 고원이 보였다. 검게 물든 바위벽은 난공불락 거대한 요새의 성벽과도 같았다.

군왕의 진노(震怒)가 가슴을 옥죄었다.

맹획 군왕은 용서를 즐겨 하는 인물이 아니다. 군왕의 분노를 덜기 위해서라도 반드시 저곳을 함락시켜야 한다.

"지원병력을 요청해라."

지사괴가 명령하는 소리가 들렸다.

까드득.

이를 가는 소리처럼. 오른손에서 유성추가 쇠 긁는 소리를 냈다. 타오르는 살심이 추악한 모습 위로 진하게 일렁이고 있었다.

*   *   *

"다녀오마."

적습이 있었던 것이 새벽.

아침부터 낮밤을 꼬박 운기로 지새웠다.

어스름하게 동이 터오는 것을 보며 단운룡은 곧바로 몸을 날렸다.

"성공해라. 꼭."

서두르는 이유는 따로 있지 않았다.

허유의 생사 때문이다.

망루 위에서 적진을 살피던 우목은 기둥에 높이 매달린 허유를 볼 수 있었다. 허유는 그 위에서 잔혹한 고문을 당했다. 놈들은 칼이나 몽둥이를 쓰지 않았다. 놈들이 택한 것은 열(熱)이었다. 불에 달군 팔각철추로 팔다리를 지지기 시작한 것이다. 살려두면서 최대한의 고통을 주려면 불로 지지는 것만큼 좋은 방법도 없다. 잔인하면서도 악독한 고문이었다.

사사사사사삭!

단운룡이 앞장서고 도요화가 그 뒤를 따랐다. 남쪽 산문을 열고 내려왔다. 그 앞에 펼쳐졌던 지옥도는 단운룡이 운공하는 사이에 이미 정리가 된 후였다.

내버려 둬도 되는 시체들을 굳이 수습해야 했던 이유는 단순했다. 물자 부족 때문이다.

전사들 이백 명이나 동원했다. 투구와 황동 각반, 황동 비구들을 수거하기 위함이었다. 부서지고 깨진 것도 관계없었다. 녹여서 재사용하면 그만이었다. 남김없이 긁어모았다. 잘 제련된 금속들은 농기구나 연장들을 만드는 데에도 좋은 재료가 될 것이었다.

사방에 흩어졌던 시체들은 구독림 앞에 모아 불을 질렀다. 산더미처럼 쌓였던 시체 무더기는 이제 둥그런 잿더미가 되어 있었다.

단운룡과 도요화는 시체들을 일별한 후, 곧바로 숲에 진입했다. 경공을 펼쳐 구독림을 주파했다. 바깥쪽에 이르자 빽빽하게 들어찬 나무 사이로 놈들의 진지가 보이기 시작했다. 훌쩍 뛰어올라 굵다란 나뭇가지 위에 섰다. 바깥쪽 늪으로부터 스멀스멀 기어올라 온 새벽안개가 적진을 감싸 흐르고 있었다.

적진은 둥그런 원진(圓陣) 형태였다.

중심부 조금 뒤쪽엔 키가 작은 려족식 천막들이 다닥다닥 붙어 있었다. 맹획군 특유의 전장용 막사들이었다. 막사들도 답답하게 붙어 있었지만 사람 사이의 간격은 더 좁았다. 촘촘함이 지나친 밀집 대형이었다.

필연적인 선택이었을 것이다.

구독림 바깥은 촉사와 늪과 접해 있었다. 무르지 않고 단단하게 말라 있는 땅이 얼마 되지 않았다. 푹푹 빠지는 늪지 위에 진지를 구축할 수는 없는 일이다. 산개하여 진용을 짤 만한 여건이 안 된다는 뜻이다.

가장 눈길을 끄는 것은 바깥쪽에 세워진 철방패들이었다. 이백 개에 달하는 대형 철방패가 원진을 둘러 울타리처럼 박혀 있었다. 듬성듬성 엉성한 목책처럼 보인다. 살짝만 밀어도 넘어질 방패들을 왜 저렇게 늘어 세워놨는지, 의도를 짐작키가 어려웠다.

철방패 사이로 가부좌를 튼 채 운공을 하고 있는 황각군 무인들이 보였다. 무림문파와 정규 군대를 반반씩 섞어놓은 느낌이랄까. 중원무림에서는 좀처럼 보기 힘든 광경이다.

'그리고… 허유.'

단운룡의 눈이 적진의 중심으로 향했다.

빽빽하게 들어찬 대병력 한가운데 기둥을 높인 사륜거가 서 있었다. 밀집대형을 짜야 했던 또 하나의 이유다. 기둥 위에 매달린 허유를 지키기 위해서는 병력의 집적도를 최대화할 필요가 있었던 것이다.

백 명에 달하는 지각군 무인들이 팔각철추를 비껴든 채, 사륜거 주위를 둘러치고 있었다. 그들의 앞쪽으로 불 꺼진 모닥불 열 개가 하얀 연기로 새벽하늘에 긴 백선(白線)을 그었다. 불을 밝힌 채 밤새워 경계를 했다는 뜻이다.

'삼엄한걸.'

운기를 빨리 끝냈어야 했던 것이 아닌가 하는 아쉬움이 남았다. 이런 기습은 본디 야음을 틈타는 게 효과적인 법이었다. 아무리 밤을 새워 경계를 한다 해도, 짙은 어둠이란 그 자체로 훌륭한 엄폐막이 될 수 있기 때문이다.

하지만 그렇다고 다시 밤이 올 때까지 기다릴 수도 없는 노릇이었다. 허유의 상태가 심상치 않았던 까닭이었다.

고원 위 망루에서 볼 때도 불안불안했지만, 지금은 더 심했다. 안력을 돋우어 허유의 몸을 살폈다. 곳곳에 말라붙은 핏물하며, 손발, 팔다리 어디 하나 성한 구석이 없다. 드러난 살갗은 군데군데 화상을 입어 울긋불긋 일그러져 있다.

화상도 놔두면 치명상이 된다. 보아하니 지금 당장 구해온다 해도 이후의 생사를 장담하기 힘들 정도다. 그런 마당에 하루 낮을 저대로 둔다? 이토록 습하고 끈적한 대지에서는 한 시진의 방치가 곧, 저승길을 재촉하는 열 번의 채찍질과 같을 터였다.

"만만치 않겠어."

단운룡이 작은 목소리로 말하며 나무 위에서 뛰어내렸다.

적 병력은 아직도 오백을 넘는다. 아마도 육백 이상일 게다.

단운룡은 나무 사이 적진에 시선을 고정한 채, 숲 외곽으로 도요화를 이끌었다.

취약한 곳부터 공략해야 했다. 처음 위치부터 잘 잡아야 길을 열 수 있었다.

"탐색부터다. 시작해."

그녀가 등 뒤에 지고 온 전고를 허리춤으로 끌어맸다. 초림 숲에서 목숨을 잃었던 어린 고수병의 손에서 가져와 지사괴를 막을 때 썼던 바로 그 전고였다.

두웅!

마침내, 첫 일격이다.

묵직한 울림이 수풀을 가르고 짓쳐 나갔다.

그녀의 눈이 엷은 보라색 광망을 띠었다. 숲을 뚫고 드넓게 확산되었던 북소리가 한 점에 집중되었다. 퍼져 나가야 할 음파를 한 점에 쑤셔 박으니 폭발하는 것 외엔 도리가 없다. 퍼엉! 하는 소리와 함께, 멀쩡히 서 있던 황각군 무인 하나가 땅바닥을 굴렀다.

둥! 두둥! 두웅!

북소리가 이어졌다.

철방패 사이로 틀어박힌다. 황각군 무인 두 명이 더 쓰러졌다.

소란이 일었다. 잔잔한 물 위에 돌을 던진 듯, 수백 명 무인들이 차례차례 반응하여 소리를 쳤다.

"적습! 적습이다!!"

"일어나라! 자리를 잡아!"

앉아 있던 놈들이 운공을 멈추고 자리에서 일어난다. 막사에서 눈을 붙이던 놈들이 뛰어나와 전투 준비를 했다.

도요화의 북소리는 멈추지 않았다.

대경한 적들이 진용을 정비하는 동안 여섯 명이 더 쓰러졌다.

"방패를 세워!!"

"뒤로 물러나라!"

"황각군은 지각군 무인들의 지시를 따른다! 방패를 잡아라!"

허유 주위에 배치되지 않은 지각군 무인들이 재빠르게 몸을 날려 원형진 바깥에 박아놓은 철방패를 뽑아 들었다. 나머지 방패들은 황각군 무인들이 집어 들었다.

서두르고 있지만 당황하는 기색은 없었다. 미리부터 약속된 움직임 같았다.

두웅! 터어엉!

도요화의 타고공진(打鼓空震) 일격이 지각군이 들고 있는 철방패에 틀어박혔다. 지각군 무인의 몸이 방패째로 튕겨 나갔다. 쓰러졌던 놈이 금세 몸을 일으키고는 다시 방패를 세웠다. 큰 타격을 입히지 못한 것이다.

'이것이었나!'

단운룡의 눈이 번쩍이는 빛을 품었다.

왜 방패를 목책처럼 늘어놨나 했더니, 바로 이래서였구나 싶었다.

그녀의 공진격은 기본적으로 타격 부위가 넓은 충타(衝打)의 성질을 지니고 있었다. 장법이나 둔기로 때리는 것과 비슷하다는 뜻이다.

무림인들끼리의 싸움에서는 그 효용성이 떨어진다고 하나, 대저 방패라 함은 가장 역사가 오래된 방어구이며, 또한 역사가 오랜 만큼 훌륭한 방어구 중 하나였다.

손바닥이든 몽둥이든, 또는 검이든 창이든 방패처럼 충격을 완화할 수 있는 장비가 있으면 그 위력을 반감시킬 수 있다. 앞서 타고공진격에 당한 황각군 무인들은 내상을 입고 정신을 잃거나, 땅을 짚고서 휘청휘청 힘겹게 몸을 일으켜야 했지만, 방패로 막은 놈은 넘어지기 무섭게 곧바로 몸을 세울 수 있었다. 그 차이다. 벌거벗은 맨몸과 전신갑주를 완벽하게 챙겨 입은 것만큼이나 달랐다.

"방패가 없는 놈을 노려."

"알고 있어요."

보랏빛 시선은 이미 방패 사이에 고정되어 있었다. 그녀는 틈을 놓치지 않았다. 타고 세 번, 날카롭게 파고든 충격파가 황각군 무인 세 명을 땅바닥에 처박았다.

"말씀하신 원거리 공격입니다!"

"방향은?"

"북북서. 숲 쪽입니다."

보고는 즉각적이었다.

지사괴의 눈에서 불꽃이 튀었다. 당장이라도 뛰어나가고 싶은 마음을 억누르고는 내력을 모아 입을 열었다. 강렬한 목소리가 원진 전체로 퍼져 나갔다.

"북쪽과 서쪽으로 방패진을 집중한다! 벽을 만들어라!!"

척! 척! 척! 척! 타다다다다닥!

원형진을 둘러쳤던 철방패가 일제히 움직이기 시작했다. 펼쳐졌던 부채가 접히는 것처럼, 간격을 두고 섰던 철방패들이 북쪽과 서쪽 사분원으로 모여들었다.

척! 처척! 꾸웅!

이백 개에 이르는 철방패가 빈틈없이 세워졌다. 몇 장에 이르는 철벽이 땅 위에 만들어진 셈이었다. 도요화가 미간을 좁히며 북을 내려쳤다. 종전보다 더 강한 힘, 더 큰 북소리가 꿍꿍하게 사위를 울렸다.

꽈앙!

방패에 직격이다. 커다란 폭음이 터져 나왔다. 양옆에 붙은 방패들이 서로서로 부딪치며 따다당! 하고 날카로운 금속성을 터뜨렸다.

두둥! 쫘광!

그녀가 재차 공격을 시도해 보았지만 결과는 크게 다르지 않았다. 네댓 개의 방패가 한꺼번에 흔들렸지만, 그것으로 끝이다. 밀려나는 자들은 뒤에 선 자가 받쳐 준다. 넘어지거나 쓰러지는 일이 없다. 타격을 받을수록 좁아지는 원진이다. 밀집진형은 간격이 없는 초밀집진형으로 변했고 더 튼튼해진 방패벽은 어떤 충격에도 무너질 줄을 몰랐다.

'제법이로군.'

이 방패벽은 전적으로 도요화의 타고공진격을 겨냥한 방진(防陣)이다.

지사괴의 머리에서 나온 책략일 것이다.

놈은 이미 도요화의 능력을 겪어본 바 있다. 지닌바 지략이 상당하다더니, 과연 짧은 시간에 꽤나 효과적인 대응전략을 만들어놓은 것이다.

"앞으로 간다. 조금만 더 조여보자."

단운룡의 말에 도요화가 몸을 날렸다.

꽝! 하는 소리가 연이어 다섯 번이나 터져 나왔다. 그녀가 울리는 북소리를 따라 방패들이 파도치듯 흔들렸다.

"북쪽이다! 공격이 들어오는 방향으로 방패벽을 짜라!!"

지사괴의 지시는 즉각적이었다. 방패벽은 명령에 따라 견고하면서도 유연하게 움직였다.

그녀는 방패벽을 허물지 못했다.

그것이 타고공진격의 한계였다. 북을 쳐서 만들어내는 공진격은 허공을 격하고 날아가긴 하지만, 엄밀히 따졌을 때 격산타우의 공부라고 부르기엔 어려운 부분이 있었다.

격산타우는 가운데에 벽이 있음에도 그것을 무시한 채, 타격을 입히는 공부를 의미한다. 그에 비해 타고공진격은 직선으로 무기를 던지는 투법에 가깝다. 장애물을 침투하여 공격하는 것이 어렵다는 이야기다. 음파의 확산과 집중을 뜻하는 바대로 자유자재로 할 수 있게 된다면 또 모르는 일이나, 지금은 아직 그 경지에 이르지 못했다. 이번에 알게 된 것이 아니라 예전에 이미 단운룡과 수련을 하면서 깨달았던 바였다.

"올라갈게요!"

도요화가 소리쳤다.

그녀가 훌쩍 몸을 날려 나무 위로 올라갔다. 직선으로 막힌다면 위쪽에서 내리꽂으면 된다. 나뭇가지 몇 개를 타오르자 공격이 가능한 각도를 확보할 수 있었다. 그녀의 북채가 다시 고면(鼓面)을 때렸다.

두웅! 퍼어엉!

방패벽이 가릴 수 있는 높이는 사람 키 정도가 한계였다. 날아든 공진격에 다닥다닥 붙어 있던 황각군 무인들 세 명이 한꺼번에 뒤엉켜 땅바닥을 굴렀다.

"후퇴하라! 나무 위다! 숲에서 거리를 둬!!"

민활한 대응이었다.

황각군과 지각군 무인들이 강철 방패를 비스듬히 위로 올리고 빠르게 물러났다. 썰물처럼 뒤쪽으로 빠져나가는데, 공격 가능각이 후퇴하는 속도만큼 빠르게 소실되고 있었다. 그녀가 다소 당황한 목소리로 물었다.

"어떻게 하죠?"

이 정도일 줄은 몰랐다.

지난밤과는 완전 딴판이다. 지형적인 이점이란 것은 싸움에 있어 그만큼이나 중요한 요소였다. 지형만 다른 것이 아니다. 철저하게 방비했을 뿐 아니라, 순간적인 지휘 능력도 좋다. 도요화의 타고공진격도 이래서는 내력 낭비일 뿐이었다.

"괜찮아. 정면 돌파로 가자."

단운룡이 말했다.

그녀는 곧바로 나무 위에서 내려왔다. 그녀는 아무런 의문도 품지 않았다. 그가 괜찮다면 괜찮을 것이었다.

숲을 헤치고 앞으로 나섰다.

새벽안개가 무릎까지 깔렸다. 단운룡은 광구를 열고 전신진기를 한껏 개방했다. 거침없는 걸음걸이로 적진을 향해 발을 옮겼다. 걸음을 따라 안개무리가 격하게 휩쓸려 나갔다.

"적들이 시야에 잡혔습니다. 적의 숫자는… 두, 두 명입니다!"

방패벽 한쪽이 술렁 흔들렸다.

보이는 것은 오직 두 사람뿐이었다. 그렇기에 더욱더 무섭다.

이들은 단운룡과 도요화를 보고 단둘이라 미쳤다며 비웃을 수가 없었다.

단운룡이 무슨 일을 할 수 있는지 보았기 때문이다. 당장 내뿜는 기파도 감당이 안 될 정도다. 수백 명 무인이 어깨를 맞대고 있지만, 그것으로는 아무런 위로가 되지 않았다. 상대는 병력의 숫자라는 것을 가볍게 무시할 수 있는 자다. 그런 자가 망설임없이 그들을 향해 다가오고 있다. 당황하지 않을 도리가 없었다.

"적을 포위하라! 여긴 평지다! 이쪽이 더 유리한 지형이다!!"

그토록 민첩하게 움직이던 방패벽은 명령을 받고도 쉽사리 움직일 줄을 몰랐다.

줄기줄기 뻗어나가는 단운룡의 기파가 두려움이란 이름으로 그들의 발목을 묶어놓고 있었기 때문이었다.

"뭣들 하는 것인가! 상대는 둘뿐이다! 황천인해진을 발동해!"

탁한 목소리가 발악적으로 터져 나왔다.

황육괴의 음성이다. 방패벽은 그때서야 열렸다. 문처럼 벌어진 방패 사이로 황각군 무인들이 쏟아져 나왔다.

단운룡은 걸음을 멈춘 채 움직이지 않았다. 방패벽과의 거리는 기껏해야 오 장 정도다. 황각군 무인들이 한껏 긴장한 채로 달려나와 두 사람을 둘러싸기 시작했다. 일사불란하게 움직이는 샛노란 갑주가 눈앞을 가득 채웠다.

저벅!

단운룡이 다시 걸음을 옮겼다.

그저 멈추었다가 발을 뗐을 뿐인데, 방패벽 전체가 움찔 뒤로 물러난다. 황각군 무인들이 차곡차곡 인벽을 세워 두 사람을 포위했지만, 누구 하나 감히 달려드는 자는 없었다.

저벅, 저벅.

단운룡은 태연하게 앞으로 나아갔다. 그가 걷는 만큼 방패벽도 뒤로 물러났다. 둥글게 둘러싼 포위망도 같이 움직였다.

기이한 광경이었다.

그것은 마치 거역할 수 없는 명령과도 같았다. 더 가까이 오면 죽는다. 공포의 본능으로 빚어진 강제적인 반응이었다.

"물러나지 마라! 진을 굳혀!"

황육괴의 목소리가 속절없이 허공을 갈랐다. 소용없는 명령이었다. 보다 못한 지사괴가 소리쳤다. 쩌렁쩌렁한 내력이 담긴 목소리였다.

"지각군이 나선다! 방패벽으로 한 겹 더 둘러싸!"

지각군의 기량은 황각군보다 위에 있었다.

방패를 들고 있던 지각군 무인들이 마지못해 땅을 박찬다. 단운룡은 그것마저도 내버려 두었다. 이내 세 겹의 포위망 안쪽으로 견고한 방패벽이 세워졌다. 인간과 방패로 겹겹이 둘러싸인 형세였다.

"지각군은 암토경기공을 극성으로 끌어올려라! 과장된 허세에 속지 마! 놈들은 고작 둘뿐이다! 내력으로 버티고 상대를 똑바로 보라!"

지사괴의 명령은 황육괴의 그것보다 훨씬 더 시의적절했다.

방패벽을 세운 지각군 무인들이 굳게 버텨선 채 내력을 끌어올렸다. 수십에 달하는 무인들이 그처럼 기력을 다하자 무지막지하게 뻗어나가던 단운룡의 기파도 한층 수그러드는 느낌이다. 보이지 않는 무형의 기운들이 상쇄되는 순간이었다.

"요화, 등 뒤를 부탁한다."

단운룡의 목소리가 땅 위에 깔렸다.

"걱정 마세요."

단운룡의 입가에 엷은 미소가 걸렸다.

하단에서 진기를 끌어올리고, 상단에서 뇌기를 내리꽂았다.

중단에서 빛나는 뇌정광구가 휘황한 뇌광을 뿜어냈다. 치닫는 광극진기가 뇌전을 불러일으켜 단운룡의 전신에 뇌격의 갑옷을 둘러쳤다.

"가자."

바로 이 순간을 기다렸다.

도요화의 타고공진파는 적들의 진용을 초밀집진형으로 만들었다. 무인들의 간격이 좁아졌다는 것은 달리 말해 사륜거, 허유까지의 거리가 줄어들었다는 것을 뜻한다. 그뿐이 아니다. 황각군 무인들이 겹겹이 두 사람을 둘러쌌고, 방패벽이 한 줄 더 빠져나왔다. 허유까지의 거리가 더 줄어든 것이다.

파지지직! 터엉!

단운룡의 발이 땅을 박찼다.

방패벽을 세운 무인들의 몸이 일순간 경직되었다.

뇌전의 기운을 흩뿌리며 짓쳐드는 단운룡이다. 오른발을 땅에 박고, 허리를 틀었다. 그의 등이 화탄처럼 방패벽에 때려 박혔다.

꽈아아앙!

광혼고가 터뜨린 폭음이 죽은 자의 비명성을 빨아들인다. 종잇장처럼 우그러진 방패 뒤로 버텨 섰던 자의 두 팔이 한꺼번에 터져 나갔다.

왼발을 내딛고, 상체를 정면으로 돌렸다.

단운룡의 두 손바닥이 앞으로 모였다. 번쩍이는 기운이 강렬한 섬광을 일으켰다.

파지직! 콰앙!

광뢰포의 전격이 전면을 휩쓸었다.

팔을 잃은 무인이 산산조각으로 폭발했다. 어깨끼리 닿을 만큼 밀집되어 있던 무인들은 작렬하는 뇌화(雷禍)를 피해갈 수 없었다.

후두둑! 파지지지직!

섬멸의 힘을 지닌 단운룡의 무공 앞에서 지나친 밀집대형이란 곧 자살 행위에 다름이 아니었다. 이십여 명에 이르는 무인들이 일순간에 목숨을 잃었다.

"황천인해진을!!!"

황육괴의 명령은 절규와도 같았다.

하지만 과하게 좁혀진 진용 안에서 진식 발동의 간격을 확보하기란 결코 쉬운 일이 아니었다. 연이어 발출한 단운룡의 광혼고가 양옆을 박살 냈다. 진법이 짜여지는 동안 날아간 목숨이 사십에 이르고 있었다.

"뒤를 쳐라! 멈춰 있지 말고 공격을 가해!!"

놈들은 마침내 깨달았다.

이래도 죽고 저래도 죽는다. 그럴 바엔 발악이라도 해보고 죽는 것이 낫다.

방패벽을 세운 채로 포위망만 유지했던 무인들이 일제히 달려들었다. 단운룡의 등을 향해서다. 그 등을 지키고 있는 도요화를 향해서였다.

"타합!"

도요화의 기합성이 쏟아지는 육장을 장쾌하게 갈랐다. 발끝을 휘두르고, 철추를 비껴낸다. 고고한 전진무공이 전장의 실전 무예로 풀려 나왔다.

다섯 놈이 한꺼번에 달려들었지만 그 어느 한 놈도 진정 도요화를 위협할 수는 없었다. 그녀가 물러나며 뒷발로 북면을 때렸다. 저편에서 달려들던 무인의 가슴팍에서 펑! 하는 격타음이 울려 퍼졌다.

파지지지! 콰직! 짜앙!

단운룡이 격하게 몰아치는 폭풍이라면 도요화는 섬세하게 밀어내는 물살과도 같았다.

두 사람의 전진은 실로 놀라웠다.

단운룡이 앞과 양옆 삼면을 아우르고, 도요화는 후방에서 오는 공격들을 착실하게 차단했다. 이심전심 마음을 나누는 양의진과도 같다. 공방일체로 완벽하게 맞아떨어지는 무공이었다.

짜앙!

당황, 공포, 후퇴, 그다음은 적응이다.

놈들도 무공을 익힌 무인들이다. 계속 당하다 보면 요령이란 것이 생기게 되어 있다.

무서운 것도 계속 겪다 보면 내성이란 것이 생긴다.

워낙 죽어나가는 자들이 많다 보니, 그것도 이젠 당연하게 보일 정도다. 그렇기에 덤벼들 수 있는 것이다. 미약한 반격이나마 목숨을 던져 가며 시도해 본다. 단운룡으로서도 그냥 넘길 수가 없다. 한 번 손을 휘두르면 끝날 것을 두 번 손을 휘둘러야 했고, 일격을 내치고 숨을 돌리던 것을 쉼없는 연타로 이어가야 했다.

'무거워졌어.'

나아가는 무력은 그야말로 개세적이었지만, 압도적인 숫자가 발하는 저력은 결코 무시할 것이 못됐다. 적들의 진식이 새롭게 정돈되면서 저항도 그만큼 거세지기 시작한 것이다.

소모되는 진기가 더 커질 수밖에 없었다. 나아가는 속도가 느려지는 것은 필연이었다.

"완전히 포위되고 말았는데요."

앞뒤로 밀어내고 멈추어 선다. 그녀가 밀린 탁기를 깊게 내뱉으며 말했다. 그녀의 말마따나 그들은 이제 적진 한가운데에 들어와 있었다. 서너 겹이 아니라 수십 겹으로 포위당한 형세였다.

"이제 다 왔어."

단운룡이 답했다.

그의 시선이 앞으로 향했다.

깊이 들어온 만큼 목표와도 가까워졌다. 사륜거가 바로 저 앞이다. 황육괴와 지사괴의 얼굴이 보인다. 몇 겹만 뚫으면 이제 지각군 병력이다. 백 개의 팔각철추가 그들을 기다리고 있었다.

단운룡은 그 자리에 멈춰 선 채, 뇌정광구로 의념을 보냈다.

광구가 전신의 진기를 빨아들여 갈무리한다. 그의 몸을 둘러쳤던 뇌전력이 일순간에 흩어졌다.

갑작스런 변화에 놀란 것은 오히려 적들이다. 뿜어져 나오던 기운이 대폭 줄어들었지만 적들은 곧장 달려들지 못했다. 단운룡이 보여준 무력의 잔영 때문이었다.

"무슨 짓이냐. 포기한 것인가?"

저편에 보이는 지사괴가 물었다. 단운룡이 반문으로 답했다.

"그래 보이나?"

"힘을 거둔 이유가 무엇이냐?"

바보 같은 질문임을 알고 있음에도 지사괴는 물어볼 수밖에 없었다. 단운룡은 대답하지 않았다. 그 대신 품속에서 하나의 목갑을 꺼낸다.

목갑이 열리고, 하나의 자기병이 손 위에 올라왔다.

그것을 본 지사괴가 두 눈을 크게 치떴다.

"그것은!!"

적들을 밀집대형으로 몰아넣은 또 하나의 이유가 거기 있다.

촉와향 자기병이다.

황각군 수백 명에게 오직 일신의 무공만으로 맞서던 단운룡이다. 그와 같은 고수가 직접 촉와향을 쓸 것이라고는 누구도 예상하지 못했다.

뇌신 발동을 멈춘 것도 촉와향 때문이다.

촉와향 자기병이 깨져 버리거나 향독의 독력이 뇌신의 뇌전력에 타버릴까 우려해서다.

"여기서 기다려."

도요화에게 말했다.

도요화는 굉장히 심후한 내공을 지녔지만, 촉와향 향독까지 막아낼 수 있는지는 모른다. 위에서 실험이라도 하고 내려왔으면 좋았겠지만 그러기엔 촉와향의 보유량이 너무 적었다. 확신이 서지 않으니 따라 들어오라고 말할 수가 없었다. 그녀를 일별한 후, 곧바로 촉와향 자기병을 낮게 깔아 던졌다. 자기병이 땅을 스치고 날아가 황각군 한 놈의 발목에 맞고 깨졌다. 그들과 사륜거 사이의 중간쯤에서였다.

화아아악!

촉와향 향독이 피어올랐다.

황각군 무인들이 본능적으로 몸을 날렸다. 흩어지는 서슬에 사륜거까지의 길이 절로 열렸다. 단운룡은 다시 뇌신을 발동했다.

그의 몸이 땅을 박차고 짓쳐들었다. 자기병이 깨진 곳을 살짝 우회해서 들어간다. 촉와향 향독이 미세하게 피부를 침투해 오려는 것이 느껴졌다. 하지만 그 독력은 뇌전의 갑옷을 뚫고 들어올 수가 없었다.

쫘앙! 콰직!

그 와중에도 막아서는 놈들을 가볍게 쓰러뜨리며 앞으로 전진했다.

지사괴의 입에서 다급한 고함 소리가 터져 나왔다.

"지각군, 막아서라! 공격해! 중독되더라도 자리를 지켜!!"

가혹한 명령이다.

하지만 지각군은 그 명령마저도 충실히 따랐다. 팔각철추를 비껴든 지각군 무인들이 벌 떼처럼 달려들었다.

우지끈! 퍼억!

팔각철추 목봉을 부러뜨리고, 날아드는 놈의 머리를 극광추로 날려 버렸다. 공중에서 몸을 휘돌리며 마광각을 흩뿌렸다. 땅을 박찬 놈들이 달려드는 기세 그대로 튕겨 나갔다.

넘실넘실 촉와향이 퍼져 나간다.

향독에 중독된 황각군 무인들이 비틀비틀 물러나고 있었다. 달려들던 지각군 무인들도 흡! 하고 숨을 들이켜며 내력을 끌어

올린다.

일렁이는 촉와향에도.

쏟아지는 팔각철추 속에서도.

오직 자유로운 자는 단운룡뿐이다.

지사괴의 얼굴이 크게 일그러졌다. 그가 황육괴를 돌아본다. 황육괴가 고개를 한 번 끄덕이고는 흉신악살과 같은 얼굴로 괴악한 고함을 내질렀다.

"마음대로 날뛰게 놔둘쏘냐!!"

그가 흉험한 기세로 몸을 날렸다. 하지만 그 방향은 단운룡 쪽이 아니었다. 사륜거 쪽을 향해서다. 사륜거 바퀴를 박차고 뛰어올라 높이 세운 기둥을 향해 일장을 날렸다.

꽝! 하는 폭음에 이어 우지직! 하고 부러지는 소리가 울려 퍼졌다.

'허유!'

기울어져 넘어간다. 황육괴가 떨어지는 허유의 몸을 잡아챘다. 그리고는 다시 몸을 날린다. 단운룡과 멀어지는 방향을 향해서였다.

"황각군은 육괴 어르신을 보호하라!"

지사괴의 목소리가 사위를 울렸다. 단운룡을 돌아보는 지사괴의 눈빛에 이제 어쩔 셈이냐 하는 회심의 질문이 머물렀다.

'제길……!'

몰랐다. 이렇게까지 나올 줄은.

어차피 막을 수 없다면 허유라도 내주지 않겠다는 뜻이다. 도망을 치든 치졸한 방법을 쓰든 무슨 짓을 해서라도 단운룡의 뜻대로는 두지 않으려는 시도였다.

'어림없어!'

한마디로 일축하고 뇌정광구의 힘을 한껏 뽑아 올렸다. 겹겹이 쳐들어오는 지각군 무인들을 파죽지세로 물리쳤다.

갈색 갑주가 터져 나가고 팔각철추 쇳덩이가 부서졌다.

이윽고 안개가 걷히듯, 단운룡의 용안(龍眼)에 지사괴의 전신이 비쳐들었다.

마침내 우두머리다.

단숨에 치고 들어가 광검결을 내리 갈랐다.

그때였다.

쐐애애애액!

강력한 파공음이 단운룡의 귓전을 울렸다.

단운룡은 그 파공음을 그대로 무시할 수가 없었다. 짓쳐 가던 손날을 되돌리고 급격하게 몸을 틀었다. 송곳과도 같은 일격이 심장이 있던 허공을 스쳐 갔다.

쐐액! 쐐애애액!

파공음이 연이어 날아들었다. 단운룡은 공중에 뜬 채로 두 번이나 방향을 꺾었다. 두 줄기 흑선(黑線)이 바람을 가르며 땅바닥에 박혀들었다.

'화살?!'

단운룡의 눈이 밝아오는 하늘을 지나 수십 명 황각 지각 무인들을 훑었다. 누구도 활과 화살을 장비한 자는 없다.

화살이 날아온 방향으로 시야를 넓혔다. 마침내 그의 눈동자가 한곳에서 멈추었다.

대궁(大弓)을 겨눈 자가 거기에 있었다.

긴 흉터가 얼굴을 가로지르고 있다. 팔꿈치엔 소형 방패를 매달았다. 방패 전면에 새겨진 것은 비늘 달린 괴조(怪鳥)였다.

'흉조의 대궁!'

워낙에 특징있는 놈이라 보자마자 정체를 알 수 있었다. 타가의 삼대심복 중 하나인 흉조의 카무이였다.

'이놈이 어째서 여기에?!'

단운룡은 적잖이 놀랐다.

타가군과 맹획군은 서로를 못 잡아먹어 안달인 앙숙들이었다. 한데 타가군에서도 핵심 전력인 카무이가 버젓이 맹획군 한가운데에 서 있는 것이다. 이해할 수 없는 일이었다.

"이 모든 문제의 주범을 이제야 보게 되었군요."

단운룡이 더 놀란 것은 그만한 고수의 존재를 미리 알아채지 못했다는 사실이다.

그것도 둘씩이나.

"꽤나 놀란 얼굴 아닙니까."

카무이에 이어 나타난 자.

한줄기 웃음소리와 함께 지각군 무인들 사이에서 걸어나온다.

청색으로 빛나는 검을 비껴들고 친근한 척 말을 건다. 거짓된 예의로 꾸며진 가증스런 화술이다. 타가군의 음흉한 여우인 흉호의 적검 아야크였다.

"네놈들이 왜 여기에 있지?"

가볍게 내려선 채 물었다.

짐작조차 못했다.

진실로 예상 밖의 한 수다.

정면에는 지사괴가, 왼쪽에는 아야크가 섰다. 오른쪽 저편에는 카무이가 화살을 겨누었고, 지사괴 너머 저 멀리에는 황각군에게 둘러싸인 황육괴가 허유를 들쳐 멨다.

사대괴인의 둘.

삼흉의 둘.

적들의 최고 전력이 이 자리에 다 모였다.

'제길.'

그 정도의 고수들이 있는 것을 미처 느끼지 못했다?

그럴 수도 있다.

수백 명 무인들의 군기(軍氣)에 가렸을 수도 있을 것이요, 그들 스스로 기척을 잘 감추기도 했을 것이다. 보다 근본적인 이유라고 한다면, 이들 개개인의 기량 자체가 단운룡을 위협할 정도가 되지 못한다는 점이었을 것이다.

그래서 몰랐다. 아니, 애초부터 이들이 함께할 것이라고는 단운룡의 기지로도 상상조차 하지 못했을 따름이었다.

"적의 적은 나의 친구라고 했지요. 일시적으로 손을 잡았을 뿐입니다."

단운룡의 질문에 대한 아야크의 대답이었다.

각자의 무력은 물론 단운룡의 상대가 못 되겠지만, 그래도 네 명이었다. 하나하나가 이 땅에서는 거물로 통하는 자들이었다. 이 정도가 모이면 단운룡으로서도 가벼이 볼 수가 없다. 더욱이 그에겐 허유의 구출이라는 난감한 과제까지 주어져 있는 상태였다.

“이럴 줄은 몰랐는데.”

“정체 모를 괴력의 중원고수들이 나타났다 들었습니다. 지난 밤의 활약을 보니, 상대하기가 만만치 않을 것 같더군요. 사실 저쪽의 황육이나 여기의 지사와는 쌓인 감정이 이만저만이 아닙니다만, 당분간은 접어두기로 하였습니다. 뭐, 우리가 연합전선을 구축하는 것이 처음도 아니니까요.”

“그 정도로 절박했나?”

“도발입니까? 나에겐 통하지 않습니다. 대화는 이제 그만두지요. 어서 그대를 죽이고, 우리는 우리끼리의 은원을 정리해야겠습니다. 저기에 선 카무이는 본디 그대보다 저 황육을 더 죽이고 싶어했거든요.”

지극히 부드러운 어조였다. 자신들과 맹획군 사이에 있는 갈등을 숨기려 하지도 않았다.

평소엔 사이가 나빠도, 이번 싸움에 있어서만큼은 분명한 합의가 되었다는 이야기다. 파고들 여지가 없다는 뜻이기도 했다.

“요화, 먼저 빠져나가라.”

단운룡은 뒤를 돌아보지 않았다. 적들에게 포위된 채, 멈춰 서 있던 도요화가 움직임을 재개했다. 육장이 부딪치는 격타음과 중간중간 들리는 북소리가 그녀의 분전을 알렸다.

단운룡의 눈이 세 명의 괴수들을 거쳐 황육괴에게, 놈이 들쳐 멘 허유에게 박혀들었다.

포기해야 하는가.

선택의 순간이다. 허유의 목숨을 도외시한 채 싸운다면, 여기

네 놈들 중 두 놈 정도는 확실히 죽일 수 있을 게다.

다 죽어가는 목숨값으로는 나쁘지 않다. 바로 앞에 있는 지사 괴와 아야크만 잡아도 적 양측에 입히는 타격은 실로 어마어마할 터였다.

'하지만……'

누구보다 뛰어난 결단력을 지니고 있음에도, 허유의 목숨을 내준다는 것은 쉬운 결정이 될 수가 없었다.

허유. 허유…….

돌아보는 그 이름의 의미는 결코 가볍지 않았다. 지난날의 온갖 기억이 그의 머리를 스치고 지나갔다.

'선을 그어라.'

문득, 사부의 목소리가 머리를 스쳤다.

어려운 결정이 눈앞에 있을 때는, 분명한 기준부터 세우는 것이 먼저다.

'삼 초.'

단운룡은 삼 초, 세 합을 생각했다.

세 합 안에 한 놈을 죽일 수 있다면, 허유를 구하는 것을 우선으로 한다. 세 합 안에 한 놈도 죽이지 못한다면, 허유의 목숨을 포기해야 했다.

어림짐작으로 생각한 바가 아니다. 그것이 현실이다.

허유의 목숨은 황육괴의 수중에 있다. 황육괴가 가볍게 일장만 내려쳐도 허유는 죽는다.

여기서 황육괴까지 닿기 위해서는 음속 발동이 필수적이다. 찰나의 간극이 허유의 생사를 결정할 것이다.

문제는 음속 발동 이후다.

이들 네 명의 고수들이 모두 다 건재할 경우, 단운룡은 살아 나가기 힘들다. 도요화의 엄호가 있다 해도 어렵다. 허유는 제 발로 걷지도 못하는 상태다. 음속 발동의 부작용으로 단운룡까지 힘을 잃으면 도요화 혼자서 두 명을 들쳐 업어야 한다.

어불성설이다.

그러다간 그녀까지 죽는다.

결단을 내렸다.

뇌정광구를 열고 뇌신의 기운을 최대로 끌어올렸다. 파직거리는 뇌전력이 햇빛 아래에서도 눈에 보일 만큼 선명해졌다.

아야크와 지사괴의 얼굴이 굳어졌다.

아야크가 한 걸음 물러나며 지체없이 검날로 자신의 팔뚝을 그었다. 푸른 검날이 주혈검 붉은빛으로 물들었다.

지사괴도 마찬가지다. 치켜올린 팔각철추가 끌어올린 내공에 부르르 떨림을 발했다.

더 이상 말은 없었다.

시간과 시간을 쪼갠 극점에서.

단운룡의 몸이 뇌광의 잔영과 함께 무서운 속도로 쏘아졌다.

파지지직! 꽈앙!

뇌신으로 명멸하는 극광추와 적동 합금 팔각철추가 격돌했다. 커다란 바위가 수백 개의 자갈로 쪼개지듯 팔각철추 쇳덩이가 산산조각으로 터져 나갔다.

충격으로 튕겨 나가는 지사괴를 따라붙으며, 전격의 광검결을 휘둘렀다. 지사괴의 목숨을 구한 것은 뜻밖에도 앙숙이나 다름

없는 카무이의 화살이다. 세 대의 화살이 한꺼번에 날아와 단운룡의 급소를 노렸다.

피할 수밖에 없었다. 어지간한 화살이면 뇌신의 뇌갑으로 받아냈겠지만 카무이의 화살에는 내력방패를 파고들 수 있는 충만한 내공이 담겨 있었다.

파직거리는 뇌광을 흩뿌리며 빠르게 몸을 돌렸다. 화살 세 대가 아무것도 없는 허공을 속절없이 꿰뚫었다.

다시금 지사괴 쪽으로 오른발을 내딛으며 멈추었던 광검결을 전개했다. 쉬익! 하는 날카로운 파공음이 따라붙었다. 단운룡의 미간이 좁아졌다. 또다시 중간에서 막힌다. 아야크의 주혈검이 등 뒤에서 그의 심장을 노리고 있었다.

우우웅! 파지직! 쩌정!

허리를 틀고 광검결의 궤도를 바꿨다. 아래에서 위쪽으로 날렵한 반원이 그려진다. 주혈검과 마주친 손날에서 강렬한 쇳소리가 터져 나왔다.

아야크의 두 눈이 경악으로 물들었다. 그가 만면에 낭패한 표정을 지으며 훌쩍 뒤로 물러났다. 주혈검 붉은 검날에 기다란 금이 가 있었다.

하지만 단운룡은 그보다 더한 낭패감을 느껴야 했다.

삼 합을 넘기고 말았기 때문이다.

그뿐인가. 당장 손속을 나누고 보니, 간단히 죽어줄 놈들도 아니다.

이놈들은 질기다. 무공 수준은 단운룡보다 한참 아래지만, 그런 만큼 제 목숨 귀한 줄도 알고 있다.

철추를 잃은 지사괴가 땅을 구르듯 몸을 피하며 소리쳤다.

"그냥은 못 막겠다! 남은 지각군은 날 보호해! 지공십방진을 펼쳐라!"

무인으로서의 자긍심?

이 땅에선 통하지 않을 말이다. 필요에 의해서는 대적과 손잡는 것도 서슴지 않는 놈들이다. 지각군 무인들 열 명이 달려들며 지사괴의 앞에 방벽을 쳤다. 아야크에게로 눈을 돌렸다. 저만치에 있는 아야크는 어깨를 좁힌 채 검날을 수직으로 들었다. 선공 의지는 어디에도 보이질 않는다. 오직 방어에 치중한 자세였다.

'이놈이나, 저놈이나…….'

압도적인 무공을 지니고도 죽이질 못했다.

이래서는 어렵다.

단운룡의 눈이 허유에게 닿았다. 황육괴의 손은 이미 허유의 목을 잡고 있었다. 당장이라도 비틀어 죽이겠다 말하는 듯했다.

'미안해. 구해주지 못할 수도 있겠어.'

허유를 살릴 수 있는 생로(生路)는 이제 좁아질 대로 좁아져 버렸다. 눈앞의 적에 집중하고, 적들의 괴수를 한 놈이라도 더 죽이는 것에 초점을 맞춰야 했다. 하지만 단운룡은 포기를 생각하는 그 순간에도 마음 한편으로는 허유의 생환(生還)을 예감한다.

그것은 언제나와 같은 육감이었을 것이다.

허유는 죽지 않는다.

이렇게 죽을 자가 아니다.

예감이 확신이 되는 순간.

그때였다.

화아아아아아악!

촉사와 늪 쪽, 아직도 몇백 명 우글거리는 황각군 무인들 저편으로부터 갑작스레 피어오르는 폭발적인 기파가 있었다.

"……!!"

단운룡의 고개가 오른쪽으로 홱 돌아갔다.

'이것은!'

이 기도. 이 기세.

느껴본 적이 있는 기운이었다.

거대한 무언가가 무서운 속도로 다가오고 있다. 촉사와 늪이 통째로 갈라지는 느낌이었다.

파라라라라라락!

마침내 들려오는 소리는 과격하면서도 위대한 기상을 품고 있었다.

비룡의 날개가 바람을 갈랐다.

진녹색 깃발이 하늘을 뒤덮었다.

황금빛 신룡이 땅 위에 강림했다. 위맹한 파공음이 인해의 대지를 찍어 눌렀다.

꽈아아앙!

개세의 번술이다.

장쾌한 일격이 대지를 휩쓴다.

놀라운 광경이다. 거인의 발이 고여 있는 흙탕물을 힘껏 밟은 듯했다. 십여 명 황각군 무인들이 터져 나가는 물방울마냥 맥없이 튕겨 나갔다.

꽝! 퍼버버벅!

갑작스런 사태다. 폭음과 파공음이 파도처럼 밀려왔다. 휘몰아치는 경력은 땅 위에 치솟는 회오리바람과도 같았다. 담벼락처럼 둘러쳐 있었던 황각 진용 일각이 순식간에 흐트러졌다.

"이 무슨!!"

황육괴가 다급히 군세를 움직였다.

단운룡에게 집중되었던 시선이 일순간에 분산되었다.

병력의 공백이 생긴 것은 필연이었다. 실낱처럼 가늘던 생로(生路)가 잘 다져진 관도처럼 곧게 뻗었다.

파라라라라라라락! 꽈아아앙!

적들을 휩쓸고 있는 거대한 깃발을 바라보며 단운룡은 자신의 육감이 틀리지 않았음을 다시 한 번 확인했다.

폭음과 폭음 사이로, 시야가 열렸다.

관목덤불처럼 텁수룩한 머리카락, 호피 무늬마냥 황색과 흑색으로 문양을 넣은 헐렁한 무복이 보였다.

진한 눈썹, 더 광포해진 눈빛이 단운룡의 눈빛과 마주친다.

그가 소리쳤다.

"주군의 부름을 받고 뜨거운 남쪽 끝까지 왔소이다! 황금비룡번 태자후 대령이오!"

태자후는 스스로를 황금비룡번이라 칭했다.

그사이에 제 사부의 이름을 온전히 이어받은 모양이었다.

더 강해진 기파를 피부로 느끼며 단운룡이 화답한다.

"잘 맞춰왔다!"

태자후가 시원스레 웃으며 반대편으로 뛰어들었다. 당황한 황각군 무인들이 몰려들며 다시금 그와 태자후 사이의 시야를 가로막았다.

쫘아아아앙!

태자후의 출현은 무차별로 터지는 화탄과도 같았다.

주위는 이미 아수라장이다. 좌충우돌 날뛰면서 달려드는 놈들을 모조리 박살 낸다. 모든 적들을 일순간에 공황 상태로 몰아넣고 있었다.

"이쪽으로 붙어!!"

단운룡의 목소리를 듣고서야 움직임에 일정한 방향이란 것이 생겨난다.

태자후는 허유가 누군지도 모른다. 이 싸움의 목적이 무엇인가에는 관심조차 없다. 단운룡의 기파를 감지하고는 무작정 싸움터에 난입했을 뿐이었다.

파라라락! 콰아앙!

"크아악!"

"피, 피햇!"

파공성과 폭음이 무인들의 비명과 경호성을 삼켰다.

놀라운 위력이다.

일대일로 싸울 때는 미처 깨닫지 못했던 바다. 태자후의 비룡번술은 이와 같은 난전에 특화된 공부다. 후려치는 반경이 장창창봉보다 훨씬 더 길고, 충격을 줄 수 있는 일격의 범위도 그 어떤 중병보다 넓다. 황각군 무인들은 가까이 덤벼들지도 못했다. 방패 끝을 땅바닥에 박고 버티려는 놈들은 철방패를 통째로 뽑아서 날려 버렸다.

순식간에 길이 열렸다.

다수의 적을 맞아 길을 트는 능력은 단운룡보다도 뛰어난 것 같았다.

단운룡을 겨누고 있던 카무이가 화살 끝을 태자후에게로 돌렸다. 피피피핑! 날카로운 연사음이 이어졌다.

"어딜!"

꿈틀거리며 펼쳐지는 전쟁용 태번(太幡)은 거대한 철판과도 같았다.

단 한 대의 화살도 깃발을 뚫지 못했다. 퍼버벅 하는 소리와 함께 화살들이 사방으로 튕겨 나갔다.

카무이가 얼굴을 굳히며 태자후의 머리를 조준했다. 화살통에서 활시위를 걸고 두 발을 연이어 내쏘는데 그 속도가 전광석화와 같았다.

쐐애액! 티이잉!

"귀찮구나!!"

태자후가 굵은 철깃대를 세워 화살을 막아냈다. 그가 앞에 늘어선 황각군을 흩어내고 카무이에게로 쇄도했다.

화살의 압박이 없어지고, 적들 모두가 의외의 사태에 당황한 지금. 마침내 기회가 왔다.

단운룡이 몸을 날렸다.

지사괴 쪽이다. 지공십방진을 치고 있는 지각군이 무서운 속도로 확대되었다.

"막아!!!"

지각군 무인들이 굳은 얼굴로 팔각철추를 겨눠왔다. 하지만 단운룡은 그들과 정면으로 부딪칠 마음이 없었다. 충돌 직전에 이르러 방향을 꺾었다.

파앙!

순간적인 급전환에 공기가 찢어졌다. 바람과 번개의 조각들을 남기고 단운룡의 신형이 일직선으로 쏘아졌다.

목표는 황육괴였다.

난장으로 얽혀 버린 전장. 빽빽하게 들어차 있던 인간의 장벽은 이제 헐거워질 대로 헐거워져 있었다. 단운룡과 황육괴 사이에 있는 것은 황천인해진을 펼친 황각군 몇십 명이 전부였다.

꽈아아앙!

짓쳐 나가는 기세 그대로 광혼고를 때려 박았다. 전력을 다한 일격이다. 일곱 놈의 몸뚱어리가 한꺼번에 하늘을 날았다.

“쫓아라!!”

그때서야 지각군이 뒤쪽으로 따라붙었지만, 단운룡은 이미 황천인해진 한가운데다. 황육괴가 공포에 질린 얼굴로 뒷걸음치더니 최후의 발악처럼 유성추를 내쳐 왔다.

쐐애액!

파공음은 꽤나 거셌다.

쇠줄 끝에 얽힌 뾰족한 삼각추가 단운룡을 향해 날아들었다. 마광각 일격으로 황각군 무인 하나를 눕히고 고개를 틀어 휘어져 들어오는 유성추를 피해냈다. 가볍게 손을 내저어 유성추의 쇠줄을 잡아챘다.

날카로운 쇠줄이 단운룡의 손아귀에 얽혀들었다. 그대로 뇌신의 힘을 집중했다. 강력한 뇌전력이 쇠줄을 타고 황육괴의 팔에 흘러들었다.

"크아악!!"

황육괴의 팔뚝이 부르르 떨렸다. 놈이 찢어지는 비명성을 지르며 손을 털었다. 까맣게 타 들어간 쇠줄 자국이 손바닥 전체를 가로지르고 있었다.

마침내 눈앞이다.

뇌전갑주를 두른 사신(死神)이 죽음을 부른다. 대경한 황육괴가 제 성명병기인 유성추마저 내팽개치고 뒤를 향해 몸을 날렸다.

"이익!!"

유성추만 내버린 것이 아니다. 황육괴는 죽음이 경각에 이른 상황에서, 목숨을 보전할 마지막 꾀를 냈다. 그가 들쳐 메고 있던 허유를 왼편에 있는 황각군 무인들에게로 내던졌다. 그리고는 반대편으로 땅을 박찬다. 그의 입에서 한마디 악독한 절규가 뿜어져 나왔다.

"죽여 버려!!"

이렇게 무작정 당할 수는 없다. 허유를 죽여라. 황각군 무인들을 향한 명령이었다.

꽈당!

허유의 몸이 끈 떨어진 인형처럼 땅바닥을 굴렀다. 악에 받친 황각군 무인들이 먹이를 노리는 승냥이 떼처럼 허유를 향해 달려들었다.

'끝까지!'

또다시 선택의 기로다. 황육괴를 잡으러 몸을 날리면 허유가 죽는다. 아니, 허유는 이미 죽은 목숨이나 다름없다. 황각군 무인들 한가운데에 나뒹군 허유다. 시간이 느려진 듯, 허유의 머리를 향해 내리찍는 발꿈치가 보였다.

오직 하나.

막을 수 있는 방법이 있다면.

'음속. 발동.'

허물을 벗듯, 뇌전의 잔영이 허공 위에 남았다. 단운룡의 몸이 움직인다. 멈춰진 공기를, 극한의 공간을 유영했다.

쉬이이이익! 꽈아앙!

단운룡이 있었던 곳으로 주변 공기가 빨려든다. 나아가는 신형이 먼저, 폭음과 같은 파공성은 그다음이다.

슈각! 슈가각!

조금씩 늦는 느낌이다.

육신이 잘려 나가는 소리는 실제로 눈에 보이는 광경과 미묘하게 어긋나 있었다. 휘두르는 광검결에 한 놈의 목이 날아간다. 소리를 찢는 광검결은 그 뒤에 있는 놈까지 베어버렸다. 어깨와 상체가 사선으로 쪼개져 내려갔다.

땅을 밟는 발끝이 천 근처럼 무거웠다. 앞으로 나아가 손을 내리고 광검결을 휘둘러 올렸다. 허유의 머리로 내리꽂히던 발이 허벅지부터 하늘 위로 날아올랐다.

퍼버벅!

정면에 있는 놈에게 극광추를 밀어 넣었다. 놈의 명치에 손바닥만 한 구멍이 뚫렸다. 그 뒤에 있었던 놈도 오른쪽 옆구리가 통째로 터져 나갔다.

'순속 전환!'

음속 발동은 거기까지였다.

뇌정광구에서 광포하게 치받아 오르는 광극진기를 단숨에 붙잡아 돌렸다. 두 단계를 역행하여 진기를 안정화시켰다. 순속의 기운이 그의 몸을 둘러쳤다.

'아직 살아 있어!'

단운룡은 땅바닥에 널브러진 허유부터 챙겼다. 굳이 맥박을 짚어볼 필요도 없었다. 미약하게 느껴지는 생기만으로도 살아 있음을 알 수 있었다.

뒤집어진 몸을 돌려놓고 허리를 잡아 올려 어깨 위에 둘러멨다. 뇌신진기는 광포하기 짝이 없어 육신의 접촉을 허락지 아니한다. 뇌신이 아닌 순속으로 전환한 이유였다.

"태자후!!"

태자후의 이름을 부르고 몸을 날렸다.

음속까지 썼음에도 생각했던 것보다 움직임에 여유가 있었다. 뇌정광구를 점점 더 익숙하게 다루게 되면서 발동 가능 시간이 늘어난 모양이다.

'하나……'

그렇다고 이곳의 적들까지 모두 다 박살 낼 수 있을 만큼 진기가 철철 넘쳐흐르는 것은 아니다. 발동하고 있는 것은 뇌신이 아닌 순속이었으되, 어깨 위엔 기식이 엄엄한 허유까지 늘어져 있다. 그 혼자 모두 다 뚫고 나가긴 어렵다. 겁을 먹고 달아난 황육괴야 그렇다 쳐도 제대로 머리를 굴릴 줄 아는 아야크나 지사괴의 경우엔 단운룡의 기량이 뇌신 때보다 현저히 떨어졌다는 것을 금세 감지해 낼 것이었다.

쉬이익!

아니나 다를까.

물러나 있던 아야크가 주혈검을 비껴든 채 몸을 날려오고 있었다. 따라붙었던 지각군도 놓치지 않겠다는 듯 속도를 낸다. 어디에나 있는 황각군 무인들이 무작정 죽기 살기로 단운룡의 앞길을 막았다.

후욱! 파라라라라라락!

"걱정 마십쇼! 여기 갑니다!!"

우렁찬 목소리는 참으로 듣기가 좋았다.

카무이가 그의 측면을 넓게 돌아가며 화살을 내쏘고 있었지만 태자후의 비룡번술은 달리는 와중에도 철벽의 방어력을 자랑하고 있었다.

콰쾅!

그는 패도의 비룡번술과 함께 답설무흔의 경공술까지 지닌 남자다. 그가 단운룡의 곁에 이르기까지는 촌각의 시간으로 충분했다.

하늘을 덮으며 드리워지는 거대한 비룡기에 지각군 무인들이 사방으로 흩어졌다. 그들 가운데에 있던 지사괴도 예외가 아니었다. 팔각철추 철곤까지 박살난지라 쓸어오는 번술에 대항할 방법이 없었다. 지사괴가 땅바닥을 스치며 죽어 있는 지각군 무인 한 놈의 팔각철추를 주워 들었다.

"놈이 도주한다! 놈을 잡아라!!"

지사괴는 도주라는 표현을 썼다.

수백 명 무인들 사이를 무인지경으로 돌아다니며 무지막지한 무공의 향연을 보여준 놈들이다. 꿈이라도 꾸는 듯, 질려 있는 무인들이 태반이었다. 힘이 빠져 도망친다는 말이라도 해야 무인들의 전의를 되살릴 수 있을 것 같았다. 그가 팔각철추를 고쳐 잡으며 다시 한 번 소리쳤다.

"숲 쪽으로 간다! 놈은 힘을 잃었다! 전원 놈의 뒤를 쫓아라!!"

지사괴가 태자후에게로 달려들었다. 저 멀리 반대편에 있던 깃대가 무슨 단검이라도 휘두르는 양 가볍게 방향을 꺾고 날아온다. 팔각철추를 한 번 제대로 휘둘러 보지도 못한 채 튕겨 나왔다.

"어디서 이런 괴물이!!"

덤불 같은 머리털, 대마두(大魔頭)와 같은 얼굴이 그에게로 향했다.

"우두머리냐?"

태자후가 물었다. 지사괴가 두 눈을 치떴다. 순간 깨달았다. 이 괴물 같은 놈은 지사괴가 누군지도 모르는 것이다.

'어째서……!'

왜라는 의문이 마음속을 치닫는다.

남쪽 대지와는 관계가 없는 놈이다. 중원 한복판에서나 이름을 날릴 괴물이 무슨 연유로 여기에 나타나 훼방을 놓고 있는 것인지 알 수가 없다.

"덤비지 않을 거면 꺼져 주셔."

괴이한 말투로 한마디 남긴 채, 태자후는 단운룡을 따라서 몸을 날렸다.

단운룡이 땅을 박차고 황각군 무인들을 뛰어넘는 게 보였다. 지각군 무인들, 황각군 무인들 아직 싸울 수 있는 모든 자들이 단운룡에게로 몰려들고 있었다.

"어딜 감히!"

콰콰콰콰콰!

비룡번 깃발이 단운룡의 뒤를 쫓는 무인들을 파도처럼 휩쓸었다.

"내가 온 이상 소문주는 털끝 하나 못 건드린다!!"

이렇게 든든할 줄은 몰랐다.

순식간에 구독림 앞까지 이르렀다. 단운룡은 지체없이 숲으로 들어갔다.

태자후가 숲 진입로 앞에서 멈춰 선다.

몸을 돌리고 하늘 위로 비룡번을 펼치는데, 숲 전체를 전부 다 가리는 듯했다.

"이 이상 못 들어가."

깃발을 따라 일렁이는 비룡의 문양이 웅혼한 기상을 품고 있었다. 이 자리에서 그 순간 그가 뿜어내고 있는 기파는 거의 뇌신을 발동한 단운룡의 그것에 육박할 정도였다.

따라온 지사괴가 이를 악물었다.

황육괴의 추한 얼굴은 붉으락푸르락 일그러지다 못하여 숫제 하얗게 질려 있었다.

한참 멀리 서 있던 카무이가 눈살을 찌푸리며 겨누고 있던 활을 아래쪽으로 거두었다. 그가 주위를 둘러보았다.

쓰러져 신음하는 자가 백 명을 훌쩍 넘어가고 있었다. 영영 일어나지 못할 자가 또 그만큼이다. 촉와향이 터졌던 곳에는 독력을 억누르며 운공을 하는 자들이 수십 명이나 보였다. 망가진 방패, 박살난 철추. 불에 탄 듯 연기마저 피어오르는 육편들이 카무이의 두 눈에 지워지지 않을 기억으로 새겨졌다.

'말도 안 되는 일…….'

주군인 타가와 자신을 비롯한 삼흉 전부가 와도 이와 같은 광경은 만들기가 어려울 게다.

믿기지 않는 사태다.

타가의 장수인 자신이 보아도 허탈함이 앞선다. 하물며 직접 당한 맹획군은 어떠할진가. 저 앞에 우두커니 멈춰 선 채로 진격 명령조차 내리지 못하고 있는 지사괴와 황육괴의 뒷모습은, 망연자실 그 자체다.

'이것은… 위험하다.'

아야크가 지사괴, 황육괴와 손을 잡자고 했을 때는 미친 짓이라며 광분까지 했었다. 화살까지 뽑아 들고 아야크에게 소리를 쳤던 것이 바로 어제의 일이다.

이제는 안다.

아야크는 틀리지 않았다. 타가군과 맹획군 양측 최고 전력 네 명이서 단 한 명의 질주를 막지 못했다.

대책이 필요했다. 그의 눈동자가 아야크를 찾아 움직였다. 보이지 않는다. 방금 전까지만 해도 주혈검 홍광을 번뜩이던 그가 시야에 잡히질 않았다.

카무이의 눈이 숲에 이르렀다.

아야크는 단독 행동을 즐긴다. 홀로 사라진 다음엔 언제나 의외의 성과를 가져왔던 군사(軍師)이기도 하다. 하지만 동시에 아야크는 지나치게 스스로를 과신하는 경향이 있었다. 이번에는 상대가 안 좋다는 생각이었다.

숲을 보고 있는 카무이의 눈빛이 가볍게 흔들렸다. 얼굴에 난 흉터가 찌푸려지는 눈살과 함께 꿈틀거리고 있었다.

웨에엥!

귓전을 파고드는 미세한 날갯소리에 진기를 내뿜으며 손을 휘둘렀다.

사방에 널려 있는 독물들이 이번만큼 성가신 때도 없었다. 단운룡 자신보다 늘어져 있는 허유 때문이다. 독사나 독질(毒蛭:독거머리) 같은 것들이야 이렇게 달리는 동안엔 걱정할 일이 없었지만, 공중을 떠도는 독충들은 속도를 내는 와중에도 달라붙을 수 있다.

벌레 한 마리에만 잘못 물려도 불안하다. 허유의 상태는 그만큼이나 안 좋았다.

사사사삭!

나뭇잎이 부서졌다.

서둘러 구독림을 빠져나왔다. 아침에 보았던 황각군 시체 더미가 눈앞에 있다. 남문 앞에 이른 것이다.

산문으로 걸음을 옮기려는데, 왼편으로부터 미세한 기척이 느껴졌다.

단운룡이 멈춰 섰다.

음속을 쓰고도 그런대로 괜찮다 싶었더니, 이렇게 추격을 허용한 것을 보면, 모르는 사이에 속도가 줄긴 준 모양이다.

한쪽 옆으로 다가온다. 흉흉하게 빛나는 붉은 검을 들고 있었다.

"체외 발산형 기공……. 그와 같은 공부는 내공 소모가 극심한 법이지요."

아야크는 비껴 내린 검끝을 까딱거리며 다가왔다. 뒤틀린 예법, 비꼬는 말투는 언제 들어도 귀에 거슬린다.

"제아무리 공력이 깊어도 그런 식으로 뿌려대다 보면 남아날 게 없을 겁니다. 온몸에 쌓인 탁기(濁氣)가 여기까지 느껴질 정도니까요. 그러다간 죽습니다."

"잘 빠져나왔군."

단운룡의 말에 아야크가 실소를 흘렸다.

"칭찬까지 받을 줄은 몰랐군요. 숲은 넓습니다. 깃발 하나로 숲 전체를 덮을 수는 없는 일 아니겠습니까?"

"네놈에게 한 말이 아냐."

아야크의 얼굴이 삽시간에 굳어졌다. 아야크의 눈이 천천히 한쪽으로 향했다. 나무 그늘 사이로 날렵한 인영 하나가 걸어나왔다.

"지친다, 요화. 이만 올라갈 테니 막아줘."

"알았어요."

도요화는 아무렇지 않게 답했다.

단운룡은 정말로 몸을 돌리고는 산문으로 들어가 버렸다. 그만큼이나 그녀를 믿는 것이다.

아야크가 단운룡을 따라 몸을 날리려 했지만, 그녀는 한 발짝 오른쪽으로 움직인 것만으로 아야크의 발을 멈추게 만들었다.

무시한 채 달려나갈 수가 없었다. 생명의 위협을 느꼈기 때문이었다.

아야크가 그녀를 위아래로 훑어보았다. 황천인해진 수백 명 무인들에게 둘러싸였던 그녀다. 그러나 눈에 보이는 어디에서도 상처 하나 찾아볼 수가 없었다.

'무슨 계집이……!'

그녀가 한 발 앞으로 가볍게 내딛고 소매를 걷으며 하얀 손을 드러냈다. 눈빛과 표정이 명경지수처럼 맑았다.

느껴지는 공력이 믿을 수 없을 만큼 깊었다. 삼십 년을 수련한 주혈심공보다 더 심후한 내공을 지닌 것 같았다.

'일가를 이룬 고수……!'

아야크는 냉정하게 판단했다. 여인이라 하여 가벼이 보는 실수 따윈 하지 않았다.

비껴든 주혈검을 내려다보았다. 사선으로 가 있는 금을 따라 벌써부터 틈새가 벌어지고 있었다.

이 여자는 강하다. 싸워 이기려면 목숨을 걸어야 한다.

아야크의 눈빛이 불타올랐다가 싸늘해지기를 반복했다.

"이 내가 여기까지 와서 또다시 등을 보이게 될 줄은 몰랐습니다."

끝내.

카무이가 우려했던 일은 일어나지 않았다.

아야크가 주혈검을 검집에 꽂아 넣었다. 그가 문 닫힌 산문에 이어 고원 위쪽 저 꼭대기를 올려보았다.

이윽고 그가 몸을 돌렸다. 그의 신형이 순식간에 숲으로 사라졌다.

도요화는 아야크를 쫓지 않았다.

단운룡의 명령은 어디까지나 아야크를 막아달라는 것이었다.
아야크가 먼저 물러났으면 그것으로 된 거다.

'후우……'

그녀가 한숨을 내쉬었다.

그녀는 보이는 것만큼 멀쩡하지 않았다. 황천인해진을 뚫으
면서 옆구리와 등허리에 일장씩을 허용했던 까닭이다.

산문 쪽으로 돌아선 그녀는 등줄기가 욱신 쑤시는 것을 느끼
고 얼굴을 찌푸렸다.

아야크가 그녀의 상태를 정확히 알았더라면 결코 이처럼 도망
치진 않았을 것이다. 물론 진짜 싸웠다 해도 그녀가 질 리는 없
었겠지만, 그래도 장담은 이르다.

말하자면 허세가 먹힌 셈이다.

도요화는 산문을 열어젖히며 문득 막야흔을 생각했다.

그 덕분이다.

막야흔은 말했다.

강호인들은 상대를 앞에 두고 언제나 서 푼의 실력을 감춘다
하지만, 그것만큼 미련한 짓도 없다. 진짜 싸움에서 기세보다 중
요한 것은 존재치 않는다. 그렇기에 지닌바 실력보다 훨씬 더 세
보일 수 있다면 승리의 삼 할은 이미 먹고 들어가는 것이라 했다.

삼 할이랑 서 푼이랑 고르라면 당연히 삼 할을 골라야 하지 않
겠냐면서, 거기에 머리 좋은 놈들은 서 푼의 실력을 더 생각하기
때문에 실제로는 삼 할 삼 푼을 먹고 들어가는 것 아니겠냐는 괴
상한 계산법을 이야기하기도 했었다.

뭔가 이상한 말이지만, 이처럼 통할 때는 통한다. 아니, 그가

했던 말은 실제 싸움에서 의외로 유용할 때가 많았다.

문득, 그녀는 찌푸린 얼굴이 은근한 미소로 바뀌어 있었음을 깨닫는다.

등 뒤로 묵직한 소리와 함께 산문이 닫혔다.

아아, 이렇게 웃어본 것이 대체 언제였던가. 수백 명 무인들 사이를 종횡하고, 사람을 구출하였으며, 기백만으로 고수를 물리쳤다.

단운룡이 심어준 무리(武理)가, 막야흔이 잘난 척으로 떠들었던 투지(鬪志)가, 엽단평이 보여줬던 말없는 심득(心得)이 이제와 그녀의 몸을 통해 진정한 고수의 기량으로 발현되고 있는 것이다. 진실로 기분 좋은 승리였다.

＊　　　＊　　　＊

허유는 한참 동안 깨어나지 못했다.

구독림 저편에 맹획의 지원군이 속속 몰려들고 타가의 공병들이 촉사와 늪에 흙더미를 쏟아부으며 탄탄한 길을 내는 동안에도 허유는 정신을 차릴 줄을 몰랐다.

"일어나라. 붉은 늑대."

그를 깨운 것은 마건위였다. 구출해 온 지 거진 열흘이 다 되었을 때였다.

허유는 몽롱한 눈으로 마건위를 바라보았다.

"약을……."

허유의 입에서 흘러나온 말은 귀비산에 대한 것이 전부였다.

마건위는 그 자리에 못이라도 박힌 듯 한참을 서 있었다. 그리고 아무 말 없이 돌아섰다. 하얀 서리가 내렸던 머리카락은 그날 따라 더 하얘진 것처럼 보였다. 하얀색으로 물든 것은 머리카락뿐이 아니었다. 온 얼굴과 온몸이 백색으로 변해 버린 것 같았다. 탈 데까지 타버린 재처럼 말이다.

허유는 하루 밤낮이 가도록 귀비산만 말했다.

단운룡이 그를 찾았을 때도 허유는 여전했다. 단운룡은 실망스럽다는 눈빛으로 그를 내려보았다. 허덕이던 허유가 그 눈빛을 알아채고는 피식 웃었다. 그가 붉게 충혈된 얼굴로 단운룡을 올려보며 물었다

"여긴 귀비산이 없는 건가?"

"……."

단운룡의 눈빛에는 한 조각의 측은지심조차 담겨 있지 않았다. 경멸에 가까운 실망만이 두 눈에 가득할 뿐이었다.

"가차없구만, 그래."

허유가 고개를 푹 숙였다. 온몸에 감긴 붕대에서는 누런 진물이 배어 나오고 있었다.

"그만 정신 차려."

단운룡이 툭 던지듯 말했다.

허유가 고개를 숙인 그대로 천천히 입을 열었다.

긴 이야기가 그의 입에서 흘러나왔다.

"일원요새에서 귀비산을 했을 때 말이다……. 종종 나는 일원요새의 꼭대기에 앉아 목책 너머를 바라보곤 했었다. 한참 눈앞이 붉어지다 보면 어느 순간 눈앞에 나타나는 것이 있었지. 그것

은 다섯 빛깔 가득하던 오원의 전경이었다. 머릿속에 떠오르는 것이 아니라 진짜로 보였어. 거기엔 아이들에게 그림을 가르치던 납서족 노인이 있고, 순박하게 나무를 베어오는 포랑족 청년이 있지. 화니족 여인이 태양 아래 어깨를 훤히 내놓고 풀을 심으면 담장 너머 검은빛 아창족 사내들은 그들 어깨 위에 맹수를 사냥해 와. 나도 안다. 환상이라는 것. 하지만 그것은 너무나도 달콤하여 결코 깨고 싶지 않은… 그런 꿈이었다."

"꿈이 아냐."

"꿈이 아니면 뭐지?"

"미래."

"미래?"

"아직 오지 않은, 그러나 현실이 될 광경. 당신이 보는 것은 바로 그런 거다."

허유의 얼굴이 충격으로 얼룩졌다. 그가 고개를 설레설레 저으며 말했다.

"그건 미래가 아니다. 그건 과거였다. 난 그저 시간을 되돌리고픈 꿈을 꾸었을 뿐이다."

"시간을 되돌리는 것은 불가능해."

"그렇지도 않아. 귀비산은 그걸 가능하게 해줬지."

"과거를 되돌린다……. 내겐 이상하게 들려. 꼭 시간을 되돌려야만 그때의 광경을 되찾을 수 있는 건가?"

과거는 되돌릴 수 없다.

하지만 역설적이게도 허유는 그 순간 십 년 전 소년의 모습을 보았다. 소년은 앳되기 짝이 없는 얼굴로 황자(皇子)의 위엄을

뽐내며 나이만을 죽이겠다 말했었다.

"당신답지 않았어. 모든 것이 엉망이 되었을 때, 시간을 되돌리고 싶다 말하는 것은, 눈앞에 닥친 현실을 해결하기 싫다는 말과 같다. 당신이 되찾고 싶은 그 광경은 다시 그 땅에서 새로운 사람들을 통해 빚어내면 돼. 지금이라도 할 수 있어. 멈춰 서지만 않는다면."

"멈춰 서지 말라… 큭큭큭. 참으로 무섭구나. 그게 그리도 쉬운 것이었나? 하늘이란 어찌 이토록 불공평하여, 늑대와 용을, 범인과 초인의 차이를 이처럼 크게 만들어놓은 것인가!"

그는 진리로 인해 탄식했다.

과거로 돌아가고픈 자는 결코 현재로부터 벗어나지 못한다. 현재를 충실히 사는 자들만이 혹독한 지금을 극복할 수 있는 법이다.

허유도 안다. 몰라서 못하는 것이 아니다.

세상엔 모든 인간이 알고 있으면서도 행하기에 어려운 것들이 있다. 모든 인간이 할 수 있으면서도 하지 못하는 일들이 있다.

모두가 아는 일을 하고, 모두가 할 수 있는 일을 하는 자.

그런 자가 곧, 비로소 위에 설 자격을 얻게 된다.

자기 자신의 위에 서는 것으로써 모든 인간의 위에 설 수 있는 자다.

허유는 단운룡에게서 그와 같은 인간의 자격을 보았다. 현재를 바꿀 수 있는 자, 그가 바꾸는 현재는 추억했던 과거를 화사한 미래로 기약한다.

"하늘을 탓하지 마. 대답없는 하늘에게서 무언가를 바라는 것은 시간을 되돌리고 싶어하는 것과 똑같은 일이야."

"그래. 네놈 말이 다 옳다. 하지만 내 마음속엔 오직 절망만이 가득하며 내 육체는 이토록 망가져 버린 상태다. 썩어버린 머릿속엔 귀비산의 환상만이 활개를 친다. 그랬던 내가 이제부터 뭘 할 수 있을까."

"귀비산을 씻고 나와. 선물을 줄 테니."

"선물이라고?"

"귀비산을 뿌린 건 맹획이야. 일대일로 독대할 기회를 주지."

"맹획과……!"

"결착을 지어야 할 거 아냐."

허유의 눈이 크게 흔들렸다.

오랜 시절 만났던 어린 소년은 이제, 어른이 되어 있다. 용제(龍帝)의 뇌광을 온몸에 두른 채, 상상을 초월하는 기파를 뿜고 있었다.

"오래 걸릴 거다. 한참 동안 찌들었으니까."

"걱정 마. 기다릴게."

시간은 되돌릴 수 없어도, 다른 모든 것은 되돌릴 수 있다.

파도를 일으키는 용이 돌아왔고, 늙고 외로운 뱀이 돌아왔으며, 마침내 미쳐 버린 붉은 늑대까지 돌아왔다. 허유의 눈앞에서 비로소 과거로 빛이 바랬던 모든 것들이 선명하게 빛나는 현재가 되었다. 오원이… 되돌아오고 있는 것이다.

*　　*　　*

"어때?"

"엉망인뎁쇼."

"아무래도 그렇지?"

"어떻게 싸워왔는지 궁금할 정도입니다. 이들은… 무인이 아니구먼요."

"그래서 말인데… 네가 애들 좀 가르쳐라."

"예?"

"내 무공은 아무나 배울 수 없어. 보통 오성(悟性)으론 입문도 못하거든. 더욱이 백타 위주라 전장에서 사용하기엔 어려운 부분이 많지."

"비룡번술도… 개나 소나 대충 배울 수 있는 무공은 아닙니다만……."

태자후는 다소 자존심이 상한 듯했다. 단운룡이 미소를 지으며 대답했다.

"네 무공을 얕봐서 그러는 게 아냐. 여기서 벌어지는 전투의 양상을 볼 때, 네 무공이 훨씬 더 위력적이란 거지. 효율성과 범용성 양쪽에서 월등한 무공을 두고서, 다른 무공을 가르친다는 것은 여러모로 낭비 아닐까?"

태자후가 송충이같이 굵은 눈썹을 한쪽만 치켜올렸다. 뭔가 속는 느낌이라는 표정이다. 그러면서도 기분은 썩 나쁘지 않은 듯, 이내 이빨을 드러내며 헤벌쭉 미소를 지었다.

"뭐, 그렇게까지 말씀하신다면야 못할 것도 없습죠. 칼 쓰는 놈들에겐 용음도(龍吟刀), 창 쓰는 놈들에겐 적룡창(赤龍槍), 깃발을 든 놈들에겐 비룡번을 가르치겠습니다. 기본공은 제가 익힌 황금비룡진기로 하고요."

이번엔 단운룡이 눈썹을 치켜올릴 차례다.

“도, 창, 번을 다 가르친다고?”

“예.”

태자후가 아무렇지 않게 답했다.

“번술은 수많은 무공의 총화입니다. 깃대를 다루기 위한 곤술, 봉술, 창술은 물론이요, 깃발의 천을 다루기 위한 수공(袖功), 편법(鞭法), 연검술에, 진기를 싣는 월법(鉞法), 도법, 방패술…… . 어지간한 건 다 배웠습죠.”

은근한 자부심이 배어 나오는 목소리였다. 단운룡은 순수하게 감탄했고, 진심으로 인정해 주었다.

“여러 병장기에 두루 능했군! 어쩐지 온갖 무기를 다 상대하는 것 같더라니.”

“그럼 언제부터 가르칠까요?”

“빠르면 빠를수록 좋지. 한데, 무공 전승에 제약이 있거나 하는 것은 아닌가?”

“비룡번이요? 일인전승으로 배우긴 했지만 이미 황금비룡번의 이름을 물려받아 버렸으니… 누구한테 가르치든 제 맘이죠.”

태자후가 덤불 같은 머리를 벅벅 긁으며 말을 이었다.

“아, 사실… 용음도는 원래 공야 어르신의 절기인데… 뭐, 상관없을 겝니다. 마천신기(魔天神氣)가 없으면 진짜 알맹이를 펼칠 수도 없는데다가, 일단 받았으면 뭐가 되었든 제 거가 맞으니까요. 누굴 나눠 주든 개의치 않으실 겁니다. 암요.”

수염까지 거뭇거뭇하게 난 것이 얼굴은 영락없는 대마두(大魔頭)의 그것이었지만 말투를 듣고 있자면 의외로 순수한 성정을 느낄 수가 있다. 때묻지 않은 아이 같다고 할까. 하긴 그 정도 다양한 무공을 연마하려면 오 년, 십 년으로는 어림도 없다. 태어나서 지금까지 일생의 대부분을 무공 수련에 바쳐 왔을 것이 틀림없었다.

"좋아. 그럼 부탁하겠어."

"종종 싸움도 시켜줘야 합니다. 누구 하나 붙잡고 가르쳐 본 적이 없는지라, 여차하면 때려칠지도 모릅니다."

"싸움은 걱정 마. 지겹도록 할 테니까."

졸지에 무공교두가 되어버린 태자후다. 우목에게 결정된 바를 말했다. 안 그래도 전력 부족을 실감하던 차, 우목은 그 어떤 이의도 제기하지 않았다. 아니, 쌍수를 들고라도 찬성하고 싶었다. 그 역시도 마군들에게 무공을 가르쳐 보고자 여러 번 시도를 해왔지만, 여건이 안 되어 매번 포기해 왔던 바다.

그가 비급을 보고 터득한 흑마산법은 단운룡이 말한 오성(悟性)이란 것이 특히나 중요한 무공이었다. 게다가 산(鏟)이란 무기는 기병 중에서도 흔치 않은 기병이다. 칼에 익숙한 전사들의 몸놀림을 뿌리부터 뜯어고쳐야 하는데, 우목에겐 그럴 만한 시간도 기량도 부족했다. 당장 하루하루가 살얼음판, 홀로 석실에서 수련하는 시간마저도 사치였던 시절이다. 모두 함께 무공 연마란 그야말로 꿈같은 이야기에 다름이 아니었다.

'무공을 가르친다고?'

마뜩잖은 시선을 보내는 자도 있었다. 마건위였다.

중앙 공터에 전사들이 모여드는 중이었다. 보초를 서는 자들과 피해 복구 작업에 투입된 자들을 제외한 거의 모든 전사들이 모여들었다.

그 한가운데에 태자후가 있었다.

전사들의 눈으로 볼 때, 태자후는 단운룡보다도 더 충격적인 인물이었다.

당장 눈으로 보는 것부터가 그랬다.

사람 키보다 더 큰 깃발을 젓가락처럼 휘두르는데, 바람 소리만으로도 천둥이 치는 듯했다. 전사들 중 가장 힘이 세다는 포랑족의 웅암 녀석이 깃대를 들어보겠다고 덤볐다가 휘청 넘어지며 웃음거리가 되었다. 칼 솜씨를 보고 싶다는 태자후의 말에, 날렵하기로 흑망 다음이라는 아창족 모재 놈이 나섰다. 태자후는 모재의 칼놀림을 한번 쭉 구경하고는 다시 모재의 호철도를 빌렸다. 태자후가 칼을 한 번 휘두르자, 우르릉 하는 괴성이 흘러나왔다. 전사들의 눈이 휘둥그레졌다. 똑같은 칼이 분명한데, 칼이 부리는 조화는 하늘과 땅만큼 달랐다.

태자후는 그 웅대한 기백과 파격적인 언행으로 단 하루 만에 모든 전사들의 마음을 사로잡아 버렸다.

감동적인 연설 따윈 없었다. 그냥 닥치고 배우라는 식이었다.

태자후는 시범을 보였고, 전사들이 하나둘씩 그를 따라 움직이기 시작했다. 눈살을 찌푸리던 전사들도, 팔짱을 낀 채 고개를 쳐들고 있던 전사들도, 이내 칼집에서 칼을 꺼냈다. 평생 잡기 힘든 기회라는 것을 직감한 것이다.

“저게 제대로 되겠나?”

그래도 마건위는 회의적이었다.

그의 뒤에는 언제 나타났는지, 붕대를 칭칭 감은 허유가 창백한 얼굴로 서 있었다.

“모르지.”

허유가 일어난 이래, 첫 대화였다. 두 사람 사이에 천 근처럼 무거운 공기가 깔렸다.

"끝이 좋지 않을 거다."

"그것도 알 수 없다. 이들은… 우리와 다르니까."

두 사람은 같은 기억을 공유하고 있었다.

그들은 우목과 달리, 오원 주민들에게 무공을 가르쳐 본 경험이 있었던 것이다.

결과부터 말하자면 '최악의 실패' 였다 부를 수 있을 게다.

벌써 이십 년은 족히 넘은 이야기였다.

전사들은 마건위와 허유가 가르치는 무공을 익혔고, 실력은 하루가 다르게 늘어갔다. 생사를 건 싸움은 그 자체로 훌륭한 무공 수련법이 되었기 때문이었다. 하지만 얼마 지나지 않아 그들의 무공은 뿌리칠 수 없는 유혹을 불러오고 말았다. 미래가 보이지 않는 오원의 삶 대신 중원 강호의 낭만을 꿈꾸게 된 것이다. 이는 종국에 이르러 무공을 익힌 전사들의 대탈주와 이를 막으려던 자들의 동족상잔이라는 비극으로 마무리된다.

마건위는 그 이후로 전사들에게 무공을 가르치지 않았다. 보다 정확히는 무공의 정수(精髓)를 가르치지 않았다고 할 것이다. 싸울 수 있는 무예를 익히도록 하되, 내공심법의 요체나 진정한 발경의 원리는 알려주지 않았던 것이다.

부족의 단결에 병적으로 집착하게 된 것도 그때부터다. 오원이란 특수한 공간에서, 무공이란 양날의 검이 될 수밖에 없다. 무공은 욕심을 부르고 야심을 키운다. 그의 왼손을 가져간 마사충 또한 그 대표적인 일례가 아니었던가. 태자후의 모습을 보고서 고개를 저을 수밖에 없었던 이유였다.

"네놈 말이 맞을 수도 있을 것이다……. 이들은 우리와 다르지."

마건위가 운을 뗐다.

천천히. 아주 천천히.

그의 입에서, 그 누구에게도 하지 못했던 이야기가 흘러나왔다.

"나는… 더 이상 내 자신을 믿을 수가 없다. 무엇이 옳은 판단인지, 무엇이 그른 판단인지. 이젠 구분이 되질 않아. 내가 내렸던, 옳다고 확신했던 그 모든 결정들이 사실은 틀린 선택이었던 것일까 하는 의문이 든다. 나는 그토록 오원을 지키고자 했지만, 오원은 무너져 버렸고 우리는 이와 같은 몰골로 여기에 서 있다. 결과가 이러한데, 앞으로 나는 대체 어떤 신념을 가지고 살아야 하는가……."

이것이 과연 그 마건위가 맞는 것일까.

전혀 그답지 않은 말이다. 오직 그 상대가 허유이기에 할 수 있는 이야기였다. 한참을 말없이 듣고 있던 허유가 나직한 목소리로 천천히 그의 말을 받았다.

"늙은 뱀, 늙은 뱀아. 우리는 오원에서 그런대로 괜찮은 짝이었을 것이다. 내가 생각하고 검토하면, 당신은 결정하고 행동했지. 뭐가 어디서부터 잘못된 건지는 아무도 모른다. 이제 와 내가 느끼는 것은 당신이 생각하는 그 의문과 똑같아. 난 일원요새에서 놈들에게 잡힌 이래, 눈을 감을 때마다 매 순간 죽음을 확신했었다. 한데, 어느 순간 눈을 떠보니 이곳이더군. 그리고 깨달았다. 아직 아무것도 끝나지 않았다는 것을 말이다."

"아무것도 끝나지 않았다라⋯⋯."

"당신과 내가 내린 선택들은 아직 궁극적인 결론에 이르지 못했다. 아직도 우리들의⋯ 그리고 저들의 이야기는 계속 이어지고 있는 거다. 내가 죽음 끝에서 삶을 보게 되었듯 이 모든 이야기는 우리가 예상했던 절망이 아니라 어떤 다른 곳으로 이어져 있는 것인지도 모를 일이다. 우리가 내렸던 선택들도 아직은 그게 옳은 것인지 그른 것인지 알 수 없다는 뜻이다."

마건위는 한참 동안 말을 잇지 못했다.

멀리 보이는 전사들이 기합 소리를 내고 있었다. 자신의 수하로 따라왔던 사망산 전사들마저 공터를 기웃거리는 것이 보였다.

마건위는 그들을 제지할 수 없었다. 그럴 마음조차 들지 않았다.

"늙은 뱀이 붉은 늑대로부터 위로 따위를 받게 될 줄이야⋯⋯."

허탈한 목소리만 속절없이 새어 나왔다.

죽음과 절망에서 구원받은 두 사람.

옆에 나란히 선 허유가 작은 미소를 지었다. 비틀리거나 꾸며낸 것이 아닌, 몇십 년 만에 처음으로 지어보는 진짜 미소였다.

"그러게. 세상은 오래 살고 볼 일이다."

바람이 불어와 하얀 머리카락을 어루만지고 지나갔다.

햇살이 고원 위에서 밝게 부서지고 있었다. 따뜻했다.

제38장 군사(軍師)

적을 기만하기 위해 잘못된 정보를 주는 것.

적을 유인하기 위해 거짓된 정보를 주는 것.

적을 제압하기 위해 그릇된 정보를 주는 것.

감언이설(甘言利說), 구밀복검(口蜜腹劍), 권모술수(權謀術數), 무근지설(無根之說), 서동부언(胥動浮言), 성동격서(聲東擊西), 양두구육(羊頭狗肉), 중상모략(中傷謀略), 지록위마(指鹿爲馬), 표리부동(表裏不同), 허허실실(虛虛實實), 모사의 숙명이란 곧 그러하니, 덕과 윤리는 군사의 실력이란 빙탄불용(氷炭不容). 얼음과 숯이 섞이지 못함과 같더라.

…(중략)…….

강호의 모사들 중 여러 재인이 있어, 그중에서도 눈에 띄는 이가 양무의라.

의협비룡회 군사(軍師)로 비룡의 여의주라 불리고 있으니.

…(중략)…….

운거모사 양무의의 가장 큰 특징이라 한다면, 남을 속이는 것을 주저치 않는다는 점이다.

저 장강주유가 속임수에 능하다 하나, 양무의에 비할 바는 아니요. 양무의는 실로 직접적이면서 파멸적인 위장과 기만의 재능이 있다. 그것은 아마도 낭중지추로 천재의 모습이 가감없이 드러났던 무평 시절, 혜광심어와 관련된 소림비사에 연관된 이래, 불구자의 굴레를 쓸 수밖에 없었던 운명으로 인한 자연스러운 발현이었을 것이라…(중략)…….

한백무림서 강호난세사 초안

한백의 일기 中에서.

천신만고 끝에 몇백 년 전에 마지막으로 분화했다는 휴화산(休火山)을 발견했다.

곤륜산 전설이 전해진 것이 천 수백 년에서 몇백 년 사이라고 할 때, 당시의 불 뿜는 산은 지금의 휴화산이라 생각할 수도 있다는 판단이었다.

개명수(開明獸)를 만난 것도 거기에서였다.

개명수는 갑자기 나타났다. 하늘에서 솟았나, 땅에서 솟았나 알 수가 없었다.

화완포로 짐작되는 붉은 털옷을 입었고, 털옷을 감싼 도포에는 눈 모양 무늬가 빽빽하게 새겨져 있었다.

"천잠사를 얻기 위해 곤륜성산을 찾고 있다라……."

고음과 저음이 동시에 섞인 목소리였다. 마치 두 사람이 말하는 것처럼 들렸다.

목소리도 목소리였지만, 얼굴은 그보다 더 인상적이었다.

보는 각도에 따라 달라지는 얼굴이라는 것이 세상에 존재할 수 있을까.

언뜻 보면 천진난만한 동자의 얼굴 같기도, 다시 보면 백 살 먹은 노인의 얼굴 같기도 했다. 달라지는 얼굴이 예닐곱 가지 정도. 아니, 한 아홉 가지는 되는 듯싶었다. 기이한 것은 또 있었다. 하얀 흰자위에 두 개씩 까만 점이 있는데, 그 때문에 눈동자가 여러 개인 것처럼 보였다. 아무래도 인세에 살고 있는 사람 같지가 않았다.

개명수가 강설영, 곽경무, 여은, 이군명을 한번 쭉 돌아보고는, 다시 강설영에게로 눈을 돌렸다. 그가 고개를 주억거리며 중얼거렸다.

“과연…….”

“예?”

“왜 직접 보내셨는지 알겠어.”

개명수는 아무렇지도 않게 하대를 했다. 강설영이 두 눈을 동그랗게 뜨며 물었다.

“누가 보내신 건지 여쭤봐도 될까요?”

“서왕모(西王母).”

“……!!”

강설영이 곽경무를 돌아보았다. 어지간해선 당황하지 않는 곽경무가 다소 굳어진 표정으로 고개를 설레설레 흔들었다. 서왕모라는 이를 모른다는 뜻이다. 물론 전설 속의 곤륜산 여신선

서왕모야 모르는 바가 아니지만, 실존 인물로서의 서왕모는 아직 무림에 알려진 바가 없었기 때문이었다.

"왕모께서 기다리고 계시다. 성산은 여기서도 멀다. 이것이 필요할 것이다."

개명수가 품속에서 하나의 주머니를 꺼내 들었다. 그가 발을 옮겨 일행의 앞으로 다가왔다. 마치 둥둥 떠다니는 듯한 걸음걸이다. 강설영은 물론이요, 곽경무의 방대한 안목으로도 무슨 신법인지 감조차 잡을 수가 없었다.

"저… 어째서……."

개명수가 멈춘 곳은 강설영의 앞도, 곽경무의 앞도 아니었다. 그가 여은에게로 주머니를 건넸다. 주니까 두 손 들고 받긴 했지만, 휘둥그레 떠진 눈은 감길 줄을 몰랐다.

"사당목 열매다. 다른 세 사람은 필요없다."

"아……!"

여은은 총명한 소녀였다.

이 중에서 내공이 가장 약한 이가 그녀다. 다른 세 사람의 공력으로는 별문제가 없다는 뜻이었다.

"그렇다면 사당목 열매는……."

강설영이 이군명을 한번 돌아보며 말했다. 개명수가 그녀를 바라보며 대답했다.

"여기까지 찾아왔으면 약수의 실체에 대해서도 짐작한 바가 있을 것이다."

"유황연!"

"비슷하다. 약수는 독성이 훨씬 더 강하고, 술법에 의해 보호

되고 있어 성질이 다소 다르긴 하지만 말이다."

개명수는 예상했던 것보다 친절하고 온화했다. 별호에 짐승수(獸) 자가 들어가는 강호인치고, 성정이 공명정대한 이는 천하에 드물다 할 것이다. 한데, 개명수는 예외다. 그의 얼굴과 행색은 기기묘묘하기 짝이 없었지만 그 어디에서도 사기(邪氣)와 악기(惡氣)는 느껴지지 않았다.

"가자. 이쪽이다."

개명수가 일행을 이끌었다. 금방 도착할 것처럼 이야기했지만, 의외로 길은 험난하고 멀었다. 산봉우리 몇 개를 넘었다. 어느 순간부터 이상하게 낮과 밤이 잘 분간되지 않았다. 기이한 일이었다. 산세와 지형이 처음 보는 것처럼 생소해졌고 시간의 흐름도 가늠하기가 어려워졌다. 비조차 내리지 않음에도, 하늘이 어두워지고 밝아지는 것이 지나치게 빈번했다. 심지어 어쩔 때는 과연 그들이 곤륜산맥 안에 있는 것이 맞는 것인가 하는 의문마저 들 정도였다.

"저편에 보이는 것이 적수(赤水)고, 반대편에 보이는 모래밭이 유사하(流砂河)다."

저 멀리로 이름처럼 붉은색인 계곡이 보였다. 흐르는 물도 붉은색이다. 열기가 느껴지는 것이 가까이도 가기 싫게 생겼다. 모래밭도 마찬가지다. 하얀 모래가 꿈틀대며 움직이고 있었다. 뒤에서 곽경무가 나직한 목소리로 말했다.

"산해경에 있는 이야기입니다, 아가씨. 유사의 언저리 적수의 뒤, 흑수의 앞에 큰 산이 있으니, 그것이 곤륜산이라 했지요."

강설영도 대강은 아는 이야기였다. 산해경은 사실 완전한 지리서도 아니요, 제대로 된 역사서도 아니다. 격하하여 보는 사람들에겐 허무맹랑한 민담과 전설 모음이라 불리는 책이었다. 하지만 전설이란 것은 그저 믿을 수 없는 이야기로만 이루어진 것이 아니었다. 강설영은 그 증거를 지난 시간 동안 숱하게 보아왔다. 또 하나의 전설이 그들 앞에 펼쳐지고 있었다. 아무것도 뜨지 못한다는 약수도 그렇다. 부글부글 끓고 있는 개울이 골짜기 아래쪽에 나타난 것이다.

"이것이… 약수……!"

"그렇다."

부글부글 끓고 있는 개울이 골짜기 아래쪽에 보였다. 개울이라기엔 폭이 넓고, 강이라고 하기엔 규모가 작은 느낌이다. 누런 거품이 커다랗게 일어났다가 퍽, 하고 물결에 파문을 만들었다. 한 번 수면이 출렁거릴 때마다 괴이한 기포들이 올라오며 누런 연기를 뿜어내고 있었다.

"어떻게 건너죠?"

전설 속에서는 뜰 수 없다는 부력(浮力)을 이야기했지만, 실제 그들이 맞닥뜨린 약수는 그와 같다. 사실 저걸 과연 약수라 할 수 있는지는 모르겠다. 전설이 유황 계곡을 약수로 만든 건지, 아니면 저 유황 계곡이 약수라 불리게 된 건지는 어느 쪽이 옳다 딱히 구분할 방법이 없었다.

"다리를 놓고 건널 것이다."

개명수가 대답했다. 그가 일행을 이끌고 지대가 높은 곳으로 향했다.

거대한 나무 하나가 그들 앞에 나타났다. 나무 반쪽의 색깔이

누랬다. 지옥불처럼 끓고 있는 약수에서 올라오는 독연이 나무 왼편을 끊임없이 스치고 있었다.

"오래된 사당목이다. 이것을 통해 건너가야 하지."

그의 손짓에 따라 약수 건너편을 바라보았다. 십 장 정도 거리에 이것과 비슷하게 생긴 사당목이 한 그루 더 있었다. 반편은 누르죽죽 푸석푸석하게 죽어 있었고, 다른 반편은 보통 나무 색으로 멀쩡해 보였다.

그가 나무 밑둥지의 땅을 손으로 스쳤다. 땅속에 묻혀 있던 목궤 뚜껑이 거짓말처럼 나타났다. 그가 뚜껑을 열고, 붉은색 밧줄을 꺼냈다. 자세히 보니 굵은 밧줄엔 개명수가 입은 적화의와 똑같은 빛깔의 털이 자라나 있었다. 빛나는 강설영의 눈을 보며 개명수가 말했다.

"맞다. 화완포를 꼬아 만든 밧줄이다."

그가 나무 위로 훌쩍 올라갔다. 정말 공중에 붕 떠오르는 것 같은 몸놀림이었다. 화완포 밧줄 없이도 충분히 맞은편으로 건너갈 수 있을 것 같다. 밧줄로 만든 다리란 어디까지나 그들을 위한 배려다. 정확히는 여은을 위한 배려라고 할 것이다.

휘리리리릭!

화완포 밧줄이 저편 나무 위에 걸렸다. 밧줄은 살아 있는 뱀마냥 나무 위에 묶였다. 무슨 주술이라도 사용한 모양이었다. 저렇게 굳은 매듭까지 지어지는 것을 보면.

"하나 먼저 먹는 것이 좋을 것이다."

개명수가 여은에게 충고했다. 그의 손가락은 여은이 꼭 쥐고 있는 주머니를 가리키고 있었다. 여은이 주머니를 열고 그 안에 있는 열매 하나를 꺼내 들었다. 전설 속의 사당목 열매는 손가락 만 한 크기에 진한 자색(紫色)이었다. 생각보다 먹기 좋게 생긴 열매였다. 여은이 두 눈을 질끈 감고 열매 하나를 꿀꺽 삼켰다. 그녀가 하얀 이를 드러내며 말했다.

"아유, 시다."

신 것 외에는 먹을 만한 듯 금세 표정이 밝아졌다.

"이제 건너자."

강설영이 여은을 업었다. 여은은 자기가 아가씨를 업어드려 야 하는 건데 말하며 어쩔 줄 몰라 했다. 밧줄을 밟고 건널 수 없 다는 약수를 건넜다.

약수의 독연은 생각보다 곤욕스러웠다. 천룡무제신기 덕분에 몸 상태에는 문제될 것이 없었지만, 냄새가 워낙 고약했다. 내공 으로 후각을 막아놓아도 머리가 지끈거릴 만큼 심한 독연이었 다.

약수를 건넌 다음부터는 그런대로 수월했다.

시간의 흐름을 알기 어려운 산길을 통과하여 실로 오랜만에 맑은 하늘을 마주하게 되었다. 언제 그랬냐는 듯 푸르른 빛이 창 공에 가득했다.

"저기가 곤륜성산이다."

하얀 구름으로 둘러싸인 거대한 산 하나를 보게 되었다.

구름 위에 우뚝 솟은 산봉우리는 마치 공중 위에 떠 있는 것처 럼 보였다. 몇 개의 봉우리들이 또한 구름 사이로 언뜻언뜻 보였 는데, 그 역시도 하늘에 바위들이 둥둥 떠다니는 느낌이었다. 실 제로 그럴 리야 없겠지만, 불현듯 정말 공중에 뜬 바위들일지도 모른다는 생각이 들었다.

　개명수가 산언저리로 일행을 이끌었다. 산문이 나타났다. 성산(聖山), 곤륜(崑崙)이라는 현판이 내걸려 있었다. 도가식 문양이 새겨졌는데 실로 속세인의 솜씨 같지가 않았다. 두 개의 기둥은 벽옥으로 올렸으며 나무 대들보는 아직도 살아 있는 듯 생기가 가득했다. 정말 신선들이 나무를 깎고 현액을 했대도 두말없이 믿게 생겼다.

　큰 도시에 상경한 촌사람들마냥 두리번거리며 산문을 통과했다. 산전수전 다 겪은 곽경무도 만면에 놀라움을 감추지 못했다. 결국 그가 개명수를 향해 운을 뗐다.

　"이곳은 내가 들었던 곤륜파의 전경과 무척 다르구려."

　개명수가 곽경무를 돌아보았다. 역시나 어색하다. 눈동자가 여러 개처럼 보이는 눈이다. 그 눈에 한줄기 웃음기가 비쳤다. 개명수가 대답했다.

　"중원 유수의 문파들은 본산과 속가를 구분하여 따진다고 들었다. 곤륜검문과 성산의 관계는 그와 비슷하다고 보면 된다."

　개명수는 곽경무에게도 거침없이 하대를 했다. 곽경무는 그 순간 경험과 직감을 통해 이 개명수란 인물이 자신보다 훨씬 더 나이가 많다는 사실을 깨달을 수 있었다. 아니, 어쩌면 인물이 아닐지도 모른다. 사람이 아닐 수도 있다는 괴이쩍은 생각이 불쑥 고개를 쳐들었다. 개명수는 그런 곽경무의 마음을 읽기라도 한 듯 가볍게 미소 지으며 다시 앞으로 고개를 돌렸다. 곽경무는 개명수의 등을 보며, 실로 몇십 년 만에 아직도 경험할 게 많이 남았구나 하는 생각을 했다.

"계단이 참 고르고 반듯해요. 어떻게 만들었을까요?"

여은이 작은 목소리로 강설영에게 속삭였다.

그러고 보니 산길치고 지나치게 곧은 계단이었다. 폭도 일정해 뵈고, 너비도 아주 넉넉하다. 무엇보다 재질이 무엇인지 알 수가 없다. 그냥 산 바위를 깎아 만든 것이 아니라 고급 석재들을 날라다가 정교하게 건설한 것처럼 보였다.

"글쎄, 모르지. 신선들께서 만들어주신 걸지도."

강설영은 그렇게밖에 대답해 줄 수 없었다. 그녀도 여은 못지않게 궁금한 것이 많았다.

저벅. 저벅. 한참을 올라갔다.

갈림길이 몇 개 있었다. 큰 탑을 오르는 두 줄기의 계단마냥 완벽하게 정돈된 길이었다. 다른 봉우리로 오르는 계단인 듯했다.

개명수는 다른 갈림길에 눈길조차 주지 않았다. 일행도 다른 계단은 신경 쓸 겨를이 없었다. 그저 개명수의 뒤를 따라 백색의 계단을 오르고 또 오를 뿐이었다. 얼마나 지났을까. 문득 개명수가 고개를 돌리며 말했다.

"도착했다."

벌써? 라는 생각이 먼저 들었다. 오랜 시간 올라오긴 했지만, 산정에 이르기엔 한참 이른 느낌이었다. 강설영이 슬쩍 뒤를 바라보았다. 그녀의 입이 딱 벌어졌다. 커다란 탄성이 그 뒤를 따랐다.

"와아……!"

일행은 구름 위에 올라와 있었다. 어찌 된 조화인지 알 수가

없었다. 올라온 시간과 높이를 가늠해 보면 산 중턱에나 있어야
정상이었다. 하지만 등 뒤에 펼쳐진 광경은 그렇지 않았다. 아까
밑에서 본 봉우리들이 공중 위에 뜬 바위마냥 구름 속에 점점이
박혀 있었다. 강설영이 계단 아래를 내려보았다. 그들은 구름을
뚫고 올라온 기억이 없건만, 저 밑의 계단은 어느새 구름에 가려
윤곽조차 잘 보이질 않았다.

"올라오게."

개명수가 위쪽 계단에서 그들을 불렀다. 홀린 기분으로 총총
히 계단을 올랐다. 이군명과 여은은 좀처럼 발을 떼지 못했다.
입이 떡 벌어지는 장관 앞에서 그저 혀를 내두르고 있을 뿐이었
다.

또 하나의 산문이 그녀를 맞이했다. 산문에는 옥산(玉山)이란
두 글자가 매달려 있었다.

이젠 뭐가 튀어나와도 놀라지 않을 것 같았다. 꼭대기에 용(龍)
한 마리가 똬리를 틀고 있다 해도 그러려니 하겠다. 성산 곤륜은
그만큼 장엄했고 신비롭기만 했다.

산문을 넘자 또 한 번의 탄성이 나왔다.

너무나도 아름다운 산정의 호수가 그녀의 눈앞에 비쳐들었
다. 반사된 구름이 하얀빛을 드러내면, 수면 위로 드리워진 봉우
리의 초목 그림자가 형형색색의 영롱함을 뽐냈다.

"요지(瑤池)……!"

강설영이 전설 속 이름을 떠올렸다.

서왕모는 달리 요지왕모라고도 불린다. 신선들의 호수인 요
지 물가에 거하기 때문이란다. 강설영의 시선이 호수 한쪽으로

향했다. 벽옥으로 만들어진 궁전이 보였다. 한데 전설에는 구층 탑이라 했지만 직접 보니 그렇게 높지는 않았다. 그렇다 해도 어떻게 이런 산의 정상에 저만큼 화려한 궁전을 지었는지는 도무지 알 수가 없었다.

'아!'

개명수가 저만치 가고 있었다. 넋을 빼놓고 보고 있다가 그가 움직이는지도 몰랐다. 강설영이 개명수의 뒤를 따랐다. 뒤쪽에 올라온 여은은 아예 까무러칠 것 같은 표정을 짓고 있었다.

푸드득!

파랑새 두 마리가 개명수의 곁으로 날아왔다. 개명수가 파랑새에게 물었다.

"왕모께서는?"

기이한 광경이었다. 파랑새가 찌륵찌륵 청아한 소리를 냈다. 그러자 개명수가 고개를 끄덕이며 대답했다.

"알겠다. 착오없이 데려왔다고 일러 드려라."

파랑새 두 마리가 호면 위로 멀어졌다. 눈으로 좇은 파랑새들이 벽옥 궁전 창문 안으로 사라졌다. 새들을 반갑게 맞이하듯 바람을 타고 아름다운 휘파람 소리가 들려왔다.

호숫가를 따라 기화요초들이 만발해 있었다. 구름 위까지 올라왔으니 한기가 느껴져야 정상인데도 묘하게 따스한 바람이 불고 있었다. 호수 저편엔 복숭아밭도 보였다. 복숭아나무가 이런 산정에서 열매를 맺을 수 있었던가 싶었다. 보통 복숭아라면 당연히 불가능할 것이다. 상식선에서 생각하는 것은 당장이라도 그만둬야 할 모양이었다.

강설영이 앞서고 곽경무와 여은, 이군명이 옹기종기 그녀 뒤를 따라왔다. 벽옥 궁전에 도착했다. 중원과는 완전히 다른 방식으로 지어진 건물 같다. 빼어난 조각들이 푸르른 벽옥을 그림처럼 장식하고 있었다.

"어서 들어오세요. 왕모낭랑께서 기다리고 계시답니다."

문이 열렸다. 강설영은 깜짝 놀랐다. 양쪽에서 문을 열어준 소녀들이 너무나도 예뻤기 때문이다. 두 소녀가 웃음을 지으며 복도 안으로 들어갔다. 소녀들은 나풀거리는 청색 비단옷을 입고 있었다. 오른쪽 소녀는 큰 부채 하나를 들고 있었고, 왼쪽 소녀는 향긋한 향내가 나는 복숭아 바구니를 들고 있었다. 문득 방금 보았던 파랑새 두 마리가 떠올랐다. 그녀들이 곧 파랑새들일 수도 있겠다. 괜한 생각은 아니다. 토끼가 사람으로 변하던 만상요술서 백토진인의 거처도 가보았던 강설영이었다.

궁전의 회랑을 지나 이층으로 올라갔다. 처음 보는 형태의 건물이었다. 난간으로 받쳐진 복도를 따라가자 보석으로 치장된 방이 나타났다. 파란 옷의 소녀들이 방문을 열었다. 그녀들이 손짓하여 강설영과 일행을 안으로 안내했다.

왼쪽 소녀가 탁자 위에 복숭아 바구니를 내려놓았다.

"드셔보세요. 왕모께서 내리신 선물이랍니다. 하나씩만 드셔야 해요. 욕심을 부리시면 큰 탈이 날 수도 있으니까요."

오른쪽 소녀가 강설영에게 생긋 웃으며 말했다.

강설영과 이군명이 복숭아를 내려보았다.

보통의 복숭아와 다를 것 없게 생겼지만, 은은한 황금빛이 도는 게 흔히 볼 수 있는 종류는 아닌 듯싶었다.

순간적으로 망설이고 있을 때다. 여은이 불쑥 손을 내밀어 복숭아를 집어 들었다.

"와! 맛있다!"

말릴 새도 없었다. 여은이 복숭아 하나를 더 집어 강설영에게 내밀었다.

"아가씨도 어서 맛보세요. 굉장히 달아요!"

강설영이 마지못해 복숭아를 받아 들었다. 이군명이 미간을 살짝 좁히며 복숭아를 권한 소녀에게 물었다.

"꼭 먹어야 하는 거요?"

소녀들이 이군명을 바라보았다. 상냥하기만 했던 얼굴에 기이한 푸른빛이 감돌았다 사라졌다. 이군명은 그 순간 깨달았다. 이 소녀들은 보이는 것처럼 무조건 나긋나긋한 이들이 아니라는 사실을 말이다. 단순한 시비 신분으로 종노릇하는 계집들이 절대로 아니었다.

"귀한 물건입니다. 주인께서 호의를 보이시면 손님께선 마땅히 그 호의를 받아들이셔야겠지요."

"오빠, 그냥 드세요. 죄송해요. 실례를 범했네요."

강설영이 고개를 끄덕이며 손에 받아 든 복숭아를 한입 베어 물었다.

달콤하니 입안에 감도는 게 놀랍도록 맛있었다. 그녀의 눈이 절로 크게 떠졌다.

"노대도 먹어봐요."

강설영이 곽경무에게 말했다. 곽경무는 내색은 안 했지만, 속으로는 상당히 경계하는 눈치였다. 그가 강설영이 그랬듯 조심스레 복숭아를 집어 들었다. 그러자 이군명도 어쩔 수 없었던지 소녀들에게 포권을 취하며 사과한 후, 마지막 하나 남은 복숭아 를 집어 들었다.

네 사람이 복숭아를 다 먹는 데는 오랜 시간이 걸리지 않았다.

일단 먹기 시작하자 멈출 수 없을 정도로 맛이 달았다. 귀한 것을 많이 먹고 자라온 강설영과 이군명도 평생 경험해 본 적이 없을 만큼 훌륭한 맛이었다.

"씨앗도 드세요."

소녀가 생긋 웃으며 말했다.

단단한 씨앗을 어떻게 먹나 했더니, 막상 입에 대자 딱딱하면 서도 내부가 부드러운 게 보통 복숭아 씨앗과 크게 달랐다. 이빨 로 깨물자 바삭, 하고 쪼개지더니, 복숭아 과즙 같은 액체가 입 안으로 흘러들었다.

"씨앗이… 어머, 이런 복숭아는 정말 처음 봐요!"

여은이 연신 감탄성을 내뱉었다. 하지만 그녀의 감탄성은 오 래가지 않았다.

"와아아. 근데요… 아가씨, 좀 졸려요."

여은이 하품을 몇 번 하더니 풀썩 쓰러지고 말았다. 옆에서 이 군명이 부축을 하려다가 휘청 하고는 여은과 함께 그대로 옆으 로 넘어져 버렸다.

"이… 무슨……!"

곽경무 쪽도 다르지 않았다. 그가 두 눈을 부릅뜬 채 강설영을 바라보았다. 그리고는 소녀들 쪽으로 고개를 돌렸다. 한마디 하 려다가 그대로 무릎을 꿇는다. 그러더니 이내 꿍, 하고 융단 깔린 땅바닥에 쓰러지고 말았다.

"독(毒)인가요."

강설영이 파란 옷의 소녀들을 향해 물었다. 파란 옷의 소녀들이 두 눈을 동그랗게 뜨고서 그녀를 보았다. 부채를 든 소녀가 팔꿈치로 옆에 있는 소녀를 쿡 찔렀다.

"오래 버틴다. 그지?"

"그러게."

그녀들이 웃었다. 그 웃음은 더 이상 예뻐 보이지 않았다. 어딘지 모르게 섬뜩하게 느껴질 정도였다. 강설영이 다시 입을 열었다.

"독이냐고 물었어요."

소녀들은 무척이나 흥미로워했다. 어째서 멀쩡히 서 있는지 궁금해하는 눈빛이다.

하지만 강설영은 보이는 것과 달리 멀쩡하지 않았다.

천룡무제신기가 들끓고 있었다. 위장을 통해 들어온 복숭아가 몸으로 미친 듯 흡수되며 기이한 기운을 퍼뜨리고 있었다.

자꾸만 졸음이 왔다.

천룡무제신기를 극성으로 끌어올려 막아보려 했지만, 잘 제어가 되지 않았다. 처음 있는 일이었다. 아니, 생각해 보면 처음도 아니다. 무적이라 생각했던 천룡무제신기는 단운룡의 진기에도 당적하지 못했었다.

"어째서죠……?"

몸에 힘이 풀린다. 시야가 흔들흔들 흐릿해지기 시작했다.

부채를 든 소녀가 다가와 그녀를 부축했다. 그녀가 뭐라뭐라 말했다.

잘 들리지 않았다.

그녀의 얼굴이 파랗게 번졌다. 하얀 살갗이 왜 파랗게 번지는지 모르겠다.

온통 파래진 눈앞에 어둠이 나타났다. 눈꺼풀이 덮인다.

그렇게 강설영은 의식을 잃었다.

＊　　　＊　　　＊

회의실이 가득 찼다. 핵심 인물들은 모두 모였다.

상황은 하루가 다르게 변화하는 중이다. 대책회의가 절실했다.

"구독림의 적 병력은?"

"꽤 많이 몰려들었습니다. 구독림 외곽에 진을 친 맹획의 군사들은 수가 이천에 이르고 있습니다. 요화낭랑의 말씀으로는 일반 병사들의 비율이 꽤 된다고 합니다."

일반 병사들이라 하면, 황각군이나 지각군 같은 무인 군대가 아닌, 보통의 병력을 뜻함이다. 개개인의 기량은 고원 전사들보다 약하다고 봐야 한다. 그렇다 해도 전사 한 명이 병사 둘 정도 감당할까 말까다. 머릿수를 따지면 분명 압도적인 전력 차가 분명했다.

"타가 측은?"

"촉사와 늪 바깥쪽은 정확한 파악이 어렵습니다. 태 대공의 안력으로도 대략적인 병력 규모밖에 알 수 없다 하셨습니다."

태자후는 태 대공이란 거창한 이름으로 불리고 있었다. 본인 스스로 그렇게 부르라고 했다는 말이 있으나 정확치는 않았다. 어차피 이곳 전사들도, 뭐라 부르라 시켰다고 하여 쉽사리 그렇게 불러줄 놈들이 아니다. 대공이라 부를 만하니까 부르는 거였다.

"숫자는 약 천이백 정도, 기병과 보병이 섞여 있답니다. 공병들이 흙더미를 쏟아부으며 늪지에 땅을 다지고 있습니다. 늪을 가로지르는 목조 다리들도 건설 중인데, 벌써 두 개가 완성되었습니다. 완공 과정에서 구독림 외곽의 맹획군과 한차례 충돌이 있었던 것 같습니다만, 살육전까지는 가지 않은 모양입니다."

"이 지역은 비록 외곽이긴 해도 맹획의 세력권이다. 타가군의 대규모 진입이 반갑지는 않겠지."

누구에겐 낯선, 또한 누구에겐 익숙한 목소리다.

적어도 이제껏 이 회의실에서는 한 번도 울린 적이 없었던 목소리였다.

우목이 바로 왼편을 돌아보았다. 허유였다. 아직도 붕대를 풀지 못한 채였다.

허유가 고개를 들고 의견을 구하듯 맞은편을 바라보았다. 거기 있는 것은 다름 아닌 늙은 뱀 마건위다. 마군, 일원요새, 사망산의 지도자가 한자리에 모였다. 반군연합이라도 되는 느낌이다. 참으로 오랜만이란 생각이 들었다.

"맹획의 세력권에 타가의 군사가 천 이상 흘러들어 왔다는 건, 그 자체로 주목해야 할 대목이다. 두 세력의 공조체제를 의심해 봐야 할 것이다."

"맞는 이야기다. 이건 오원이 처음 무너졌을 때와 같아. 두 세력은 암묵적인 동의가 되어 있는 거다. 일단 이곳부터 공격하기로 말이다."

"이 상황에서 가장 이상적인 책략은 두 세력을 이간질시키는 것인데……."

"좀처럼 통하진 않겠지. 황육괴와 카무이만 있다면 모를까 지사괴와 아야크가 있는 이상 쉽게 먹히진 않을 터……."

허유와 마건위는 그런대로 잘 맞았다. 두 사람을 번갈아 보고 있던 우목이 눈을 빛내며 입을 열었다.

"마 대인과 허 대인 말은 모두 다 옳다. 하지만 지금 더 중요한 것은 출입이 봉쇄되었다는 점이다. 이쪽에서 나가는 것은 어떻게든 되겠지만, 바깥에서 들어오는 것이 어렵지. 해결해야 할 문제다."

우목은 허유와 마건위를 대인이라 불렀다. 그뿐이다. 그는 두 사람 앞에서도 그 이상의 격식은 차리지 않았다.

마군의 수장은 어디까지나 우목이다. 대인이라는 호칭에 더해, 그의 양옆 회의실에서 가장 중요한 자리에 앉혀준 것만으로 예우는 충분히 한 셈이다. 대등한 입장에서 회의를 풀어갈 필요가 있었다.

"들어오는 것부터 해결해야 한다니? 못 들어오면 오히려 좋은 것 아닌가?"

마건위가 미간을 좁히며 물어왔다. 우목은 그만 바라보지 않았다. 이건 모두에게 다 해당하는 질문이었다. 그가 좌중을 돌아보며 말했다.

“이건 방어하곤 별개의 문제다. 알다시피 우린 타가의 병영들을 공격하여 새로운 이주민들을 받은 바 있다.”

이제 서론이다.

마건위는 그것만으로도 아, 하며 알았다는 표정을 지었다. 그가 스스로 바보 같은 질문을 했구나 하며 눈살을 찌푸렸다. 익숙하지 않다고 하여 민활한 머리가 어디 가는 것은 아니었다. 몇 마디로도 전후 사정을 충분히 짐작한 듯했다.

하지만 장내에 있는 모두가 마건위처럼 빠른 이해력을 지닌 것은 아닌 바다. 마건위의 질문과 똑같은 의문을 품은 자가 많았다. 지금 상황은 그들에게도 익숙지 않다. 수백 병력 적 정예군을 거의 아무런 피해 없이 막아낸 상황이다. 길고 길었던 싸움 끝에 누구도 경험해 보지 못한 미답의 영역에 들어와 있었던 까닭이다.

“그들만으로 끝이 나선 안 된다. 더 많은 사람들을 이곳으로 불러와야 한다. 이미 씨앗은 뿌려졌다. 병영을 파괴하며 직접 데려왔던 것이 첫 번째요, 노도와 같았던 지난 공격을 막아낸 것이 두 번째다. 무족지언이 비우천리다. 이 땅을 살아가는 사람들은 서로 간의 거리도 멀고 소식도 늦지만, 그래도 말이라는 것은 반드시 전해지게 되어 있어. 점령당한 수많은 부족들은 알게 될 것이다. 우리가 그들을 막아냈다는 것을! 우리가 이곳에 있다는 것을!”

우목의 마지막 말에는 좌중을 압도하는 힘이 있었다.

그의 말에 공감하며 의지를 다지는 침묵이 이어졌다. 이윽고 우목의 왼편에 앉은 허유가 천천히 입을 열었다.

"결국은 적들의 압제를 뿌리치고 자발적으로 찾아오는 사람들이 생겨날 것이다. 구독림과 촉사와 늪이 대병력에 의해 막혀 있으면, 천 리를 걸어 이곳까지 온 자들도 안으로 들이질 못하게 되겠어. 그래서는 곤란하지. 길을 뚫어놔야 해."

"우회로는?"

"없다."

"당장 사망산에 남아 있는 전사들도 데려오기가 힘들겠군."

마건위의 말은 초를 치기 위함이 아니었다. 그의 목소리엔 그 나름대로의 진심 어린 고민이 묻어 있었다.

뾰족한 방도가 없었다.

무구고원으로 들어오는 길은 구독림과 촉사와 늪이라는 천혜의 방벽으로 구성되어 있다. 한데 지금은 그 두 방벽마다 수천 명의 적들이 진을 친 상태다.

다른 길은 없다.

허유의 말마따나 어렵사리 이곳까지 찾아오는 민족들이 있다 해도, 받아줄 방도가 없게 되는 것이다.

"사망산에… 목여강이 있지?"

"그렇다."

"그렇다면 사망산을 임시기지로 잡는 것은 어떨까?"

"임시기지?"

"일단 적진을 뚫고 나가, 촉사와 늪 바깥쪽에 한 무리의 유군(遊軍)을 만드는 거다. 유군의 목표는 적에 대한 배후 공격이 아니라, 찾아오는 난민들을 안전한 장소로 대피시키는 것으로 잡는 거지."

"그 안전한 장소를 사망산으로 한다?"

"그래."

"사망산은 너무 멀고, 접근성이 열악하다. 난민들 사이엔 여자와 아이들이 있을 텐데, 산을 오르지도 못하고 죽을 가능성이 높아."

맞는 이야기다. 우목이 끼어들며 말했다.

"마 대인 말이 옳아. 사망산은 좋은 곳이 못 돼. 차라리 그럴 거면……."

"초림."

한쪽에서 잠자코 듣고 있던 단운룡이 한마디 툭 던졌다.

우목이 고개를 끄덕였다. 그가 좌중을 돌아보며 말을 이었다.

"알고 있겠지만, 곤산 초림 밑에는 지하 동굴이 있어. 수백 명을 수용하기에 충분한 크기지. 거기라면 사람들을 모아둘 수 있을 거야."

"하지만 군주, 초림엔 적 병력이 상주하고 있을 거요. 게다가 요새지형이지요. 뚫기 위해선 뛰어난 고수들과 상당수의 전사들이 필요할 겁니다. 여기 방어 병력도 부족한데 그런 공격대를 조직하기는 어렵지 않겠소이까."

한쪽에 앉아 있던 공병조 조장 부윤이 손을 들며 말했다.

"좋은 지적이다, 조장."

우목이 그를 보며 대답했다.

"미리 말하는데, 이런 이야기는 한참 이른 감이 있는 것이 사실이다. 낙관적인 예상만 하고 있을 뿐, 자발적으로 이곳을 찾아오는 부족들의 움직임은 아직 조금도 감지된 바가 없는 상황이지. 물론 있다 해도 우리 처지에선 알기가 어려울 거다. 나가는 정보, 들어오는 정보 모두 다 막혀 있으니.”

그가 잠시 말을 멈추었다. 그가 다시 한 번 좌중을 훑어보며 말했다.

“그래도 우린 준비한다. 핍박받는 사람들을 최대한 받아들이기 위해서다. 분명히 말해둔다. 그들에게 자유와 희망을 주겠다는 약속 따윈 하지 않겠다. 우린 사람이 부족해. 우리에겐 용감하게 죽어줄 자살부대도 없고, 목숨으로 지켜줄 화살받이도 없다. 앞으로의 싸움이 꼭 저번 같으리라는 법도 없지. 우린 전장에서 언제나 나 대신 목숨을 바칠 동료를 필요로 한다. 그래야 내가 죽더라도 내 동료가 먹을 것을, 경작할 땅을, 우리답게 사는 삶을 되찾을 수 있는 것이다!”

마군의 정신은 언제나 그러했다.

해맑은 미래를 그리자는 것이 결코 아니다.

동료의 시체를 밟고서라도, 내 시체를 동료가 밟아서라도, 그들은 살아남는다.

마지막 말이 이어졌다.

“우리는 숫자를 늘릴 것이다. 다음 목표는 초림 탈환이다.”

*　　　*　　　*

“저곳입니다.”

산속 멀리 숲 사이로, 작은 초옥(草屋)이 하나 보였다. 알고 찾아오지 않았더라면 발견할 수 있을 리가 만무한 곳이었다.

“구석에도 숨었군.”

사실 위치만 따지고 보면 구석도 아니다.

리산(離山)은 타가군 영역 한가운데에 위치하고 있었다. 산세가 워낙 험하고 맹수와 독충이 많아 사람이 살지 않는 곳이라서 그렇지, 지리적으로는 중심부에 있는 것이 맞다고 해야 할 것이다.

“놈은 안에 없습니다. 여기서 이틀 거리인 주해천 근역에서 위치를 확인했답니다.”

“그럼 집에 있는 것은 계집 하나뿐인가?”

“그런 것으로 보입니다.”

주고받는 대화는 몽고어였다.

꾸무레하니 어두워지는 하늘 아래 습기 찬 바람이 코끝을 스쳤다.

“무예가 쓸 만하다고 들었다. 한번 붙어보고 싶었는데 아쉽군.”

선두에 선 남자는 체격이 무척 컸다.

굵게 꼬아서 땋은 머리카락이 치렁치렁 어깨를 덮었다. 대도(大刀) 두 자루가 등허리에 십자로 묶여 있다. 널찍한 뱀 가죽 도갑에는 검은색 늑대 두 마리가 뒤엉켜 있었다.

“계집도 몸놀림이 날랜 편이라고 들었습니다.”

“그래 봤자 화니족 계집.”

거구의 남자. 다름 아닌 튠차이다.

타가삼흉의 하나이며 흉랑의 쌍도라고도 불린다. 그가 수하의 말을 일축하며 비릿한 미소를 지었다.

“비가 내리겠다. 얼른 해치우고 가자.”

“예!”

뒤에 선 이십 명의 병사들은 그가 이끄는 늑대부대 소속이었다. 이토록 습하고 더운 날씨에도 하나같이 털 달린 전투복을 입고 있었다.

튠차이가 앞장섰다.

우거진 수풀을 뚫고 나아갔다. 초옥이 빠르게 확대되었다.

피슛!

“큭!”

병사 한 명이 목덜미를 부여잡고 쓰러졌다. 시퍼렇게 변한 얼굴로 온몸에 경련을 일으키더니 이내 거품을 물고서 축 늘어져 버렸다. 첫 번째 희생자였다. 옆에 있던 병사가 죽은 동료의 손을 들춰냈다. 드러난 목에는 섬뜩한 붉은색의 비침 하나가 박혀 있었다.

“함정이 있다. 조심하도록.”

튠차이는 얼굴색 하나 변하지 않았다.

예상했던 바였다.

라고족은 독술에 능하다.

남방에 퍼져 있는 수많은 소수민족 중에서도 가장 상대하기 까다로운 놈들이다. 라고족 정착지를 짓밟아야 할 때면 언제나 작지 않은 희생을 각오해야만 했었다.

스릉, 스르릉.

병사들이 제각각 칼을 뽑아 들었다.

“가자.”

거침없이 발길을 옮겼다.

핏! 피핏!

두 줄기 파공음이 초록빛 나뭇잎을 갈랐다.

병사 두 명이 쓰러졌다.

함정 자체는 그다지 정교한 것 같지 않은데, 이상하게도 방비가 안 된다. 백전으로 다져진 전투 감각도 아무런 소용이 없었다.

쉬익!

날아드는 소리.

이번엔 튠차이를 향해서다. 그의 등 뒤에 교차된 뱀가죽 도갑에서 번뜩이는 낭도(狼刀)가 뽑혀 나왔다.

팅!

칼날 끝에서 비침 하나가 튕겨 나가 나무 줄기에 박혔다.

튠차이는 속도를 줄이지 않았다.

아무 일도 일어나지 않았다는 양 그대로 나아갈 뿐이다.

피슉!

튠차이의 바로 옆을 따르던 놈이 팔을 움켜잡고 휘청 넘어졌다. 튠차이가 슬쩍 고개를 돌리더니, 뽑아 든 칼을 빠르게 내려쳤다.

"크읏!"

펄떡, 하고 팔뚝 하나가 하늘을 날았다. 비침을 맞은 팔이었다. 붉은 선혈이 마구 쏟아졌다. 뒤에 있던 병사가 달려와 어깨를 묶어 지혈했다. 이를 악물고 버티던 병사가 튠차이의 등을 향해 엎드리며 소리쳤다.

"감사합니다, 장군!"

팔을 잘라 독이 퍼지는 것을 막았다. 목숨을 구해준 것이다. 놈이 비척비척 일어나 다른 병사들의 뒤를 따랐다.

피슉! 하는 파공음에 또 다른 병사가 쓰러졌지만, 그들은 결코 전진을 멈추지 않았다.

함정 숲을 헤쳐 나오기까지 병사들만 여덟 명을 잃었다. 팔 잘린 놈이 한 명, 허벅지를 뭉텅 베어낸 놈이 한 명이다.

불평하는 이는 없었다. 두려움에 사로잡힌 이도 없었다.

죽은 놈은 죽은 놈 잘못이다. 죽는 건 운이 나빠서가 아니다. 운도 실력의 일부다. 그게 그들 늑대부대의 믿음이었다.

사사삭.

수풀을 헤치고 나와 흙 밭에 섰다.

초옥 마당이 보였다. 한쪽엔 작은 우물이 있고, 다른 쪽엔 장작더미가 있었다. 새롭게 살기 시작한 곳이 아니었다. 울타리며 벽면이며 최소한 일이 년은 되어 보인다. 널려 있는 물건들을 보자면, 거의 대부분의 생활을 자급으로 해온 것 같았다.

"준비해라."

우거진 숲도 아니고 그냥 엉성한 수풀 더미 하나 헤쳐 오는데 여덟 명이 죽었다.

지금부턴 또 뭐가 나올지 모른다.

병사들이 칼날을 횡으로 눕히고 함정과 암습에 대비했다.

변함없는 걸음걸이로 앞장서는 튜차이를 따라 흙 밭을 통과했다.

예상과 달리 흙 밭엔 아무런 함정이 없었다.

튠차이가 울타리 앞에 섰다.

툭. 투툭.

한두 방울씩 빗줄기가 떨어지기 시작했다. 우기(雨期)도 아닌데, 빗방울이 제법 굵었다.

으르르릉.

처음엔 비와 함께 오는 천둥소리인 줄 알았다. 튠차이가 한쪽으로 고개를 돌렸다.

반대편 수풀 어둠 속에 뭔가가 있었다.

은근한 노린내가 바람을 타고 번져 왔다. 짐승 냄새다. 같은 것을 느낀 병사들이 수풀 쪽으로 칼을 겨누었다.

크룽. 크룽. 크르르르르.

숲에서부터 세 마리의 표범이 모습을 드러냈다. 하나같이 덩치가 크고 무척이나 사나워 보였다.

"고작 짐승들 따위."

병사 한 놈이 그렇게 말했다. 하지만 튠차이는 그렇게 생각하지 않았다. 이놈들은 보통 표범들이 아니다. 그의 본능이 그렇게 말하고 있었다.

으르르르룽.

양옆으로 갈라져 오는 것도 그렇다. 병사들이 만도를 겨누고 표범들이 달려드는 순간을 노렸다. 그때였다. 튠차이의 눈이 번뜩이는 빛을 발했다. 그가 몸을 돌렸다. 그의 입에서 짤막한 몽고어가 터져 나왔다.

"뒤!!"

검은 그림자들이 무서운 속도로 덮쳐들고 있었다. 곧바로 반응한 병사들의 칼날이 바람을 갈랐다. 핏줄기가 튀었다.

꾸웅!

육중한 몸체가 땅바닥을 굴렀다. 윤기나는 검은 털을 지닌 흑표범이었다. 세 자루의 칼에 맞고 피를 흘리며 꿈틀꿈틀 몸을 일으키고 있었다.

병사들의 눈이 다른 그림자의 움직임을 쫓았다.

죽은 것은 표범뿐이 아니었다. 병사도 하나 죽었다.

뒤쪽에서 달려든 표범은 세 마리였다. 뒤로 물러나고 있는 표범 한 마리를 따라 목덜미를 물린 병사 한 명이 축 늘어진 채 질질 끌려가고 있었다.

우직. 콰작.

표범이 물고 있는 목을 비틀어 다시 한 번 씹었다. 꺾여 있는 병사의 목에서 핏물이 주루룩 흘러내렸다.

튜차이의 두 눈에 살기와 흥미가 동시에 피어올랐다.

확실히 보통 맹수들이 아니었다.

무공을 익혔다는 맹획의 정예군사들이라도 한껏 긴장하고 있는 늑대병사의 목을 따는 것은 쉬운 일이 아니다.

표범을 비롯한 모든 육식동물들은 사냥을 할 때 결코 바람을 등지지 않는다. 그럼에도 앞에 나타난 표범들은 짐승 냄새를 물씬 풍기고 있었다.

양동작전이란 것이다.

앞에 있는 표범들이 주의를 끌고 뒤에 있는 흑표범들이 사냥감을 습격했다.

습격하는 시점도 절묘했고, 달려드는 속도도 엄청났다. 게다가 한 놈은 살을 주고 뼈를 깎는 식의 자살 공격까지 감행했다.

　처음부터 영물(靈物)들이었거나 훈련을 받은 것이 틀림없다. 표범은 객체 사냥을 하는 동물이다. 이런 식으로 무리 지어 사냥하는 일은 결코 발생하지 않는다.

　"장군."

　병사 하나가 긴장한 목소리로 튠차이를 불렀다.

　앞뒤 다섯 마리의 표범.

　한쪽 덤불에서 세 마리의 표범이 더 튀어나왔다. 눈을 돌렸다. 다른 쪽에서도 세 마리가 나타나 다가오는 게 보였다.

　"나무 위에도 있습니다."

　굵다란 나뭇가지 위에서도 검고 누런 무늬가 소리없이 움직이고 있었다. 도대체 몇 마리인지 모르겠다. 열 마리를 훌쩍 넘는다. 스무 마리는 될 것 같았다.

　튠차이가 손을 뒤로 돌려 남아 있던 낭도 한 자루를 더 뽑아 들었다.

　시종일관 태연했던 그의 얼굴이 일순간 야수처럼 돌변했다.

　"모조리 죽여."

　그가 몸을 날렸다.

　병사들도 땅을 박찼다.

　콰악! 촤아아아악!

　유연하게 덮쳐 오던 표범 한 마리가 그대로 두 동강이 났다. 더운 피가 나무 위에 흩뿌려졌다. 다른 병사들과는 차원이 다른 기량이었다. 몸을 돌려 칼을 올려쳤다. 통나무처럼 굵은 표범의 목이 그대로 잘려 나갔다.

툭, 후두둑, 쏴아아아아.

굵어지던 빗방울이 폭우로 변했다. 잘린 목에서 울컥울컥 뿜어 나오는 피가 쏟아지는 빗물에 섞여 붉은 도랑을 만들었다.

크르르르.

표범들은 더 이상 튜차이를 공격하지 않았다. 자기들보다 더 위험한 존재라는 것을 야생의 본능으로 감지한 것이다. 대신 표범들은 병사들에게 뛰어들었다. 병사들의 만도가 빗방울을 가르며 휘둘러졌다. 표범 두 마리가 죽었다. 병사 하나가 어깨를 물어 뜯겼다.

"크아악!"

상처 입은 병사는 오래 버티지 못했다. 표범들이 집중 공격을 퍼붓듯 피 흘리는 병사에게 달려들었다. 강철 같은 이빨에 병사의 목이 꺾였다. 늑대부대라는 이름을 달고 있었지만, 그들보다 표범들이 더 늑대 같았다.

쏴아아아아아.

빗줄기가 거세지고 있었다.

빗속에서 사냥하는 표범이란 들어본 적도 없었다. 쓸데없는 생각이다. 떼를 지어 달려드는 순간부터 이미 놈들은 일반적인 표범의 범주를 벗어나 있었다.

끊임없이 번뜩이는 표범들의 발톱 사이에서, 오직 그 살기를 압도하는 것은 튜차이의 쌍도밖에 없었다. 수풀 사이로, 나무 위로 표범들을 쫓아다니며 쌍칼을 휘둘렀다. 병사들과 표범들의 사투도 더 치열해졌다. 하나둘씩, 표범들이 죽고 사람들도 죽었다. 빗물에 묽어지는 선혈마냥 장내를 가득 채웠던 생명의 기운들도 차차 엷어져 갔다.

푸욱! 콰직!

한 자루의 칼이 목줄기에, 다른 한 자루 칼은 부드러운 배에 박혔다. 옆으로 빼내는 칼날을 따라 붉은 내장이 주루룩 흘러나왔다.

마지막 한 마리였다.

집어 던지듯 표범의 사체를 옆으로 밀치고 땅 위에 우뚝 섰다.

튠차이가 주위를 돌아보았다. 살아남은 것은 아무것도 없었다.

더운 피를 빗물로 씻어내며 발길을 옮겼다. 그는 분노하지 않았다. 병사들 대부분이 살아 돌아가지 못할 것이란 사실은 이곳에 오기 전에 이미 알고 있었다. 목표를 확인하기도 전에 전멸까지 당할 줄은 몰랐지만.

콰직! 우지끈!

칼을 휘둘러 울타리를 부수고 초옥 마당으로 들어섰다.

그가 초옥 문을 향해 말했다.

"나와라."

몽고어였다. 알아듣지는 못했을 것이다. 그래도 문은 열렸다.

끼이익.

튠차이가 고여가는 빗물을 밟고 문 앞으로 다가갔다. 갈색 피부의 여인이 그 안에 있었다. 미녀였다. 가죽옷을 입고 어깨 위를 다 드러냈다. 표정은 겁을 먹은 것 같으면서도 또한 한없이 초탈해 보인다.

"네년이 홍라인가?"

그녀는 북방의 말을 몰랐다. 그래도 홍라라는 이름은 알아들었다. 그녀가 고개를 끄덕였다.

거짓말이 통하지 않음을 잘 알고 있었다. 상대는 독침의 덫과 길들인 표범들의 방벽을 상처 하나 입지 않고 뚫어낸 자였다.

"죽고 싶지 않으면 따라오라."

튠차이가 손짓하며 말했다. 그녀는 반항하지 않았다. 그의 손짓에 따라 순순히 문밖으로 나섰다.

튠차이가 눈살을 찌푸렸다.

떨어지는 빗물이 반듯한 쇄골에 부딪쳐 맑은 광채를 냈다. 화니족 최고의 미녀라 하더니만, 과연 빈말이 아닌 듯했다.

가죽 상의가 젖어들며 육감적인 몸매를 드러내고 있었다. 조여진 가슴골이 무척이나 깊었다. 건강미를 발산하는 갈색 피부는 놀랍도록 생기가 넘쳤다.

'라고족 놈……'

제 민족이 아니면 잘 어울리지 않고, 그나마 동족끼리도 어지간해서는 무리를 짓지 않는 라고족이다. 웬일로 이족 여자와 살림을 차렸나 했더니 이래서였구나 하는 생각이 절로 들었다. 홍라의 모습을 보면 단숨에 설명이 된다. 당장 초옥으로 끌고 들어가 범하고 싶은 욕정이 치밀어 올랐다.

튠차이가 몸을 돌렸다.

홍라가 그 뒤를 따랐다. 한순간, 그녀가 튠차이의 등을 향해 손을 휘둘렀다. 그녀의 손아귀에서 붉은 액체가 분무(噴霧)처럼 뿌려졌다.

후욱! 콰아악!

적주액(赤蛛液)을 던지고 다시 눈을 뜨기까지, 홍라는 무슨 일이 벌어진 것인지조차 깨닫지 못했다. 눈앞엔 번개가 쳤고, 등줄기가 뻐근하게 아파왔다.

그야말로 눈 깜짝할 사이였다. 숨이 막혔다. 눈동자를 아래로 깔자 튠차이의 강철 같은 팔뚝이 보였다. 목줄기가 튠차이의 손아귀에 잡혀 있었다. 언제 거기까지 밀려왔는지, 초옥 벽에 등을 댄 채였다.

"내 그럴 줄 알았지."

어감만으로도 무슨 말을 하는 것인지 알 수 있었다. 홍라가 튠차이의 눈을 바라보았다. 가슴이 덜컥 내려앉았다. 이글거리는 살기 밑으로 적주액보다 붉은 욕망이 비쳐들고 있었다.

꿍, 콰앙!

튠차이가 기어코 그녀를 질질 끌고서 초옥 안으로 들어갔다. 형형색색의 자기병들이 선반 몇 개를 가득 채우고 있었다. 이름난 라고족 독술의 결정체들이었다. 하지만 튠차이의 눈에 보이는 것은 한쪽 구석을 차지한 침상밖에 없었다. 그가 홍라의 몸을 침상 위로 집어 던졌다. 머리를 묶었던 끈이 끊어지며 흑단 같은 머리카락이 대나무 목침 위를 수놓았다.

비에 젖은 얼굴이 지독한 색기를 뿜어내고 있었다. 튠차이의 거구가 홍라의 가느다란 팔다리를 덮쳐 눌렀다. 억센 손으로 홍라의 가슴옷을 찢어발긴다. 분홍빛 유두, 탄력 넘치는 가슴이 출렁하고 솟구쳐 올랐다.

"역시 대단하구나!"

튠차이가 탄성을 내뱉었다. 빗방울이 연갈색 가슴 사이를 타고 흘렀다. 그가 그녀의 몸을 찍어 누르고 치마 쪽으로 손을 뻗었다.

그때였다.

푸욱. 튠차이는 자신의 옆구리에 이질적인 뭔가가 틀어박히는 것을 느끼고는 단말마 분노의 괴성을 내뱉었다.

"캇!!"

쫘악!

홍라의 얼굴이 반대편으로 돌아갔다. 튠차이가 벌떡 상체를 일으켰다. 왼쪽 옆구리에 가느다란 비수 하나가 꽂혀 있었다. 그가 비수를 뽑아 들었다. 촤악. 그가 다시 한 번 홍라의 따귀를 후려쳤다. 도톰한 입술에서 피가 배어 나왔다.

"독을……!"

비수 표면이 미끈거리고 있었다. 핏물 때문이 아니었다. 기름기처럼 얇게 발라져 있는 독약 때문이다. 옆구리 기혈을 통해 저릿저릿한 기운이 올라오고 있었다. 맹독이었다.

"후으으읍."

큰 숨을 들이켜 공력을 모았다. 내력으로 독력을 억제하고 혈도를 짚어 출혈을 막았다. 나라카라 훈련 초기에 배워둔 중원식 심법과 점혈은 그처럼 언제나 쓸모가 많았다.

튠차이가 밖에서보다 더 큰 살기를 피워 올리며 홍라를 내려다보았다. 그녀는 기절이라도 한 듯 미동없이 축 늘어진 채였다. 잠시 동안 두 눈을 부릅뜨고 있던 그가 독비수를 아무렇게나 내던지고는 그녀의 치맛자락을 찢어발겼다.

매끈한 두 다리와 숨 막히는 허리선이 드러났다. 튠차이의 눈이 붉게 물들었다. 하지만 그 붉은빛은 온전한 육욕이 아니었다. 오히려 분노와 오기에 가까워 보였다.

"화니족 계집 주제에."

화니족뿐이 아니다. 남방의 여인들은 정조 관념이 한족만큼 투철하지 않았다. 그녀들은 이와 같은 상황에서 좀처럼 저항하지 않는다. 정조보다는 목숨이 우선이다. 삶이 약육강식과 적자생존으로 점철된 작금에 와서는 그 정도가 더했다.

"감히 내게 칼을 꽂아?"

튠차이가 방심했던 이유다. 불처럼 분노하고 있는 것도 그 때문이다.

그가 홍라의 몸을 홱 뒤집었다. 머리채를 꽉 붙들고, 엉덩이를 끌어당겼다. 대들 생각 따위 꿈에도 하지 못하도록 개처럼 범해 줄 생각이었다.

파악! 휘릭!

그것은 정말 엇! 하는 사이에 벌어진 일이었다. 몸에 남은 것이라고는 마지막 고의(袴衣) 하나뿐이었던 그녀가 오른손으로 몸을 튕겨 올리며 한순간에 허리를 비틀었다.

이 또한 방심의 결과다.

그냥 여인의 힘이 아니었다. 오랜 시간 쌓아둔 내공력이 아니고서는 그렇게 붙잡은 손아귀를 뿌리칠 수 있을 리 만무했다.

쐐액!

그녀의 왼손이 허공을 갈랐다. 거구의 신체로 피할 공간은 아무 데도 없었다. 아까 것보다 더 작은 비수 한 자루가 튠차이의 가슴에 박혔다.

가죽 갑옷을 뚫고 들어갔을 만큼 날카로운 일격이었다. 그것으로 확실해졌다. 홍라는 내공을 익혔다. 그것도 던지는 물건에 공력을 담을 만큼 상당한 진기까지 쌓았다.

더욱이.

그녀의 저항은 그것으로 끝이 아니었다. 벗은 몸 어디에서 그런 무기들이 나오는지 모를 일이다. 그녀가 튠차이에게로 몸을 던졌다. 그녀의 손에는 얼룩덜룩한 주황빛이 감도는 날카로운 꼬챙이 하나가 들려 있었다.

"……!!"

튠차이가 뒤쪽으로 몸을 젖히며 무릎을 튕겼다.

가슴에 박힌 비수에서 맹독이 흘러들고 있음을 느낄 수 있었다.

그녀가 꼬나 쥔 꼬챙이가 그의 왼쪽 가슴에 닿았다. 가죽 갑옷이 뚫린다. 위험했다. 그냥 위급한 정도가 아니라 단숨에 목숨이 날아갈 판이었다.

콱! 쒜에에엑!

그래서 등 뒤로 손을 뻗었다. 칼을 뽑을 수밖에 없었다. 휘둘러 막을 수밖에 없었다.

좌아악!

붉은 핏물이 나무 벽에 한가득 뿌려졌다.

꿍!

홍라의 몸이 다시금 침상에 틀어박혔다. 그 서슬에 고의마저 뜯겨져 나간 듯 완벽한 나신이 되어 있었지만, 튠차이는 그녀의 나신 앞에서 일말의 정욕조차도 느끼질 못했다.

욕정을 느낄 만한 광경이 아니었다.

줄줄 흘러내리는 핏물이 침상을 흠뻑 적시고 있었다. 순간 발출한 일격으로 옆구리부터 어깨까지 베어버렸다. 색기와 관능의 미(美)로 가득했던 육체가 일순간에 참혹한 피범벅으로 변했다. 비껴든 칼끝에서 같은 색 핏물이 방울져 떨어지고 있었다.

"큭."

가슴에 박혔던 비수를 잡아 뽑고 옆구리에 집중했던 공력을 다시 가슴 쪽에 몰아넣었다. 독에 쩔어 있던 쇠꼬챙이는 그의 경장 갑옷을 끝까지 뚫지 못했다. 찜통같이 더운 지방에서도 굳이 갑옷을 챙겨 입은 이유는 바로 지금과 같은 불의의 일격을 막기 위해서였음이다.

몸 상태를 점검하고 다시 홍라를 돌아보았다. 가늘게 뱉어내는 숨소리에 죽음의 냄새가 배어 있었다. 일을 꽤나 그르쳤다는 생각이 들었다.

원마왕 타가께서는 반드시 계집을 살려오라 명했었다.

그래야만 라고족 놈을 다룰 수 있을 것이라 했다. 함부로 계집을 죽이거나 해서는 괜히 원수만 늘리는 꼴이라 당부했었다.

튠차이가 얼굴을 찌푸렸다. 상황은 나빴다. 하지만 아직 실패라고 단정 짓기엔 이른 감이 있었다. 죽지만 않았으면 된다. 그가 홍라에게로 다가가 상처 주위의 혈도를 짚었다. 벌컥벌컥 솟아 나오던 핏불이 금세 줄어들었다. 주위를 한번 둘러보았다. 깨끗이 널어놓은 치마들이 눈에 들어왔다.

그가 치마 두 개를 낚아챘다. 입히기 위함이 아니다. 벗은 몸을 가려주는 배려 따위 있을 리가 만무하다. 옆구리에서 어깨까지 길게 둘러 내력으로 조여 묶었다. 그렇게 두 개의 치마를 다 썼다.

어느 정도는 지혈이 될 것이었다. 지금부터의 생사는 이 홍라라는 계집이 지닌 명운에 달렸다.

튜차이가 홍라의 몸을 어깨 위에 들쳐 멨다. 피를 한 동이나 흘려서인지 아까 집어 던질 때보다 가벼운 느낌이 들었다. 밖으로 나가려던 그가 멈칫 그 자리에 섰다. 중요한 것을 빼먹을 뻔했다. 몸을 돌려 핏물 적셔진 침상 쪽으로 다가갔다. 독 묻은 쇠꼬챙이가 발치에 걸렸다. 쇠꼬챙이를 주워 들고 침상 위 벌써부터 찐득찐득해지고 있는 핏물에 찍었다. 나무 벽에 붉은 글씨가 쓰였다. 몽고 문자다. 당장은 해석하지 못하겠지만 아쉬운 놈 입장에선 무슨 수를 쓰더라도 그 뜻을 알아내게 되리라.

계집을 찾고 싶으면 녹풍원으로 오라.

그게 그가 홍라의 피로 새긴 글씨다. 녹풍원이란 곧, 타가의 본진. 맹획군으로 치면 남왕궁과 같은 곳이었다.

튜차이가 문을 열고 밖으로 나섰다. 계집의 명운은 그다지 좋지 않은 모양이다. 쏴아아아. 쏟아지는 빗방울이 홍라의 몸을 얼음장처럼 차갑게 만들고 있었다.

쏴아아아아.

튜차이가 홍라를 짊어지고 간 지 고작 반나절 후.

아직도 비는 그치지 않고 있었다.

한 명의 사내가 독침 수풀을 지나 표범과 사람의 시체가 섞여 있는 흙 밭 위에 섰다.

툭.

가죽 우산이 땅에 떨어졌다.

소매 없는 흑표 가죽 상의와 황표(黃豹) 가죽 하의에 빗방울이 흘렀다.

매서운 눈매, 강인한 얼굴이 서릿발처럼 굳어졌다.

사내의 걸음이 빨라졌다.

부서진 울타리를 뛰어넘어 초옥 문 앞에 섰다. 반쯤 열린 문에 손을 댔다. 어깨에서 손가락까지 새겨져 있는 문신이 긴장감으로 꿈틀댔다.

끼이익.

사내. 효마의 눈이 치떠졌다. 타오르는 열락으로, 또는 부드러운 정념으로 함께 했던 침상이 붉은빛으로 물들어 있었다.

그의 짝이 흘린 피였다. 그의 심장을 뒤흔드는 피였다.

효마의 눈이 벽면에 머물렀다.

익숙지 않은 글자들이 벽면에 가득했다.

효마는 충격에 사로잡혀 있지 않았다. 그는 그 글자들을 보자마자 그가 해야 할 일을 알 수 있었다.

해석은 되지 않았다. 몽고 문자라는 것만 알았다. 그가 한쪽 선반 위에서 목탄과 죽간을 집어 들었다. 핏물로 새긴 글자들을 죽간 위에 베껴 썼다. 자루 하나를 들고 선반 위의 자기병을 쓸어 담았다.

그는 초옥 안을 더 살피지 않았다. 곧바로 밖으로 나와 땅바닥에 시선을 고정했다. 쏟아지는 빗물이 많은 것을 쓸어가고 있었지만 효마는 포기하지 않았다. 일단 없는 흔적이라도 쫓는 것이 먼저였다. 핏물은 아직 다 굳지 않았다. 서두르면 잡을 수 있을지도 모른다는 뜻이다. 죽간의 몽고어를 해석하는 것은 그다음에라도 늦지 않을 일이었다.

고여 있는 빗물 속을 들여다보던 효마가, 이내 땅을 박차고 몸을 날렸다. 정확하게 튠차이가 홍라를 짊어지고 사라진 방향이었다.

쏴아아아아.

빗줄기가 거세지고 있었다. 숲은 춥고 하늘은 어둡기만 했다.

*　　　　*　　　　*

한 달 동안 두 번의 공격이 있었다.

대대적인 공격이었다.

마군은 혼연일체가 되어 적들을 막아냈다. 남문은 단운룡과 태자후가 번갈아 지켰고, 동문은 전처럼 도요화가 주축이 되어 적을 맞았다.

적들은 서쪽 절벽으로도 올라왔다. 그들을 기다리는 것은 마건위와 사망산 전사들이었다. 서쪽으로 올라온 적들은 모조리 그 자리에서 죽거나 절벽으로 떨어져야 했다. 살아 돌아간 자는 없었다.

적들은 서쪽을 포기했다. 올라가면서 잃는 병력이 절반이요, 올라오더라도 배수진이다. 전멸당한 후부터 맹획군은 서쪽 진입로에 눈길조차 주지 않았다.

"피해는?"

"스무 명이 죽었습니다."

큰 피해였다. 열 배의 적을 죽였지만, 따지고 보면 이쪽의 타격이 더 컸다. 저번 공격 때도 꽤 많이 죽었다. 부상당한 자들을 제외하고 온전히 싸울 수 있는 전사들을 셈해보면, 이백 남짓이 전부였다.

"초림의 상황은?"

"귀비혈사대를 필두로 한 맹획군이 곤산 일대를 장악하고 있습니다. 경계가 삼엄합니다."

"귀비혈사대의 수는 어떻게 되지?"

"정확히는 모르겠지만 사오십 정도 되는 것 같습니다. 일반병이 많습니다. 최소 사백 이상입니다."

"뭐 그리 많아? 버려진 곳에."

마지막 말은 단운룡이 했다. 우목이 대답했다.

"아마도… 발견한 모양이다."

"발견? 갱도에 금맥(金脈)이라도 있는 거냐?"

"금맥은 없어. 다른 게 있긴 하지만."

"다른 거?"

"동맥(銅脈)이 있다. 광산화는 못했어. 초반엔 어떻게 좀 해보려 했었는데 포기했지. 인력도 장비도 부족했으니까. 더욱이 그곳의 동광석으로는 무기 같은 걸 만들기가 어렵더군. 철광이라면 무슨 수를 써서라도 덤벼들었겠지만."

기술 부족, 자금 부족.

동맥은 써보지도 못했다. 그때는 싸움이 급했고, 귀비산 중독

자들의 관리가 급했다. 암굴 안의 동맥이란 화중지병(畵中之餅)만도 못한 자원이었다.

"그 밖에 다른 것은?"

"곤산 어귀에도 기지를 세우려는 것 같았습니다. 규모는 확인하지 못했습니다."

"괜찮아. 잘했어. 살아 돌아온 게 어디야."

정찰조가 돌아온 것은 이십 일이 훌쩍 넘어서다.

돌아오지 않기에 오가는 중 당한 줄 알았더니, 용케 구독림과 촉사와 늪을 통과해 왔다. 그것도 정찰조 전원 생환이다. 천운이 따라준 모양이었다.

"구독림에서 촉사와 늪까지가 어려웠지, 늪 바깥으로는 의외로 빠져나가기가 쉬웠습니다. 타가의 병력은 주로 완성된 다리 주위와 늪 가운데에 만들어놓은 둑길 쪽에 집중되어 있습니다. 산개 진형이 아니기 때문에 야음을 틈타서 우회하면 나갈 길이 널렸습니다."

우목이 두 눈을 빛냈다.

타가의 병력이 넓은 범위를 아우르지 못하는 것은 충분히 이해할 만한 일이다. 이 지역은 누가 뭐래도 맹획의 영역이다. 함부로 군대를 전개시키지 못할 뿐 아니라, 근역에 척후병을 흩어놓는 것도 제약이 있을 것이다. 맹획의 눈치를 볼 수밖에 없다는 뜻이다. 그 틈새를 노려야 한다. 거기에 활로가 있을 것이 분명했다.

"다시 들어오는 길은?"

"나가는 것보다 훨씬 어렵습니다. 타가군을 우회하여 촉사와 늪을 건넌다 해도 구독림을 둘러싼 맹획군의 진영이 워낙에나 두텁고 견고합니다. 몇 번이나 죽을 고비를 넘겼는지 모르겠습니다."

"아이들이나 여인들에겐 무리겠군."

"예. 어림도 없습니다."

"구독림에 길이 생겼던데."

"예, 그렇습니다. 망루에서도 보셨겠지만, 맹획군 공병대가 구독림 일부를 불태우고 나무를 베어 넘겨 대로(大路)를 만들어 놓았습니다. 기병 다섯 기가 나란히 달릴 수 있을 만큼 넓은 길입니다."

"촉사와 늪의 둑길은 어떻던가?"

"기병들이 다니기엔 아직 지반이 안정되지 않은 것 같습니다. 오히려 나무로 만든 다리가 더 튼튼해 보였습니다. 지금 완성된 다리가 두 개인데, 그중 한 다리에는 기병들이 올라가도 끄떡없었습니다."

원나라 군대의 공병술은 이백 년 전부터 능력이 입증되어 왔던 바다. 어떤 척박한 대지와 험난한 지형에도 기병들이 달릴 수 있는 길을 만들 줄 안다. 패망 후 남쪽 대지에 남아 있는 잔당이라 해도 공병들의 기술력은 예외가 아닌 모양이었다.

"맹획의 대군도, 타가의 기병들도 대규모 진입이 가능해진 상태……. 조만간 한 번 더 불밀듯이 들어오겠어."

우목의 예상대로였다.

열흘 후, 적들은 총공세를 퍼왔다. 맹획군과 타가군은 이제 확실한 연합전선을 펴고 있었다. 타가군이 만들어놓은 촉사와 늪 둑길을 통해, 맹획군의 병량과 물자가 대량으로 보급되었다. 이어 타가군 보병 이백 명이 다리를 건넜다. 카무이가 지휘하는 타가군 보병 이백 명은 구독림에 뚫린 대로를 통과하여 총공세의 선봉에 섰다. 황육괴와 지사괴가 지휘하는 맹획군은 카무이의 보병진격에 이어 동문을 두드렸다.

사흘 밤낮을 꼬박 새우는 격전이었다.

도요화가 내상을 입고 운기조식에 들어갔다. 태자후는 어깨에 화살을 맞았다. 카무이가 쏜 화살이었다.

그것만으로도 설명은 충분했다.

도요화는 영물의 내단으로 지칠 줄 모르는 내공을 지녔다. 그런데도 내상을 입었다. 태자후의 황금비룡번은 압도적인 위력을 지녔다. 그런 무공이 뚫렸고 부상까지 입었다.

한 손이 열 손을 당할 수는 없다.

고금의 진리다.

인해전술, 물량공세의 힘이었다. 적들은 죽여도 죽여도 끊임없이 처들어왔다. 공성차와 투석기, 고원 위까지 닿는 대형쇠뇌도 동원되었다.

파지지지직!

뇌광에 휩싸인 단운룡의 신형이 남문 앞의 적진을 갈랐다.

일직선으로 돌파다.

목표는 공성차와 투석기였다.

꽈아아앙!

광혼고가 공성차의 지지대에 작렬했다. 우지끈, 나뭇조각들이 검게 그을린 채 하늘을 날았다. 지지대 하나를 무너뜨리고, 높이 세운 투창 기둥에 광뢰포를 터뜨렸다.

콰직! 콰직! 콰콰쾅!

나무가 부서지고 두터운 강철못과 팽팽했던 밧줄들이 튕겨 나왔다.

먼지구름 속에서 공성차 하나가 그대로 무너져 내렸다. 무시무시한 위력이다. 공성차를 조준하여 대형 화포라도 쏘아낸 듯했다.

그런 식이었다.

단운룡은 삼 일 동안 뇌신을 일곱 번이나 발동했다.

그나마 발동한 뇌신도, 적들과 직접 싸우는 게 아니라 공성 병기를 파괴하기 위해 쓰였다.

지독한 소모전이었다.

마건위의 분전과 허유의 신들린 지휘력이 아니었다면 승패를 장담키 어려웠을 정도다.

삼 일째 밤.

적들은 병력의 절반을 잃고서야 물러가기 시작했다. 퇴각하는 맹획군 구백 병력과 타가군 오백 기는 완전히 한데 섞여 누가 누구 편인지 구분조차 불가능할 정도였다.

"이긴 건가?"

결과만 놓고 보면 엄청난 대승이 틀림없었다.

전사들의 함성은 길지 않았다.

승리를 즐기기엔 너무나도 고된 싸움이었기 때문이다.

구독림 대로를 따라 넘실넘실 멀어지는 횃불의 개수는 아직도 일천 개가 넘었다.

이겨놓고도 이긴 것 같지가 않았다. 머지않아 또 이런 싸움을 해야 하는 것을 알기 때문이었다.

"초림 탈환은 무슨 수로……."

누군가의 한마디는 우울한 현실을 그대로 대변하고 있었다.

회의장에서 호언장담했던 우목의 멋진 연설도 빛이 바랠 지경이었다.

곤산까지 진격해 나가는 것은 어불성설이었다.

싸움이 끝난 다음날 오후, 전사들은 지평선 저편에 일어나는 먼지구름을 보았다. 모두의 얼굴이 불안으로 얼룩졌다. 예상대로 먼지구름의 정체는 적들의 지원군이었다.

맹획군 일천 병력이 더해졌다. 려족과 장족(藏族)으로 구성된 만도병과 궁병들이었다. 그들은 타가군 진영의 한가운데를 가로지르면서도 아무런 제지를 받지 않았다.

타가군의 둑길과 다리를 이용하여 촉사와 늪을 순식간에 건넜고, 구독림 바깥의 본진으로 스며들었다.

쉬지도 못한 채, 공성 병기에 파괴당한 목책과 망루를 다시 세웠다.

한숨 소리가 흘러나왔다.

자신만만했던 우목의 얼굴에도 늘어뜨린 긴 머리카락을 따라 진한 그늘이 드리워졌다.

그 와중에도 변치 않는 자. 단운룡의 눈이 먼 하늘 저편을 향했다.

'아직인가.'

그가 물었다.

환청처럼 들려오는 한마디는 육감의 편린이다.

'조금만 기다리십시오.'

공기가 변했다. 바람이 대답하고 있었다.

＊　　＊　　＊

"군왕께 아룁니다. 명하신 것을 알아보았습니다."

"결과는?"

"관아의 수배자가 틀림없더랍니다."

"화기(火器)들은?"

"진품입니다. 위력도 대단합니다."

남왕궁의 주인이 태사의에서 몸을 일으켰다. 그가 금색을 입힌 담충목 탁자 곁으로 발을 옮겼다. 탁자 위에 올려진 투구엔 일각의 뿔이 돋았다. 그가 수하를 내려보며 명했다.

"삼괴."

"예, 군왕이시여."

궁전의 회랑 오른쪽, 석상처럼 서 있던 남자가 묵직한 목소리를 냈다. 큰 키에 청색 갑주, 정돈된 콧수염이 짙은 턱수염과 직각으로 이어져 있다. 검게 그을린 얼굴은 이 땅 주민들의 고유한 피부색이었지만, 어딘지 모르게 귀족적인 풍미가 있다. 이목구비가 뚜렷한 미중년이었다.

"어떻게 생각하나."

맹획의 태도도 다른 자들을 대할 때와는 달랐다. 사방에 널린

수하들과는 격이 다른 이였다. 한쪽 손에 들고 선 투구에는 쪽빛 바탕에 담청색 무늬가 넣어져 있다. 백효(白梟) 깃털이 멋지게 드리워진 투구다. 세 개의 뿔이 하늘빛으로 돋아나 있었다.

"타가가 보낸 간자는 아닌 듯합니다."

그가 답했다.

"맞는 말이다. 타가일 리가 없지. 황실이면 모를까."

맹획이 손을 뻗어 일각수의 투구를 머리에 썼다.

천삼괴의 눈이 번쩍 빛났다.

일각수의 투구는 왕관과도 같다. 그것을 쓴다는 것은 외인에게 모습을 보일 때라는 뜻이다. 천삼괴가 발을 옮겨 맹획의 곁에 섰다. 이윽고 맹획이 명했다.

"들라 해라."

"존명!"

오체투지하여 명령을 기다리던 병사가 땅이 울려라 소리치고는 밖으로 달려나갔다.

화려한 군왕의 문이 열리고, 끼리릭거리는 이질적인 소리가 회랑 벽을 울렸다.

바퀴가 굴러가는 소리다. 딱히 귀에 거슬릴 정도는 아니지만, 쉽게 익숙해질 소리도 아니었다. 이 지역에선 한 번도 볼 수 없었던 진기한 모양의 철수레가 맹획의 두 눈에 비쳐들었다.

"남왕궁의 군왕을 뵙습니다."

목소리는 낭랑하고 맑았다. 톱니가 얽혀 돌아가는 바퀴 소리를 단숨에 잊게 만들 만큼 좋은 목소리였다.

"그래. 자네 이름이⋯⋯."

맹획의 눈이 구름 새겨진 철수레에서, 그 안에 앉아 있는 청년의 얼굴로 향했다. 맹획이 천천히 뜸을 들이듯 그의 이름을 입에 담았다.

"양무의라 했었지?"

"예, 그렇습니다."

"오래 기다린 것을 잘 알고 있네. 나이가 들면, 쓸데없는 경계심만 커지지. 이해해 주리라 믿네."

"전혀 아닙니다. 다리가 불편하여, 부복(俯伏)하지 못함을 용서하여 주옵소서."

"문제없네. 내 비록 군왕을 자처하고 있다 하나, 그 정도까지 외인을 핍박하는 자는 아니라네."

소위 군왕 알현이라는 것까지.

양무의는 남왕궁에 도착한 이래, 무려 열흘이란 시간을 기다려야 했다.

신분 확인 절차 때문이다.

맹획은 의심이 무척이나 많은 자였다. 이 근래 그는 강호인이란 족속 전체에 대해 지극한 경계심을 품고 있었던 바다. 무구고원 사태가 그 원인이었다. 날이 갈수록 커져 가는 무구고원이란 골칫덩이도, 따지고 보면 중원의 강호인이 개입되면서부터 그 모양이 된 셈이었으니 말이다.

그나마 스물스물 기어들어 온 소문이 아니었더라면, 어디서 굴러먹었는지도 모를 강호의 모사꾼 따위, 남왕궁엔 발도 들이지 못하게 했을 게다.

그 소문이란 다른 것이 아니다.

이 사태를 일으킨 무구고원의 괴고수가 사실은 오원 출신이었다는 거였다.

이곳저곳 들쑤셔 본 끝에 맹획은 그 소문이 꽤나 신빙성있는 정보라고 결론지었다.

벌어지는 모든 일에는 그 근원이라는 것이 있는 법이다.

다 삭아 죽어가던 늙은 포로의 혓바닥을 통해 소룡이라는 이름까지 얻었다. 무구고원의 괴고수가 어릴 적 쓰던 이름이란다. 맹획은 진실에 다가서고 있음을 직감했다. 아무 은원도 없는 놈이 거기서 그렇게 되도 않을 싸움을 벌이고 있을 리 만무했던 것이다.

다소 줄어들었다고는 하나, 그래도 강호인에 대한 경계심은 여전했던지라, 맹획은 양무의의 신상을 확인하기 위하여 운남 북쪽 대도시인 대리(大理)까지 사람을 보냈다.

그렇게까지 수고를 한 이유는 오직 하나다.

자신의 몸을 의탁하고 싶다며 들고 온 물건들이 실로 예사롭지 않았던 까닭이었다.

"함께 온 여무사는 어디에 있는가?"

"바깥에서 기다리고 있습니다."

"그녀도 들라 하게. 이름을 날린 여협으로 기상이 남다르다 하더군."

맹획의 말에 시립해 있던 수하가 바깥으로 달려나갔다. 바깥쪽으로부터 백색 무복을 입은 여인이 들어왔다. 둥그런 죽립을 썼고 얼굴엔 하얀 면사가 드리워져 있었다.

맹획과 천삼괴의 눈이 이채를 발했다.

얼굴은 보이지 않지만, 호리호리한 몸매가 의외의 미태를 발산하고 있었기 때문이다. 그녀가 회랑 중간에 이르렀다. 그러자 양옆에 있던 무사들이 한 발 앞으로 나오며 두 자루의 장창을 교차시키고 그녀의 앞길을 막았다. 무사 한 명이 그녀의 등을 가리키며 말했다.

"군왕 알현에 병장기는 허용되지 않소."

그녀의 등 뒤엔 흰 천으로 둘둘 말린 창 한 자루가 매달려 있었다. 그녀에게서 눈을 떼지 못하고 있던 맹획이 느긋하게 손을 들며 명령했다.

"본왕은 개의치 않으니 물러나라."

무사들이 즉각 제자리로 돌아갔다. 잠시 멈춰 섰던 그녀가 깃털 같은 걸음걸이로 다가와 포권을 취하며 가볍게 고개를 숙이고는 철운거 뒤에 섰다. 천삼괴를 비롯한 무사들의 얼굴이 굳어졌다. 양무의가 포권을 취하며 공손한 목소리로 말했다.

"강호인으로 무공만을 수련하여 왕궁의 예법을 알지 못하니, 위대한 왕께선 너그러이 군왕의 덕을 베풀어주십시오."

맹획의 입가에 진득한 미소가 떠올랐다.

그는 위대한 군왕의 덕과 결코 가까운 자가 아니었다. 제아무리 양무의가 훌륭한 언어로 자비를 구한다 해도 그들의 태도는 이 남왕궁에서 용납될 수 없는 대죄다.

다만, 흥미가 동했을 따름이다. 그것이라도 없었더라면 두 사람은 이미 회랑을 적시는 핏물 한가운데에 누워 있을 터였다.

"여인치고는 상당한 무공을 닦았어. 연인인가?"

"부인입니다."

“그러한가. 젊디젊은 아녀자임에, 참으로 지고지순한 인연이로다.”

맹획이 백가화의 몸을 위아래로 훑어보고는 다시 양무의의 다리 쪽으로 눈을 돌렸다. 노골적인 시선이었다. 어찌 이런 불구자가 그녀처럼 미태 넘치는 여고수를 얻었을까 신기해하는 눈빛이었다.

“공평무사한 하늘의 돌보심 덕분이겠지요. 다리를 앗아가셨으니, 그 대신 훌륭한 짝을 내려주신 셈입니다.”

맹획의 입가에 떠오른 미소가 더 짙어졌다.

그는 양무의의 목소리에 떠오른 불안감을 읽을 수 있었다.

불구의 몸으로 의지할 사람은 오직 천운으로 얻은 제 여자밖에 없는 남자.

제 여자에게 누군가가 관심을 보이면 곧바로 경계심을 품는다.

가련하기 짝이 없는 놈이다.

관가에 쫓기고 강호인들에게 쫓겨 이 남쪽 변방까지 흘러들어왔다는 보고를 받았다. 한참 동안 자취를 감추고 있었다 하더니, 슬슬 제 몸 의탁할 곳을 찾아 안정된 삶을 꿈꾸려는 모양이었다.

충분히 이치에 맞는 그림이었다.

파악이 가능한 자는 조금도 두려울 것이 없는 법.

맹획은 양무의를 앞에 두고 한껏 경계심을 풀었다.

그는 이방인에 대한 탐색을 끝냈다. 이제부턴 본론을 꺼낼 때였다.

“화기들을 가져왔다고.”

“예, 그렇습니다.”

“성능이 괜찮다고 하더군. 한데, 어찌 그런 물건들을 구했는가?”

“강호에 아는 자가 있었습니다.”

“아는 자라 함은?”

“역시 관가의 수배자입니다. 깊숙이 잠적하여 저와도 더 이상 인연이 닿지 않습니다. 군왕께서 알아두셔도 의미가 없습니다.”

“의미가 있고 없고는 내가 판단하는 것일세.”

맹획의 목소리엔 은근한 살기가 실려 있었다. 양무의의 얼굴이 일순간에 굳어졌다. 감히 시선을 마주치지 못한 채 다급한 목소리로 말을 이었다.

“제 생각이 경솔했습니다. 어찌 사죄를 드릴 수 있겠습니까.”

“그건 자네가 앞으로 어떻게 하느냐에 달려 있겠지.”

“말씀만 하십시오.”

“지금 자네가 가져온 화기는 소형 화포 삼 문과 중형 화포 일 문 총 네 개라고 알고 있네. 자네 몸값으로 지참해 온 것으로 생각되네만, 글쎄… 관가의 수배자를 한 식구로 맞아들이기엔 다소 부족한 느낌이 있는 것이 사실이야. 알아본 바로는 황실 금의위의 압송 명단에도 이름이 올라 있다지. 몇 달 전 이 땅에서도 난데없는 금의위로 인한 소란이 있었던 터라 보통 신경이 쓰이는 것이 아닐세. 그래서 묻겠네. 이미 끊어졌다는 자네의 강호 연줄은 이제 완전히 바닥난 것인가?”

그게 바로 맹획의 본심이다.

강호인은 남왕궁에 발조차 못 들이게 했을 맹획이다. 기어코 얼굴까지 본 이유는 화포에 대한 욕심 때문이었다.

그는 그 자신이 교활한 인물이기에, 모사꾼이란 족속이 어떤 자들인지 잘 알고 있었다.

가져온 화포는 네 문이지만, 그것은 필경 협상의 첫 단계일 것이다. 세외, 변방, 중원 어느 곳 할 것 없이 모사란 존재는 한결같은 성정을 지닌다. 그들은 반드시 등 뒤에 더 큰 것을 감추고 있다. 그러지 않고서는 결코 모사꾼이라는 이름을 부여받을 수 없었다.

"화기(火器)가 더 있냐고 물으시는 것이라면, 예, 그렇습니다. 제가 동원할 수 있는 화기는 화포 네 문만이 아닙니다."

"화포 네 문은 미끼라도 되는 것인가? 세 치 혀로 이 군왕을 농락하려는 것이라면 결코 그 목숨을 부지하지 못할 것일세."

"저는 굴릴 수 있는 것이라고는 두 바퀴와 머리밖에 없는 자입니다. 이 모진 세상 성치 않은 몸으로 살아오며, 쓸모없는 자는 무참히 버림받고, 의미없이 죽게 된다는 것을 뼈저리게 배워왔습니다. 현명한 군왕이시여. 군왕께서는 알고 계실 것입니다. 저는 가진 것이 많은 자가 아닙니다. 그렇다고 가진 것이 화포 네 문이 전부인 자도 아닙니다. 그것이 제가 가진 모든 것이었다면, 이 순간 군왕께서 저와 제 처를 죽이고 화포들을 가져가서도 군왕께선 잃는 것이 아무것도 없을 겁니다. 하지만 제가 화포들을 군왕께 더 가져다 드릴 수 있다면, 군왕께서 저를 죽이시는 순간, 남아 있는 화포들을 전부 다 잃게 되는 것이지요. 저는 쓸모없는 자가 아니니, 저를 내치지 마옵소서. 저와 제 처를 받아주시면, 남은 화기를 모두 다 군왕께 드리겠나이다."

낭랑한 목소리가 유수처럼 흘러나왔다.

맹획은 양무의의 긴 이야기를 다 듣고도 한참 동안 말이 없었다.

죽일까 살릴까, 고민하는 것이다. 이윽고 맹획이 살기 어린 미소를 지으며 시험하듯 물었다.

"그 남은 화기를 이곳으로 가져오는 데에는 상당한 시일이 걸리겠군. 그렇지 않나?"

"그렇습니다. 군왕이시여."

"그리고 그 화기들은 한꺼번에 오는 것이 아니라, 한두 문씩 차근차근 올 것이고."

"예. 그러하옵니다."

"그럼 그 화기는 언제 다 도착하게 되는가?"

"군왕께서 저를 화포 외에도 쓸모가 있다 생각하게 되셨을 때. 그리하여 이 미천한 목숨을 살려두겠다 결심하시게 될 때. 군왕께선 비로소 남왕궁에 즐비한 화포들의 위용을 보실 수 있을 것입니다."

"핫하하하!"

맹획이 껄껄 웃었다. 회랑을 쩌렁쩌렁 울릴 만큼 커다란 웃음이었다.

천삼괴가 대경하여 두 눈을 치떴다. 근 몇 년간 그의 군왕은 이토록 흡족한 웃음을 지은 적이 한 번도 없었다. 남방 장족 최고의 미녀가 헌상되어 왔을 때에도 이만한 웃음은 짓지 않았던 것이다.

"참으로 대담한 자로다! 이 일각수 맹획 앞에서 그와 같은 언

사라니! 생과 사를 가르는 백척간두에서 용케 균형을 잡고 서 있구나! 화포 외에도 쓸모가 있을 것이라 하였더냐? 그렇다면 묻겠다. 자네가 모사로서 지닌 꾀는 어떠한 것이 있는가?"

양무의의 눈이 별빛을 머금었다.

그가 백가화를 한번 돌아보고는 기다렸다는 듯 빠르게 입을 열었다.

"병력 상황에 대해 조사를 좀 해보았습니다."

"병력이라?"

"무구고원에 집중 공격을 가하고 있다고 들었습니다. 북쪽에 위치했던 소세력인 오원의 잔당들이 그 고원에 숨어 있다고 하였지요. 군왕께서 거느리시는 대군의 핵심 병력들이 절반 이상 투입되었다고 알고 있습니다. 귀찮은 무리들을 뿌리째 뽑아버리기 위한 선택이셨을 겁니다. 하지만 궁지에 몰린 쥐는 고양이를 무는 법이라고, 병력 손실이 상당하다 들었습니다."

천삼괴의 눈썹이 꿈틀했다.

무구고원의 손실은 상당한 정도가 아니다. 막대한 피해를 입었다. 그렇기에 무구고원에 관한 것은 군왕 앞에서 감히 말조차 꺼내기 무서운 사안이었다. 그러나 맹획은 십 년치 자비를 한꺼번에 쓰기라도 마음먹은 듯, 민감한 화제에도 분노한 기색이 없었다.

"꽤나 많이 당했지. 전혀 예상치 못했어."

"불쾌한 일을 상기시켜 드려 죄송합니다. 다만, 제가 드릴 말씀은 군왕의 병력에 국한된 이야기가 아닙니다."

"내 병력에 국한된 이야기가 아니다?"

"타가군의 피해 규모에 대해서는 어찌 생각하시는지요."

"타가군도 꽤나 많은 병력을 잃었다고 들었다만."

"정예병으로 범위를 좁혀보면 어떻습니까."

맹획의 얼굴에 남아 있던 웃음기가 일순간에 사라졌다. 그가 오른손을 들어 올려 수염 없는 자신의 턱을 매만졌다. 황금빛 손톱이 섬뜩하게 빛났다.

"타가의 정예 기병이라……. 타가 측이 투입한 병력도 만만치는 않을 터인데……."

"제가 바깥에서 부리는 사람들이 있습니다. 무구고원의 지형까지 보고 왔지요. 무구고원에 짠 진용은 형태가 그다지 좋지 못합니다. 늪을 사이에 두고 안쪽에서 고원만을 바라보는 형세라, 타가군의 움직임에 신경을 쓰기가 어렵습니다. 알아본 바에 의하면 타가군의 기병들이 일부 교체된 것으로 보입니다. 현재 늪 바깥의 타가 진용에는 진짜 정예병이 몇 없습니다. 일반 기병이 주병력으로 주둔하고 있는 상태입니다."

"정예 기병이 일반 기병들로 바꿔치기 되었다?"

"그렇습니다."

"그렇다면 타가군의 정예 기병 손실은……."

"많아봐야 백여 기. 어쩌면 그 이하일 것입니다. 타가군은 공병들을 불러들이며 고원에 대한 공성 병력을 증원했지만, 그것은 대부분 보병부대들로 이루어져 있었습니다. 군왕께서도 아시다시피 타가군의 주력은 정예 기병입니다. 그곳에 있는 것은 언제라도 소모 가능한 말단 병력들뿐이란 것입니다. 게다가 타가군의 진짜 주력인 흑마철기병은 그곳에 단 한 기도 투입되지 않았습니다."

일각수 투구에 꽂힌 공작 깃털이 긴 떨림을 발했다.

나날이 들려오는 병력 피해 소식 때문에 하루하루를 분노로 채워왔었다. 이제 와 차갑게 식은 머리로 계산해 보니, 타가군과의 병력 손실 차이가 어마어마했다.

사대괴인 중 일인인 현오괴가 죽었고, 황각군 절반, 지각군 절반을 잃었다. 일반 병사들의 사망자는 일천을 헤아린다.

반면 타가군은 어떠한가.

삼흉이 건재할 뿐 아니라, 정예 기병도 얼마 잃지 않았다. 타가군의 피해 병력은 주로 보병들이었다는 보고도 받았다. 지형 때문에 기병 진입이 어려워서일 것이라는 분석도 뒤를 따랐다. 눈앞의 모사꾼의 말이 아니더라도 이미 알고 있었던 사실이다. 다만, 중요하게 생각지 않았을 뿐이었다.

'보고를 그따위로……'

맹획이 살기 어린 시선으로 회랑에 시립한 무사들을 돌아보았다. 무사들 얼굴에 공포가 떠올랐다. 그 순간 맹획은 깨달았다. 바로 그 때문이다. 자신의 수하들은 지나치게 오랜 시간 동안 공포에 젖어 있었다. 조금만 냉정하게 검토해 봐도 알 수 있었던 것을 가볍게 지나친 것은 다른 데서 이유를 찾으면 안 된다. 목숨 걸고 간언을 할 자가 없어서다. 누군가 맹획에게 타가군과의 병력 손실 차이가 심상치 않다 말했더라면, 그 병사는 그 순간 맹획의 일장을 맞고 생사를 달리했으리라.

"그리고… 한 가지 더 드릴 말씀이 있습니다."

"한 가지 더?"

"무사들을 물려주십시오."

천삼괴의 얼굴이 굳어졌다. 회랑을 지키는 자들을 물려달라니, 당치 않은 요구였다. 양무의가 하는 말이라면 무슨 말이든 들어줄 것 같았던 맹획도 그 말엔 눈살을 찌푸릴 수밖에 없었다.

"이유는?"

"세작이 있을 수도 있습니다."

"갈! 감히 누구 안전이라고! 이 궁전에 적들의 간세가 발을 붙일 수 있을 것 같은가!!"

처음으로 터뜨린 천삼괴의 목소리는 웅혼하고 강렬했다. 회랑 전체가 우르릉 울릴 정도다. 과연 맹획 휘하 최강의 고수다운 면모였다.

"그만큼 중요한 정보입니다."

양무의는 다소 긴장한 듯 한 번 이를 악물고는, 결심한 듯 입을 열고 자기 할 말을 분명히 했다. 맹획은 그의 얼굴에 떠오른 변화를 한순간도 놓치지 않았다. 양무의가 시종일관 조금도 흔들리지 않았다면 맹획도 수하를 물리지 않았을 것이다. 그 미묘한 차이가 맹획의 마음을 돌렸다. 그가 손을 들며 명했다.

"모두 밖으로 나가라."

무사들은 그의 수족이었다. 오히려 조마조마 그 자리에 서 있는 것이 그들에겐 더 큰 곤욕일지도 모르는 일이다. 썰물이 빠지듯, 모든 무사들이 회랑 바깥으로 달려나갔다.

"천 대공께서는 계셔도 됩니다."

양무의가 허로 입술을 축이며 조심스레 말했다. 물론 천삼괴는 애초부터 나갈 생각이 없었다. 그는 양무의의 말에 대꾸하지 않았다. 대신 걸음을 옮겨 맹획의 오른쪽 앞에 섰다. 진기를 있는 대로 끌어올린 듯 폭발적인 내공력이 전신에서 흘러나오고 있었다.

"그래, 그 한 가지가 무엇이지?"

"제가 부리는 남자는 특출나게 뛰어나진 않지만 제 나름대로 사람을 꿰뚫어 보는 재주를 가지고 있습니다. 그의 말에 따르자면 타가 진영 내에 있는 카무이가 카무이 본인이 아닌 것 같다고 합니다."

"카무이 본인이 아니라고?"

"그렇습니다. 그토록 악명을 떨치는 흉조의 카무이라면 그만한 기량을 지니고 있어야 하는데, 느껴지는 기도가 그와 같지 않더랍니다. 생김새는 소문난 그대로지만 옆에 있는 아야크에 비해 기량이 몇 수나 떨어지는 것 같다고 하였습니다. 더욱이 타가 군 전군은 오직 아야크의 명만을 받들고 있었다고 합니다."

맹획의 눈이 작은 떨림을 발했다.

지금 이 이야기는 실로 심상치 않다. 노출된 카무이가 가짜다? 그렇다면 진짜 카무이는 무엇을 하고 있을까.

맹획의 시선이 철운거 뒤에 선 백가화를 돌아 다시 양무의에게로 향했다. 그와 눈이 마주친 양무의가 고개를 숙이며 머뭇머뭇 입을 열었다.

"수하들을… 다시 들이셔도 됩니다."

맹획은 그 말을 듣고도 무사들을 들이지 않았다.

생각하면 할수록 보통 심각한 사안이 아닌 까닭이었다.

"카무이가 카무이가 아니다… 병력 손실은 미미하다… 그런 것이냐. 타가. 이 맹획의 뒤를 치려고 하는가."

맹획의 혼잣말이 이어졌다. 그가 버릇처럼 동쪽 하늘을 바라보았다. 회랑 한쪽, 높게 뚫린 창으로 초록빛 양광이 비쳐들고 있었다.

"병사들은 안으로 들어오라!"

맹획이 소리쳤다.

회랑 저편으로부터 무사들이 우르르 몰려들어 와 본래 있던 자리에 시립했다.

"전령."

무사들 한쪽에서 복장이 다른 한 놈이 달려나와 양무의 옆쪽에 엎드렸다. 맹획의 명령이 그의 머리 위에 떨어졌다.

"은밀히 전하라. 임전태세에 준하여 외곽 지역의 경계를 강화한다. 오원 땅에 일천 병사를 보내라. 곡정 진지에 오백 병사를 보내. 쌍강과 구북에도 오백씩 증원한다. 각개 지역에는 귀비혈사대를 한 소대씩 파견하여 지휘권을 맡긴다. 알았나?"

"존명!"

전령이 재빨리 뛰어나갔다.

맹획이 명령을 이어갈 때마다 조금씩 굳어졌던 천삼괴의 얼굴이다. 이윽고 그가 결심한 듯 진중한 목소리로 맹획을 향해 입을 열었다.

"군왕이시여. 노여워하지 말고 들으십시오. 분쟁 지역엔 병사들이 부족합니다. 말씀하신 숫자대로라면, 왕궁을 수호하는 병력을 보내야 합니다."

"알고 있다."

“하오면……..”

“남왕궁의 병력을 축소한다. 타가군의 반응을 보겠다.”

양무의의 두 눈 깊숙한 곳에서 한줄기 빛이 스쳐 지나갔다.

누구도 눈치 채지 못했다.

천삼괴는 뭔가 더 말하려 했지만 그는 더 이상 입을 열 수 없었다. 맹획이 곧바로 또 다른 전령을 불러냈기 때문이다.

“무구고원에 있는 지사괴에게 전하라. 절반 병력을 이끌고 늪 바깥으로 나와 외곽에 주둔지를 하나 더 구축한다. 표면적인 목적은 물자 수송의 원활화와 후방 전력의 안정화로 밝히되, 실질적인 목표는 타가군에 대한 감시와 견제로 잡는다.”

“존명!”

불려 나온 전령이 앞선 전령처럼 큰소리로 대답하며 밖으로 뛰어나갔다.

맹획이 양무의를 돌아보았다.

“자네가 준 정보는 유용하게 쓰일 것이야. 하지만 앞으로도 쓸모가 있을지는 두고 봐야 알겠지. 정말로 자네가 살려둘 만한 인재라면, 그에 합당한 자리를 줄 수도 있을 터……. 현오괴의 자리가 공석임을 마음에 잘 새겨두게나.”

그가 바깥쪽을 향해 손짓했다.

이만 나가보라는 뜻이다.

손 하나로 수많은 사람을 부려온 오만이다.

백가화가 말없이 철운거를 돌려세웠다. 긴 대화가 이어지는 동안, 백가화의 마음속에서 몇 번이나 창대를 잡는 장면이 그려졌는지는 하늘만이 알 것이다. 아니, 하늘만큼, 하늘보다 더 알

아줄 사람이 있다. 하늘 같은 지아비, 양무의만은 그녀의 마음을
양무의 자신의 마음처럼 헤아리고 있을 것이었다.

　"고생했어요."
　"쉽지 않더군."
　"쉽지 않긴요. 경극에 나가도 되겠던데요."
　"극단에서 받아주질 않을걸."
　"에이. 그만한 연기력을 누가 마다하겠어요."
　"그렇지도 않아. 우리들 표정엔 과장이란 게 없으니까. 군사(軍
師)의 연기는 지나치게 세심하기 때문에 밖에서 보기엔 밋밋하기
그지없을 거야. 관중들 입장에서 어찌 좋아할 수 있겠어. 감정의
흐름을 알아챌 수가 없는데."
　"맹획이란 자는 충분히 알아보던데요?"
　"그건 그자가 나름대로 머리를 쓸 줄 알아서 그래. 제 조심성
에 제 스스로 넘어가는 것이지. 주군에 대한 소문을 미리 넣어놓
길 잘했어. 주군이 오원 출신이란 것을 미리 흘려놓지 않았으면
얼굴 보는 데 더 오래 걸렸을 거야."
　"그러게요. 상당히 교활하긴 한 것 같아요."
　"예상보다 더 교활해. 하지만 덕분에 수고를 덜었어. 타가의
반응을 보겠다고 왕궁 군사의 숫자를 줄였잖아. 꽤 그럴듯한 그
림을 그릴 줄 아는 거지. 우리 역할은 그 그림대로 색을 칠해주
는 거고."
　"한데 직접 보니까 말이죠. 굳이 그렇게 복잡하게 처리할 필
요가 있을까 싶어요."

"왜? 그냥 찔러 넘기게?"

"잘하면 둘 다 잡을 수 있겠던데요. 수하들을 전부 다 물리라고 했을 땐, 그 자리에서 결판을 내려는 줄 알았어요."

"사실 그땐 조금 고민했어. 나까지 나섰으면 확실하긴 했을 텐데."

"어딜 의랑이 손을 쓰려고요. 당연히 제외하고 생각해야죠."

"이 대 일이 가능했겠어?"

"해볼 만은 하겠더라고요. 그리고 둘 중 하나만 죽였어도 사실 대단한 소득인 거잖아요."

"빠져나가는 게 쉽지 않았을걸."

"어머, 무슨 소리예요. 의랑 테리고 도망치는 건 제가 세상에서 제일로 잘하는 건데?"

"하하, 그랬나?"

"그렇죠. 의랑 속을 제가 모를 리 없잖아요. 수하들을 다시 들이라 말할 때도 다시 한 번 고민했죠? 너무 뚜렷하게 느껴져서 제가 다 조마조마했어요."

"그땐 좀 위험했지. 고민보다는 사실, 웃음이 나올 뻔했었어."

"저두요. 누굴 속이면서 마음속으로 웃는 건 아주 못된 짓인데 말이죠."

"악당들이니까 괜찮아."

"그냥 한바탕하고 나올 걸 그랬어요. 앞으로도 계속 그 악당들한테 고개를 숙여야 하잖아요."

"나도 그러고 싶은 마음이 굴뚝같았지. 장익 녀석만 있었어도 한판 벌였을 거야. 그런데 잠자코 살펴보니 아무래도 맹획 쪽이 숨겨진 한 수가 있는 것처럼 보이더라고."

"맹획이요? 제 느낌으론 오히려 천삼괴 쪽이 더 만만치 않겠던데요."

"그건 가화가 창을 써서 그래. 아까 천삼괴는 맨손이었지만 실제로는 검사(劍士)야. 하지만 입문은 창술로 했지. 십대 이전에 무공에 입문하여 십대 중반쯤에 주병기를 창에서 대검(大劍)으로 바꾼 것 같아."

"그게… 다 보여요?"

"최근 들어 점점 더 확실해져. 보는 순간 간파하게 된다고 할까."

"역시 의랑은 무공을 익혀야 했어요. 머리를 쓰는 게 아니라."

"그렇지도 않아. 괜히 타고났다고 생각할 때가 종종 있어. 사실 이게 아니었으면 다리도 멀쩡했을 텐데."

"그런 식으로 생각하면 끝도 없죠. 그 능력 없었으면 난 어떻게 만났겠어요."

"하긴 그것도 그래. 가화 앞에선 나도 종종 바보가 되나 봐."

"그러게요."

"여하튼 천삼괴는 창을 다뤄본 자라 다른 병장기보다 창술에 대한 대응 능력이 특히 뛰어날 거야. 오른발이 반의반 보 정도 앞으로 나와 있는 것 봤지? 중심선도 왼쪽으로 약간 틀었어. 발검보다는 기창(起槍)에 특화된 자세였지. 무의식중에 창의 간격부터 생각하는 거야. 몸에 밴 건 좀처럼 지워지지 않는 법이니까. 가화가 느낀 것도 그런 거야."

"무공은 맹획이 강해도 제가 상대하기엔 천삼괴 쪽이 까다로울 거다, 이 말이군요?"

"그래."

"맹획의 무공은 어때요?"

"그자는 마공(魔功)을 익혔어. 손가락이 여인의 그것처럼 곱고 얇아. 강호에 전해지는 소수마공(素手魔功) 계열일 거야. 발산되는 내공이 몹시 음유하고 깊었어. 아주 위험한 종류지. 내력대결은 되도록 피해야 해. 접근전도 안 돼. 육장의 간격 안에선 굉장히 강한 자니까."

"약점은 뭐죠?"

"굳이 이야기해 줄 게 없어. 가화라면 한두 합 안에 저절로 공략법을 알 수 있었을 거야. 마공은 본디 지독한 살기와 음험함으로 사람의 마음을 흐트러뜨리는 괴능이 있어. 그러나 철심무혼창은 구결마다 정공의 극의를 담고 있지. 어떤 패악한 마공도 철심무혼에는 통하지 않아. 무공 상성이 그래. 다른 자들은 몰라도 가화는 전혀 흔들리지 않겠지. 창격의 거리만 유지하면 절대 지지 않을걸."

"숨겨진 한 수가 있다면서요."

"그게 뭔지 모르겠어. 나라고 모든 것을 다 꿰뚫어 볼 수 있는 건 아냐. 한 집단의 수장쯤 되면, 범접치 못할 자기만의 뭔가를 가지게 돼. 그자에게도 그런 게 있어. 쉽게 죽어줄 자는 아닌 것 같아. 다른 부분은 죄다 엉망이지만."

"화포는 어떻게 할 거예요? 정말 다 가져다줄 거예요?"

"그릇이 작은 자야. 품에 안겨줘도 비장의 무기라며 꽁꽁 숨겨놓기나 하겠지. 그자는 지금 그 화포들의 진짜 가치를 몰라.

몇 문 정도는 더 줘볼 생각이지만, 어차피 제대로 쓰지도 못할
게 뻔해."

"살상병기잖아요. 아무리 그릇이 작다 해도 화포 같은 물건을
함부로 주기엔 과격하고 잔인해 보였는데요."

"의심이 많으니까 과격함으로 두려움을 감추는 거고, 성정이
삐뚤어졌으니 필요 이상으로 잔인해지는 거지. 걱정하지 않아도
돼. 대비도 해놨으니까."

"병사들이 굉장히 많았잖아요. 일만 대군을 움직일 수 있다고
했었죠?"

"그것도 문제없어. 이런 자는 무슨 일을 할 때 자신의 모든 걸
쏟아붓지 않아. 그럴 마음도 없고, 방법도 모르지. 병력 운용도
마찬가지야. 나라면 그렇게 안 했어. 일만 대군을 전부 다 무구
고원에 때려 넣고 그대로 몰아쳐서 촉사와 늪의 카무이와 아야
크까지 먹어치웠을 거야. 명령 내리는 것 봤잖아. 오백, 천, 이
천, 머릿속에 떠오르는 건 그 정도가 한계인 자야. 일천 이상의
병력을 동원했을 땐 엄청난 강수를 두는구나 스스로 생각했을
걸. 그 정도는 강수 축에도 못 끼지. 무구고원 정도의 요새라면
아무리 상대를 얕봐도, 오천 정도는 기본이야. 처음부터 그만큼
을 동원했으면 제아무리 주군이 거기 있어도 애초에 끝난 싸움
이었어. 장기적인 공성전을 각오해야 할 지형이란 사실 때문에,
제 발로 거기에 묶여 버렸지."

"하긴… 의랑이 그렇다면 그런 거겠죠."

"너무 믿진 마. 알잖아. 나도 틀릴 때가 있다는 거."

"당연히 가끔은 틀려줘야죠. 나도 완벽하지 못한데 혼자 완벽

하면 되겠어요?"

"무슨 소리. 가화만큼 완벽한 여자가 어딨다고."

"또 시작이다. 지겹지도 않아요? 과분한 여자라거니, 그만 고생해도 된다느니……."

"가화는 지겨워?"

"…아뇨."

"가화는 내게 과분한 여자야. 그만 고생해도 되는데."

"지겨워요, 이제."

하얀 면사가 웃음으로 흔들렸다. 양무의가 마주 웃었다.

우뚝 솟은 남왕궁이 그들을 내려보고 있었다.

적들의 궁전이긴 해도, 석양 깔린 왕궁은 화려함이 남달랐다. 하지만 그와 같은 왕궁의 화사함도 연인의 웃음보다 아름다울 수는 없었다.

끼리릭. 여인이 굴리는 철운거 바퀴 소리가 음악처럼 울리고 있었다.

*　　　*　　　*

"적 병력이 이동하고 있습니다!!"

둥둥둥.

망루 쪽에서 북소리와 함께 깃발이 올라온다. 변화를 알리는 북소리다. 우목이 몸을 날려 망루 위로 올라갔다.

"빠져나간다?"

구독림 바깥에 진을 쳤던 맹획군 병사들이 속속 촉사와 늪 바갈으로 빠져나가고 있었다.

움직이는 숫자가 상당했다. 복식이 완벽하게 통일되지 않은 장족(藏族) 잡병들의 선두에는 갈색 투구의 무인들이 앞장서고 있었다. 거리가 멀어 잘 보이진 않지만, 일단의 군사를 이끄는 자는 지사괴인 것으로 보였다.

"절반이나……."

이동은 오랫동안 이어졌다. 눈대중으로 보아도 절반에 가까운 병력이 밖으로 나갔다. 꽉 찼던 군영이 듬성듬성하게 변해 있었다. 남은 것은 황각군과 려족 군사들. 투구조차 장비하고 있지 않은 일반 병사들이 우왕좌왕 새롭게 진용을 정비하고 있었다.

"어째서지?"

우목은 상황을 잘 이해할 수 없었다. 지금까지 잘 막아내고는 있었지만, 더 밀고 들어오면 위태로울 것이라 생각하던 참이다. 초림 탈환 계획도 기약없이 미뤄야 했을 정도다. 한데, 적들 쪽에서 오히려 발을 빼고 있다. 함정이라는 생각이 먼저 들었다.

"봤냐?"

우목이 몸을 돌리며 물었다.

단운룡이 와 있음을 느낀 것이다. 날이 갈수록 강대해지는 단운룡의 기파다. 기척을 감추려고 하면 한 치 앞에서도 존재를 알 수 없었을 테지만, 평상시엔 찌릿찌릿 뿜어 나오는 기운이 삼 장 밖에서도 느껴질 정도였다.

"물러나는군."

"그래."

"완전히 병력을 빼는 게 아냐. 촉사와 늪 바깥에서 진용을 다시 짜고 있어.”

안력의 차이다.

우목이 눈을 가늘게 뜨고 두 눈에 진기를 모았다. 멀어서 보이지 않았던 것들이 조금 더 선명하게 다가왔다.

“이유가 뭐지? 왜 저기에 다시 진지를……?”

“시작된 거다.”

“시작돼? 뭐가?”

“당분간은 대대적인 공격이 없을 거다. 경계 인원을 줄이고 수련 시간을 늘려. 시간을 벌었다.”

“잠깐, 상황이 어떻게 돌아가는 건지 설명을 해줘야 할 거 아냐.”

“나도 자세히는 몰라. 기다리던 이들이 도착했다는 것만 알지.”

“기다리던 이들?”

“누누이 말했잖아. 시간이 해결해 줄 거라고.”

“대체 무슨 소릴 하는 거야.”

“이곳으로 직접 올 줄 알았더니, 바깥에서 일을 벌이려는 모양이다. 일단은 그것도 괜찮겠지.”

“이게 그럼…….”

“중원에서 만난 건 도요화와 태자후뿐이 아냐. 그런 이들이 더 있다.”

“수하들을 말함이냐?”

“수하, 동료, 문도, 뭐가 되었든.”

“그렇다면……!”

"곧 올 거라 했어. 갑자기 병력의 절반을 뺏잖아? 설명이 안 되지? 앞으로 설명이 안 되는 것들은 전부 다 그들이 행한 일이라 생각하면 될 거다."

기가 막힐 일이었다.

우목이 고개를 설레설레 흔들며 질문들을 쏟아냈다.

"그들이라니? 몇 명이나 되기에? 한 백 명쯤 되는 거냐?"

"육천 명."

"육천?!"

"농담이고, 여섯이야."

"그 무슨……?"

"여섯 명 다 왔는지는 모르겠어. 내 짐작에 여섯 모두가 들어오진 않은 것 같아. 다른 이들은 몰라도, 태자후처럼 일단 싸움터에 뛰어들고 볼 녀석이 한 명 있거든."

"아니, 육천이란 말은 또 뭔데."

"일기당천이지. 천 이상이다. 이건 농담이 아니야."

일당천. 일천 명에 대적할 수 있는 자. 만부부당의 무인들.

우목은 태자후부터 떠올렸다.

"그럼 그들도 전부 다 태자후만큼 강한 건가?"

"태자후?"

단운룡은 반문과 함께 웃었다. 그가 말했다.

"더 강한 사람도 있어."

우목의 입이 벌어졌다.

태자후는 괴물이다.

우목은 태자후의 실력을 안다.

태자후는 무구고원뿐 아니라, 저기 바깥에 있는 모든 적들을 통틀어서도 누구 하나 당적하기 어려운 고수다. 이 땅에서 그와 대적할 수 있는 사람은 오직 단운룡뿐이다. 하지만 어쩔 때 보면 단운룡도 태자후보다 약하지 않을까 하는 생각마저 들 정도다.

그런데 그 태자후보다 더 강한 사람이 있다? 믿기 어려운 이야기였다.

"대체 어떤 자가……."

"상황과 상대에 따라서는 나보다도 더 강할걸. 죽일 생각으로 싸운다면 글쎄… 잘하면 내가 이길 수도 있을 거야. 뭐, 대마연 끊고 몸 잘 추려서 온다면 그것도 어렵겠지만."

도무지 영문 모를 이야기였다.

다만 우목도 한 가지는 알 수 있었다.

단운룡은 앞으로 당분간 대대적인 공격이 없을 것이라 말했다.

그럼 그렇게 될 것이다.

단운룡은 또한 말했다. 경계 인원을 줄이고 수련 시간을 늘리라고 했다.

그럼 그렇게 하면 된다.

좋은 기회라는 생각이 먼저 들었다. 그도 이참에 흑마산법이나 더 다듬어야 할 모양이었다. 다른 전사들처럼 태자후에게 무공 한 구결 배워둬도 나쁘진 않으리라.

그뿐이 아니다. 초림 탈환 계획도 다시 검토할 수 있겠다. 사람 수를 늘리는 것도 돌파구를 찾을 수 있을 것 같았다.

생각이 많아지는 하루였다. 천변만화하는 하늘처럼 달라지는 전황.

이제는 우목도 느낀다. 단운룡이 느꼈던 새로운 바람을.

＊　　　＊　　　＊

남왕궁 동편에는 거대한 창고가 있다. 거대한 창고의 중심에는 세 겹의 보초들로 둘러싸인 널찍한 팔각형의 석실이 있었다.

창고 안의 창고였다.

남왕궁이 세워진 이래, 창고 중심의 석실은 팔보당이라 불리며 모든 부족들의 피와 땀을 앗아왔다. 납서족 동판회화부터 안남의 호 왕가로부터 올라온 진상품들까지, 종류를 가리지 않은 채 삼키고 또 삼켰다. 증축한 것만도 네 차례다. 팔보당의 덩치가 커지자, 맹획은 팔보당을 품고 있는 창고까지 증축했다. 창고가 지나치게 거대해진 이유였다.

"교대 시간이다."

보초병이 졸린 얼굴로 돌아섰다. 팔보당 보초를 선다는 것은 이 넓은 남왕궁에서도 가장 의미없는 일 중 하나였다. 누구도 감히 들어올 수 없는 곳이기 때문이다.

운남 지역이라 하여 도둑이 없는 것은 아니다. 하지만 그 어떤 도둑도 남왕궁 팔보당을 노리진 않는다. 어떤 값나가는 물건도 목숨보다 소중하진 않은 법이기 때문이다.

물론, 중원 전역에 이름을 날리는 대도(大盜)라면 이야기가 달라진다. 구조가 간단할 뿐 아니라 경계까지 허술하니, 제집 드나들 듯 들어올 수 있을 게다.

재미있는 것은 그 정도 수준의 대도라면 남왕궁에 눈길을 주지 않을 것이란 점이다. 제아무리 화려하게 지어졌다 해도 변방은 변방일 수밖에 없다. 팔보당엔 진기한 보화가 가득했지만 진짜 대도가 흥미를 느낄 만한 물건은 눈을 씻고 찾아봐도 있기가 어렵다. 한두 점만으로 초고가에 거래될 물건이 없다는 뜻이다. 쌓여 있는 보화의 총 가치로 따지면 왕궁의 보물창고라는 이름이 아깝지 않으나, 우마차를 끌고 와서 쓸어갈 것도 아니요, 도둑이 노릴 만한 물건이라면 대저 부피가 작아야 하기 마련이었다.

"아주 대놓고 조는구만."

퍼억.

격타음은 작았다. 보초 하나가 짚단처럼 쓰러졌다. 지어진 이래 단 한 번도 털린 적이 없었던 팔보당이, 마침내 처음으로 외인의 침습을 받고 있었다.

또 한 명의 보초가 쓰러졌다. 거대한 검은 그림자가 팔보당 철문 앞에 섰다.

"이걸 어떻게 여나……."

검은 그림자가 발한 혼잣말이 어둠 속에 깔렸다.

평범한 도둑들은 들어올 엄두조차 내지 못했던 팔보당이다. 중원의 대도들은 들어와야 할 이유가 없었던 팔보당이다.

그러한 팔보당이 역사적인 첫 침탈을 맞이하는 지금. 부드럽게만 열려왔던 팔보당 철문을 억지로 열고 있는 자는 평범한 도둑도, 중원의 대도도 아니었다.

우직, 우직!

어스름하게 비쳐드는 달빛 속에서, 안 그래도 컸던 검은 그림자의 팔뚝이 더 두텁게 부풀어 올랐다. 강철로 된 빗장이 구부러지고 빗장대를 고정해 놓은 철못이 커다란 금속음과 함께 튕겨 나갔다.

타앙! 끼이이이익!

기어코 힘으로 열어젖힌다. 무지막지한 괴력이었다. 검은 그림자가 보초 옆에 걸려 있던 등갓불을 뽑아 들었다. 팔보당 안으로 훌쩍 들어갔다. 과격하게 큰 체구다. 머리 꼭대기까지 복면을 뒤집어썼는데 어딘지 우스꽝스런 모습이다. 후욱, 후욱. 숨소리가 답답하게 들렸다. 뚫어놓은 눈구멍도 살짝 삐뚤어진 것이 실제 시야와 제대로 안 맞는 느낌이다. 복면이란 물건과 애초부터 친했던 적이 없는 것 같았다.

"그래도 제대로 찾아오긴 했는데."

중얼중얼 뱉어놓는 목소리엔 불평이 섞여 있었다.

등갓불을 위로 치켜들었다. 둘러볼 필요도 없었다. 찾는 물건은 막 도착했다는 것을 자랑이라도 하듯, 팔보당 중앙에 떡하니 자리하고 있었다.

그의 눈앞에 있는 것은 불을 뿜는 화포들이었다. 소형 셋, 중형 하나의 화포들에는 모두 다 한 쌍의 철 바퀴가 달려 있었다. 전장에서의 이동이 용이하도록 설계된 화포다. 시대를 앞서 가는 신병기들 중 하나였다.

'망가뜨리되, 쉽게 고칠 수 있게 하라…… 여하간에 주문도 많아요.'

스물스물 새어 나오는 불평을 목구멍으로 삼키고 주위를 휘돌

아보았다. 여덟 개의 벽 한 면에 불쑥 눈에 들어오는 물건이 있
었다. 거한이 번쩍 뛰어올라 두터운 손으로 벽면을 훑었다. 타
닥, 소리와 함께 내려선 그의 손에는 흑색 묵철에 흰 선을 두른
철창(鐵槍) 한 자루가 들려 있었다.

'오오……! 창산제(蒼山製)잖아!'

창대 귀퉁이에 새겨진 것은 창산(蒼山)의 두 글자다. 손에 착
감기는 감촉에 가볍지도 무겁지도 않은 무게를 생각하자면 그
창산을 달리 해석할 도리가 없다. 점산 그리고 창산, 점창산에서
만든 물건이다. 관일창으로 유명한 점창파에서 제조한 최상급
철창이었다.

'마침 잘되었군.'

안 그래도 원래 쓰던 놈을 놓고 왔던 참이다. 그가 쓰는 병장
기는 크기에서나 무게에서나 지나치게 눈에 띈다. 이런 잠입에
는 들고 올 만한 녀석이 아니었다.

철창을 들어 소형 화포를 겨누었다. 내력을 모으다가 순간 정
신을 퍼뜩 차렸다.

'잠깐, 화탄이 장전되어 있는 건 아니겠지?'

화포 안쪽을 살폈다. 아닌 게 아니라 화탄 하나가 깜깜한 포신
안에 떡하니 들어 있었다.

'멍청한 놈들.'

기가 막혔다.

화포를 제대로 다뤄본 적이 없는 놈들이라도 이건 좀 심했다.
이런 보물창고에 폭발력 있는 위험물을 보관한다는 발상 자체가
제정신이 아니었다.

‘엇!’

포탄을 빼려고 포신 입구에 손을 넣으려 했더니 손목과 팔뚝이 두꺼워 들어가지 않았다. 포신을 통째로 기울여 보았다. 굴러나올 기미조차 없었다. 그 무거운 화포를 바퀴째로 들어 올려 아래쪽으로 흔들었다. 그래도 화탄은 빠져나올 줄을 몰랐다. 어디 정교한 기관에 걸쇠라도 걸려 있는 모양이었다.

‘제길!!’

우당탕! 소형 화포가 땅을 굴렀다. 팔보당 문을 통해 널찍한 창고까지 굉음이 퍼져 나갔다. 아니, 바깥 놈들은 뭐 하는 건지 모르겠다. 지금쯤은 들켜줘야 정상이다. 더 소란을 부려야 되나 보다.

땅에 널브러진 화포를 다시 세웠다. 왼손으로 복면을 꽉 움켜쥐고 철창을 치커들었다.

“훅!”

까아앙!

철창을 내지르고는 힘껏 뒤쪽으로 뛰어올랐다.

폭발은 없었다. 바퀴와 포신의 이음부가 부서져 있었다. 바퀴와 함께 기울어지던 화포가 꿍, 하고 꼬꾸라졌다. 튕겨 나간 바퀴가 저만치에 굴러가 보화상자 하나를 덜컥 넘어뜨렸다.

‘안 터지네.’

쓸데없는 기우다. 전장에서 이동할 수 있도록 제작된 화포였다. 어지간한 충격에는 폭발하지 않도록 설계된 것이 틀림없었다.

‘하기야……’

만든 사람을 떠올렸다. 그가 누구였던가. 저 철운거를 내놓은 장본인이다.

안심한 거한이 한 번 더 창을 휘둘렀다. 소형 화포 하나가 꽝, 하고 튕겨 나가 벽면의 그림 한 귀퉁이를 찢고 떨어졌다. 포신 속의 화탄은 그래도 폭발하지 않았다. 그 대신 와장창, 밑에 진열된 세공품들이 무참하게 박살나 흩어졌다.

'아우!'

보기만 해도 아깝다. 어깨를 움츠리며 소리없는 탄성을 내뱉고는, 중형 화포 쪽으로 고개를 돌렸다.

그의 눈이 번쩍 빛났다. 이만큼이나 소란을 피웠는데도 달려오는 놈들이 없다. 더 큰 걸 한 방 먹여줘야 할 모양이었다.

끼릭, 끼리릭.

중형 화포를 움직여 한쪽 벽면을 겨누었다. 가장 값나가 보이는 물건들이 있는 방향이다. 형형색색 보석으로 치장된 황금 조각상들이 선반 가득 즐비하게 놓여 있었다.

'죽어봐라.'

이 땅에 온 이래, 그가 본 사람들은 고난과 격노에 시달린 민초들뿐이었다. 불행한 민족들의 고혈을 빨아먹으며 이런 사치를, 그것도 창고에만 쌓아두고 있다니, 쓸데없는 보물들 따위 모조리 망가뜨려도 시원치 않았다.

화르륵.

화섭자가 없어 등갓불 갓을 치고 굴러다니는 비단 족자에 불을 붙였다. 그대로 화포 심지에 불을 질렀다. 그가 몸을 날려 팔보당 철문을 빠져나갔다. 치지지직, 타 들어가는 소리가 팔보당

장내를 경쾌하게 울렸다.

꽈아앙!

폭음이 터져 나왔다.

팔보당 벽면 두 면이 와르르 무너져 내렸다.

콰과과광!

폭음이 한차례 더 사위를 휩쓸었다. 벽면을 부수고 잔해에 처박힌 포탄이 한 번 더 폭발을 일으킨 것이다. 무너져 내린 벽면 위에 양쪽 두 면의 벽이 더 무너져 내렸다.

'대단하구만!'

발사된 포탄이 목표에 명중된 후 다시 한 번 폭발을 일으키는 것을 작열탄(灼熱彈) 또는 유탄(榴彈)이라 부른다. 현 중원에는 그러한 폭발형 발사체로써의 파열탄이 보급되어 있지 않았다. 기술력이 부족해서였다.

말하자면 신무기라는 것이다. 그것도 첨단 중에서도 최첨단을 걷고 있는 신무기다. 화력을 대폭 줄였다고 들었는데도 이 정도 위력을 보여주고 있다. 맹획이란 얼간이는 그런 것도 모른 채 이 물건을 받았을 것이다. 아니, 모르니까 그 녀석도 순순히 넘겨준 거겠지.

"웬일이냐?!"

'웬일이긴.'

반응 한번 늦다. 폭발이 일어난 곳부터 불길이 치솟고 있었다. 멀리서 사람들이 달려오는 소리가 들렸다.

"남왕궁에 화재다!"

"불이 났어! 병사들을 더 불러라!"

"팔보당이 무너졌다! 엇! 보초들이 쓰러져 있다!"

"정신 차려! 어찌 된 일이냐!"

소란이 커지고 있었다. 거한은 잠자코 기다렸다. 곧바로 도망치지 않고 발견될 때까지 서 있자니 오히려 긴장감이 더한 것 같다. 이런 식의 도둑질은 해본 적이 없지만, 호쾌한 싸움만큼이나 박진감 넘치는 뭔가가 있었다. 유명한 대도들이 뛰어난 무예를 익혀놓고서 도둑질이나 일삼는 데에는 나름대로 그럴 만한 이유가 있다는 걸 알 수 있었다.

"저쪽이다!"

"누가 있다!!"

"누구냐? 신분을 밝혀라!"

짐짓 다급한 듯 화들짝 놀라는 시늉을 하며 몸을 날렸다. 창문으로 들어오는 달빛 아래 커다란 그림자가 훌쩍 바닥을 가로질렀다. 급박한 외침 소리가 그림자를 쫓았다.

"도둑이다!"

"팔보당에 도둑이 들었다!!"

커다란 그림자는 출구를 찾는 듯 이리저리 세 번이나 방향을 바꿨다. 나가는 방향을 몰라서가 아니다. 목적했던 바를 다 이루지 못했기 때문이다.

"경동하지 마라!"

우렁찬 목소리가 들려왔다. 쩌렁쩌렁 실린 힘이 남달랐다.

거한의 움직임이 뚝 멈췄다.

마침내 등장이다. 여기서부터 잘해야 한다. 팔보당을 부순 건 그냥 장난이다. 지금부터가 진짜였다.

"좌우 통로를 막아! 침입자는 소수다! 세 명은 외벽으로 나가 동서남 상층 창문들을 살펴!"

착착 지시를 내리는 것이 대단히 침착하고 명쾌했다. 심후한 내공력에 먼 거리에서도 풍겨오는 기세가 보통이 아니었다.

'좋구나!'

거한은 확신했다.

이렇게 되면, 일단 하나는 성공이다. 이왕이면 가장 큰 놈을 낚으면 좋았겠지만 이인자도 나쁘진 않다.

휘익!

땅을 박차고 벽을 타올랐다. 동작은 크게, 은밀하게 움직이고자 했지만 실수를 한 것처럼.

"저기다!"

병졸 하나가 소리쳤다. 파라락 하는 파공음이 들려왔다. 지시를 내리던 놈이다. 신법을 펼쳐 짓쳐들고 있었다.

'따라오너라!'

우지끈!

상층 창문으로 올라갔다. 리수족 동물 장식 목각 창틀을 부수고 바깥으로 뛰쳐나갔다.

부서져 하늘을 수놓은 나무들이 둥근 달빛을 조각냈다. 복면에 뚫어놓은 눈구멍 사이로 시원한 밤공기가 새어들었다.

"후읍!"

큰 숨을 들이켰다. 복면이 혹 하고 코와 입에 달라붙었다. 당장이라도 벗고 싶었지만 그럴 수는 없었다.

"서벽! 상층 창문! 바깥입니다!"

거한이 공중에서 몸을 비틀었다. 소리친 자가 시야에 들어왔다. 하늘색 두건에 굉장히 얇은 쪽빛 갑주를 찼다. 폭이 넓은 대검을 뽑아 들며 몸을 날려온다. 신법을 보아하니 무공이 제법이다. 저 정도면 중원에서도 괜찮은 고수 소리를 듣겠다. 형산파 떨거지들보다도 수준이 높은 것 같았다.

'확실하군! 이놈들이 천각군이렷다!'

거한은 놈을 상대하지 않고, 곧바로 반대편으로 몸을 날렸다. 사람 키 높이로 층이 져 있는 창고 외벽에는 발 디딜 데가 많았다. 도망치기도 편한 구조다. 애초에 만들 때부터 도둑들의 침입이라곤 걱정조차 안 했던 모양이었다.

서쪽 벽을 타고 쭉 달려나가 직각으로 꺾어 남쪽 벽으로 몸을 붙였다. 창고 주변엔 어느새 병사들이 한가득이다. 난무하는 횃불들이 주위를 대낮같이 밝히고 있었다. 창고 내부의 화재를 진압하기 위하여 물동이를 퍼 나르는 병사들이 보였다. 처음엔 그리도 굼뜨더니, 막상 몰려들기 시작하자 순식간에 이삼백을 헤아린다. 꽤나 인상적인 광경이었다.

'그런데 왜 안 따라오는 거냐.'

남벽을 달리며 생각했다. 뒤쪽을 돌아보았다. 대검을 든 천각군 두 명이 벽면을 박차고 있었다. 이래서는 곤란하다. 아까 안에서 본 놈이 있어야 했다. 다시 돌아가야 할 판이었다.

그때였다.

와자작! 쫘아앙!

"이크!!"

거한의 바로 앞쪽, 남문 벽에 나 있는 창문이 요란한 소리와 함께 터져 나왔다. 가장 먼저 보인 것은 놈의 머리다. 뿔 세 개가 돋아난 투구. 뒤쪽에 달려드는 천각군과는 비교조차 할 수 없는 기세다. 맹획군 이인자, 천삼괴의 출현이었다.

'머리를 썼구만!!'

후두둑 부서져 나가는 나뭇조각들 사이로 천삼괴가 전신을 드러냈다. 서벽에서 남벽으로 꺾는 것을 알아채고는 최단거리로 남쪽에 있는 창문을 부수고 나온 것이다. 달빛을 받으며 뭉클뭉클 솟아 나오는 기운이 실로 굉장했다.

"도망치지 못한다."

묵직한 목소리에도 박력이 넘쳤다. 궁전이랍시고 얼간이들이 모여서 옹기종기 땅 따먹기나 하고 있는 줄 알았더니, 생각이 좀 바뀐다. 이놈은 강하다. 중원에서도 통할 만한 고수였다.

"둘러싸."

휘익, 타닥!

천삼괴가 천각군 무인들에게 명했다. 뒤로 따라붙던 놈들은 이미 지척에 서 있다. 위쪽 지붕에서도, 아래쪽 층져 있는 벽면을 따라서도 천각군 무인들이 다가오고 있었다. 졸지에 외통수다. 포위당한 형국이었다.

'흠, 흠. 자, 연습한 대로…….'

그래도 무서울 것은 하나도 없다. 다만 걱정인 것은 이것이 제대로 먹히느냐다.

승부다.

복면 안쪽에서 입을 몇 번 벌려보고 헛바닥을 굴리며 발음들을 곱씹었다.

'빨리. 자연스럽게.'

그가 입을 열었다.

"치졸한 놈들. 화포 따월 쓰려 하다니."

날카로운 음색, 끊어지는 단어들. 거한의 입에서 나온 것은 한어(漢語)가 아니었다. 북방 초원의 언어다. 천삼괴의 눈썹이 꿈틀 올라갔다.

"타가의 졸개……?"

몽고어였다. 이들은 이십 년째 원 잔당들과 싸워왔던 놈들이었다. 제대로 발음하지 못하면 들킬 것이 자명했다. 수십 번 수백 번 얼마나 연습을 했는지 모른다.

"잡아!!"

천삼괴가 짧게 명령했다.

가장 중요한 대목은 넘겼지만, 아직 그의 역할은 다 끝나지 않았다. 그가 짐짓 옆으로 몸을 숙였다가, 갑작스레 위쪽으로 땅을 박찼다. 지붕 쪽이다. 위에 있던 천각군 무인이 묵직한 검세로 대검을 휘둘러 왔다.

쩡!

창산제 철창을 휘둘러 대검을 튕겨냈다. 천삼괴의 눈이 다시 한 번 빛났다. 그가 들고 있는 철창을 알아본 것이다. 그가 신형을 날리며 소리쳤다.

"도둑질까지! 몽고 달자놈이 가지가지 하는구나!"

복면 아래로 회심의 미소가 깃들었다.

달자란 말까지 들었으면 된 것이다. 발음이 꽤나 괜찮았던 모양이었다. 철창을 연환세로 찔러 넣고, 천각군 무인을 비껴냈다.

북방식 창술이라면서 몇 동작 배워놓긴 했는데 원래 무공이랑 섞어 쓰려니 몸에 맞지 않은 옷을 입은 것처럼 어색하기만 했다.

찌정! 콰드득!

중병에 가까운 양수검이라 받아내는 소리도 무거웠다. 튕겨 나간 대검이 지붕 바닥을 긁으며 돌가루를 흩뿌렸다.

쉬이익!

심상치 않은 파공음에 황급히 몸을 뒤집었다.

꽈아앙!

폭음이 달빛을 흔들었다.

'워우!'

차원이 다른 검격이었다. 돌가루 정도가 아니라 주먹만 한 벽돌 파편이 하늘로 솟구쳤다. 천삼괴가 직접 검을 내친 것이다.

쉬익! 꽈꽝!

오른손으로 땅을 짚고, 몸을 틀며 자세를 바로잡았다. 다급해지니 저절로 본신의 신법이 나온다. 하지만 괜찮다. 원 치하에서 북방으로 넘어간 중원무공은 셀 수 없을 만큼 많다. 신법 정도는 보여줘도 무방할 것이었다.

"흡!"

내력을 끌어올려 있는 힘껏 내달렸다. 종전하고는 한결 다른 움직임이다. 천삼괴 외엔 따라올 자가 없는 속도였다.

꽝! 쏴앙!

등 뒤에서 연이어 폭음이 울렸다.

'무슨 놈의 검을 저따위로……!'

강검도 저런 강검이 없다. 생김새는 이국의 귀족인데, 구사하는 무공은 난폭한 대마두다. 이름만 대검이지 창이나 도끼처럼 쓰고 있었다.

쫘광! 퍼벅!

'큭!'

터져 나온 돌멩이들이 등판을 파고들었다. 따끔하니 아파오는 게 자칫하면 부상까지 당하겠다. 내공을 휘돌려 등 쪽의 요혈들을 보호했다.

와르르! 콰과광!

무자비하게 내려치는 천삼괴의 대검에 지붕 한 귀퉁이가 우르르 무너져 내렸다. 마침내 끝이다. 북벽까지 달려나와 하늘 위로 몸을 날렸다. 높게 치솟은 그의 몸이 달빛 아래 거인과도 같은 그림자를 드리웠다.

'우웃!'

이쪽도 어느새 병사들이 가득이다. 일렁이는 횃불들이 물결처럼 그를 기다리고 있었다. 하늘에서 떨어지는 그를 보며 병졸들이 하늘로 창칼을 들어 올렸다.

채채채채챙!

창산의 창을 빠르게 휘돌렸다. 좋은 무기다. 손맛이 무척 가볍다. 발밑에서 올라오던 창칼들이 한꺼번에 튕겨 나갔다.

꾸웅!

땅바닥을 두 발로 내리찍는 소리는 육중하기 짝이 없었다. 신법이 부족해서가 아니다. 그는 사뿐사뿐 깃털 같은 경신술과는 거리가 먼 자다. 강력한 진각과 호쾌한 기상이야말로 그의 장기이자 본성이었다.

차차창! 쩌엉!

괴력으로 창을 내치고 둘러싼 병사들을 돌파했다.

창고 외각을 둘러친 려족식 석벽을 향해 몸을 날렸다. 바람을 가르고 착지한 천삼괴가 무섭게 따라붙었다. 넘실대는 횃불들 사이에 간간이 박혀 있는 천각군 무인들도 병졸들의 어깨를 밟고 뛰며 하늘을 장악해 왔다.

콰악!

창봉을 땅에 박으며 꽝 하고 땅을 밟았다. 휘어졌다 올라가는 창대의 탄력이 아주 그만이다. 그의 거구가 병졸들의 머리 위로 솟구쳤다. 병사들이 고개를 젖혔다. 떨어질 듯하던 그의 왼손이 높다란 석벽 끝에 닿았다. 손가락 한 개만 걸리면 된다. 강력한 손목 힘으로 몸 전체를 치받아 올려 가볍게 석벽을 넘었다.

"돌아가서 잡아라!!"

천각군 무인들이 소리쳤다. 분노한 천삼괴는 한마디 고함 소리조차 내지 않았다. 그가 무시무시한 기세로 석벽으로 달려가며 대검을 열십자로 내려쳤다.

쫘앙! 콰드득!

두터운 석벽에 커다란 구멍이 뚫렸다. 무릎을 가로막은 벽돌 잔해를 발길질로 터뜨리고, 먼지구름을 뚫으며 짓쳐 나왔다. 거한이 고개를 돌려 뒤를 보고 혀를 내둘렀다.

'굉장한 놈일세.'

생긴 것과 딴판으로 노는 놈들을 수없이 봐왔지만, 이놈은 그야말로 걸작이다. 계략이고 작전이고 당장 때려치고서 시원하게 한판 어울려 보고 싶을 정도였다.

빼버린 덕(德) 자를 생각하며 억지로 발끝에 힘을 더했다. 속도는 천삼괴의 시야에서 벗어나지 않을 정도에 맞췄다. 뎅뎅뎅 침입자를 알리는 종소리와 신호를 주고받는 북소리가 귓전을 스쳤다.

담장 하나를 넘자 중원식 정원이 나타났다. 중원 대도시의 고관대작들의 장원에나 있을 만한 풍광이 정원 곳곳에 가득했다. 중원 문화에 대한 동경과 중원 진출에 대한 야심을 동시에 엿볼 수 있는 대목이었다.

"북쪽 외곽으로 간다! 귀비혈사대는 침입자를 막아라!!"

천삼괴의 명령은 수백 장 바깥에서도 뚜렷이 들릴 만큼 뚜렷했다. 저 앞에서 어른거리던 횃불이 그의 앞쪽으로 몰려들고 있었다. 방향을 꺾지 않고, 그대로 달려나갔다. 붉은색 투구와 기형도를 장비한 백의 무인들이 담벼락 위에 속속들이 올라오기 시작했다.

'다 왔다!'

이 담벼락만 넘으면 궁성 외벽이다. 번쩍 뛰어오른 그가 담벼락 위를 휩쓸었다. 두 눈이 충혈된 귀비혈사대 무인들이 추풍낙엽으로 떨어져 나갔다.

담장 위에 몸을 세운 그가 다시 한 번 뒤쪽을 바라보았다. 천삼괴가 지척으로 따라붙고 있었다. 저 뒤편으로는 천각군 무인들 십수 명이 마지막 박차를 가하고 있었다.

'애썼다. 천삼괴.'

쫓아와 준 게 고마웠다.

마침내 마무리 단계다. 그는 천삼괴를 맞이하듯, 담벼락에 멈쳐 서 있었다. 반대편 담벼락 아래에 진을 친 귀비혈사대는 삼십여 명. 언뜻 보기엔 도주를 포기한 모습이었다. 하지만 그게 아니라는 것을 그도 알고, 천삼괴도 알았다.

천삼괴가 속도를 줄였다.

귀비혈사대 무인들도 더 달려들지 않았다. 천삼괴가 저벅저벅 발소리를 내며 걸어왔다. 그을린 피부, 매끈한 그의 얼굴엔 아무런 표정이 없었다. 넘실대는 기운만이 그의 분노를 말해주고 있을 뿐이다.

저벅.

삼 장 거리를 두고, 천삼괴가 걸음을 멈췄다. 잠자코 그를 바라보던 천삼괴가 고저 없는 목소리로 입을 열었다.

"날 여기까지 끌어내다니. 함정인가?"

복면 속의 눈썹이 슬쩍 치켜올라 갔다.

'이것 봐라……?'

하는 짓은 외모와 다른데, 머리 돌아가는 건 외모랑 비슷하다. 변방의 이인자라 얕볼 게 아니다. 걸물은 걸물이었다.

"한어를 모르는 건 아닐 터. 대답해 보아라. 날 여기까지 끌고 나온 지금! 이 정도 소란을 홀로 획책한 것은 아닐지니. 이유가 무엇인가? 왕궁에 계신 군왕이라도 노릴 생각이었나?"

'오! 그것도 괜찮았겠는걸!'

들기로는 상당히 그럴듯한 책략 같았다. 하지만 그 녀석이 그걸 생각 안 했을 리 없다. 그 녀석은 다른 걸 택했다.

"부(否)."

그는 짧게 답하며 고개를 설레설레 내저었다. 이 또한 연습한

발음이다. 북방식 한어로 끝을 살짝 내렸다. 표정없던 천삼괴의
눈에 이채가 스쳤다.

"아니라고? 그럼 뭘 노린 것이냐?"

그는 대답 대신 손가락을 들었다.

두터운 검지가 천삼괴를 가리킨다. 천삼괴가 되물었다.

"나?"

끄덕.

그가 고개를 한 번 끄덕였다. 복면 밑 그의 입가에 호탕한 미
소가 떠올랐다.

"미쳤군."

천삼괴가 살기 어린 한마디를 내뱉었다.

"죽어라. 그만."

홍, 위잉.

허공을 가른 대검이 사선으로 내려와 척 하고 멈췄다. 검끝을
오른편으로 늘어뜨린 채 한 발 한 발 앞으로 다가오기 시작했다.

열일곱 천각군 무인들이 천삼괴와 같은 자세로 뒤편에 진을
짰다.

열여덟 자루의 대검.

검기충천이다.

뜬금없게도 남악연화검이 떠올랐다. 흠검단주란 괴물에게 잘
못 걸려 아깝게 세상을 떴더랬다. 천삼괴를 다시 보자니 왜 남악
연화검이 생각났는지 알겠다. 하여간에 사람은 노는 물을 정확
히 알아야 하는 법이다. 남악연화검은 덤비면 안 되는 자에게 덤
볐다. 이 천삼괴도 마찬가지다. 상대가 어떤 사람인지 모르면 심

신이 고단할 수밖에 없다. 심신만 고단하랴. 자칫하면 목숨까지
도 잃을 수 있는 법이다.

텅! 위이이잉!

천삼괴가 짓쳐들었다. 아래에서 위로 올려치는 검이다.

복면 거한.

그는 태어나 받은 이름 대신 스스로에게 장익이란 이름을 지
어준 남자였다.

사모(蛇矛) 대신 철창을 든 장익이 가볍게 몸을 틀며 옆으로
발을 옮겼다.

꽈광!

무지막지한 검력에 담벼락이 박살나 무너졌다. 갈라지며 흔
들리는 담벼락 위에서 장익이 휘청휘청 균형을 잡는다.

"도망치지 못하게 해!"

검진을 짰던 천각군 무인들이 일제히 땅을 박찼다. 장익의 눈
이 번쩍 뜨였다. 이건 조금 위험하다. 하늘을 덮어오는 검날들,
밑에서 올라오는 천삼괴의 막강한 검격이 사면초가처럼 그를 둘
러쌌다.

그때였다.

쒜에엑! 쒜엑! 쒜에에엑!

무시무시한 파공음이 연이어 사위를 울렸다.

피익! 퍼벅! 콰직!

그 뒤를 따르는 것은 꿰뚫리는 소리. 터져 나가는 소리. 부수
고 박히는 소리다. 천각군 무인 세 명이 땅바닥으로 떨어졌다.
그물처럼 조여들던 검격에 커다란 구멍이 생겼다. 모두의 검이

조금씩 어긋나 버렸다. 다음 순간, 장익의 몸은 이미 거기에 없었다. 빈틈이 생길 것을 예상하기라도 한 듯 너무나도 자연스럽게 포위망을 빠져나온 것이다.

"화살… 설마……!"

"후후후후."

장익이 웃었다. 웃음소리는 천하만국의 공통어다. 굳이 북방식으로 꾸밀 필요가 없어서 편하다. 천삼괴가 황급히 주위를 훑었다.

쒜엑!

기다렸다는 듯 화살 한 대가 날아와 천각군 무인 한 놈의 어깨를 꿰뚫었다. 파공음을 듣자마자 몸을 비틀며 대검을 휘둘렀지만 화살은 이미 놈의 어깨를 관통한 후였다. 천삼괴의 미간이 확 좁아졌다.

"카무이!!"

천각군은 맹획군 최강의 부대다. 최고 기량의 무인들만 추린만큼, 숫자는 삼십삼이 전부다. 장익 한 명을 못 잡아 쩔쩔맸지만, 그건 천각군이 약해서가 결코 아니었다. 장익이 워낙 강했을 뿐이다.

삼십삼 명 천각군이 천각비검진을 펼치면 이백 지각군의 총전력을 상회한다고 알려져 있다. 쏟아지는 팔각철추와 견고한 방패진을 대검술 하나로 이길 수 있다는 뜻이다. 그런 그들이 날아오는 화살을 못 막아 땅바닥에 꼬꾸라지고 있다.

이 땅에 그 정도 궁술을 지닌 자는 단 한 명밖에 없다.

흉조의 카무이뿐이다. 달리 생각할 도리가 없었다.

"담벼락에서 내려와! 방어검진을 펼쳐, 검신을 중단으로 올린다!"

천삼괴가 소리쳤다.

천각군 무인들이 제각각 몸을 날려 땅바닥에 내려섰다.

쐐액 하고 한 번 더 파공음이 울렸다.

까앙!

이번엔 아무도 쓰러지지 않았다. 천각군 무인의 검이 웅웅대며 떨리고 있었다. 대검면에 튕겨 나간 화살이 어깨 어림을 스쳤을 따름이다.

"카무이 이놈! 모습을 드러내라!!"

쩌렁쩌렁한 목소리가 외벽 바깥으로 뻗어나갔다.

대답 대신 돌아온 건 세 대의 화살이다.

천삼괴가 검을 휘둘렀다.

쩡! 쩌정!

세 대의 화살이 전부 다 조각나 떨어졌다. 천삼괴의 수려한 눈이 번뜩이는 빛을 발했다.

"그쪽인가!!"

천삼괴가 몸을 날렸다. 하지만 그는 담벼락을 넘을 수가 없었다. 장익이 달려들며 철창을 휘둘러 왔기 때문이다.

쐐에엑! 채챙!

철창이 천삼괴의 심장을 노리고, 날아드는 화살이 그의 머리를 스쳤다. 천삼괴의 손속이 다급해졌다. 검면으로 철창을 밀어내며 고개를 모로 꺾었다. 땅바닥에 퍽 하고 꽂힌 화살은 얼마나 깊이 박혔는지 깃대밖에 남아 있질 않았다.

쩌정! 꽈앙!

천삼괴는 비로소 깨달았다.

죽을 수도 있다는 사실을 말이다. 팔보당에 걸려 있던 철창이 무섭게 회전하며 목줄기를 스쳤다. 생명을 위협하는 것은 철창 뿐이 아니었다. 짓쳐 오는 창을 막아내고 반격을 가할라 치면, 바람을 찢고 날아온 화살이 숨통을 옥쥔다.

"합!!"

쩡!

내력을 충만하게 실어 때렸는데도 철창의 궤도는 좀처럼 흐트러지질 않았다.

어디서 이런 놈이 튀어나왔는가 싶었다. 체격만 봐도 아야크는 아니다. 튜차이는 거구지만 이놈과 기질 자체가 달랐다. 더구나 튜차이의 주병기는 쌍도(雙刀)였다. 그가 이끄는 기병들도 북방 만도를 쓴다. 창을 휘두르는 것은커녕, 창대 근처에 있는 것조차 본 적이 없었다.

꽝! 터덕!

천삼괴와 장익의 몸이 동시에 땅으로 내려왔다. 장익의 움직임이 더 빨라졌다. 천삼괴는 그런 장익을 보며, 기량을 바닥까지 끌어내고 있다는 느낌을 받았다.

'끝을 보겠다는 것인가!'

기필고 자신을 죽이겠다는 의지가 전해져 왔다.

천삼괴의 두 눈에 갈등의 빛이 떠올랐다. 그는 사대괴인들 중에서도 가장 정통무인에 가까운 성정을 지닌 자였다. 아까는 도망치는 장익을 잡아두기 위해 어쩔 수 없이 합공을 가했지만 사

실 그는 좀처럼 합공이나 암습을 즐겨 하지 않았다. 적 앞에서
등을 보이거나 숨는 것을 일생일대의 수치로 생각하는 자이기도
했다.

'위험!'

천각군 무인들이 끼어들지 못하고 있는 것도 그래서였다. 어
차피 이 정도 공방이라면 함부로 손을 쓰기가 어렵기도 했다. 자
칫 잘못했다가는 수장인 천삼괴의 손속만 어지럽히는 결과를 낳
을 수 있었다.

쩡!

천삼괴가 휘청, 뒤쪽으로 밀려났다.

이건, 치명적이다. 그의 두 눈에 그늘이 졌다.

쒜액! 쒜애액! 쒜애애액!

예상대로다.

파공음이 들려왔다. 혼신의 힘을 다해 무너진 투로를 복구하
고 대검면을 비껴들었다.

쩡!

튕겨낸 건 한 대뿐이다.

퍽! 퍼억!

두 차례의 충격이 온몸을 뒤흔들었다.

'온다.'

그것으로 끝이 아니었다.

철창이 짓쳐들고 있었다. 손목을 틀며 대검을 잡아당겨 보았
지만 반응이 한참이나 늦다. 어깨에 한 대, 옆구리에 한 대씩 맞
아서 그렇다. 몸속에 들어온 화살촉 두 개가 날카로운 이질감으

로 대검의 움직임을 방해하고 있었다.

'…….'

죽음을 예감하자 시간마저 느려진 것 같았다.

두 자가 한 자가 되고, 한 자가 반 자가 되었다. 창끝에서 명치까지의 거리다.

단 몇 치만 더 왔어도 중단이 꿰뚫렸을 것이다.

채애애앵!

찰나의 순간 거짓말처럼 날아드는 검광이 있었다. 시야의 사각으로부터 불쑥 나타나더니 두터운 검면으로 철창 끝을 막아내 주었다. 전전긍긍 뒤편에 진을 치고 있었던 천각군 무인들이 절체절명의 간극에 검을 날려 그의 생명을 살린 것이다.

쒜엑! 퍼억!

천각군 무인들은 농락당한 자존심을 충성으로 되살리려는 듯, 살아 있는 방패가 되길 주저하지 않았다. 한 놈이 날아오는 화살을 몸으로 받아내며 천삼괴를 지켰다. 두 놈이 검을 들고 천삼괴 앞을 가로막는다. 나머지 무인들은 너나 할 것 없이 장익에게로 달려들었다.

"큭!!"

장익이 내뱉은 외마디 침음성엔 낭패감이 가득했다.

계속하여 천삼괴에게 달려들려 했지만, 충심으로 뭉친 천각군의 검진은 무적의 견고함을 자랑하고 있었다.

쒜엑!

발이 묶인 것은 장익뿐이 아니었다. 날아들던 파공음이 띄엄띄엄 느려지고 있었다. 장익의 시선이 외벽 바깥의 숲으로 향했

다. 쐐액! 하는 화살 소리는 이제 이쪽이 아닌 그 숲 안에서 울리
고 있었다. 나무 사이로 희끗희끗한 그림자가 보였다. 나뭇가지
사이로 부유하는 흰색 그림자들은 핏빛 덩어리를 머리 위에 지
고 있었다.

귀비혈사대였다.

천삼괴와 천각군에 비하면 이름값이 떨어지지만 그들도 엄연
한 정예부대다. 잔인하기로 이름난 귀비혈사대 살육부대의 명성
은 꿰다 놓은 보릿자루마냥 구경만 하면서 얻은 게 아니었다. 화
살이 날아오는 곳을 가늠하여 자체적으로 공격을 가하고 있다.
화살 쏘는 소리가 멀어져 갔다.

'여기서 그쳐야 되겠군.'

쩌저저정!

장익이 철창을 휘돌려 대검 네 자루를 튕겨냈다. 부딪치는 반
탄력을 이용해 뒤쪽으로 몸을 날렸다. 군데군데 무너진 담벼락
위로 뛰어올라 외벽 쪽을 바라보았다. 우글우글 모여 있던 귀비
혈사대 무인들이 더 이상 보이질 않았다. 모조리 숲을 향해 달려
들어 간 모양이었다.

"놓치지 마라!"

천삼괴가 이를 악물고 소리쳤다.

천각군 무인들이 천삼괴를 철통같이 지키고 있었다.

장익이 그를 바라보았다. 복면 속 눈이 천삼괴의 눈과 정면에
서 부딪쳤다.

'치욕인 줄 알아라.'

몽고어로 익혀둘 걸 그랬다. 아주 좋은 결정타가 되었을 것이다.

담벼락 아래로 내려가 외벽으로 달렸다. 천각군 몇 명이 쫓아왔다. 막는 이는 없었다.

남방 민족 예술의 정화로 지어진 왕궁 정문이 눈앞에 나타났다. 막아서는 놈들이 있었지만, 대부분이 졸개들이다.

쩡! 꽈앙!

어렵지 않게 보초들을 휩쓸어 쓰러뜨리고 있자니, 움직임이 남다른 무인 하나가 눈에 띄었다. 검은색 투구를 쓰고 흑색 비수를 살벌하게 휘둘러 온다. 현오괴가 죽은 후 소속을 잃고 왕궁 정문에 배치된 현각군 무인이었다.

그래도 장익 입장에선 조금 더 센 졸개에 불과했다. 창끝을 예리하게 휘둘러 손목을 때리고 비수를 떨궈냈다. 그다음부터는 무인지경이다. 왕궁 정문을 순식간에 돌파하여 남왕대로로 뛰어나갔다.

'이것으로 작전 종료.'

장익이 왼편 숲을 돌아보았다. 귀비혈사대 무인 몇 명이 들어갔든, 그들은 영감님의 그림자조차 잡지 못할 것이다.

남왕궁 깊은 곳에서는 아직도 북소리와 종소리가 멈추지 않고 있었다. 불길이 잘 잡히지 않아서든 횃불 든 병사들이 많아서든, 창고 쪽 하늘이 벌겋게 달아올라 있었다.

팔보당이 맞이한 첫 도둑.

이제껏 장익은 도둑과 거리가 먼 자였으나, 창산의 철창을 들고 나옴으로 인하여 비로소 도둑이란 이름에 부합되는 사람이 되고 말았다. 도둑도 보통 도둑이 아니다. 남왕궁에 남기고 간 엄청난 화인(火印)을 생각하자면 대도(大盜)라고 불러줘야 마땅하다. 하지만 앞으로 남왕궁에 닥쳐올 일은 그보다 더 컸다. 팔보당이 반파(半破)된 것 따위, 재난 축에도 끼지 못한다. 거대한 파도가 남왕궁을 덮치리라. 전초전에 불과한 대활극은 그렇게 마무리되고 있었다.

＊　　＊　　＊

“후우우우우.”

이번엔 또 뭘 말아 피우는 걸까. 하얀 연기가 밤하늘로 흩어졌다. 그놈의 연초, 종류 한 번 다양하게 즐긴다는 생각이 들었다.

“수고하셨습니다. 얼간이들 수준에 맞추시려니, 고생이 이만저만이 아니셨겠습니다.”

“네놈이야말로 용케 안 죽이고 참더구나. 벽력창은 쓰지도 않았지?”

“어이쿠, 안 될 말이죠. 만날 보시고도 그러십니까.”

“하긴 그건 너무 시끄러워. 바로 들통이 났을 거다.”

“암요.”

구주창왕의 통천벽력창이 극성에 이르면 창격을 내칠 때마다 꽈릉 하는 벽력성이 울린다. 장익은 지난 이 년 동안 장족의 발전을 했다. 그럴 수밖에 없다. 실전에서 한 수 위인 백가화가 비무 상대로 있어주었고, 희대의 천재인 양무의가 무공 이해를 도왔다. 통천벽력창의 극의가 눈앞에 보이는 경지다. 창끝에 붙는 천둥소리가 날이 갈수록 커지고 있었다.

“클클클. 구주창왕 그 양반도 웃기단 말야. 무공 보면 어째 겉멋이 잔뜩 들었어."

후우우우.

광인처럼 뻗쳐 있는 머리카락은 입에서 뿜는 연기보다 하얗다.

장익이 피식 웃었다.

신궁 궁무예.

본인은 뭐 해준 게 있겠냐고 그러겠지만, 그의 발전에는 이 사람이 끼친 영향도 만만치 않다.

궁무예가 툭툭 던지는 말에는 저 구주창왕마저 겉멋 든 노친네로 치부할 만한 상상초월의 뭔가가 있었다. 얼핏 듣기에는 미친 노인의 넋두리 같아도, 다시 한 번 생각하면 어째 정곡을 찔러 버리는 느낌이다. 가끔 보면 또 그게 상승의 무공섭리와 맞닿아 있다. 그래서일 것이다. 세상을 다 꿰뚫어 보는 양무의 그 녀석도 신궁의 말만큼은 절대 허투루 넘겨듣지 않았다.

"근데, 영감님도 너무 봐주신 것 아닙니까. 단박에 죽일 수 있는 걸 어찌 참으셨습니까?"

"무의 녀석이 날 제대로 본 게지. 살인? 이 나이 처먹도록 항상 기분이 찝찝한 두 글자지. 손에 피 묻혀서 좋을 게 뭐 있누?"

"귀비혈사대도 잔뜩 쫓아갔지 않습니까?"

"적당히 손만 봐줬지. 죽인 놈은 몇 안 돼."

"통할까요? 흉조의 카무이란 놈은 잔인하기 이를 데 없는 놈이라던데요."

"괜찮아. 아예 모습 자체를 보여주지 않았으니까."

"관건은 저로군요."

"그래. 너만 잘했으면 문제없을 거다. 일부러 북방식으로 갈겨줬어. 그런 식으론 몇십 년 만에 쏴봤는데 의외로 손에 잘 붙더군."

"북방식? 화살 말씀이십니까?"

그 정도 궁술을 구사하는데, 중원식이고 몽고식이고 과연 의미가 있을까 싶었다.

궁무예는 연초 연기를 훅 불어내더니, 아무것도 없는 허공에 두 손을 들고 활과 화살을 당기는 시늉을 해 보였다.

"종군(從軍)할 때, 유심히 봐놨었어. 몽고 놈들 활 쏘는 게 제법이었거든. 그 시절엔 흉내도 많이 내봤었지."

"군(軍)에도 계셨었습니까?"

"영."

"설마하니……."

"알고 시켰냐고? 무의 그 녀석이 어떤 놈인데. 당연히 알고 있었겠지."

전엔 대가리라고만 부르더니, 이젠 양무의의 이름 두 자를 꼬박 불러주고 있다.

장익이 고개를 끄덕였다.

궁무예가 몽고식 궁술에도 능하다는 사실을 알고 있었다? 그러고도 남을 놈이다.

양무의는 큰 판을 짤 줄 알면서도 좀처럼 세세한 부분들을 놓치지 않는다. 사소한 몇 가지가 큰 승부를 결정한다는 사실을 잘 알고 있는 군사(軍師)였다.

천삼괴에게 부상을 입힌 화살.

천각군 무인들을 꼼짝 못하게 했던 위력.

귀비혈사대가 흔적조차 찾지 못할 정도의 신출귀몰함이라면 결국 흥수는 궁술의 달인이라는 결론이 나올 수밖에 없을 것이요, 이 지역에서 그만한 궁사는 카무이 하나밖에 없었다.

거기에, 궁무예가 펼친 북방식 사법(射法)은 남아 있는 마지막 한 조각이 될 것이다. 의심의 잔여물을 단숨에 날려 버릴 결정적인 증거가 되는 것이다.

"이번 일. 실패하면……."

"클클클. 실패하면 어때? 다른 계략이 줄줄이 나올 터인데."

후우우우.

맞는 말이다.

훌륭한 군사들은 일을 벌일 때, 언제나 제이 제삼의 책략이란 것을 준비해 둔다. 무슨 일에나 실패의 가능성이 있는 까닭이다.

작전 갑(甲)이 틀어지면 생각해 둔 작전 을(乙)을, 작전 을(乙)이 틀어지면 그다음 책략인 작전 병(丙)을 쓴다. 삼선, 사선책 정도까지만 구상하고 있어도 천재 소리를 듣는다.

양무의는 더하다.

그 녀석 머릿속엔 갑을병정무기경심임계 십간지 중 작전 계(癸)까진 다 짜여 있을 것이다. 아니, 십간지도 부족하다. 육십사괘 정도까지는 마련되어 있으리라.

장익은 걱정하기를 그만뒀다.

오랜만에 전장 복귀라 그런지, 괜히 더 긴장한 것 같다.

팔보당에서 얻은 창산제 창으로 손을 뻗었다. 역시나 좋은 무기다. 몇 개 더 가져 나올 것을 그랬나 보다.

새벽하늘이 밝아오고 있었다. 궁무예가 먼저 자리에서 일어
난다.

장익이 일어나 끄응 하고 기지개를 켰다.

한바탕 휘젓고 나니 근육도 줄기줄기 팽팽해진 게 아주 기분
이 그만이다.

그가 궁무예를 따라 새벽안개 어스름한 밭길로 발을 옮겼다.

곧 큰 싸움이 시작될 것이다. 벌써부터 다음 일이 기대되고 있
었다.

*　　　*　　　*

"타가 놈! 감히!"

"타가군 측에서는 이번 일 일체에 대해 부인하고……."

"갈!!"

쉬익! 퍼어억!

맹획의 움직임은 놀랍도록 빨랐다. 날아들고 오른손을 내리
찍는 것이 거의 동시에 이루어졌다. 보고하는 전령의 머리통이
그대로 박살났다.

핏물이 낭자하게 회랑 위를 흘렀다. 벌벌 떨며 다가온 화니족
후궁은 하얀색 천을 들고 있었다. 맹획이 그 천을 들어 손바닥에
튄 핏방울을 섬세하게 닦아냈다. 그가 발치 밑에 천을 떨구었다.
부서진 머리통 위에 내려앉은 천 조각이 붉은 피를 한껏 들이켰
다.

"삼괴."

"예. 군왕이시여."

천삼괴는 일견 아무런 상처도 입지 않은 것 같았다. 다른 무사들과 격이 다른 기도도 여전했고, 빛이 날 정도로 손질된 하늘빛 경장 갑옷도 그대로였다. 하지만 그 갑옷 안쪽엔 아직도 핏물이 배어 나오는 붕대가 세 겹 네 겹으로 감겨 있는 상태였다. 자세히 보고 있자면 입술도 좀 말라 있는 것 같았고, 혈색도 예전 같지 않았다. 화살을 뽑고 치료하면서 출혈이 심했던 까닭이었다.

"부상은 어떠한가."

수하의 머리를 부숴 버린 직후다. 그러면서 다른 수하인 천삼괴의 몸 상태를 묻는다. 변화무쌍 일각수의 성정이 그러하다. 천삼괴는 한껏 긴장한 얼굴로 머리를 숙이며 대답했다.

"괜찮습니다."

맹획이 몸을 돌려 태사의로 돌아가 앉았다.

"정황에 대한 보고를 받았다. 카무이가 확실하겠지?"

"예. 그러하옵니다."

맹획이 고개를 끄덕이며 두 눈을 가늘게 떴다. 그는 천삼괴의 실력을 누구보다 잘 알고 있었다. 천삼괴를 각별히 아껴서라기보다는 이인자인 그의 무공을 경계해서다.

맹획이 알기에 천삼괴의 무위는 날아드는 화살 따위에 당할 수준이 아니었다. 궁술 고수 카무이 외엔 분명 달리 생각할 수 있는 가능성이 없었다.

"다른 놈은?"

거구의 복면 괴인에 대해 묻는 거다. 천삼괴가 고개를 설레설레 흔들며 답했다.

“누구인지 전혀 모르겠습니다. 몽고 달자놈이긴 합니다만.”

“새로운 장수. 유군의 재배치란 건가.”

맹획이 홀로 서두를 던지고, 천천히 말을 이었다. 그가 이번 사태로 느낀 바를 줄줄이 풀어놓았다.

“천하라는 큰 그림으로 볼 때, 타가군은 본영(本營)이 아니다. 그들의 진짜 본진은 저 머나먼 북방의 초원에 있지. 엄밀히 말해서 타가군은 적의 배후를 치는 유군(遊軍)이란 이야기다. 대전략적인 면에서 유군에 뛰어난 장수를 추가로 배치했다는 것은, 달리 말해 총공격이 임박했다는 뜻으로 해석할 수 있다. 그리고 그 총공격이란 양동작전이란 방식으로 나타나겠지. 타가의 중원 침공이 머지않았다는 말이다.”

“하면…….”

“놈들의 중원 침공에는 큰 걸림돌이 있지. 바로 우리들이다.”

“싸움이 시작되겠군요.”

“그렇다.”

“어떻게 하시겠습니까.”

“먼저 친다.”

“선제공격을…….”

“그렇다.”

“하오나…….”

천삼괴의 눈동자가 가볍게 흔들렸다. 맹획이 그를 돌아보았다. 과격하고 잔인하긴 해도, 천삼괴의 몸 상태까지 무시할 만한 자는 아니다. 괜찮다고는 했지만 실제로 그렇지 않음을 잘 알고 있었다.

“사괴와 육괴를 불러들여야겠지.”

천삼괴는 잠자코 고개를 끄덕였다. 무구고원을 어떻게 할 생각이신가 묻고 싶었지만 입 밖으로 내진 못했다. 심사가 뒤틀린 지금, 맹획이 어떻게 반응할지는 천삼괴로서도 가늠이 어려웠던 것이다.

“강호의 모사를 들라 해라.”

맹획의 명령이 이어졌다. 문이 열리고 시간이 흘렀다. 끼리릭, 하고 사람을 실은 강철 수레가 굴러 들어왔다. 이번에는 면사를 쓴 백의 여인이 함께다. 저번에도 같이 알현한 적이 있는 만큼 따로 제지하지 않은 것이다.

“부르셨습니까, 군왕이시여.”

“변고가 생겼다.”

“예. 알고 있습니다.”

“얼마나 알고 있지?”

“팔보당이 침략당했다고만 들었습니다.”

“화포들이 부서졌다.”

“예?”

양무의의 반응은 극적이었지만, 그러면서도 모사답게 잘 절제되어 있었다. 맹획이 태사의에서 일어나 그를 내려다보았다. 그가 엄중한 목소리로 말했다.

“때문에, 화포들이 더 필요하다.”

“하, 하지만, 군왕이시여.”

“이견은 용납지 않는다.”

“당장 구할 수 있는 물건이 아니옵니다. 한마디만 들어주시옵

소서.”

맹획의 손마디에 힘이 들어갔다 펴지기를 반복했다. 죽일지 살릴지 고민하고 있는 것이다. 이윽고 맹획이 고개를 끄덕이며 모처럼의 예외를 만들었다.

“말해보라.”

“제게 부서진 화포들을 살펴볼 기회를 주시지 않겠습니까?”

“화포들을 살핀다? 고칠 수 있다는 이야기인가?”

“미천하나 다소의 손재주가 있습니다. 파손된 정도에 따라 다르겠지만 운이 좋다면 복구할 수 있을 겁니다.”

“좋다. 허락하겠다.”

맹획이 시립한 수하들 쪽에 한 번 고갯짓을 했다. 수하 한 명이 재빨리 뛰어나갔다. 강호의 모사에게 망가진 화포를 보여주기로 하였다는 것을 전하기 위함이었다.

“고칠 수 있더라도 화포 네 문으로는 부족하다. 타가와의 전면전이 가까이 와 있다.”

“서둘러 여섯 문의 추가분을 마련하겠습니다.”

양무의는 즉각 대답했다.

맹획이 두 손을 자연스럽게 늘어뜨렸다. 이 강호의 모사란 놈은 확실히 눈치가 빠르다. 오늘 하루, 처음으로 흡족한 대답을 들은 것이다.

“팔보당이 습격당한 것은 타가 측의 소행이라 짐작하고 있다. 다른 보물이 그토록 많았음에도 유독 화포만을 훼손하고 도망쳤다. 화포가 생겼다는 정보야 얼마든지 새어나갈 수 있겠지만, 중요한 것은 놈들이 유래가 없는 직접적인 대응을 펼쳐 왔다는 사

실이다. 하여, 본왕은 타가군에 대한 선제공격을 가하기로 마음
먹었다. 묻겠다. 이 결정에 대해 어찌 생각하는가."

화포에 대한 양무의의 대답이 생각 외로 만족스러웠던 모양이
었다. 맹획이 양무의의 의견을 물었다. 중원에서 이름이 난 모사
놈은 이 사태를 어떻게 생각할 것인가, 한 번쯤 들어봐도 괜찮겠
다는 생각이 들었던 것이다.

"자세한 내막을 알지 못하니, 얼마나 좋은 대답을 드릴 수 있
을까 저어됩니다. 다만, 이 습격이 과연 타가의 소행이 맞는가에
대해서는 재고할 필요가 있지 않을까 생각됩니다."

"재고?"

"예. 그렇습니다."

"이 땅에서 나를 상대로 그런 짓을 벌일 수 있는 자가 타가 외
에 또 누가 있단 말인가!"

"외람되오나, 감히 여쭙겠습니다. 강호인들의 소행일 수도 있
지 않겠습니까?"

"강호인들?"

"팔보당을 습격한 거한이 몽고어를 썼다는 말을 들었습니다.
하지만 한두 마디 몽고어란 조금만 연습해도 얼마든지 그럴듯하
게 들릴 수 있습니다. 화살 또한 그렇습니다. 중원 강호에는 궁
술의 고수가 적지 않습니다. 단지 활 솜씨가 좋다 하여 카무이라
단정 내리는 것은 다소 이른 판단이 아닐까 싶습니다."

양무의의 말은 꽤나 이치에 맞는 것으로 들렸다. 맹획이 천삼
괴를 돌아보았다. 이것은 직접 놈들을 맞닥뜨린 천삼괴의 판단
에 의존해야 할 부분이다. 천삼괴가 양무의를 한 번 돌아보고는,

맹획을 향해 답했다.

"흉수의 몽고어는 하루 이틀에 익힌 것으로 보이지 않았습니다. 게다가 그 화살은 카무이의 궁술이 분명합니다."

"확신이 있는가?"

"화살에 당한 천각군의 시체를 궁병부대 부관에게 보내놓았습니다. 현장에는 궁병부대 대장이 나가 있습니다. 검토 결과가 곧 올라올 것입니다."

천삼괴의 목소리엔 흔들림이 없었다.

그는 맹획의 이인자이며 언제라도 맹획을 대신하여 전 병력에 대한 통수권을 발할 수 있는 자였다. 흔들려선 안 되는 것이 당연했다. 무엇보다, 천삼괴는 이 양무의란 자가 마음에 들지 않았다. 신경을 묘하게 거스르는 자였다. 거침없이 제 의견을 이야기하고서도 목숨을 부지하고 있는 점이 특히 그랬다. 여기서 천삼괴가 말을 바꿨다가는 양무의의 말이 맞고, 그의 판단이 틀린 것이 되어버릴 것이다. 안 될 일이다. 군왕이 귀를 기울이는 것은 어디까지나 천삼괴 단 한 명이어야만 했다.

"강호의 모사야. 만에 하나 흉수가 타가 측이 아니라면, 달리 어떤 가능성을 염두에 두고 있는 것인가?"

"무구고원의 잔당들도 가능성이 있다고 보았습니다."

"무구고원이라?"

"놈들이 강호인들의 도움을 받고 있다는 것은 잘 알려진 사실입니다. 또 다른 연줄이 있을 가능성이 있습니다. 더욱이 타가군엔 새로운 장수를 발굴할 만한 여력이 없습니다. 천삼괴님이 잡지 못할 만큼의 고수라면 삼흉에 준한다는 이야기인데, 그렇다면 더 일찍 이름이 알려졌을 것입니다. 무엇보다, 나타난 시점이 지나치게 공교롭습니다. 번술을 쓰는 괴인이 무구고원에 새롭게 출현한 지도 고작 석 달이 채 안 된 것으로 알고 있습니다.”

“그게 그리도 특이할 일인가?”

맹획이 고개를 갸웃하며 되물었다. 그가 돌연 날카로운 눈빛으로 양무의를 노려보았다. 꿰뚫어 보기라도 하듯, 강렬한 시선이었다.

“그렇다면, 자네가 이 시점에 나타난 것 또한 지나치게 공교로운 일이 아니겠는가?”

정곡을 찔렀다 할 것이다. 하지만 양무의는 맹획의 의심을 돋울 만한 어떠한 반응도 보이지 않았다. 태연하지만, 다소 긴장된 얼굴로 고개를 끄덕이며 천천히 입을 열었다.

“그렇게 생각하실 수도 있습니다. 하지만, 조금 달리 설명을 드리겠습니다. 무구고원에 나타난 자들은 예측불허, 말하자면 허를 찔린 것이나 다름없습니다. 하지만 제가 이곳에 온 것은 갑작스럽게 불쑥 결정된 것이 아닙니다. 저는 긴 유랑생활 끝에 이곳 운남까지 이르렀고, 이 지역의 분쟁을 몇 달 동안이나 주시하고 있었습니다. 외람되오나, 저는 살아남기 위하여 가장 적절한 시점에 가장 쓸모있는 사람이 되어야 했습니다. 제가 이때 군왕을 찾아뵌 이유입니다.”

“쓰임새가 있을 때까지 기다렸단 말인가?”

“군왕을 섬기기 위해서는 모든 면에서 목숨을 걸 필요가 있다고 판단했을 뿐입니다.”

“하하, 하하하하하하!”

맹획이 앙천광소를 내뱉었다. 정말로 양무의가 마음에 든 것이다.

"삼괴, 정말 대담한 놈이지 않은가!"

"예. 그렇습니다."

군왕의 만족감이 커지는 만큼, 천삼괴의 눈엔 시기와 살심이 더해졌다. 대답은 온순했지만 양무의를 향한 그의 시선은 전에 없이 음험해지고 있었다.

군왕의 말이 멈춘 틈을 타, 바깥쪽에 시립해 있던 무인 하나가 입을 열었다.

"궁병부대의 보고입니다."

"들라 하라."

뚜벅뚜벅 들어온 자는 좋은 체격에 날카로운 얼굴선을 지닌 자였다. 맹획군 궁병대의 수장이 그다. 익힌바 궁술의 재주가 뛰어난 편이었지만, 흉조의 카무이란 거물과의 격차로 인해 주목을 받지도, 중용되어 쓰이지도 못한 비운의 장수였다.

"궁병부대 부대장 보고 올립니다. 쓰인 화살은 우리 쪽 양식이나, 시위 탄궁의 수법과 화살 깃의 휘어짐으로 볼 때, 몽고식 궁법이 분명합니다. 천삼괴님을 노린 흉수는 카무이가 틀림이 없다 사료됩니다."

천삼괴의 얼굴이 다소 펴졌다. 맹획이 알겠다는 듯 고개를 한 번 끄덕이고는 손짓으로 그를 내보냈다.

"역시 카무이가 맞았군. 그래, 모사 양무의여. 아직도 타가군에 대한 선제공격이 틀린 결정이라 생각하는가?"

"외람된 말씀이지만, 저는 선제공격이 틀린 판단이라 말씀드린 적이 없습니다. 어찌 되었든, 중원 진출을 위해서는 반드시 타가군을 넘어뜨려야만 하는 것이 사실입니다. 대대적인 공격이라면 먼저 치는 것이 당연히 옳습니다. 다만, 흉수가 누구라고 급하게 단정 짓기에는 사안이 가볍지 않다 말씀드렸을 뿐입니다."

"그러니까 흉수가 누구든 선제공격을 가해야 한다, 이 말인가?"

"예. 그렇습니다. 팔보당이 습격당한 것은 설사, 그들 타가 측이 벌인 일이 아니라 해도 이미 널리 알려져 있을 것입니다. 당장 자신들이 한 일이 아니다 부인부터 하고 나왔겠지요. 총공세의 가능성을 예상하고, 병력을 준비하기 위한 시간 끌기입니다. 아니, 어쩌면 이미 모든 공격을 위한 병사들을 출격시켰을지도 모르지요."

"시간이 촉박하겠군."

"하여, 감히 말씀드립니다."

양무의는 잠시 말을 끊었다.

이어지는 말이 더 극적으로 들리도록 하기 위함이었다.

"저는, 군왕께서의 친정(親征)을 권유드리는 바입니다."

"내가 직접 나서라?"

"적들은 절대로 예상치 못할 것입니다. 더욱이, 무구고원의 병력을 급히 빼면 적들의 의심을 사게 됩니다. 두 분 고수들만 은밀히 부르십시오. 카무이가 가짜라면, 이쪽에서도 비슷한 수법을 쓸 수 있을 겁니다."

"황육괴와 지사괴만을 데려오라는 것이로군."

“예. 그렇습니다.”

“지사괴와 황육괴를 빼면, 무구고원 앞의 타가군을 제어할 힘이 부족해지지 않겠는가.”

“타가군은 경동하지 못합니다. 무구고원은 타가와 우리 측의 연합 공격을 능히 막아낼 만큼 탄탄한 전력을 보유하고 있었습니다. 타가군이 그 앞에서 우리 측과 전투를 벌인다면 무구고원 잔당의 급습을 받게 될 것입니다.”

언제부터 맹획군에 우리 측이란 표현을 썼을까.

양무의의 말은 물이 흐르는 듯 부드러워 그 자신이 당장 맹획의 군사라도 된 듯한 느낌을 불러일으키고 있었다.

“병력, 병력이 문제인데.”

“칠 주야 안에, 화포 여섯 문을 준비하겠습니다. 타가군은 군왕의 패력을 감당키 어려울 것입니다.”

고귀한 일국의 황제가 친히 전투에 임하는 것.

‘친정, 친정이라.’

맹획이 친정이란 말을 입속으로 되뇌었다.

맹획의 눈이 동쪽 하늘을 향했다.

경악에 찬 타가의 표정을 상상하는 것만으로도 승리가 보이는 듯했다. 자신있게 이어지는 양무의의 말이 악마의 유혹이 되어 그의 결심을 부추겼다.

“나서실 때입니다. 영광되신 군왕의 곁을 제가 보좌해 드리겠나이다.”

마침내 맹획이 일각의 투구를 썼다.

그가 명한다.

총공격.

군왕이 직접 모든 군대를 이끌리라. 타가군을 향한 대대적인 전쟁의 시작이다. 일장춘몽과도 같은 군림의 왕도(王道)가 맹획의 앞에 중원 진출을 약속하고 있었다.

제39장 신화(神話)

서왕모(西王母).

신화 속의 인물.
왕모낭랑. 요지선녀.
동왕부(東王父)의 처(妻)라 알려졌으나, 동왕부는 서왕모의 이름에서 파생되어 나온 허구의 인물로 추측됨.
홍희(洪熙) 이 년.
서왕모를 자처하는 여인이 섬서에 괴이한 사술을 내세워 사교(邪敎)를 일으킴.
민란(民亂) 발발(勃發). 화산의 질풍검에 의해 제압.
환신 월현과 서왕모의 인연으로, 질풍검 곤륜성산에 초청. 실제 서왕모를 만났다고 함.
선물로 받은 기물(器物)을 통해 흑풍단주의 십단금 전반 오 초식을 파훼할 비기를 깨우쳤다고 하나, 실제로 확인된 바는 없음.
질풍검에 대해 전래되는 이야기는 작금에 이르러 과장과 신화화가 심해지는 경향이 있으므로 신뢰도에 문제점이 도출됨.
그러나 의협비룡회에서도 서왕모 관련 비사(秘事)가 전해진다 하며, 덧붙여 환신의 행보로 미루어 종합할 때, 실존하는 인물로 결론 내렸음.
최고위 술사로 짐작되나 특기, 성향, 성정 모두 알려진 바 없음.
외견상 광명혈족(光明血族)과 부합되는 특징이 있다 하지만 마찬가지로 확인 불가.

한백무림서 인물편
제이십팔장 미확인 강호인물편 中에서.

강설영이 눈을 떴다.

눈을 뜨자마자 쓰러지기 전과 같은 방이라는 사실을 깨달았다.

달라진 것이 있다면, 광택이 아름다운 공단 침상에 눕혀져 있다는 사실이다.

그녀가 몸을 일으켰다. 언제 들여놨을까. 정신을 잃기 전까진 없었던 침상이었다. 똑같이 생긴 침상 세 개가 그녀 앞에 보였다. 각 침상마다 여은, 이군명, 곽경무가 눕혀져 있다. 표정은 좋은 꿈을 꾸는 듯 셋 모두가 무척 평온해 보였다.

"얼마나 정신을 잃었던 거죠?"

"글쎄요. 바깥세상 시간으로 하면 얼마나 되었을지."

소녀가 생긋 웃으며 말했다.

바깥세상 운운하는 걸 보니, 진짜 신선세계라도 들어온 것 같다. 그녀가 고개를 설레설레 흔들며 생각했다.

'설마하니 이곳에서의 하루가 바깥에서의 일 년이라던가……'

그렇지는 않을 것이다.

누워 있었던 침상을 돌아보았다. 하루 이틀 누워 있었던 것 같지 않다. 최소한 며칠이다. 어쩌면 그보다 길었을 수도 있다.

그녀가 바구니를 든 소녀를 돌아보았다. 바구니엔 다시 복숭아가 채워져 있다. 소녀는 뭐가 재미있는지 허둥대는 그녀를 보며 생글생글 웃음을 짓고 있었다. 묘한 일이었다. 소녀의 눈에 비치는 장난기가 강설영의 걱정을 다소나마 줄여주고 있었다.

"왜 저만 일어난 거죠?"

"깨웠으니까요."

대답은 부채를 든 소녀가 했다. 강설영이 다시 물었다.

"다른 이들은?"

"왕모께서는 소저만 만나뵙길 원하서요."

복숭아를 줬던 소저는 다시 복숭아가 담긴 바구니를 들고 있었다. 소녀들이 방 저편으로 발을 옮기며 말했다.

"이쪽이에요."

넓은 방 끄트머리에는 바깥쪽 커다란 창들이 칸칸이 만들어져 있었다.

강설영이 머뭇머뭇 잠들어 있는 일행 쪽을 돌아보다가, 이내 결심한 듯 단호한 걸음걸이로 그녀들 뒤를 따랐다. 두 소녀가 팔랑거리는 옷소매를 걷고, 천장에서 바닥까지 연결된 창을 열었다.

하늘빛이 새하얗게 비쳐들어 왔다. 거실의 연장으로 지붕 없이 넓게 트인 노대(露臺)가 강설영의 두 눈에 들어왔다. 대리석 난간이 반원형의 노대를 넓게 감싸고 지어져 있다. 난간 저편으로는 요지라 불린 호수가 하늘을 비추고 있었다.

시원한 바람을 받으며 걸음을 옮겼다.

난간 끝에 그녀가 있었다. 뒷모습만으로도 아름답기 그지없었다. 높게 올린 봉관 머리, 보석 박힌 비녀가 우아한 자태를 뽐냈다.

"왔느냐, 아이야."

그녀가 몸을 돌렸다.

강설영은 순간 눈부시다는 생각을 했다. 복숭아와 잠. 뭐라고 따지고 싶었던 마음이 씻은 듯 사라져 버렸다.

첫 한마디는 나이 많은 귀부인과 같았지만 그녀의 외모는 말투와 전혀 달랐다. 삼십대 후반이나 되었을까. 하지만 그것조차도 그윽한 눈빛에서 우러나오는 연륜 때문이지, 외양만을 놓고 보면 이십대 초반이라 해도 믿겠다. 놀랍도록 젊어 보이는 미녀였다.

"왕모낭랑을 뵙습니다."

외모가 그러했지만, 강설영은 그녀가 서왕모임을 직감적으로 알 수 있었다. 그녀가 포권을 취하며 고개를 숙였다. 서왕모는 강설영의 포권이 재미있었던 듯 훗, 하며 한줄기 미소를 지었다.

"중원무림의 예법이로구나."

"광주 강씨금상의 여식입니다. 강설영이라 합니다."

강설영이 자신의 이름을 밝혔다. 서왕모가 그녀의 장단에 맞

쳐주겠다는 듯, 난간 위에 걸터앉으며 천천히 고운 입술을 열었
다.

"나는 서왕모라 불리는 이다. 언제부터 그리 불리게 되었는지
는 기억이 잘 안 나. 먼저 간 선인들도, 땅에 사는 사람들도, 유부
에 속한 요괴들도 다들 나를 서왕모라 부르더구나. 그래서 나도
내 자신을 서왕모라 부른다."

이십대 미모를 간직한 얼굴로 억겁의 세월을 이야기하는 느낌
이다.

백오십 살을 살았다는 필절 진인도 이렇지는 않았다. 만나본
적이 없는 미지(未知)의 존재다. 강설영은 그 사실을 온몸으로
느낄 수 있었다.

"저를 찾으셨다 하셨습니다."

누군가에게 말을 걸며 용기 내보기도 태어나서 처음 있는 일
같다. 진짜 여신(女神)인지도 모르겠다는 생각이 들었다. 서왕모
의 머리 장식은 그 위의 하늘빛과 너무나도 잘 어울렸다. 높게
솟은 머리카락 옆으로 하이얀 깃털 구름이 바람 가는 길을 재촉
하고 있었다.

"너에 대한 이야기를 들었다. 천잠사를 통해 천잠보의를 만들
고 싶어한다고 하더란다."

"그렇습니다."

"천잠보의는 보통의 천잠사로 만드는 것이 아니다. 사냥꾼에
게 들은 화완포 이야기와는 더더욱 관계가 없단다."

강설영의 눈이 동그랗게 변했다.

"그걸 어떻게……?"

"네가 만난 사냥꾼은 내가 부리는 호정(虎精) 중 하나다. 산불이 크게 났을 때, 개명수를 보내어 그 산의 오래된 생령(生靈)들을 구하게 하였다. 그 이후로 나와 개명수의 말이라면 두 발 벗고 나서기를 주저치 않더란다."

호정(虎精). 호랑이의 정령이라는 뜻일 게다. 그때 만난 사냥꾼이 사실은 사람이 아니었다는 말이다.

강설영은 문득 웃고 있는 서왕모를 보며, 그녀의 가지런한 이빨이 사람들과 달라 보인다는 생각을 했다.

'어?'

미녀를 달리 일컬어 단순호치(丹脣皓齒)라 했다. 주단처럼 붉은 입술, 백옥처럼 하얀 이빨을 의미한다. 서왕모는 분명 그 표현에 딱 들어맞는 입을 지녔다.

보통 사람, 보통 미녀와 다른 것은 두 쌍의 송곳니였다.

착각이 아니었다. 서왕모의 송곳니는 무척 길었다. 호정이란 말을 들어서였을 것이다. 호치(皓齒)에서 호치(虎齒)를 떠올리게 된 것은.

봉관(蓬冠) 호치(虎齒).

강설영은 전설이 묘사한 서왕모의 모습을 떠올렸다. 높이 올린 머리카락에 보석 비녀는 옛이야기 속 그대로였다. 또 있다. 서왕모는 호랑이의 이빨에 표범의 꼬리를 지녔다고 하였다. 설마하니 정말로 이빨이 전설과 같을 줄은 몰랐다. 그녀가 강설영을 보며 장난기 어린 미소를 지었다.

"보았구나, 아이야. 하지만 꼬리는 없단다. 한때 표범 무늬를 좋아하여 뒤편에 치마 장식으로 드리운 적은 있었지. 바깥세상에는 그렇게 전해지더구나."

서왕모는 아이처럼 웃고 있었다.

마치 속세의 사람들이 농담을 던지듯 가볍게 한 말이지만 돌이켜 생각해 보니 소름이 돋을 것 같다. 표미(豹尾) 봉발(蓬髮) 호치(虎齒) 화승(華繩). 왕모전설이 성립된 시기는 후한에서 전국 시대 전후를 말한다. 천 년이 넘었다는 이야기다. 어떻게 받아들여야 할지 알 수가 없었다.

"혹시 왕모낭랑께서도 호정처럼……."

"사람이 아니냐고?"

강설영이 찔끔 고개를 떨구었다. 서왕모 앞에서는 천하사패 천룡의 무공도 아무런 소용이 없었다. 이어지는 서왕모의 목소리가 전에 없이 깊은 감정을 품었다.

"서쪽 먼 땅에는 나와 비슷한 일족들이 산다. 나와 완전히 같지는 않아. 원류는 어쩌면 같을지도 모르지. 하지만 그들의 삶에 드리워진 굴레는 내가 느끼는 따사로움과 너무나도 다르더구나. 그들은 무저갱 나락처럼 불행하고 어두운 운명에 사로잡혀 있었다. 특히 지금은 더해. 서방을 강타한 흑사(黑死)의 재앙은 그들이 삶을 이어갈 생명의 고갈을 불러와 버렸단다. 미와 관능의 마력이 심장에 심어졌고 그로 인해 괴력난신의 육체를 지니게 되었음에도 해와 달 아래에 마음대로 걸을 수 있는 자유의 능(能) 만큼은 허락된 이가 많지 않았지. 참으로 슬프고 불행한 굴레였다."

서왕모는 진심으로 슬퍼 보였다.

그녀의 표정을 보고 있자니, 강설영마저 눈물이 날 것 같았다.

벽옥 궁전 전체를 슬픔으로 물들이던 서왕모가 고개를 들며 말을 이었다.

"먼 나라의 이야기로 내가 너에게 혼란만을 주었구나. 동방삭이 왔다 가더니, 나마저도 그의 끝 모르는 감성에 물들어 버렸던 모양이다. 한참 동안 종멸의 위기에 빠진 서방 일족과 동방 이주족들에 대한 이야기를 들었다. 그 후로 종종 그들 생각이 난단다."

"동방삭이라면……?"

"삼천갑자라고도 불린다지? 그는 우리 일족이 아니면서도 불사(不死)의 권능을 지니게 된 극히 예외적인 자다. 그와 같은 자는 구주 멀리 여섯 대륙 온 세상을 둘러봐도 몇 명 되지 않을 거란다. 내가 만나본 이도 동방삭 제외하곤 저 서방 유일신의 약속을 이행할 방랑하는 자밖에 없다. 하지만 동방삭은 그런 권능을 가지고도 익살과 해학(諧謔)을 잃지 않았단다. 궁전 밖의 도화원(桃花園)을 한 번 구경 오더니, 내가 키운 복숭아를 훔쳐 먹고서 영원히 살게 되었다 농담을 하고 다니더구나."

강설영은 비로소 깨닫는다.

오랫동안 동방삭과 백택의 전설을 쫓아 술법의 세계를 쫓아왔지만, 이제는 그럴 필요가 없다는 사실을 말이다. 상대는 술법 세계의 정점에 있는 여신(女神)이었다. 신하들을 쫓아다니다가 여왕에게 불려온 격이었다.

"왕모낭랑님. 그렇다면 천잠보의는……."

"아이야, 내 말하겠다."

"예."

"집으로 돌아가거라."

서왕모가 말했다.

어린 딸을 달래는 듯한 어조였다.

뭉클, 하고 어머니 생각이 났다. 그러다가 퍼뜩 정신을 차렸다. 강설영이 단호한 목소리로 답했다.

"저는… 아직 그럴 수 없습니다."

서왕모가 자애롭게 웃었다.

"아이야, 너는 나를 만난 것이 얼마나 특별한 일인지 전혀 모르는 모양이로구나."

"몰랐지만 알게 되었습니다. 그 때문에 이대로 못 돌아간다 말씀드리는 거예요."

"천잠보의에 대해 가르쳐 달라 이 말이로구나."

"예. 가르침을 주실 수 없을까요."

서왕모는 강설영이 떼를 쓰는 아기처럼 보이는 모양이었다. 그녀가 강설영에게 차근차근 말을 건넸다.

"내가 너에게 집으로 돌아가라 말한 것에는 여러 가지 의미가 포함되어 있단다."

"여러 가지라 하심은…….."

"천잠보의는 곤륜산을 헤맨다고 만들 수 있는 것이 아니란다. 보의를 만들 창조안이 빛나기 시작하는 곳이 선성이다. 네가 태어난 곳이자, 너와 똑같은 축복을 받은 풍요의 대지에서 너는 그 첫걸음을 내딛게 될 것이다."

"천잠보의를 만들 수 있는 단서가… 금상에 있다는 말씀이신가요?"

서왕모가 잠시 강설영의 반짝이는 눈을 바라보았다.

서왕모가 말했다.

"지금은 그곳에 없으나 많은 것이 너를 찾아오리라."

그 순간, 강설영은 허공에 흩어졌던 그 말들이 절대로 깰 수 없는 예언이 되어 그녀의 어깨 위에 내려앉는 것을 느낄 수 있었다.

"그럼 저는, 그냥 돌아가면 되는 것인가요?"

"빈손으로 보내진 않는단다. 선물을 받아가야지."

"선물이요?"

"나를 보고자 하는 이들은 누구나 나에게 원하는 것이 있었다. 너 역시도 마찬가지다. 넌 내가 너에게 천잠보의에 대한 단서들을 말해주길 원했다. 나는 너의 소망을 보며 참으로 소소하구나, 탐안(探眼) 지닌 이가 이리 순수할 수도 있구나 생각했단다."

"천잠보의를 찾는 것은… 소소한 소망이 아니지 않나요?"

아이 같은 질문이었다. 강설영은 말을 뱉어놓고 스스로도 아이 같다 느끼고는 얼굴을 붉혔다. 하지만 서왕모는 그런 그녀를 더욱더 어여쁘게 본 것 같았다. 서왕모가 활짝 웃었다. 긴 송곳니가 반짝이는 빛을 발했다.

"날 보고자 했던 이들은 대부분이 불사(不死)의 묘약이란 것을 찾고 있었다. 동방삭이 세상에 나가 서왕모 궁전에 삼천 년에 한 번 열리는 불사의 복숭아가 난다는 말을 하고부터는 모두가 나에게 불사의 비법이 있는 줄로만 알더구나. 불사라 함은 우주(宇宙)의 축복이나, 인간에겐 영겁(永劫)의 저주다. 나에겐 축복의 능(能)도, 저주의 능(能)도 없다. 한데 너는 불사에 대해 묻지 않았다. 그 대신 마침 내가 해줄 수 있는 것을 바라고 있더구나."

서왕모가 하늘을 향해 한줄기 휘파람을 불었다. 맑고 곱기가 필설로 형용하기 힘들었다. 하늘 저편에서 새 한 마리가 날아왔다. 흑청색으로 빛나는 깃털을 지녔는데, 놀랍게도 다리가 세 개였다. 세 개의 다리 중 가운데 것에 하나의 옥갑(玉匣)이 잡혀 있었다.

서왕모가 고운 손을 들어 옥갑을 받아 들었다. 흑청색 새가 다시 하늘로 날아올라 벽옥궁전 위층의 창문으로 들어갔다. 강설영은 그 모습을 보며 위층에 올라가면 흑청색 비단옷을 입은 소녀 하나가 서 있을 것 같다는 상상을 했다.

"곤륜파에서 쓰는 천잠사는 사실 진짜 의미의 천잠사가 아니란다. 그들이 키우는 천잠(天蠶)은 튼튼한 실을 생산하지만, 흡정광구(吸精光球)가 뿌리를 내릴 만큼의 영성은 없다. 흡정광구는 달리 흡정잠요라고도 불리는데, 그들은 태양백마잠신(太陽白馬蠶神)의 용잠(龍蠶)이 뿜어낸 실타래에 정착(精着)하지 아니하고서는 제 힘을 내질 못한다더구나."

흡정광구, 백마잠신, 용잠.

모두 다 처음 들어보는 이야기다. 하지만 강설영은 적어두기라도 하듯 그 이름들을 머릿속에 깊이 새겨 넣었다. 서왕모가 옥갑을 가리키며 말을 이었다.

"이 안에는 백마잠신의 모체(母體)가 들어 있다. 충류(蟲類)는 동물과 달라서 제아무리 오랜 시간 생령의 기운을 빨아들여도 영성(靈性)을 얻기가 힘든 법이다. 백마잠신은 옛 서릉씨로부터 내려온 기원의 힘과 태양 사자로서의 염원을 받아 태어난, 천하에 극히 드문 영충(靈蟲)이란다."

서왕모가 손에 든 옥갑을 강설영에게로 내밀었다.

"이것을 제게 어찌……."

"우리 같은 이가 누군가를 만나는 데에는 그에 합당한 이유가 있는 법이다. 그 이유 또한 훗날 너를 찾아갈 것들 중 하나란다."

설명이 부족했다.

강설영은 선뜻 그것을 받지 못했다. 굉장히 귀한 물건이라는 것을 절로 알 수 있었다. 그래서는 무작정 받기가 곤란했다. 그 마음을 읽은 서왕모가 더욱더 흡족한 표정을 지으며 말했다.

"귀여운 아이로구나. 나에겐 작지 않은 신통력이 있다. 네가 나에게 무언가를 구했으면 나는 그것을 너에게 줄 수 있었을 거란다. 설령 그것이 천잠보의라 해도 마찬가지다. 하지만 너는 내가 곤륜의 여신임을 알고서도 나에게 직접 천잠보의를 내려달라 부탁하지 않았다. 스스로 많은 것을 해결하려 하는 용기를 지녔기 때문이다. 그렇기에 오직 천잠보의를 만들 수 있는 단서 한 자락만을 빌었을 뿐이다. 내 그 성정을 기특하게 여겨 이와 같은 선물을 준다. 이것으로 새로운 천잠보의를 만들어보거라. 잠신이 낳은 아이들이 그것을 가능케 하리라."

강설영이 옥갑을 받았다. 꿈틀, 그 안에서 뭔가가 살아 움직이는 것이 느껴졌다.

강설영이 깊이 고개를 숙였다.

전혀 예상치 못한 곳에서, 그 크기를 측량조차 불가능할 도움을 받은 것이다.

서왕모가 몸을 돌려 호면 위를 내려보았다. 그만 돌아가라는 뜻 같았다. 강설영이 다시 한 번 고개를 숙이고 발길을 돌렸다. 서왕모가 마지막으로 말했다.

"내 노파심으로 하는 말인데, 꼭 집에 돌아가려무나. 기다리는 사람들이 많이 있단다."

"알겠습니다, 왕모낭랑님. 반드시 그리하겠습니다."

강설영이 열려 있는 창문으로 돌아갔다. 파란 옷의 소녀들이 처음처럼 생긋 웃으며 그녀를 안쪽으로 이끌었다.

강설영이 방 안으로 들어왔다.

방 안은 그대로였다.

이군명, 여은, 곽경무 여전히 단잠에 빠져 있었다.

옆에 있던 소녀가 파라락 부채를 펴고 살랑, 바람을 흔들었다.

"음……!"

세 명이 약속이라도 한 듯 눈을 떴다. 여은이 눈을 비비며 하품을 한다. 이군명이 벌떡 일어났다. 곽경무는 일어나자마자 크게 긴장하며 강설영부터 찾았다.

벅찬 마음.

그리고 이 신기한 광경 때문일 것이다. 강설영은 듣지 못했다. 저 멀리, 난간에서. 그림처럼 서 있는 뒷모습에, 작게 이어지는 예언의 속삭임을 말이다.

"아이야, 하루빨리 그들 품으로 돌아가렴. 너에겐 그들과 함께할 시간이 얼마 없단다."

서왕모가 구름을 향해 휘파람을 불었다.

어딘지 모르게 서글픈.

그래서 더 아름다운 바람 소리가 하늘 저편으로 구름을 타고 있었다.

*　　　*　　　*

타가군은 충격에 빠져 있었다.

노도와 같이 밀려들어 온 맹획군은 대병력임에도 신출귀몰하기 짝이 없었다.

맹획군은 강했다.

쌍강과 구북 지역으로 나뉘어 경계선을 돌파했고, 타가의 영역 내에서 합류하여 무섭게 치고 들어왔다. 병력 규모는 무려 오천, 대군을 이끄는 자는 놀랍게도 맹획 본인으로 확인이 된다.

비상이 걸린 타가군이 급박하게 병력을 정돈하여 방어태세에 나섰다. 원남산 산야에서 맹획군 선봉대 천 명이 칠백 기병이 지키는 마장(馬場) 기지를 급습했다. 거기서 타가군은 처음으로 화포에 대한 소문의 실체를 확인하게 된다. 하늘을 날아 떨어진 화탄에 두터운 목책이 박살나고 준마를 키우던 내마장(內馬場) 건물들이 불길에 휩싸였다.

기선을 제압당한 타가군은 난전에서도 힘을 쓰지 못했다. 결과는 맹획군의 압승이었다. 타가군 칠백 기병 중에서 살아남아 퇴각한 숫자는 일백 남짓에 불과했다.

"반격이다."

타가군도 가만히 있을 수 없었다.

안 그래도 무구고원 일 때문에 신경이 예민하던 참이었다. 가장 큰 분쟁 지역 중 하나인 곡정 땅에 기병을 천오백 기나 때려 부었다. 곡정 땅에 있던 맹획 진지를 무너뜨리고 더 서쪽에 위치한 사광까지 내달렸다.

시원스레 진격을 하긴 했지만 실제 전공은 크지 않았다.

맹획 측 병력에 거의 피해를 입히지 못했기 때문이다. 곡정과 사광에 우글거리던 맹획군은 어느새 퇴각을 했는지 기본적인 병력 외엔 남아 있질 않았다. 빈집만 들쑤신 꼴이었다.

설상가상으로 더 위협적인 소식이 전해졌다.

"녹풍원을 직접 칠 계획으로 보입니다!"

맹획군 대군의 경로가 심상치 않았다.

원남산에서 대여 땅으로 진격하고 있다는데, 그 진행 방향을 일직선으로 연장하면 그 끝에 녹풍원이 걸려 있었다.

"방어 병력이 빠듯합니다."

기병들을 더 침투시키기가 곤란한 상황이 되어버렸다.

그 기병을 계속 침투시켜 남왕궁을 친다 해도, 지금 남왕궁엔 가장 중요한 맹획이 없었다. 그러다가 오천 병력이 그대로 녹풍원에 들이닥치기라도 하면, 최악의 결과까지도 고려를 해야만 했다.

기병들을 모조리 되돌려 맹획 대군의 배후를 노리도록 했다. 선택의 여지가 없었다.

결단을 내리고 무격을 통한 주술 연락을 시도했다. 일이 잘 안 풀리려 하는지, 그마저도 쉽사리 연결이 되지 않았다. 본진의 무

격은 고명한 술사였지만 딸려 보낸 무격이 어린놈이라서 그렇다
고 하였다. 기병으로 전령까지 보내고도 세 시진이 지났을 때야
연락이 되었다. 일천오백 기병을 과감히 움직인 것은 무격들의
주술망을 믿었던 이유가 컸다. 계산이 틀어질 수밖에 없다. 한시
가 급한 마당에 반나절 이상을 손해 보고 말았다.

　“척후부대가 전멸당했습니다!”

　안 그래도 대응이 늦어져 전전긍긍하고 있는데, 또 다른 비보
가 날아들었다.

　당황스런 보고였다.

　척후부대는 전투 수행을 위해 만들어진 부대가 아니었다. 척
후라는 것은 거리를 충분히 둔 채, 적군의 동향을 살필 때 그 의
미가 있는 법이었다.

　타가의 기병들은 대부분이 몽고족 잔당 출신이었다. 그들은
눈이 밝았다. 실제 전투를 벌일 정도로 가까이 갈 필요가 없거니
와 싸움을 벌일 상황이 되면 퇴각을 먼저 시도하게 되어 있었다.
한데, 그런 그들을 전멸시켰다고 했다. 무슨 조화를 부렸는지 알
수가 없었다.

　“위치 파악 불가!”

　“이동 경로를 예측할 수가 없습니다!!”

　시시각각 귀를 의심케 하는 보고들이 이어졌다.

　“아직도인가?”

　“완전히 사라진 상태입니다.”

　“인근 지배 부족들에게까지 수색 명령을 내렸습니다만 소득
이 없습니다.”

타가군은 이틀 동안이나 맹획군의 위치를 잡지 못했다. 험한 땅이라 사람 사는 곳이 한정되어 있다지만 그래도 이건 심했다. 일이백 소규모 타격대도 아니고, 오천이라는 대병력이다. 그런 대병력을 감쪽같이 숨기다니, 귀신이 곡할 노릇이었다.

적들의 배후를 노리려던 천오백 기병을 급히 녹풍원으로 귀환시켰다. 긴장이 커져 갔다. 사라진 대병력이 당장이라도 녹풍원 앞에 떡하니 나타날 것 같았다.

"부서강! 부서강입니다!"

"부서강은 반대편이 아닌가!!"

이틀 만에 나타난 맹획의 대군은 녹풍원과 한참 동떨어진 곳에 있었다.

부서강 강물을 끼고 있던 오백 병력의 부족기지가 파괴되고 물자와 병량은 철저하게 약탈당했다.

완전히 허를 찔린 셈이다.

이전의 맹획이 보여주던 움직임과 판이하게 달랐다.

공격을 가할 때는 민첩하고 저돌적이면서 완급을 조절할 때는 부드러운 물결과도 같았다. 큰 틀에서의 전략과 싸움터에서의 전술이 놀랍도록 호응하고 있었다. 그래서였다. 맹획은 보름 동안 벌어진 여섯 번의 전투에서 단 한 번도 패배하지 않았다.

"아야크를 불러오라."

타가는 군사(軍師)의 부재를 실감했다.

녹풍원 바람을 등지고 선 그는 여전한 영웅기를 발산하고 있었으나, 호방하던 그 얼굴엔 더 이상의 여유가 없었다.

촉사와 늪 진지에 무격의 전언이 당도했다. 무구고원 위쪽을 바라보고 있던 아야크는 촉사와 늪 앞에서 달려나온 무격의 귀환명령을 들었다.

자세한 내용은 아직 알 수가 없었다. 천 리 밖의 소식을 전한다는 무격의 주술은 완전하지 않았다. 깨우침이 부족하여 그렇다는 무격의 핑계를 귓등으로 흘리고 즉각 촉사와 늪 진지에서 빠져나왔다.

아야크에게도 군사로서의 직감이란 것이 있었다.

본대에 큰일이 생긴 것이 틀림없었다. 연합전선을 형성하기로 했던 맹획군의 분위기가 십수 일째 묘하게 틀어져 있었던 것이다.

아야크는 기마 경공을 가리지 않고 최단거리를 주파하여 녹풍원에 당도했다. 그는 먼저 상황실로 꾸며진 빠오부터 찾았다. 빠오 중앙의 책상에는 전황이 세세하게 적혀 있는 죽간들이 산더미처럼 쌓여 있었다. 제법 머리를 쓴다는 군사들이 여럿 있었지만, 아야크를 대신할 만한 자는 아무도 없었다. 책상 가득한 보고들을 한 시진도 못 되어 독파했다. 뒤집어쓴 흙먼지를 털어낼 생각조차 하지 않은 채, 곧바로 타가를 만나기 위하여 녹풍원 중앙 빠오로 향했다.

"적석평원에 오백 기병을 투입하셨다지요."

"맹획군의 보병 분대가 그리로 향한다는 보고를 받았다."

"당장 회군해야 합니다."

"회군을?"

"맹획군에 뛰어난 모사(謀事)가 새로이 붙었습니다. 지금 그쪽으로 기병부대를 보내면 전멸을 면치 못합니다."

모사에 대한 보고는 아직 추측일 뿐, 아무것도 확인된 바가 없었다. 수십 명 세작들과 갑작스럽게 연락이 끊어진 것은 맹획의 첫 침공이 시작되기도 전이었다. 하지만 아야크는 모사의 존재를 확신하고 있었다. 그것 외에는 맹획군의 선전을 설명할 길이 없었다.

"남왕궁의 팔보당이 습격당한 것은 무격들의 전언을 통해 이미 알고 있었습니다. 어떤 방식으로든 도발이 있을 것이라 예상은 했지만, 이렇게 전격적으로 치고 들어올 줄은 몰랐습니다. 제 불찰입니다."

아야크는 모든 것을 자신의 실책이라 보았다.

타가가 고개를 설레설레 내저었다. 그는 난폭한 지배자가 분명했지만 결코 맹획과 같지는 않았다. 그가 차분한 어조로 수하의 자책을 막았다.

"아니다. 그것은 너의 불찰이 아니라, 사태를 가벼이 보았던 나의 실수다. 처음부터 너를 불러와야 했었던 일이었다."

"그렇지 않습니다. 제가 있었더라도 주군과 같은 방식의 대응을 했을 것입니다. 지금의 맹획군은 이전과 전혀 다릅니다. 통상적인 군략으로는 상대가 어렵습니다."

"지금부터라도 네가 있어서 다행이 아닐 수 없다. 천부장들은 아야크 총군사의 말을 모두 다 기록하고, 그에 따라 즉시 군령을 발하라. 알겠는가?"

"예!!"

중앙 빠오 바깥쪽에 둘러서 있던 다섯 명의 천부장들이 우렁찬 목소리로 답했다. 개중 한 명은 벌써부터 백부장 한 명을 옆으로 불러들이고 있었다. 처음 아야크가 이야기한 오백 기병의 회군 건을 처리하기 위함이었다.

"전투 양상이 많이 달라졌습니다. 화포의 존재가 무척 거슬립니다. 몇 문이나 보유하고 있는지, 자체 생산 능력이 갖춰진 것인지에 대한 조사가 필요합니다. 당장 급박한 전시이니만큼 어떻게 그런 것에까지 신경을 쓰겠냐 하겠지만 이것은 다른 무엇보다 처리가 급한 안건입니다. 그래야 적의 전술 양식을 파악하고 그에 맞춰 대응할 수 있습니다."

누구도 이견을 달지 않았다.

그럴 필요가 없었다. 아야크의 말은 좀처럼 어긋난 적이 없기 때문이다. 그의 군략에만 잘 따르면 백전백승은 아니라도 팔 할은 패배하지 않는다. 전투에서 지고 돌아오는 것은 어디까지나 밑의 부장들이 전략 수행을 잘못해서다. 이와 같은 상황에서 아야크의 한마디는 타가의 명령만큼이나 무게가 있었다.

"각 기지에 하달하십시오. 기지에 대한 적들의 공격이 시작되면, 곧바로 퇴각합니다. 선봉이 아무리 막아내기 쉽게 보여도 마찬가지입니다. 싸우면 안 됩니다. 방어를 고집해서는 병력 손실만 커질 뿐입니다."

술렁.

이번 것은 좀 컸다.

천부장들 사이에 가벼운 동요가 일었다.

싸우지도 않고 도망친다?

초원의 투사들에겐 지나치게 가혹한 요구다. 아야크의 말은 항상 옳았지만, 그래도 의문이 드는 것만은 어쩔 수가 없었다.

그 마음을 읽은 아야크가 좌중을 둘러보고 천천히 힘주어 말을
이었다.

"수치스러운 일이지요. 모두 다 같은 생각이실 겁니다. 하지
만 어쩔 수 없습니다. 한 달, 한 달만 그렇게 참으십시다."

"기지들을 그냥 내주잔 말인가?"

결국 보다 못한 타가가 물었다.

아야크가 확신에 찬 어조로 대답했다.

"지금 적들은 광범위한 지역에 파상적인 공격을 가하고 있습
니다. 그러한 전술은 일견 위협적으로 보이나, 결코 장기적으로
사용할 수 있는 성질의 것이 아닙니다. 놈들은 벌써 네 개의 진
지를 함락시켰습니다. 기지 없이 평원에서 벌어졌던 전투에서도
우리 측은 처참한 패배를 당해야 했습니다. 이것이 의미하는 것
은 작지 않습니다. 철저하게 계산된 공격이란 결론입니다. 놈들
은 이길 수 있는 싸움만 합니다. 승리를 확신하지 않고서는 쳐들
어오지 않는다는 말입니다."

"일단 기지를 공격해 오면, 우리 군은 반드시 무너지게 되어
있다는 말이로군."

"예, 그렇습니다. 그런 싸움은 해봐야 아무런 의미가 없습니
다. 그 때문에 퇴각을 말씀드리는 겁니다. 다만, 중요한 것이 있
습니다. 퇴각 시에는 물자와 병량을 남겨선 안 됩니다. 챙겨서
이동하는 것이 여의치 않으면 우리 병량을 우리 손으로 태워서
라도 놈들에게 넘어가는 것을 막아야 합니다. 기지 운용에는 적
지 않은 물자가 소모되기 마련입니다. 놈들이 기지를 점령해도
그 안에 남은 것이 없다면, 놈들은 그 기지를 제대로 지켜낼 수

가 없습니다. 지금 쳐들어온 범위를 봐도 그렇습니다. 지나치게 넓은 지역을 쳤기 때문에 처음 공격해 온 원남산 마장에는 소수의 병력만이 주둔하고 있습니다. 벌써부터 병력 공백이 생기고 있다는 말입니다."

"일단 내주고 다시 되찾는다. 병력만 보존하면 되찾는 것은 어렵지 않다. 이것인가."

"맞습니다, 주군."

아야크가 잠시 동안 말을 멈추고 숨을 골랐다.

천부장 하나가 병사를 시켜 영역 내의 모든 진지에 아야크의 군령을 하달하도록 했다. 모두가 납득한 것이다. 천부장들은 다시 한 번 느꼈다. 아야크는 결코 허튼 말을 할 자가 아니다. 믿고 따라야 할 그들의 훌륭한 군사였다.

"다음은 이번 싸움이 벌어지기 전에 있었던 일에 관하여 여쭙겠습니다."

"어떤 일 말인가."

"튠차이에게 내리신 명령에 대한 보고문을 읽었습니다."

"라고족 건 말이로군."

"당장 이 전쟁과 관련이 없어 보이지만, 생각해 보면 그렇지도 않습니다. 일을 벌인 시점이 워낙 나빴습니다. 상당 규모의 전력 누수가 생겨 버렸으니까요."

타가는 부인하지 않았다.

부인할 수가 없었다. 튠차이가 라고족 놈의 여자를 납치해 온 이래 벌어진 일련의 사건들은 의외로 수습이 간단치 않았다.

타가는 그날 밤을 생생하게 기억하고 있었다.

라고족 놈은 장창 한 자루와 수십 개의 독병을 들고 녹풍원에
나타났다.

효마라고 불린다고 하였다.

길을 막는 병사 열한 명이 삽시간에 죽었고, 빠오 두 개가 단
숨에 무너져 불에 탔다. 달려들던 기병들이 촉와향에 넘어져 땅
바닥을 굴렀다. 촉와향에 저항하며 일어나던 정예기병들은 처음
보는 독에 당했다. 붉은 운무가 한차례 휩쓸고 지나가자 정예기
병 일곱 명이 그 자리에서 절명했다.

놈은 미친 표범처럼 날뛰었다. 중앙 빠오를 지키는 흑마철기
대가 나서야 할 정도였다.

흑마철기대 기병들은 최정예기병들이되, 무공을 익힌 무인들
이었다. 중원식 내공과 몽고식 무예가 혼합된 실전형 무공들을
익혔다. 쌓아온 공력만큼 독에 대한 내성도 지녔다. 촉사와 독에
당하더라도 일정 수준 이상의 기량을 유지할 수 있을 정도였다.

하나 문제는 역시 기마들이었다.

기마들은 촉사와 향독은 고사하고, 붉은 운무의 잔여향도 버
티질 못했다. 투레질을 하며 고꾸라지는 기마들 위에서 철갑 갑
주를 장비한 흑마철기대 기병들이 일제히 말안장을 박차고 몸을
날렸다.

맹독 자기병들이 하늘을 날았다.

누런 액체가 파삭 하고 뿌려졌다. 강철 철갑이 부글거리며 녹
아들었다. 땅바닥엔 주홍빛 액체가 깔렸다. 훅, 끼쳐드는 냄새에
철기대 무인 두 명이 휘청 균형을 잃었다.

철창이 바람을 가르며 무인들의 목숨을 빼앗았다. 여섯 명이

나 죽었다. 십오 년이란 시간을 투자하여 양성했지만, 죽는 데에
는 일다경(茶頃:약 십오 분)도 걸리지 않았다.

놈이 멈춘 것은 데리고 살던 계집을 보았을 때였다.

계집은 의원들이 거하는 빠오에 누워 있었다. 의원들에게는
무슨 수를 써서라도 계집을 살리라는 특별 명령이 떨어져 있었
다.

미쳐 날뛰던 놈이었지만, 상황을 파악하는 눈은 의외로 날카
로웠다.

놈은 계집의 모습을 보는 순간, 무작정 계집을 데려갈 수 없다
는 사실을 깨달은 것 같았다. 독술을 익힌 만큼 의술도 어느 정
도는 익히고 있었을 것이다. 더구나 계집이 사경을 헤매고 있음
은 굳이 의술에 조예가 깊지 않더라도 한눈에 알아볼 수 있을 정
도였다.

잠시 잠잠해졌던 놈은 튠차이를 보자마자 다시금 광분하기 시
작했다.

그도 그럴 것이다.

튠차이는 흔적을 많이 남겼다.

칼을 쓰는 자. 표범의 사체들만 봐도 튠차이라는 것을 알 수
있었을 것이다.

단지 일이 좀 틀어졌을 뿐이다. 계집이 그 지경에 이르는 것은
계획에 없던 일이었다.

라고족 놈. 효마와 튠차이는 살벌한 공격을 주고받았다.

놀랍게도 기선을 잡은 것은 효마 쪽이었다. 그러나 효마는 싸
움에 온전히 집중하질 못했다. 찢어발긴 빠오 안쪽에서 계집의

호흡이 가빠지고 있었던 까닭이다.

튠차이의 칼날이 효마의 등줄기를 베고 지나갔다.

효마는 쓰러지지 않았다. 계집도 죽고, 자기도 죽고, 튠차이도 죽이겠다는 듯, 무시무시한 살기를 뿜어대며 철창을 휘둘러 왔다.

타가 자신이 직접 나선 것은 바로 그때였다.

튠차이와 효마의 사이를 파고들어 효마의 팔을 잡아챘다. 펄럭이는 소매 사이로 청랑부후기(靑狼剖侯技) 체술이 펼쳐졌다.

쓰러진 효마를 철기대 무인들이 포박했다. 핏물이 흘러 땅을 적시기에 등줄기의 상처를 살폈더니, 튠차이의 칼에 베인 깊이가 상당했다. 그런 몸으로 어찌 그렇게 움직였는지 이해가 안 갈 정도였다.

효마는 조금도 굴하지 않는 눈빛으로 타가와 직접 눈을 마주쳐 왔다.

더 날뛰고도 남을 놈이었다. 이렇게 쉽사리 잡혀주는 것도 순전히 계집의 안위 때문일 것이다. 다른 자들은 몰라도 타가는 알 수 있었다.

"치졸한 수였다는 것을 인정한다."

타가는 효마에게 그렇게 말했다.

계집을 납치하여 효마를 불러들인다. 계집의 안위를 빌미로 효마를 위협한다.

최종적인 목적은 효마의 독술이다.

오원 전사들이 처음 사용하기 시작한 촉와향은 누구라도 탐낼 만한 위력을 지니고 있었다.

그것이 타가가 명했던 일의 전모다.

"팔을 잡았을 때 너의 눈을 보았다. 일부러 잡혀준 거라는 것을 알고 있다. 계집을 데려가고 싶겠지만 너 혼자 살리는 것은 무리다. 전의(戰醫)들의 솜씨는 보장한다. 도상(刀傷)은 그들이 가장 많이 고치는 상처다. 계집을 돌보아줄 테니, 전투에 쓸 수 있는 독(毒)을 만들라. 독이 없으면 계집의 목숨도 없다."

"그녀가 죽으면 네놈들의 목숨도 없다."

처음 듣는 효마의 목소리는 타가가 이제껏 들어본 숱한 목소리 중에서 그야말로 첫손에 꼽아야 할 만큼 도발적이었다.

그때부터였다.

효마는 지금 이 녹풍원 한구석 땅을 파서 만든 지하감옥 안에 갇혀 있었다. 독 제조에 필요한 모든 재료를 넣어주고 있으려니, 들어가는 물자와 인력이 예상외로 만만치 않았다.

게다가 효마는 점혈을 이용한 내공봉쇄가 잘 통하지 않는 신체를 지니고 있었다. 타가가 직접 혈도를 점해도 마찬가지였다. 반나절이면 아무렇지도 않게 혈도를 풀어내는 것이 특별한 비술이라도 익힌 듯했다.

아예 단전을 파괴해 버릴까 했지만, 그래서는 독 제조 자체를 시킬 수가 없을 것이었다. 극독을 배합하고 가공해야 할 사람이 제 독에 중독이 되어서는 제대로 된 성과를 낼 수 있을 리 만무했다. 발인즉슨, 효마의 내공을 온전히 살려둬야 한다는 이야기였다.

"위험한 놈입니다."

멀쩡한 몸으로 놔뒀으니, 지하감옥도 사실 큰 의미가 없었다.

거대한 폭탄 하나를 곁에 두고 있는 셈이었다.

효마나 계집을 다른 데로 옮겨보려 했지만 그마저도 여의치 않았다. 그녀와 가까이 두지 않으면 살상독도 만들지 않겠다는 효마 때문이다.

죽이겠다 협박도 가해보고, 계집의 목에 칼까지 들이대 봤지만 효마는 요지부동이었다. 위협이 될 리 만무했다. 계집이 죽으면 모든 게 끝이라는 것을 효마도, 타가 측도 너무나 잘 알고 있었다.

"제가 계집을 지키겠습니다."

튠차이가 계집의 옆에 붙어 있기로 했다.

어쩔 수 없는 선택이었다.

계집의 상세가 호전되기만 하면 당장이라도 감옥을 부수고 나올 놈이었다. 대량살상용 독을 만들라고 제 손에 독물들까지 쥐어줬으니, 위험성은 날이 갈수록 커져 가고 있었다.

"허튼짓만 해봐."

효마가 첫 번째 완성품을 들고 나왔을 때, 튠차이는 계집의 목에 칼을 겨누고 그렇게 말했다. 효마는 손에 들고 있던 주먹만 한 자기병을 그대로 튠차이에게 던질 뻔했다.

아슬아슬한 순간이었다. 끝내 효마는 자기병을 던지지 못했다. 입술이 파랗게 질린 채 창백한 얼굴로 식은땀을 흘리고 있는 계집이 아니었다면 튠차이를 비롯한 그 빠오 안의 모든 사람들이 황천길로 떠나야만 했을 터였다.

"기억하라. 내가 항상 여기 있을 것이다."

그게 바로 아야크가 말한 전력누수다.

튠차이는 아직까지도 전의들의 빠오 곁을 떠나지 못하고 있었다. 계집 옆에서 먹고 자고 하는 것은 아니었지만, 적어도 녹풍원 바깥으로 나갈 수 없다는 것만큼은 확실했다.

"튠차이 정도의 장수가 발이 묶인 것은 실로 치명적입니다. 초반 타격이 컸던 것도 그 때문이라 할 수 있을 겁니다."

아야크의 목소리가 타가의 눈을 현실로 되돌렸다.

백번 맞는 말이었다.

튠차이와 그가 이끄는 늑대부대는 전투와 추격, 기습과 약탈에 두루 능한 만능형 기병군단이었다. 처음부터 튠차이가 나섰더라면 이틀 동안 맹획군의 종적을 놓치는 실수 따위, 절대로 하지 않았을 것이다.

"지금이라도 방법을 달리해야 합니다. 카무이까지 무구고원에 발이 묶인 지금, 튠차이는 우리가 쓸 수 있는 최대의 핵심 무력입니다. 지금 당장 늑대부대를 출정시키십시오. 당연히 지휘관은 튠차이에게 맡깁니다."

"튠차이를 내보낸다면⋯ 라고족 놈은?"

"지금까지 들인 공이 아무리 아깝더라도 이 상황에선 버리고 취하는 것을 확실히 할 필요가 있습니다."

"이대로 포기하자 이건가?"

"아닙니다."

"하면?"

"장수로 쓰겠습니다."

술렁.

천부장들 사이에서 또 한차례의 동요가 일었다.

"지금은 맹획을 막는 것이 급선무입니다. 라고족 놈은 무예가 독술 이상으로 출중하다 들었습니다. 놈을 전투에 내보내면 녹풍원이 지는 위험부담이 덜해질 뿐 아니라, 튜차이까지도 완전한 자유를 얻습니다. 그것이 최선입니다."

"초원의 정신만큼이나 강인한 놈이다. 어지간한 위협엔 눈 하나 깜짝하지 않을 것이다."

"알고 있습니다. 그 때문에 버리고 취하는 것에 대한 말씀을 드린 겁니다."

"어쩔 생각인가."

"거절한다면 계집부터 죽이겠습니다. 그건 제가 직접 처리하겠습니다."

아야크가 주혈검 검병을 쓰다듬으며 말했다.

타가가 늑대 털 뒤집어씌운 의자에 온몸을 깊이 묻었다. 그가 의자 손잡이를 손가락으로 몇 번 두들겼다. 라고족의 독술이란 이 시점에서 버리기엔 너무나도 아까운 패였다. 결정을 내린 그가 고개를 끄덕이며 대답했다.

"계집을 죽이면 놈도 죽여야 한다. 나와 튜차이가 너와 함께 가겠다. 피해를 줄이려면 단숨에 숨통을 끊을 필요가 있다. 그러려면 내가 나서야 해."

옳은 선택이다.

아야크가 흡족한 얼굴로 고개를 숙이며 말했다.

"지혜로운 판단이십니다. 행여 놈을 죽이게 되어도 튜차이가 나설 수 있다는 것에는 변함이 없습니다. 오히려 없었던 튜차이가 새로 생기는 셈입니다. 현 상황에선 그것만으로도 큰 이득이 될 것입니다."

타가가 자리에서 일어났다. 그가 병사를 불러 명했다.

"당장 처리한다. 계집이 있는 곳으로 라고족 놈을 불러와라."

타가가 앞장섰다.

라고족 독술, 라고족의 무예, 그리고 튠차이.

얻으면 셋을 얻을 것이요, 잃으면 하나를 얻을 것이다.

확! 하고 열리는 빠오의 천막 위로 구름 섞여 음산한 태양이 얼굴을 비추고 있었다.

아야크가 타가의 뒤를 따라 밖으로 나왔다.

먼 곳에 있는 저편으로 튠차이의 얼굴이 보였다.

이제부터 시작이다. 반격의 시간이 다가오고 있었다.

*　　　*　　　*

"아야크가 없어졌다."

"뭐?"

"아야크뿐이 아냐. 황육괴, 지사괴 모두 없다."

망루에서 먼 쪽 진지를 내려보던 단운룡이다. 단운룡의 말에 우목이 고개를 설레설레 저으며 말했다.

"그럴 리 없잖나. 병력은 그대로인데 지휘관들이 없어지다니."

"직접 가서 확인해야겠어. 잠깐 다녀올 테니 기다려."

단운룡은 곧바로 남문으로 내려갔다. 남문 앞에는 아직도 지난 격전의 흔적이 가득했다. 쌓여 있는 시체들에는 구독림에서 기어나온 온갖 독충과 벌레들이 하나 가득 붙어 있었다.

무너진 공성 병기들을 곁눈으로 스치고 구독림으로 뛰어들었다. 가운데에 대로가 뚫려 있었지만, 단운룡에겐 그런 길이 필요치 않았다.

소리없이 숲을 뚫고, 촉사와 늪 앞까지 나왔다. 번쩍이는 용안이 늪 건너편 적들의 진지를 꿰뚫었다.

'순속.'

순속을 발동했다. 감각의 범위가 더 넓어졌다.

볏단에서 잘 익은 쌀알을 골라내듯 시야에 비치는 모든 무인들의 무력을 솎아냈다. 보잘것없는 병사들부터 어느 정도 무예란 것을 맛본 정병들, 내공을 쌓은 무인들까지, 하나하나 면밀히 훑어보았다.

고수 하나가 그의 감각에 걸렸다.

날카로운 기운, 포악함과 잔잔함을 동시에 지닌 자였다.

'카무이.'

십중팔구 그다. 눈으로 보지 않아도 알 수 있었다.

단운룡은 한참 더 적진을 살폈다. 자리를 옮기면서 타가군 진영과 맹획군 진영을 전부 다 둘러보았다.

'없어. 확실해.'

위에서 느낀 대로다. 돌아가려던 단운룡이, 문득 뒤쪽으로 돌아보았다. 구독림과 촉사와 늪 사이로 맹획군의 사백 병사가 진을 치고 있는 것이 보였다.

지사괴도, 황육괴도 없는 병력.

기회였다.

단운룡은 즉흥적으로 적진을 향해 몸을 날렸다.

꽈앙!

나름 진지랍시고 구독림 베어낸 나무를 쌓아 목책까지 둘러놓았다. 작렬하는 광혼고에 엮어 세운 통나무가 폭발하듯 박살나 흩어졌다.

"무슨, 무슨 일이냐!!"

혼비백산한 병사들이 병장기를 꼬나 쥐고 몰려들었다.

파직! 파지지직!

후두둑거리며 떨어지는 나무 파편 사이로 번쩍이는 전광이 새어 나왔다. 병사들 사이에서 공포의 이름 하나가 터져 나왔다.

"뇌전마(雷電魔)! 뇌전마다!!"

언제부터 그렇게 불리게 되었는지는 모를 일이다.

단운룡은 그대로 병사들에게 뛰어들었다. 끊어져 비산하는 생명의 숨결들과 깨지고 부서지는 병장기들이 하늘을 날았다.

"피, 피해라!"

콰쾅! 퍼어억!

삽시간에 진지 전체가 아수라장으로 변했다. 적들의 반응은 이전과 또 달랐다. 훨씬 더 즉각적이고, 훨씬 더 원초적이었다. 절반 정도는 두렵기에 달려들고, 절반 정도는 두렵기에 도망친다. 무공을 익힌 자들이 아니어서 그렇다. 려족과 장족, 개중에는 포랑족이나 화니족노 있다. 중천하는 뇌전에 수십 명의 목숨이 흩어져 사라졌다.

"물러나! 일반병은 물러나라! 황각군이 간다!"

학살을 막아보려 뛰어왔지만, 그들 또한 학살의 희생양이 될 수밖에 없었다. 황각군의 수는 이제 얼마 되지 않았다. 가장 상위의 지휘관이 지각군 무인들이다. 단운룡의 상대가 될 리 만무하다. 황천인해진은 이제 너무 많이 겪어봐서 공략법을 훤히 꿰고 있다. 수가 적은 지각군은 지공십방진도 제대로 엮어내지 못했다. 번개를 둘러치고 사위를 누비는데, 그야말로 무인지경이 따로 없다. 황각군 삼십 명이 땅에 누웠다. 지각군 철방패가 깨지고 팔각철추 갈색 투구가 땅바닥을 굴렀다.

"안 되겠다. 퇴각! 퇴각이다!"

단 한 명이다. 수백 명 병사가 단 한 명을 어쩌지 못하고 있다.

진지 전체가 우왕좌왕 혼란에 빠져 어쩔 줄을 몰랐다.

피를 뿌리며 쓰러진 자들이 기백에 이르렀다.

병사들의 얼굴에 죽음의 공포가 드리워졌다. 어느 순간부터인가 병사들은 너나 할 것 없이 촉사와 늪 둑길로 달려가기 시작했다. 그냥 피하는 정도가 아니라 진지를 버리고 도망치기 시작한 것이다.

"도망치지 마! 막아라! 막아!"

"불가능합니다! 퇴각밖에는 살길이 없습니다!"

통괄할 지휘관이 있고 없고는 이리도 달랐다. 너무나도 간단하여 어이가 없을 정도다. 오백 병력이란 난공불락까지는 아니라도 쉽게 덤벼들 만한 숫자는 결코 아니다. 게다가 이들에겐 당장 증원이 가능한 추가 병력까지 있다. 늪 저편에 있는 사백 이상의 병사들을 말함이다. 하지만 그들은 이쪽 진지에 한 편의 지옥도가 펼쳐지고 있는 데에도 수수방관 어떠한 대응조차 보이질 않고 있다. 갑작스런 사태가 발생했을 때 어떻게 해야 할지 유기적인 지휘체계가 잡혀 있질 않아서 그렇다. 역시나 없는 게 확실하다. 지사괴나 황육괴 중 하나만 있었어도 이렇진 않았을 것이다.

"밀지 마!"

"으악! 끌어 올려줘!"

도망치는 병사들이 몰린 둑길은 이미 또 하나의 아수라장이었다. 먼저 건너겠다며 밀치고 당기는 자들 와중에 늪에 빠지는 이들이 속출했다. 무공을 익힌 황각군 무인 몇 명이 경공을 펼쳐 병사들을 뛰어넘었다. 황각군 무인들이라면 그래도 상위계급의 무사들인데 저 먼저 살겠다고 새치기를 하는 격이다. 그토록 치열하게 싸워왔던 적들이 맞나 싶을 정도였다.

파지직! 쫘앙!

연이어 들려오는 폭음과 전격음이 도망치는 자들의 두려움을 더 크게 부추기고 있었다.

순식간이었다. 수백 명 적들이 촉사와 늪 바깥으로 몰려 나갔다.

'끝난 건가?'

진지엔 이제 남은 자들이 없었다.

믿기지 않을 광경이었다.

하늘 저 멀리, 무구고원 망루와 남쪽 절벽 난간에는 백 명이 넘는 전사들이 달라붙은 채, 엄청나다 혀를 내두르고 있었다.

단운룡은 뇌신을 거두고, 무구고원 쪽을 돌아보았다. 얼이 빠져 있던 전사들 중 한 놈이 환호성을 내지르기 시작했다. 한 놈의 환호성은 다른 놈의 외침을 부르고, 겹쳐진 외침은 커다란 함성이 되었다.

와아아아아아!

함성 속에 섞여 들려오는 것은 아련하게 울리는 북소리다. 둥둥둥, 신나게 울려대는 승전보를 맞으며 단운룡은 무구고원 쪽으로 발길을 돌렸다.

"잠깐 기다리라더니?"

"오래 기다렸나?"

단운룡의 반문에 우목은 말문이 막혔다. 생각해 보면 그리 오래 기다린 것도 아니었던 까닭이다. 단운룡은 반 시진도 채 안 돼서 돌아왔다. 수백 명 적군을 늪 저편으로 쫓아 보내는 데 걸린 시간이다.

"어떻게 한 거냐?"

"내가 한 게 아냐."

단운룡이 대답했다.

우목이 머리를 갸웃했다. 그가 이제 그런 식의 대답은 질렸다는 표정을 지으며 신경질적으로 물었다.

"그건 또 무슨 소린데?"

"아까 말한 것처럼, 지사괴와 황육괴가 사라져 있었어. 늪 저편의 타가군도 그래. 카무이는 있지만 아야크가 없었다. 수괴들 세 명이 빠져나간 거야."

"본진에 무슨 일이 생긴 거로군."

노상 질문만 하면서 바보 노릇하기엔 머리가 지나치게 좋은 우목이다. 그가 눈살을 찌푸리며 단정적으로 말했다.

"그렇겠지. 촉사와 늪 바깥까지 쫓아냈으니, 이젠 그 바깥만 처리하면 돼.”

“전사들을 모을까?”

“그것도 괜찮겠지.”

이렇게 된 김에 이쪽에서 반격을 가해보는 것도 나쁘지는 않
겠다 싶었다. 그때였다. 회의실 문이 열리고 허유가 들어왔다.
허유는 일전과 꽤 많이 달라져 있었다. 얼굴에 살도 붙었고, 눈
에 가득했던 붉은 기도 없어졌다. 그가 단운룡과 우목, 두 사람
을 돌아보고는 차분한 목소리로 입을 열었다.

“이쪽에서 공격까지 가할 필요는 없겠다. 상황을 보아하니 저
들끼리 알아서 물러나게 될 것 같다.”

“무슨 상황.”

허유가 손을 들어 단운룡의 질문을 막았다. 그가 잠깐 기다리
라는 몸짓을 하고 문밖에 있던 한 남자를 안쪽으로 이끌었다.

“누군데?”

단운룡이 물었다. 잠시 지도 위에 시선을 두었던 우목은 그 남
자의 얼굴을 보자마자 반색을 했다.

“목 선생! 언제 여기에!?”

목여강이었다.

수척해진 얼굴이지만 표정은 밝았다. 그가 우목을 보며 말했다.

“사망산에 남아 있던 전사들과 함께 왔다. 늪 근처에 숨어서
며칠 동안 기회를 봤지. 오늘 마침 길이 열리더군.”

목여강은 그렇게 말하며 단운룡을 돌아보았다. 그를 바라본 이
유는 달리 있지 않다. 누가 그 길을 열어줬는지 알기 때문이었다.

“이분이⋯⋯.”

"그래. 내가 말한 용(龍)이다."

목여강은 그 오랜 시간 지녀왔던 의문과 의심을 뒤로하고, 마침내 진심으로 고개를 끄덕일 수 있었다. 보는 순간 왜 용이라 불렀는지 알게 되었던 것이다.

"목여강이외다. 일원요새에서 허유 어르신을 모시고 있었소이다."

목여강은 단운룡보다 나이가 많았지만, 함부로 하대를 하지 않았다. 단운룡이 해온 일을 알고 있기 때문이다. 사망산은 분명 닫힌 곳이었으나 그래도 무구고원보다는 나았다. 오고 가는 소문의 출입이 훨씬 더 자유로운 곳이었다.

"단운룡이다."

단운룡은 통성명을 길게 하려 들지 않았다. 그보다는 아까 하던 이야기에 더 관심이 있다. 그가 다시 허유를 돌아보며 물었다.

"저들끼리 알아서 물러나게 될 거라고?"

"그래. 맹획이 타가를 쳤다. 그냥 공격도 아니고, 자신이 직접 이끄는 오천 병력과 함께다. 전례 없이 대대적인 공격을 가했다는 소문이다."

"이유는?"

단운룡의 시선은 목여강에게로 향해 있었다. 목여강은 그것이 자신에게 한 질문이란 것을 알고 다소 당황한 듯 흠흠 헛기침을 하더니, 곧바로 입을 열었다.

"정확한 것은 모르오. 다만 남왕궁의 팔보당이 습격당한 것과 관련이 있는 것 같소이다."

"팔보당이 뭐지?"

단운룡이 이번에는 우목에게 물었다. 우목이 미간을 찌푸리며 답했다.

"팔보당은 남왕궁에 있는 맹획의 보물창고다. 습격당했다니 금시초문인걸."

"워낙 정보가 딸리니 어쩔 수 없지. 그보다, 팔보당이란 곳이 그렇게 중요한 곳인가? 맹획이 직접 나서게?"

"제아무리 중요해도 오천 병력을 동원할 정도는 아닐걸."

우목의 말에 목여강이 고개를 끄덕였다. 그가 단운룡을 보며 말했다.

"팔보당 안에서 폭발이 있었다 하외다. 화포와 관련된 일이라는 소문이 돌고 있지요."

"화포?"

단운룡의 머릿속에 번쩍번쩍 스치는 것들이 있었다. 궁금증이 절로 해소되는 한마디다. 단운룡이 엷은 미소를 지으며 혼잣말처럼 말했다.

"역시……!"

"역시?"

우목과 허유가 눈썹을 동시에 치켜올렸다.

"저들끼리 알아서 물러난다……. 그 말대로 되겠네. 우목, 전사들을 준비시켜."

"뭐? 그 말대로 된다면, 공격할 필요가 없는 거잖아."

"초림을 치자."

단운룡의 한마디에 우목이 아! 하고 자그마한 탄성을 내질렀다. 바보 노릇을 그만 하려 했더니, 아직은 좀 더 시간이 필요할 모양이었다.

＊　　　＊　　　＊

"어어?"

"저건……!?"

둥둥둥둥. 북소리가 망루 위를 흔들었다. 전사들이 망루 위로 올라오고, 원래 있던 전사들은 우목에게 달려갔다.

"군주!"

"무슨 일이냐."

"저, 적들이… 자기들끼리 싸우고 있습니다."

우목이 자리에서 일어나 망루 쪽으로 향했다. 서두르진 않았다. 그다지 놀랄 일이 아니었기 때문이다.

"저것 보십시오."

오히려 안달이 난 전사들이다. 촉사와 늪 저편, 맹획군과 타가군 가운데에서 커다란 흙먼지가 일고 있었다. 격전의 먼지구름이었다.

"누가 이길 것 같아?"

단운룡이 훌쩍 망루 위로 올라와 물었다. 우목이 답했다.

"타가군."

정답이다.

타가군엔 카무이가 있다. 평지라는 지형도 타가군에 유리하다. 맹획군이 엉망이란 것은 단운룡이 직접 겪어봐서 안다. 절대 이길 수 없다. 싸움을 벌인 것 자체가 미련한 짓이었다.

"전사들을 준비해야……."

"이미 준비 끝냈어."

우목이 씩 웃으며 말을 이었다.

"삼십 명 추려났다. 제일 싸움 못하는 녀석들로."

"잘했어."

"누구누구 갈 거야?"

"나, 요화, 자후."

"셋 모두 간다고?"

"응."

"굳이 태자후까지 데려갈 필요가 있나?"

"무공을 가르친 게 태자후야. 전사들은 자후가 옆에 있는 것만으로도 제 기량 이상을 낼 수 있을 거다."

"그렇다면야."

"걱정 마. 이 상황이라면 너와 마건위만 있어도 충분히 막아."

단운룡은 그렇게 말하고 도요화를 찾았다.

전장에서 한참 동안 경험을 쌓은 도요화다. 그녀는 이제 완연한 여장수(女將帥)의 기파를 뿜어내고 있었다.

"싸움이죠?"

"초림."

"알았어요."

도요화는 전고 하나와 북채 두 개만 챙겼다. 그것으로 준비 끝이다.

태자후는 뒤에 삼십 명의 전사들을 끌고 왔다. 싸움 못하는 녀석들로만 골라났다더니, 딱히 그렇지도 않은 것 같다. 전사들 중간에 흑망이란 놈이 떡하니 박혀 있었다.

흥미롭다는 눈으로 흑망을 일별한 후, 단운룡이 태자후에게
말했다.

"뒤에 삼십. 다 네 책임이다."

"여부가 있겠습니까."

태자후는 무공교두 노릇을 하는데 꽤나 재미를 붙인 모양이었
다. 그가 전사들에게 외쳤다.

"가자!"

"예!!"

전사들 삼십 명이 우렁찬 목소리로 답했다.

한창 싸움을 벌이고 있는 적들을 우회하여 산길로 접어들었
다. 삼십 명이란 적지 않은 숫자인지라, 난장을 벌이고 있는 적
병들 중에는 그들의 모습을 본 자도 있었을 것이다. 하지만 놈들
에겐 자기 앞으로 날아드는 창칼이 더 급했다. 적들은 단운룡과
전사들을 신경 쓰지 못했다. 덕분에 그들은 추격자 하나 없이 자
유롭게 움직일 수 있게 되었다.

산 하나를 넘었을 때였다.

단운룡이 전진을 멈추고 산그늘에 가려진 숲 쪽을 돌아보았
다. 그가 태자후와 도요화를 돌아보며 물었다.

"느꼈지?"

"예."

"가보자."

단운룡이 앞장섰다. 태자후의 뒤를 따르던 전사들이 하나둘

호철도를 빼 들었다.

숲이 가까워졌다. 도요화가 단운룡의 옆으로 따라붙으며 나직한 목소리로 입을 열었다.

"이건 아무래도……."

"그래."

숲 앞에 당도했다. 진록색 큰 잎 나무들이 얽힌 밀림이다. 딱히 진입로라 부를 만한 곳이 보이질 않았다.

"뭐 하냐. 길 좀 열자."

태자후가 역정을 부리듯 말했다. 그러자 전사들이 너나 할 것 없이 달려들어 나뭇가지들을 베어내기 시작했다.

우지끈. 사사삭. 사삭.

떨어지는 나뭇가지에 풀 스치는 소리가 사위를 울렸다.

한참 길을 열고 숲 안으로 들어가던 중이다. 한순간, 어둠 속 나무 그림자 사이에서 번뜩하고 날아드는 칼날이 있었다.

채앵!

소년 전사의 칼이 기습적으로 날아든 칼을 비껴냈다. 용음도(龍吟刀)의 방어초다. 무의식중에도 펼치는 것을 보아하니, 자나깨나 연습을 게을리하지 않은 모양이었다.

"잘 막았다!"

태자후의 목소리가 소년 전사의 힘을 돋우었다.

카앙! 채챙!

칼 소리가 이어졌다. 소년 전사가 아닌 다른 쪽에서도 칼바람이 불었다.

"어딜!"

흑망의 호철도는 누구보다 빨랐다. 몸에 밴 것이 만만치 않을 텐데도 새로 배운 용음도 초식이 꽤나 깔끔했다.

까앙!

수풀 사이에서 날아든 칼날을 가볍게 막아내고 그늘 안쪽으로 쫓아 들어갔다. 검은 옷, 당황한 눈빛이 보였다.

막 칼끝을 찔러내려 했을 때다. 한줄기 낭랑한 외침이 흑망의 귓전을 파고들었다.

"죽이지 마!!"

칼이라 함은 내칠 때보다 회수하기가 더 힘든 법이다. 용음도를 배우기 전이었으면 이미 상대의 몸을 갈라 버린 후였으리라.

그동안 배운 용익보를 응용해 기울어졌던 몸을 위로 세웠다. 비쳐드는 햇빛으로 상대의 모습을 다시 확인한 흑망이 눈살을 찌푸리며 입을 열었다.

"아… 창……?"

"……!!"

흠칫 놀란 상대가 한 발 뒤로 물러났다. 흑망이 왼손을 들어 상대를 진정시켰다. 그가 다시 물었다.

"아창족. 어디지?"

흑망은 살기까지 거두었다. 상대도 칼을 내렸다.

"굴원."

"굴원! 골짜기 아창족!"

아창족 사내가 고개를 끄덕였다. 사삭, 사사삭. 흑망의 뒤쪽으로 소년 전사 하나가 칼을 들고 섰다. 흑망이 소년 전사에게 말했다.

“이들은 적이 아냐.”

“예.”

이내, 단운룡의 목소리가 숲을 갈랐다.

“모두 멈춰! 싸울 이유가 없다!”

간간이, 그리고 힘없이 터져 나오던 칼 소리가 순식간에 잦아들었다. 이미 단운룡이 소리치기 전부터 흑망처럼 싸우다 멈춘 이들이 태반이었다.

“우린 무구고원에서 왔다.”

흑망이 아창족 사내에게 말했다.

사내가 놀란 얼굴로 온몸을 부르르 떨었다. 뭔가 격동에 휩싸인 모습이었다.

“그렇다면… 소문이 사실인 거요?”

사내가 물었다.

“무슨 소문?”

“하늘의 뇌공과 땅의 거인이 무구고원의 백성들을 지켜준다는 소문 말이오.”

흑망과 옆에 선 소년 전사가 마주 보며 웃음을 지었다. 흑망이 대답했다.

“비슷하지.”

사내가 연이어 물었다.

“그럼, 타가와 맹획 연합의 파상공세를 완벽하게 막아내고 있다는 말도 사실인 게지요?”

“그건 그 말 그대로고.”

흑망의 대답에 아창족 사내가 환희의 표정을 지었다.

사내가 흑망을 잡아끌었다.

"이쪽으로 오십시오."

수풀을 헤치고 나아간다. 흑망은 잠자코 따라갔다. 사삭, 사삭. 흑망은 주위의 숲에서 똑같은 인기척들을 느꼈다. 흑망 자신처럼 자신이 싸우던 자의 안내를 받으며 안쪽으로 들어가는 전사들의 인기척이었다.

"어이."

사삭, 후두둑.

거침없이 걸어오는 자들 중엔 태자후도 있었다. 키 작은 아창족 사내에게 이끌려 수풀을 헤치던 태자후가 흑망과 합류했다. 흑망 옆에 있던 소년 전사가 자신을 안내하던 아창족 사내에게 작은 목소리로 말했다.

"저분이 말씀하신 땅의 거인입니다."

아창족 사내는 흘끔흘끔 태자후에게서 좀처럼 눈을 떼지 못했다. 태자후는 신경도 쓰지 않았다. 둘둘 만 깃대를 어깨에 떡하니 걸치고서 건들건들 발을 뗄 뿐이다.

수풀 사이로 커다란 공터가 나타났다.

또다시 칼바람이 불어왔다. 앞장섰던 아창족 사내들이 소리치며 그들의 쇄도를 막았다.

"괜찮아! 위험하지 않다!"

물러서는 녀석들은 나이가 어렸다. 기껏해야 십대 중반이다. 싸움 경험이 많지 않은 듯 칼을 거두면서도 잔뜩 긴장하고 있었다.

"저희 부족 식구들입니다."

아창족 사내 하나가 말했다.

공터 안쪽으로 꺾어 들어간 흑망은 두 눈을 크게 뜰 수밖에 없었다. 수풀 사이사이, 곳곳에 수많은 사람들이 앉아 있었다.

노인들, 여인들, 아이들까지 있다. 개중에는 아창족이 아닌 포랑족도 있었고, 드물지만 납서족도 섞여 있다. 숫자는 통틀어 백 명을 넘는 것 같았다.

"말했지. 이런 일이 생길 거라고."

뒤쪽에서 말하며 걸어오는 이는 다름 아닌 단운룡이었다. 그가 사람들을 돌아보았다. 시선을 마주치자 품 안의 아이를 꼭 안는 아낙네부터, 호기심으로 두 눈을 동그랗게 뜨는 소년들, 무심한 듯하나 경계심을 보이는 노인들까지 각양각색의 사람들이 모여 있었다.

"더 있나?"

그가 한쪽에 있는 아창족 사내에게 물었다. 조용히 서 있던 사십 세가량의 아창족 사내는 단운룡이 자신을 지목하자 다소 놀라는 눈치였다. 그 아창족 사내는 이들 모두의 실질적인 우두머리였다. 잠자코 숨죽이고 있었는데도 단숨에 짚어낸 것이다.

"굴원에서 온 이들은 우리가 전부요. 저쪽 산등성이에 더 남쪽에서 온 포랑족 무리가 있다고 들었소."

"숫자는?"

"그쪽이 우리보다 더 많소. 포랑족 몇 개 부족이 합쳐졌댔소. 최소 이백 명은 될 거요."

이쪽에 백. 저쪽에 이백. 삼백이 넘는다. 말하자면 난민들이다. 행색은 하나같이 초라하고 지저분하다. 대부분이 헐벗고 굶주려 있다. 무구고원에선 죽을 걱정 없이 살 수 있다 하여 무작정제 땅을 떠나온 이들이었다.

"어떻게 하죠?"

도요화가 단운룡에게 물었다. 단운룡도 고민이다. 무구고원
으로 돌아가려니, 타가와 맹획군의 싸움판이 만만치 않다. 숫자
가 적으면 모르겠지만, 삼백이란 수는 너무 많다. 그 정도가 촉
사와 늪을 건너려면 저들끼리 싸움판을 벌이고 있다 해도 가만
두지 않으리라. 잘됐다며 싸움을 멈추고는 화살을 그들에게 돌
려 버릴 가능성이 높았다.

삼백 명 난민.

그리고 적들.

단운룡의 머릿속에서 싸움의 양상이 그려졌다.

단운룡, 도요화, 태자후, 삼 인에 전사들 삼십까지 동원되면
적들이 몇백 명이라도 길을 터줄 수 있다. 문제는 시간이다. 삼
백 명 대다수는 전사들이 아니다. 이동이 굼뜰 것이 분명하다.
그러다간 희생자가 나온다. 특히나 촉사와 늪은 적들의 공격이
아니더라도 충분히 위험하다. 무공을 익히지 않은 보통 사람들
에겐 늪이라는 땅도, 독개구리도 적병들의 창끝만큼이나 무서운
존재였다. 수십 명이 죽을 수도 있었다. 어쩌면 그보다 더 죽을
지도 모른다.

"돌아가는 겁니까."

이번엔 태자후가 물었다. 태자후는 어찌 되든 상관없다는 얼
굴이다. 여기든 초림이든 싸움만 할 수 있으면 그만이다. 막야흔
이 생각난다. 똑같이 대책없는 놈이었다.

"아니. 돌아가지 않는다."

단운룡이 고개를 흔들었다.

난민들의 얼굴을 하나하나 눈 안에 새겼다. 그들은 무구고원에, 단운룡에게 목숨을 걸고 여기까지 왔다. 한 명도 죽이고 싶지 않았다.

"무구고원을 찾아온 거야. 그렇지?"

단운룡이 아창족 우두머리에게 물었다. 아창족 우두머리가 고개를 끄덕였다. 단운룡의 목소리가 이어졌다.

"좀 더 참아줄 수 있나?"

"못… 받아주시는 겁니까."

"미안하지만 무구고원으로는 바로 가기 힘들어. 적들이 진을 치고 있으니까. 여기서 이렇게 숨어 있는 것도 그 때문일 거고."

아창족 우두머리의 얼굴이 침울해졌다. 어떻게 온 길인데, 바로 앞에서 막혀 버린 것이다. 한 아름씩 챙겨 왔던 먹을 것도 이제는 바닥을 드러내고 있었다. 시름시름 죽어가는 이들이 속출하는 상황이었다.

"그래서 말인데……."

아창족 우두머리가 고개를 번쩍 들었다. 말끝을 흐리는 단운룡의 한마디에서 어떤 희망 같은 것을 느꼈기 때문이다.

"어떤……?"

"곤산 초림이라고 들어봤지?"

"초림이라면… 예전 마군의 근거지였다던……."

"우린 지금 초림을 되찾으러 가던 길이었다."

"아……!"

"함께 가자. 가는 길이 좀 고되겠지만, 도착만 하면 한시름 놓을 수 있을 거야."

"하지만 거기엔……."

"적들이 있지. 사백 명 정도 된다고 해. 귀비혈사대도 있고."

"사백!"

"잘된 거야. 사백 명이 먹고 자려면 먹을 게 충분해야 하거든."

"그게 무슨……."

"놈들도 비축해 놓은 게 꽤 있겠지. 전부 우리 것이 될 거다."

단운룡이 태자후를 돌아보며 미소 지었다.

태자후가 마주 웃었다.

산둥성이에 있다는 포랑족 난민들과 합류했다. 포랑족 지도자는 호호백발의 노인이었다. 강단있는 얼굴로 흔쾌히 따라나서마 했다.

난민 삼백을 이끌고 초림으로 향했다. 아창족과 포랑족 두 무리를 통틀어 싸울 수 있는 남자는 팔십여 명이었다. 그나마도 싸움터에서 사람을 죽여본 녀석들을 꼽으라면 그 절반밖에 되지 않았다. 즉시 전력감으로 쓰기엔 무리라는 뜻이었다.

"흠흠. 먹을 것이 다 떨어졌구려."

포랑족 노장로가 혀를 차며 말했다.

이틀이 채 지나지 않아 아창족 식량도 바닥나 버렸다. 덥고 습한 지방이라 산야에 먹을 것이 널려 있다지만, 그래도 숫자가 삼백이다. 주린 배를 채우기가 쉽지 않았다.

"할 수 없군."

　길을 좀 돌아가더라도 식량부터 확보해야 했다. 마침 좋은 곳이 있었다. 얼마 전 녹산 근역에 맹획군 진지가 새로이 구축되었다는 이야기를 들었다. 목표가 정해진 것이다.

　"요화는 사람들을 지켜줘."

　"걱정 마세요."

　도요화는 누구보다 믿음직스러운 부장(副將)과도 같았다. 무공은 태자후보다 못하지만 신뢰는 그 이상이다. 홀가분한 마음으로 태자후와 함께 맹획군 진지로 향했다. 전사들 삼십 명이 그 뒤를 따랐다.

　쾅! 쾅! 쾅! 태자후가 신났다. 제일 먼저 달려가 목책 쌓은 정문을 깃대로 후려친다. 요충지가 아니어서인지 목책 문밖에는 지키는 병사들조차 없었다. 태자후가 주위를 돌아보고는 사위를 울리는 목소리로 외쳤다.

　"이리 오너라!"

　소리는 그렇게 쳐놓고 정작 문 여는 이들은 기다리지도 않았다. 그가 두 손으로 깃대를 들어 올렸다. 내력을 모아 어깨에서 횡으로 힘껏 휘둘러 박았다.

　짜앙!

　통나무 문이 터지듯 부서져 나갔다. 놀란 보초들이 그때서야 기어나왔다. 박살난 통나무들의 잔해를 밟으며 태자후가 불쑥 쳐들어간다.

　뒤쪽에서 잠자코 보고 있던 단운룡이 불쑥 입을 열었다.

　"우리도 가야지."

　단운룡과 전사들이 땅을 박찼다.

부서진 통나무 문을 넘어가니, 이미 장내는 흐드러진 난장판이었다. 휘둘러 내치는 깃대에 적 병사들이 뼁뼁 날아가고 있었다. 전사들이 안으로 들어갔다. 태자후보다는 쉬운 상대로 여겨진 모양이다. 물러섰던 병사들이 전사들을 향해 달려들기 시작했다.

챙! 채챙!

병장기 소리가 사위를 채웠다. 단운룡의 눈이 적들을 쭉 훑었다. 총 인원은 백 명 남짓이었다. 지어진 크기에 비해 병력의 수가 적어 보였다. 아마도 타가군에 대한 총공격 때문일 것이다.

"야 이 자식아! 자세가 그게 뭐냐! 확 더 올려쳐야지!!"

태자후는 고래고래 소리치며 전사들의 싸움까지 참견하고 있었다. 얼마 배우지 않은 무공이지만, 전사들의 움직임은 꽤 쓸 만해 보였다. 적어도 몇 달 전보다는 확실히 나아졌다.

'식량 창고가…….'

싸움은 전사들과 태자후에게 맡겨둬도 문제가 없을 것 같았다.

단운룡은 신풍만 발동한 채, 창고부터 찾았다. 우왕좌왕 어쩔 줄 모르는 병사들 가운데, 커다란 건물 하나가 보였다.

파라라라락!

온몸을 타고 흐르는 기류에 옷깃을 휘날리며 건물 앞으로 짓쳐 나갔다. 병사 두 명이 그를 막아섰지만 상대가 될 리 만무했다.

퍼펑!

"크악!"

"우와아악!"

벽에 한 놈 처박히고, 땅바닥에 한 놈 굴렀다. 건물 문은 컸다.

때때로 환기가 가능하도록 목조 창문들이 정문만큼 커다랗게 박혀 있다. 전형적인 장족식 창고였다.

쾨쾅!

극광추 때려 넣어 빗장을 부수고 안으로 들어갔다. 안쪽을 지키는 놈은 네 명이었다. 발을 올려 한 놈의 옆머리를 찼다. 그 자리에 픽 꼬꾸라진 놈을 지나쳐 정면 병사의 중단에 마광각을 박아 넣었다. 놈의 몸이 산더미처럼 쌓인 병량에 파묻혔다. 말린 쌀알과 조, 보리 등의 곡식들이 우수수 쏟아져 내렸다.

옆에 있던 놈이 칼을 휘둘러 왔다. 날 세운 광검결로 칼날을 뚝 부러뜨렸다. 놈이 으아악 비명을 지르며 바깥으로 도망쳤다. 쫓지 않았다. 그 대신 마지막 남은 놈의 옆으로 돌아가 광혼고를 터뜨렸다.

쾨장창!!

놈의 몸이 창문 하나를 부수며 바깥으로 튕겨 나갔다. 병량에 파묻힌 놈의 목덜미를 잡아 부서진 창밖으로 집어 던졌다. 땅에 꼬꾸라진 놈도 발목을 잡아 문밖으로 굴려 보냈다.

양 허리에 손을 얹고 쌓여 있는 병량을 올려보았다.

정말 양이 상당하다. 다 들고 움직일 수 있다면 바랄 게 없겠다.

단운룡이 창고 밖으로 나왔다.

바깥은 거의 다 정리된 상태다. 마구간을 둘러보았다. 투레질하는 기마들의 수가 꽤 된다. 스물넷, 이 정도면 수레를 끄는 것도 가능하겠다.

"다 됐나?"

"암요."

태자후가 번쩍 몸을 날려 목각 건물 지붕으로 올라갔다. 그리고는 그때까지도 감겨 있던 깃발을 훌쩍 펴 들었다.

진녹색 깃발, 황룡 무늬가 하늘을 수놓았다.

예정되어 있던 승리의 깃발이다.

멀리서 둥둥둥 하고 북소리가 들려왔다. 도요화의 화답이다. 숲 한쪽에 숨어 있던 난민들이 꾸역꾸역 빠져나와 진지로 향했다. 전사들은 적병의 시체들을 구석으로 치우고 살아남은 놈들을 포박하여 목책을 따라 일렬로 꿇려놓았다.

단운룡이 걸음을 옮겨 적 생존자들 앞에 섰다. 병장기를 빼앗긴 채 묶여 있는 그들은 하나같이 공포에 질려 있었다. 대부분이 장족이다. 쭉 둘러보니 아창족으로 보이는 놈이 한 명 눈에 띄었다. 놈 앞으로 다가갔다. 고개를 푹 숙이고 있었던 놈이 단운룡을 올려보았다.

"너, 아창족이지?"

놈의 눈동자가 한번 크게 흔들렸다. 그것으로 대답이 되었다. 단운룡이 다시 물었다.

"왜 맹획군에 지원한 거냐?"

쭉 한 번쯤 물어보고 싶었던 질문이다. 촉사와 늪 싸움에서도 그랬고, 그 이전에도 그랬다. 그냥 징병당한 것이라면 할 말이 없지만, 그렇지 않은 놈들도 있는 것 같았다. 강제로 군대에 끌려온 것치고는 올려보는 눈빛이 제법 도발적이고 강인했다.

"무구고원에서 온 거요?"

"그렇다."

"무구고원……. 애시당초 그곳으로 갈 걸 그랬소."

양옆의 장족 병사들은 별반 놀란 것 같지도 않았다. 자기들을 박살 낸 적군에게 그런 말을 하고 있음에도 전혀 이상하다 생각지 않는 듯했다.

"이유는?"

"난 타가의 주구들에게 가족을 잃었소. 복수하기 위해 맹획군에 지원했소."

단운룡은 그 순간 또 하나의 사실을 깨닫는다.

복수하기 위해 맹획군에 들어갔다.

과연 그럴 수도 있겠다.

오원이 패망한 이 땅에서 선택은 오직 둘뿐이다. 타가에게 혈족을 잃은 자들은 맹획군에 들어가고 맹획에게 땅을 뺏긴 자들은 타가군에 들어간다.

타가군이 마을을 짓밟았다. 그게 무조건 타가 책임일까. 맹획과 싸우기 위한 요충지로 마을을 점령했다면, 그것은 온전히 타가 탓이지만은 않다. 애초에 맹획과 타가가 싸움을 벌이지 않았더라면 마을이 짓밟힐 일도 없었다. 맹획도 부분적인 책임이 있다는 뜻이다.

하지만 이들 눈에는 그런 것이 보이지 않을 게다. 당장 눈앞의 복수만 할 수 있다면 누구 밑에 몸을 의탁해도 상관없다는 말이었다.

"그럼, 지금이라도 와. 우린 타가든 맹획이든 가리지 않고 죽일 거니까."

아창족 사내가 미간을 좁혔다.

믿을 수 없다는 표정이다. 정말 그래도 되냐는 얼굴이었다.

단운룡이 고개를 돌렸다. 흑망이 마침 옆에 있었다.

"풀어줘."

흑망이 두 눈썹을 치켜올렸다. 그가 물었다.

"그냥, 이렇게 말입니까?"

"응."

"하지만……."

"뭔 말이 그리 많아. 소문주가 풀어주라시는데!"

뒤에서 성큼성큼 다가온 태자후가 깃대 끝을 휘둘렀다. 아창족 사내를 묶었던 밧줄이 후두둑 끊어졌다. 뭉툭한 깃대로 어떻게 그런 조화를 부렸는지 놀라울 따름이었다.

"일어나."

단운룡의 말에 아창족 사내가 홀린 듯 땅을 짚고 몸을 일으켰다. 사내는 말을 잇지 못했다. 그저 이해할 수 없다는 표정만을 만면에 가득 띄우고 있을 뿐이었다.

"우릴 따라오든, 무구고원으로 알아서 찾아들든 개의치 않아. 이대로 네 동료들과 묶여 있어도 돼."

"따, 따라가겠소."

어딘지도 모르지만 사내는 그래야 한다고 느꼈다. 눈이 부셨다. 어디는 함께 가도 그 끝에 광명이 기다리고 있을 것 같았다.

단운룡이 묶여 있는 장족 병사들을 따라 걸음을 옮겼다. 하나하나 얼굴을 꿰뚫어 보며 벽 끝, 마지막 병사까지 왔다. 그가 천천히 입을 열었다.

"맹획이 좋아서 충성을 바치는 자. 손들어봐."

병사들은 아무도 손들지 않았다.

설사 정말 그런 자가 있다 해도 손을 들지는 않았을 테지만, 실제로도 그들은 누구 하나 맹획을 좋아하는 이가 없었다.

"모두 알아둬. 마음속에 간직하고만 있어도 좋고, 널리 소문 내고 돌아다녀도 좋아. 우린 무구고원에서 왔고, 오원을 되찾을 거다."

모두가 숨을 죽였다.

태자후도, 흑망도, 전사들도 숨을 죽였다.

"우린 아무나 죽이지 않는다. 네놈들도 죽이지 않아. 고생은 하겠지. 풀어주지 않고 떠날 테니까."

부서진 문으로 도요화와 난민들이 들어오고 있었다. 하지만 묶여 있는 전사들은 단운룡에게서 시선을 떼지 않았다. 뗄 수가 없었다. 그가 그렇게 만들고 있었다.

"어차피 모두 마찬가지다. 맹획도 싫고, 타가도 싫은 거잖아. 단지 살아남기 위해 칼을 들었을 뿐이다. 앞으로는 달라질 거다. 자유롭게 살고 싶은 이들은 그리될 것이요, 죽어 마땅한 놈은 죽을 것이다. 타가와 맹획은 죽어 마땅한 자들이야. 그들이 죽어 없어지면, 네놈들은 살아가기 위해 칼을 드는 것 대신 다른 방법들을 찾아야 해. 어떻게 살아갈지. 지금부터 생각해 놔야 할 거다."

단운룡이 묶여 있는 오십 병사들을 두고 한 말은, 이후 널리널리 퍼져 나가 오원 땅에 남은 하나의 신화(神話)가 된다.

신화를 앞에 둔 난민들은 창고에 쌓인 병량들을 보며 감탄하는 데 여념이 없었다.

그런 것이다.

항상 약탈만을 당해오던 불쌍한 백성들이, 영웅의 권속 안에서 처음으로 적들의 식량을 약탈한다. 하늘은 영웅에게 신화를 주었고, 땅은 사람에게 삶의 가혹함만을 가르쳐 줄 뿐이다. 천하인의 삶, 모든 이의 머리 위에 드리워진 피할 수 없는 운명의 굴레가 그 순간 거기에 있었다.

*　　　*　　　*

"전방에 튠차이! 늑대부대, 확인되었습니다!"

맹획군 분대.

지휘관은 무구고원에서 비밀리에 불려온 황육괴였다.

황각군 이백 명이 황육괴 뒤에 진을 쳤고, 장족과 려족 병사 육백 명이 양옆에 진을 짜고 있었다.

"숫자가 몇이냐."

"기병 삼백입니다. 늑대부대는 백 기, 선봉을 맡고 있습니다."

이쪽 수가 두 배를 넘는다.

그러면서도 황육괴는 마음을 놓을 수가 없었다.

무구고원에서의 기억 때문이다.

하루하루를 좌절과 굴욕으로 살았다. 공격을 들어갈 때도 진탕 날뛰지 못한 채, 황천인해진을 둘러쳐야만 했었다.

더 이상 그렇게 살 수는 없었다. 무구고원 쥐새끼들을 씹어 죽여도 시원치 않았지만, 그렇게 더 살았다가는 머리에 풍이라도 맞았을 것이다.

"적당히 싸우다가 퇴각이라……."

황육괴는 군왕의 명령을 떠올렸다.

그의 역할은 튠차이를 유인하는 것이었다. 제 위치에만 끌고 가면 된다. 거기까지만 가면 군왕께서 친히 나서시리라. 직접 튠차이의 머리를 부숴 버리시겠다 선언하였다.

병력 차이를 듣고 보니, 공적에 대한 욕심이 생겨났다. 워낙에 무구고원에서 체면을 구긴 뒤라 군왕의 진노에서 목숨을 건진 것부터가 황송할 따름이었다. 만회가 필요했다.

'일단 부딪쳐 보고.'

황육괴는 일단 싸워본 다음 결정하기로 마음먹었다. 튠차이 놈의 실력은 익히 알고 있다. 마음을 놓을 수는 없었지만 또 마음 한구석에선 별거 아니라는 생각도 고개를 처든다. 무구고원에 진을 친 괴물들에 비하자면 별반 두려울 게 없을 듯싶었던 것이다.

"전진하라! 능선에서 적들을 맞이한다!"

황육괴가 큰소리로 명했다.

척, 척, 척!

병사들이 대열을 맞춰 이동하기 시작했다. 언덕 밑에 이르러 병사들이 창칼을 세웠다. 황각군 무인들도 각반과 비구를 점검했다. 황각군 무인들의 기세는 자못 살벌했다. 그들의 기량은 몇 달 전보다 가일층 상승해 있었다. 성장한 원인은 역설적이게도 무구고원의 전투였다. 죽음의 기로에서 단련된 경험이 그들의 기질을 바꿔놓은 것이다. 어떤 적들도 무구고원 뇌전마보다는 무섭지 않다. 무인들이 뿜어내는 군기가 넘실넘실 능선 위의 풀밭을 뒤흔들었다.

"올라가자."

그들이 속도를 냈다. 언덕 꼭대기 능선에 이르자, 반대편 밑에서 올라오는 기병들이 보였다. 선두를 맡고 있는 것이 그토록 유명한 늑대부대다. 튠차이가 가장 앞에서 말을 달린다. 최전방에서 돌격을 가하는 전형적인 기병장수의 모습이었다.

"가라!"

와아아아아아아!

두두두두두두두!

보병들이 언덕을 내려가며 창칼을 휘어잡았다. 지형으로 보면 위에서 아래로 공격하는 게 당연히 유리하다. 려족 병사들이 앞으로 나와 대(對) 기마용(騎馬用) 장창들을 사선으로 올려 박았다.

콰창! 콰드드드드득!

선봉에 서 있던 튠차이가 쌍도를 휘둘렀다. 장창들이 마구 부러져 나갔다. 칼 옆면으로 때린 일격에 밀집 대형 병사들이 열을 지어 쓰러졌다. 굉장한 무위였다.

채챙! 푸르륵! 콰쾅!

이어 늑대부대가 들이닥쳤다. 대 기마용 장창들은 별 쓸모가 없었다. 막혀서 쓰러진 기병은 고작 둘뿐이다. 백 기 중 두 기였다.

"양쪽으로 휘어 들어가 배후를 노려라!"

몽고어 함성이 하늘을 채웠다.

기병들이 두 방향으로 쫙 갈라졌다. 늑대부대 기병들은 소위 명마들이라 일컬어지는 전마들보다 체구가 작은 편이었다. 하지만 그 민첩성은 명마들 이상이다. 찔러오는 창날을 피하면서 방향을 트는 것이 제 부대 이름인 늑대들과 같았다.

"끼요옷!"

"죽어라!!"

괴성을 지르며 만도를 내친다. 늑대부대 기병들의 눈에서는
광기(狂氣)가 엿보이고 있었다. 맹획군으로 치자면 귀비신단을
복용한 귀비혈사대 같은 느낌이다. 그들의 만도가 맹획군 병사
들의 핏물을 흠뻑 머금었다. 장창을 세운 병사들은 더 이상 전진
하지 못했다. 쓰러지고 쓰러지고 또 쓰러진다. 전력 차이가 너무
나도 뚜렷했다.

"황각군이 나서라!"

마침내, 황각군이 땅을 박차고 늑대부대 사이로 뛰어들었다.
그때부터 박빙이다. 병사들을 일거에 쓸어버릴 듯 움직이던 늑
대부대가 장애물에라도 걸린 듯 속도를 한껏 늦추었다. 기병들
이 땅을 구르기 시작했다. 황각군의 선전이 눈부셨다.

두두두두!

콰창! 퍼버벅! 콰아아앙!

"황육괴!!"

격렬한 전투음 사이로 튠차이의 고함 소리가 쏟아져 내렸다.

"누가 이 어르신을 부르느냐!!"

황육괴가 몸을 날렸다.

황육괴와 같이 추악한 자도 자존심이란 것이 있다. 더욱이 튠
차이와 황육괴 사이에는 구원이 많았다. 둘 다 삼흉과 사괴 중에
가장 포악한 자들이어서 그렇다. 직접 목숨을 걸고 손속을 겨뤄
본 적은 없었지만 서로의 부하들을 죽이거나 점령지를 빼앗는
등 성질 긁을 일들을 많이도 나눠왔었다.

쒜에에엑! 위잉! 위이잉!

두 사람 사이에 작은 공터가 생겨났다. 유성추와 쌍도가 바람을 갈랐다. 치열한 공방이었다. 튜차이의 쌍도는 짐승의 이빨처럼 사나웠다. 황육괴의 유성추는 급소를 노리는 흉험함이 있었다.

승부는 쉽게 날 것 같지 않았다. 팔십여 합을 주고받았다. 황육괴와 튜차이는 거진 동시에, 아까운 병력을 많이 잃었구나 하는 생각을 했다. 그들이 싸우고 있는 동안 양측 기병과 무인들의 싸움은 극에 달해 있었다. 이젠 서로 죽고 죽이는 것밖에 머릿속에 없다. 황각군 희생자가 칠십을 헤아린다. 일반 보병 사망자는 셀 수 없이 많다. 쓰러진 늑대부대 기병이 사십이요, 뒤따라 합류한 정예기병 사상자가 백 기에 이르고 있었다.

지나치게 정직한 힘겨루기였다.

둘 다 뭔가에 쫓기고 있는 느낌이어서 그랬을 것이다. 황육괴는 지난 실패를 만회하기 위한 공적이 급했고, 튜차이는 지난 시간 동안 출전하지 못한 것에 대한 답답함을 해소하는 게 급했다. 무엇보다 서로의 목을 따고 싶었던 것이 컸다. 황육괴와 튜차이의 목은 각각이 이 전쟁의 승패를 좌우하는 큰 분기점 역할을 할 수가 있었다. 상대방을 잡는 것이 곧 최고의 영광이었다.

까앙! 푸르르륵!

인마일체로 칼을 휘두르던 튜차이가 연이은 충돌 끝에 뒤쪽으로 기마를 물렸다. 황육괴도 한발 물러섰다. 이대로는 쉽사리 승부가 나지 않을 것임을 깨달았기 때문이다. 둘이 승부를 짓겠다며 고집을 부리다가는 난전으로 얽힌 병사들이 모두 다 죽게 생겼다. 그래서는 둘 다 득될 것이 없다. 한쪽이 한쪽을 확실히 잡을 수 있다면 모를 일이지만, 그것마저 불투명한 지금, 이 싸움은 그저 오기만을 앞세운 소모전일 뿐이었던 것이다.

"전군 퇴각한다!"

황육괴가 소리쳤다. 핏물을 뒤집어쓴 황각군이 주춤주춤 뒤쪽으로 물러났다. 튠차이 측 기마들은 그들을 쫓지 않았다. 서로 약속이라도 한 듯 싸움을 멈추고 거리를 두었다. 황육괴와 병사들이 언덕 위로 올랐다.

무식한 싸움이었다.

둘 다 뭔가 보여주려 했지만 보여준 것은 언덕 따라 즐비한 시체들밖에 없었다. 황육괴가 언덕 밑을 가리키며 다시 한 번 퇴각 명령을 내렸다. 병사들이 능선을 지나 피 뿌려진 적 없는 풀밭으로 내려왔다.

두두두두.

언덕 저편에서 대오를 정비하는 기병들의 말발굽 소리가 들렸다. 후방의 병사들은 긴장을 풀지 못했다. 시선을 언덕 위 능선에 둔 채, 창을 세운 채로 조심조심 뒷걸음질을 쳤다.

끝까지 내려올 때까지도 기병들은 언덕 위에 나타나지 않았다. 그래도 방심은 금물이었다. 한숨 돌린 후에 인원을 점검했다. 황각군 무인 칠십삼 명 사망에, 병사들은 삼백삼십 명이나 잃었다. 딱 절반이다. 팔백 병력이 삽시간에 사백으로 줄었다. 황육괴가 다시금 언덕 위를 올려보았다. 그때서야 튠차이와 기병들이 모습을 하나둘 드러내고 있었다.

돌진해 올 기미는 없었다.

그들의 이동경로를 확인하려는 의도인 것 같았다.

황육괴는 입술을 씰룩거리며 우회 전진 명령을 내렸다. 타가군 영역, 오악강을 건너는 요충지가 있는 쪽이었다.

오악강 등포 여울목.

그게 그들의 목적지였다. 물살은 급해도 수심이 낮은지라 일찍부터 사람이 건널 수 있을 만한 다리가 놓여졌던 곳이다.

당장 부딪치진 않아도, 조금만 더 가면 그들의 목적지가 등포 여울목이라는 것을 알아챌 수 있을 터였다. 등포는 오악강을 건널 수 있는 가장 좋은 길이면서, 녹풍원으로까지 이어지는 주요 길목 중 하나였다. 쉽게 내줄 만한 곳이 아닌 만큼 견제를 위해서라도 따라붙을 수밖에 없을 터였다.

'군왕이 직접 나서신다 해도, 튠차이 네놈의 목만큼은 내가 졸라주리라.'

흉하게 일그러진 얼굴로 연이어 전진 명령을 내렸다. 튠차이의 늑대부대는 산 하나를 넘으면서 시야에 들어오지 않게 되었지만, 종종 내력을 집중하면 아련한 말발굽 소리를 들을 수 있었다. 스물스물 계속 따라오고 있음을 알 수 있었다.

이틀을 행군하여 마침내 등포 인근까지 이르렀다. 반나절 전부터 귀를 기울여도 말발굽 소리가 들리질 않았다. 상관없었다. 늑대부대는 반드시 나타날 것이다. 근처 어디서 병력을 충원하고 있거나 아니면 다른 길로 미리 앞질러 가 등포에서 기다리고 있는 것일 수도 있었다.

"군주님! 깃발입니다."

멀리 흔들리는 깃발이 보였다. 지각군의 상징인 갈색 깃발이었다. 황육괴는 한결 가벼워진 마음으로 발을 떼었다. 깃발이 흔들리고 있는 저곳이 바로 등포에 진입하기 직전 물자와 병력을 보충받을 수 있도록 약속된 장소였다. 지각군 무인 열 명이 저곳에 있을 것이요, 려족과 여타 부족 창병들 이백 명이 그들을 기다리고 있을 것이다.

깃발이 가까워졌다. 황육괴의 안색이 굳어졌다. 군사가 몰려 있으면 응당 있어야 할 인기척이 느껴지질 않았기 때문이었다. 조금 더 다가가자, 형언할 수 없는 냄새가 코끝을 찔러대기 시작했다. 시체 썩는 냄새랑 비슷하지만 그것보다 더 역했다. 사람이 맡아서는 안 될 냄새 같았다.

꺾인 길, 바람으로 다져진 공터에 이르렀다. 참지 못하고 몸을 날린 황육괴는 자신의 눈에 비쳐든 광경에 왁 하고 소리를 지를 뻔했다.

"이, 이게 무슨……!!"

병사들이 모조리 죽어 있었다. 황육괴는 죽어 있는 병사들의 모습에서 눈을 떼지 못했다.

기괴했다.

시체들의 얼굴이 분홍빛으로 변해 있었다. 쓰러진 모양도 괴이하기 짝이 없었다. 앞쪽의 병사들이 특히 그랬다. 바람에 휩쓸려 쓰러진 것처럼 같은 방향으로 줄줄이 누워 있었다. 오십 명 정도가 다 같이 손잡고 동시에 뒤로 넘어진 것 같은 모양새였다.

"독에 당한 것 같습니다."

막 따라 올라온 황각군 무인들이 시체들을 살피며 말했다.

"멍청한 놈아! 그걸 몰라서 이러고 있는 것 같은가!"

황육괴가 수하를 윽박질렀다.

그의 조그만 눈이 뒤쪽의 시체들을 훑었다.

대부분이 창에 찔려 죽었다. 그나마 반항이라도 할 수 있었던 듯, 쓰러진 대열이 가지런하지 않고 난잡했다.

한쪽 몇 구의 시체에 눈이 갔다. 얼굴색을 보니 분홍빛이 아니라 녹색으로 변해 있었다. 한 가지 독만 살포된 것이 아닌 듯했다.

"창기병에게 당했습니다. 독을 먼저 뿌린 다음 들이닥친 듯합니다."

이번엔 윽박지르지 않았다.

그래 봤자 입만 아프다. 말발굽 자욱이 사방에 가득했다. 창기병, 숫자는 그리 많지 않다. 거기다가 시체들을 보고 있자니 죽은 놈들의 절반은 거의 같은 수법에 당한 것 같았다. 타가군에 창을 쓰는 고수가 있었던가. 튠차이와 늑대부대는 확실히 아니다. 그들은 모두가 길쭉하게 휘어진 만도들을 썼다.

뜻밖의 상황에 대책을 쥐어짜 보려는데, 갑작스레 스치는 섬뜩한 느낌이 있었다.

뼈를 저미는 살기였다. 황육괴는 아무 생각 없이 본능적으로 몸을 날렸다. 그러면서 황각군에게 미친 듯이 소리쳤다.

"물러나! 물러나라!!"

파삭!

작은, 아주 작은 소리가 사위를 울렸다.

화아아악, 하고 퍼져 나가는 것이 있었다. 황각군 무인 하나가 휘청, 그 자리에서 쓰러졌다. 하나둘, 일곱 명의 황각군 무인들이 땅조차 박차지 못한 채 그대로 꼬꾸라졌다.

"독!!"

황육괴의 눈이 사방을 훑었다. 어디서 날아왔는지 가늠이 되질 않았다. 그가 발악적으로 소리쳤다.

"어디냐! 모습을 드러내라!"

그때였다.

"억!"

"으어억."

뒤쪽에서 비명 소리가 들려오기 시작했다. 일반 병사들이 있는 쪽이었다. 황육괴가 그쪽으로 몸을 날리려다가 멈칫 그 자리에 섰다.

꿍! 털썩! 털썩!

병사들이 넘어지고 있었다. 동심원을 그리듯 사이 좋게 나란히.

이쪽 앞에 있는 시체들과 같다. 똑같은 그림이 눈앞에 새롭게 그려지고 있었다.

"어떤 잡놈이! 어느 안전이라고 비겁한 수작질인가!!"

순식간에 수십 명을 잃었다. 황육괴는 일그러진 얼굴로 연신 두리번거리면서 소리쳤다.

대답은 없었다.

대경한 병사들이 산개하며 시체들로부터 거리를 두고 있었다. 뭔가 이상한 냄새를 맡았다 싶으면 그대로 의식을 잃었다. 의식을 잃은 다음엔 끝이다. 곧바로 저승행이었다.

두두두두두.

말발굽 소리가 들려왔다.

황육괴는 일전에 이곳에서 벌어진 살육과 똑같은 일이 벌어지고 있음을 깨달았다. 질기고도 질긴 황육괴의 생존본능이 끊임없이 도망치라 외치고 있었다. 황육괴는 뒷걸음질을 치면서도 말발굽 소리가 들려오는 방향에서 시선을 돌리지 못했다.

이렇게 당하기만 하고 돌아갈 순 없었다. 흥수의 얼굴이라도 봐야 했다.

쐐애액!

뭔가가 저편에서 번쩍했다. 말발굽 소리가 들려오는 쪽이 아니었다. 숲에서부터 날아든 인영이었다. 황육괴의 눈이 인영을 쫓았다. 병사들 사이에 가려 잘 보이지 않았다. 움직이는 속도가 엄청났다.

퍽! 퍼퍽! 콰직!

"으악!"

"크아아악!"

비명 소리. 팔다리가 부러지는 소리. 육신이 꿰뚫리는 소리.

죽음의 소리였다.

병사들이 속수무책으로 쓰러졌다. 황각군 무인들이 나섰다. 그들도 별반 다를 게 없었다. 인영은 자신의 앞을 막는 모든 것을 파죽지세로 무너뜨렸다.

'저놈은 대체 누구인가!!'

마침내 모습을 확인한다.

철창 한 자루.

표점가죽을 허리에 둘렀다. 피부는 갈색이다. 어깨부터 팔뚝까지는 기묘한 문양의 문신이 하나 가득 새겨져 있었다.

몽고놈이 아니었다. 아무리 봐도 이 지역 놈 같았다. 기억 속 어디선가, 저런 외양의 남자에 대한 이야기를 들어본 적이 있었다.

두두두두두!

콰직! 콰직! 콰직!

눈이 팔린 사이에 창기병들이 들이닥쳤다. 막을 수 없다. 창기병은 철갑을 둘렀다. 기마들의 털빛은 하나같이 칠흑 같은 검은색이다. 황육괴의 눈이 치떠졌다.

"흑마철기대!!"

이젠 더 이상 이곳에 있을 수 없다.

황육괴는 수백 군대를 홀로 물리치는 만부부당의 뇌전마가 아니었다.

그가 지체없이 땅을 박찼다. 철기대, 그리고 정체불명의 창수에게서 멀어지는 방향이었다.

'무엇이 어떻게 돌아가고 있는 것인가!'

황육괴는 퇴각 명령조차 내리지 않았다.

한눈에 알았다. 미친 듯 날뛰는 창술고수는 그보다 강하다. 차이가 얼마나 될지는 모르겠지만 이길 수 없다는 것만큼은 분명한 사실이다.

소리를 쳤다가는 주의를 끌게 될 것이 뻔했다. 황육괴는 비겁함으로 추악한 생을 쟁취해 온 자였다.

그는 이번에도 죽지 않았다.

무자비하게 창을 휘두르는 이.

효마가 돌아섰다.

그의 역할은 거기까지였다. 그는 흑마철기대와 함께 움직이고 있었지만 결코 그들과 섞이지 않았다.

효마가 한쪽에 덩그러니 놓인 바위 위에 걸터앉았다. 황육괴란 놈은 일부러 놔줬다. 타가군 장수로 싸우고는 있지만 그의 목표는 타가군의 승리가 아니었기 때문이다.

마음에 드는 것은 전무했다.

저항조차 못하는 잡졸들 죽이는 것 따위, 사냥 축에도 못 낀다.

어쩔 수 없는 일이다.

흉악한 여우라는 놈은 실로 간악했다. 놈은 진심으로 홍라를
죽이려고 했다.

홍라만 살리게 되면.

그렇게 되면 반드시 그의 손으로 죽인다.

아야크, 튠차이 모두 다 살려두지 않으리라.

죽어 넘어진 시체들의 얼굴빛이 분홍빛으로 변하고 있었다.

줄곧 그대로. 꽂혀 있던 갈색 깃발만 무심히도 흔들린다. 공허
한 석양이 효마의 얼굴을 핏빛으로 물들이고 있었다.

*   *   *

곤산 초림으로 향하는 길.

맹획군 영역 내의 경계망은 굉장히 엉성해져 있었다.

부족을 다스리기 위한 진지엔 병력이 부족했고, 내부 동향을 살
피기 위해 설치한 소규모 진지엔 두세 명 보초들만 남아 있었다.

이유는 자명했다.

타가와의 대규모 전쟁 때문이다.

맹획이 직접 이끌고 나간 오천 병력은 그들이 보유한 전 병력
의 핵심이었고, 나머지 병력들은 대부분 타가 영역과의 경계선
에 집중되어 있었다.

자연스레 내부 병력은 줄어들 수밖에 없었다. 그만큼 지배 부족들의 관리도 허술해질 수밖에 없다. 부족마다 도망자가 속출했다. 싸울 수 있는 전사들을 모아 그들을 다스리고 있던 둔영을 공격한 경포족 마을도 있었다.

안으로부터의 붕괴였다.

지배체계가 서서히 무너지는 가운데, 그 균열을 가로지르는 한 무리가 있었다.

단운룡이 이끄는 사람들이다.

그들은 갈라진 균열로 쏟아지는 부족민들을 모조리 받아들였다.

마을 옆 둔영을 격파한 경포족 마을 사람들이 가장 먼저 일행으로 들어왔다. 납서족 도망자들, 강제 징집에서 탈영한 화니족 농부들, 소수의 이족에 몇몇 회족까지 흡수했다.

숫자는 계속 불어났다.

무구고원 회의에서도 어느 정도 예상은 했던 일이지만, 그 속도가 이리도 빠를 줄은 몰랐다. 일행은 순식간에 오백 수를 헤아리게 되었다.

먹여 살리기 위해서라도 마을을 해방시키고, 적 진지를 습격해야 했다. 기마와 수레가 늘어났다. 물자 후송 인원을 따로 꾸려야 할 정도였다. 싸울 수 있는 자들을 추려내서 전방과 후방에 배치했다. 무구고원에서 데려온 녀석들은 사방으로 흩어 이동로의 주변 정찰을 맡겼다.

이른바 난민 군대 수준이다.

속도는 느려도 꾸역꾸역 앞으로 나아간다. 곤산 초림이 가까워졌다.

　지쳐 쓰러지는 자들이 있었다. 쇠약해져 죽는 사람도 생겼다. 그래도 난민들의 행색은 오히려 이전보다 나아져 있었다.

　희망이란 것이 있기 때문이었다.

　불어난 사람들. 함께 걷는 걸음. 민족을 구분치 않고 앞뒤로 지키고 선 전사들.

　그 모든 것이 희망이었다. 무작정 뜬구름 잡듯 쫓아가는 것이 아니라, 눈에 보이는 진짜 희망 말이다.

　"기지 하나가 더 있습니다!"

　"뭐?"

　"곤산 어귀입니다. 산 밑에 적 기지가 새롭게 세워졌습니다. 상당 규모입니다."

　마냥 모든 일이 다 좋게 흘러가는 것은 아닌지라, 막판에 걸림돌이 생겼다. 단운룡이 산자락을 타고 올라 나무 위로 몸을 날렸다.

　안력을 돋우자, 곤산 어귀 언덕 밑으로 기지 하나가 보였다.

　그렇다.

　그런 이야기를 들은 기억이 있다. 새로운 기지가 세워지고 있다고 말이다. 병력 주둔 수는 여기서 파악이 안 되지만 크기만을 놓고 보면 제법 숫자가 되는 것 같았다.

　"차질을 빚겠는뎁쇼."

　태자후가 말했다.

　단운룡이 고개를 끄덕였다. 먼저 떠오른 것은 역시나 정면 돌파였다.

　"부수고 올라갈까?"

"문제가 있습니다."

의외로 흑망이 나섰다. 그가 단운룡 옆으로 붙으며 말끝을 흐
렸다.

"왜?"

"기지 위치가 절묘합니다. 초림 위는 산으로 둘러쳐져 시야가
좋지 못한 편이지만 저곳은 굉장히 잘 보입니다. 저희도 이곳에
있을 때 저 위치에 정찰조나 보초병을 세워놓곤 했었습니다. 초
림에서 잘 보이니 깃발 연락이 용이하도록 말입니다."

"그럼 저기서 싸움을 벌였다간……."

"예. 다 보이지요."

결국 저곳에 진지가 세워진 것에는 그럴 만한 이유가 있다는
거다.

초림이 숨어 있는 몸뚱이면 저 기지는 밖으로 내놓은 눈이다.
철통같이 지키고 있는 걸 보니, 우목이 지나가듯 했던 이야기가
귓전을 울린다.

초림 밑 지하동굴엔 동맥(銅脈)이 있다고 했다.

마군은 능력이 안 되어 광산화를 못했다지만 맹획군에겐 그럴
만한 능력이 충분했다. 특히나 놈들은 동제(銅製) 장비를 많이
쓴다. 지각군, 황각군의 장비가 그러했다.

"애매하게 되었군."

아래쪽을 먼저 쳐서 난민에 대한 위협을 줄이려니 위쪽 방비
가 튼튼해질 것이요, 위쪽을 먼저 치려니 난민들의 안위가 걱정
이다.

양동공격? 여의치 않다.

단운룡과 전사 열다섯이 위로 가고, 태자후와 전사들 열다섯이 아래를 노린다. 그 인원으로 수백 병력을 물샐틈없이 묶어놓을 수 있을까.

어느 쪽이든 단숨에 몰아치지 못하면 난민들이 전투에 노출될 가능성이 있었다. 다른 것은 몰라도 그것만큼은 피하고 싶다. 그게 최우선이었다.

"위를 치자."

단운룡은 오래 고민하지 않았다.

선택은 초림이다. 함락만 시킨다면 안에 들어가서 걸어 잠그기가 용이한 요새다. 단운룡은 곧바로 전사들을 불러 모았다. 태자후와 전사들로 초림을 친다. 물론 그도 함께다.

흑망에게로 고개를 돌렸다.

"넌 이들과 함께 올라와. 길을 잘 알잖아. 함정을 피하려면 네가 있어야 해."

흑망이 믿음직스럽게 고개를 끄덕였다. 전투에 참가하지 못해도 좋다. 그에겐 이들의 안위를 책임질, 싸움보다 더 큰 역할이 맡겨진 셈이었다.

"요화도."

"예. 잘 지키고 올라가죠."

도요화가 엷게 미소 지으며 답했다. 그녀는 그만큼이나 성장했다. 이런 싸움터에서도 웃을 수 있는 것이다.

"가자."

언제라도 아래 있는 적들에게 발각될 수 있다는 점이 마음에 걸렸다. 위험부담은 싸우는 자의 숙명이다. 초림만 빨리 무너뜨릴 수 있으면 그 위험도 얼마든지 줄일 수 있다. 결국은 시간 싸움이란 뜻이었다.

후둑! 사사삭!

태자후는 이번에도 선봉에 섰다.

초림을 둘러싼 함정 밭도 거침없는 발길을 막을 수는 없었다. 데려온 전사들은 대부분이 어린놈들이었지만 그래도 초림에서부터 함께한 놈들이 태반이었다. 그들은 함정에 걸리지 않을 만한 길을 잘 알고 있었다. 당연히 나아가는 속도도 빨랐다.

사사사삭.

숲을 뚫고, 바람 부는 초림 앞에 섰다.

초림은 많은 것이 달라져 있었다. 버려진 마을은 목책을 둘러친 하나의 진지가 되어 있었다. 마을 곳곳에서 연기가 올라오고 있었다. 불이 난 게 아니다. 금속 냄새, 이미 동광석을 채취하여 제련하고 있는 모양이었다.

숲 그늘을 따라 소리없이 다가갔다. 전사들 중 한 명이 손을 들어 목책 저편을 가리켰다. 땅 밑 암굴 속으로 들어가는 입구가 거기에 있었다. 전에는 주변과 구분 못할 만큼 잘 숨겨져 있었는데 지금은 커다란 구멍이 뻥 뚫렸다. 동굴 앞엔 보초용 건물까지 세워져 있었다.

"먼저 갑니다!"

태자후가 목책으로 돌진했다. 두터운 깃대를 무지막지한 기세로 후려친다. 대포가 따로 없다. 저번 진지보다 키 낮은 목책이 수수깡처럼 부서져 파편을 튀겼다.

꽝! 꽈광! 우지끈!

익숙한 소리다.

부수고 부수고 또 부순다. 으악! 하는 비명 소리가 목책 위로 올라왔다. 그 또한 익숙했다.

콰쾅!

진지 정면과 측면의 문이 동시에 열렸다.

열고 나온 것은 태자후가 아니었다. 우르르 쏟아져 나오는데, 귀비혈사대와 일반 병사들이 섞여 있었다.

"상황 판단이 빠르군."

상대가 안 된다는 것을 곧바로 알아챈 것이다. 태자후는 아직도 진지 내에서 날뛰고 있었다. 난입한 강도 때문에 제집에서 도망쳐 나오는 꼴이다. 백 이백, 적들이 계속하여 진지 밖으로 튀어나왔다.

"가서 잡자."

전사들이 단운룡과 함께 몸을 날렸다. 바깥에서도 달려들자, 놈들은 크게 당황한 듯했다. 그나마 귀비혈사대 놈들은 나은 편이다.

놈들이 기형도를 꺼내 들며 살기를 발했다. 쇄도한 단운룡이 손을 휘둘러 가장 앞에 선 놈의 기형도를 동강냈다. 상대를 향한 날카로운 괴멸의 선언이다. 광검결이었다.

채챙! 채채챙!

이어 달려든 전사들이 귀비혈사대의 기형도와 마주쳤다.

우위는 대번에 갈렸다.

밀린다. 전사들은 아직 귀비혈사대의 수준에 이르지 못했다. 당장 피를 뿜고 쓰러지지 않는 것은 몇 달 배운 용음도 덕분일

것이다. 살벌한 기형도에 밀리고는 있지만, 그래도 제법 잘 막아
내는 중이다. 위태로운 몇 명을 빼고는 쉽사리 죽을 것 같지가
않았다.

'그렇다 해도…….'

극광추를 질러 넣어 한 놈을 쓰러뜨리고, 주위를 둘러 전황을
살폈다.

'한 명도 잃어서는 안 되지!'

시간을 아끼기 위해서라도 발동한다.

파지지지지직!

뇌신이다.

광극진기 뇌전의 힘을 둘러쳤다.

전사들이 일제히 물러섰다. 단운룡과 거리를 둔 채 대열을 다
시 짰다. 말려들면 죽는다. 함께 전투를 치르며 충분히 배워온
그들이다.

쫘광!

뇌신을 발동한 단운룡은 역시나 압도적이었다.

순식간에 네 명이 튕겨 나갔다. 모조리 즉사였다.

"뇌전마!"

"무구고원의 뇌전마다!!"

여기까지 알려졌던가.

경악에 찬 목소리들이 연이어 터져 나왔다.

파지직! 쫘아아앙!

저항은 길지 않았다. 단운룡이 파죽지세로 적들을 휩쓴다. 전
의를 상실하는 것은 금방이다. 황육괴가 이끄는 황천인해진의 공

격에도 멀쩡했다 들었다. 그들이 상대할 수 있는 자가 아니었다.

"크악!"

"광산으로 도망치자!"

"길을 내! 광산으로 향해라!"

놈들은 살기 위한 길을 우선적으로 찾았다. 사방팔방 어쩔 줄 모르던 놈들이 한순간에 흐름을 타기 시작했다. 기지 목책 옆길을 돌아 암굴초소를 향해 일제히 땅을 박찼다.

막을 새가 없었다.

단운룡이 적들을 앞질러 입구를 막으려 했지만 늦었다. 벌써 수십 명이 안으로 들어갔다. 지금 이 순간에도 놈들은 죽어라 뚫린 동굴로 기어들어 가는 중이었다.

콰아앙!

광혼고를 후려쳐 암굴 앞 초소를 통째로 무너뜨려 버렸다.

들어가려던 놈들이 주춤 그 자리에서 멈추더니, 혼비백산 사방으로 흩어지기 시작했다. 굴로 들어가는 길까지 막혔다. 달리 선택의 여지가 없다. 일단 어디로든 몸을 날린다. 산을 내려가 도망치려는 것이다.

"태자후!!!"

단운룡의 외침이 산 위를 쩌렁쩌렁 울렸다.

적진 안에 있던 태자후가 쾅! 하고 밖으로 나왔다. 단운룡이 다시 소리쳤다.

"모조리 잡아! 도망치지 못하게 해!!"

최악이었다.

예상 못했다? 아니다. 방심했을 뿐이다.

단운룡은 분명 그들 모두를 죽일 수 있는 무공을 지니고 있었
다.

상대가 몇 명이라도 상관이 없다. 이 수준의 병사들이라면 천
명이 달려들어도 전멸시킬 수 있었을 것이다.

문제는 그의 몸이 천 개가 아니라는 사실이다.

그의 몸은 하나다. 모든 방향을 다 막을 수는 없었다.

굴속으로 들어간 놈들을 쫓기에도 늦었다.

그가 안으로 들어가면 여기 바깥에 있는 놈들이 아래로 내려
가게 될 것이다. 그러면 난민들과 마주친다. 도요화가 있다지만
그녀도 그와 똑같다. 그녀의 몸도 하나다. 수십 명 병사들이 난
민들 사이로 뛰어들면 반드시 희생자가 나올 수밖에 없었다.

단운룡이 땅을 박찼다.

암굴은 이대로 둔다. 흩어지는 적들을 잡는 것이 우선이다.

"서쪽은 버려! 동쪽과 남쪽을 막아!"

난민들이 있는 쪽이 동쪽이다. 남쪽도 올라오는 길과 이어진
다. 단운룡의 신형이 무시무시한 속도로 초림을 갈랐다. 뇌신 진
기가 사방으로 튀었다. 한 번 불탔다가 다시 자란 풀들에 검은색
자욱이 남았다.

퍼어억!

도망치는 자들이 피를 뿌리며 쓰러졌다. 그래도 많다. 태자후
가 결국 깃대를 푼다. 황금비룡번이 장쾌한 파공음과 함께 하늘
을 수놓았다.

파라라라락! 꽈광!

그렇게 틀어막았다. 다 잡지는 못해도 상당수를 처리했다. 북

쪽과 서쪽으로 내려간 놈들을 잡을 길이 없다. 그래도 할 수 없었다. 난민들을 보호하는 것이 우선이다.

　전사들로 하여금 진지 일대를 정리하도록 하고, 단운룡은 암굴을 향해 몸을 날렸다. 가볍게 광뢰포를 터뜨려 쌓여 있는 초소 잔해를 흩어놓았다. 뇌신을 풀고 암굴로 들어갔다. 여전한 어둠이 그를 맞이했다.

　"지금 막 사람들이 도착했습니다. 맞닥뜨린 적병이 몇 놈 있었지만 가까이 오기도 전에 도 소저가 박살을 냈답니다."

　"거기까진 좋아. 한데……."

　"안으로 들어가 흩어졌군요. 이래서야."

　태자후가 혀를 끌끌 찼다. 단운룡이 침중한 목소리로 답했다.

　"너무 몰아댔어."

　일일이 찾아내서 쳐 죽일 수는 있다.

　문제는 시간이다. 하나둘도 아니고 수십이다. 어쩌면 백 명이 넘을지도 모른다.

　암굴 속은 넓었다. 광산화가 이루어졌다면 곳곳에 전사들도 모르는 갱도까지 만들어졌을 것이다. 도망치고 쫓는 것까지 생각하면 제아무리 단운룡이라도 단시간 내에 해결을 볼 방법이 없었다.

　"큰일입니다!"

　전사 한 놈이 헐레벌떡 암굴 안으로 뛰어들어 왔다. 태자후가 눈썹을 치켜올렸다. 녀석이 재빨리 말을 이었다.

　"아래쪽 진지에서 변고를 감지한 모양입니다. 병사들이 산길을 따라 올라오고 있답니다!"

꼬일 대로 꼬였다.

곤산은 그다지 높은 산도 아니다. 훈련된 병대라면 금방 들이닥친다.

난민들의 안위가 걱정이다. 위쪽의 진지가 먼저 머리를 스쳤다.

'제길.'

단운룡이 눈살을 찌푸렸다. 태자후가 온통 목책들을 부숴놨기 때문이다. 탁 트인 풀숲보다야 진지 안이 안전하겠지만, 그래도 구멍이 있는지라 마음이 불안하다.

가장 좋은 것이 이 암굴이다.

이 안으로 데려 들어올 수 있으면 들이닥치는 적을 막는 것 따위 문제도 아니었다.

"일단 제가 가서 막고 있겠습니다!"

눈치도 없는 태자후가 호탕하게 말했다.

그의 목소리가 웅웅거리며 깜깜한 동굴벽을 타고 뻗어나갔다.

순간, 단운룡의 눈이 번쩍, 빛났다. 그가 태자후에게 말했다.

"요화를 불러와."

태자후가 눈썹을 치켜올렸다.

딱히 이유는 묻지 않았다. 단운룡이 도요화를 데려오라면 그만한 이유가 있기 때문일 것이다. 횡, 하고 빠져나간 지 얼마 안 되어 도요화가 안으로 들어왔다. 흑망과 몇몇 전사들도 함께다. 난민들 시노자인 아창족 중년 사내와 포랑족의 꼬부랑 노인도 기웃기웃 동굴 앞에 서 있었다.

"태자후는?"

"막겠다며 뛰어갔어요."

그럼 시간 여유가 조금은 있을 게다. 단운룡이 물었다.

"음공, 퍼뜨릴 수 있지?"

"어떻게요?"

"모조리 죽일 만큼."

도요화가 미간을 좁혔다.

"이 안쪽에 있는 사람들을요?"

"무리한 부탁인가?"

그가 물었다.

백여 명. 대량학살이다. 부탁하는 단운룡도 심기가 편치만은
않다.

"무리한 부탁이라뇨. 전혀 아니에요."

도요화가 답했다.

도요화는 이미 전장에서 수많은 사람을 죽였다. 그런 것에 망
설임을 느끼거나 죄책감을 느낄 시기는 이미 예전에 지났다.

그녀는 단운룡이란 사람을 위해 싸운다.

그의 복수를 위해 싸우고 있다.

그 또한 그녀의 복수를 위해 싸울 것이다.

그녀가 북채를 들어 암굴의 벽을 한 번 툭 쳤다. 툭 하는 소리
가 벽면을 타고 메아리쳤다.

"퍼뜨린다… 사자후처럼 말이죠?"

"그래. 사자후처럼."

단운룡의 눈이 다시 한 번 빛났다.

사자후.

도요화의 원수인 사타왕은 사자후의 음공을 썼었다. 그것을

아무렇지 않게 말하고 있다.

그녀는 강해져야 했고, 강해졌다. 강해지지 않고서는 불가능한 일이었다.

"해볼게요."

그녀가 북을 꺼내 들었다. 단운룡이 뒤를 보며 말했다.

"모두 나가. 전사들을 밖으로 내보내."

흑망이 제일 먼저 움직였다. 그가 뛰어나가며 전사들을 재촉했다.

"요화낭랑이 북을 치신다! 전부 밖으로 나가!!"

전사들이 우르르 몰려 나갔다.

"어르신을 이쪽으로 모셔. 서둘러!"

아창족 중년 사내와 포랑족 늙은이는 영문도 모른 채 멀찍한 곳으로 발을 옮겼다.

다 나간 것을 확인했다.

조금 더 안으로 들어가 암굴이 넓어지는 곳에 섰다.

도요화가 북채를 쳐들었다. 문요신어의 내단과 기도영조의 요정이 그녀의 하단전에서 강력한 진기를 일으켰다. 그녀의 두 눈에 보랏빛이 떠올랐다.

일순간.

퍼엉!

북채가 북을 때렸다.

우우우우우우우우웅!

북소리가 초림 밑 암굴을 훑고 무시무시한 공진을 일으켰다. 단운룡마저도 눈살을 찌푸리며 내력을 끌어올려야 했다. 고막을 파고드는 힘이 대단했다.

북소리의 여파는 한참을 갔다.

우릉, 우르르릉.

땅이 흔들리고 종유석 돌들이 천장에서 떨어지고 있었다. 자 칫하다간 동굴까지 무너질 판이다. 여진이 잦아들자 단운룡이 그녀에게 말했다.

"조금 더 뭐랄까. 암굴을 흔든다기보다는 그 안의 공기를 흔 드는 느낌으로……? 그냥 소리를 크게 하는 게 능사가 아니야. 이걸 무너뜨리는 게 아니라 그 안에 있는 걸 터뜨리는 거니까."

"아, 알겠어요."

그냥 피상적인 느낌으로 한 말이다. 그런데도 도요화는 어떻 게 해야 할지 알아버린 것 같다. 그냥 아는 거다. 무공의 천재인 단운룡도 못할 일이다. 음(音)을 다루는 것에 있어서만큼은 제아 무리 단운룡이라도 도요화의 재능을 따라갈 수가 없었다.

위이이이잉!

그녀가 다시금 내력을 끌어올려 북채에 집중했다. 공력을 받 은 신검이 울 듯 북채가 울었다. 그녀는 그대로 가만히 서 있었 다. 두 눈에 어린 보랏빛이 밖으로 새어 나올 만큼 짙어졌다. 그 녀가 북채를 내려쳤다. 퉁. 소리는 크지 않았다. 보통의 북소리 와 같았다.

투우우우우우우우.

공기가 떨리기 시작한 것은 잠시 후였다.

미세한 진동이 성가신 소리처럼 점차 귓속을 자극했다. 그러 다가 어느 순간, 단운룡의 얼굴이 확 돌변했다.

'뇌신!'

광극진기를 급히 끌어올려 뇌신을 발동했다. 꾸우우우. 고막을 눌러오는 힘이 아까와 비교도 할 수 없을 만큼 강했다. 제때 광신마체를 펼치지 않았다면 고막이 터졌을 것이다.

'큭!'

울리는 것은 고막뿐이 아니었다. 머리까지 울린다. 뇌정광구의 기운이 그의 전신을 보호하고 있어서 그렇지, 그게 아니었더라면 부드러운 뇌수가 그대로 익어버렸을 것이다.

퍼뜩, 도요화를 돌아보았다.

도요화는 멀쩡하다. 아무런 영향을 받지 않는 것 같다. 두 눈에서 뿜어 나오는 보랏빛 광망은 언젠가 그녀가 폭주했을 때만큼이나 선명했다. 아니, 얼굴에 핏줄이 돋아난 것도 폭주했을 때와 같다. 하지만 그녀의 눈엔 그때와 같은 광기가 없었다. 그녀는 온전히 제정신이다. 그를 돌아보며 어떠냐 묻는 표정이 그걸 확인케 해주고 있었다.

우우우우웅웅웅 웅웅 웅웅웅.

시간이 지나고, 멀어지는 소리처럼 차차 눌러오던 힘이 사라져 갔다.

이 정도면 충분하다.

단운룡은 엄지손가락을 치켜올려 주고 싶었다. 도요화의 눈빛이 서서히 정상으로 돌아오고 있었다. 그러더니 휘청, 벽을 기대고 섰다.

"괜찮아요."

묻기도 전에 도요화가 먼저 손을 들며 말했다.

"힘이 좀 빠지네요. 이거 함부로 쓸 게 못 되나 봐요."

그 말이 맞을 것이다. 단운룡이 고개를 끄덕였다.

"운기라도 하고 있어. 좀 보고 올게."

"예."

단운룡이 암굴 안으로 몸을 날렸다. 얼마 가지 않아, 단운룡은 첫 번째 시신을 확인할 수 있었다. 귀비혈사대의 시체다. 엎어져 있는 놈을 뒤집었다. 안구가 둘 다 터졌고, 코와 귀, 입에서 핏물이 흘러나오고 있었다. 다시 옆으로 돌리자, 코와 귀에서 반투명한 흰색 액체가 주르륵 흘러나와 붉은 피에 섞였다. 뇌수가 흘러나온 모양이었다.

'두고 오길 잘했군.'

도요화가 그 자리에 퍼질러 앉아서 차라리 다행이다. 아무렇지 않게 보기에는 꽤나 처참한 광경이다. 조금 더 들어가 보았다. 두 놈이 죽어 있는 게 보였다. 두 놈 다 양손으로 귀를 감싸고 있었다. 눈 코 입. 똑같다. 얼굴이 온통 피범벅이 되어 있었다.

소리가 닿는 모든 곳에서 같은 일이 벌어졌을 것이다. 단운룡은 더 빨리 몸을 날려 연옥이 있었던 지하 광장까지 달려나갔다. 역시 마찬가지다. 곳곳에 시체들이 널려 있었다.

타고공진격, 타고공진파.

격공장처럼 내쏘아서 때리는 것이 격(擊). 사자후처럼 휩쓸어 터뜨리는 것이 파(波).

혼용하던 두 이름이 명확하게 구분되는 순간이다. 진정한 의미의 타고공진파는 그렇게 탄생했다. 탁 트인 공간에서는 쓰기가 어렵지만 밀폐된 공간이라면 그 위력은 상상초월이다. 동굴이나 견고한 건물 내부. 좁은 공간에서라면 그 어떤 적이라도 도요화를 만나는 순간, 죽음을 각오해야 할 것이다.

'전멸이야.'

더 볼 것도 없었다.

돌아 나와 도요화가 있는 곳까지 왔다. 도요화는 그 자리에 가부좌를 튼 채 평온한 얼굴로 운기조식을 하고 있는 중이었다.

음마요신.

새삼 느꼈다. 신마맹이 그녀를 탐냈던 이유를 말이다.

단운룡이 바깥으로 나갔다.

전사들을 불러들여 죽은 시체들부터 치우게 했다. 그다음은 난민들이었다. 흑망이 앞장섰다. 오랫동안 이곳에서 생활했던 흑망은 난민들에게 훌륭한 안내자가 되었다.

신기해하면서. 또는 무서워하면서.

난민들은 각양각색의 표정을 지으며 안쪽으로 발을 옮겼다.

힘들게 데려와서 어둠 속에 몰아넣는다는 사실이 다소 마음에 걸렸지만, 일시적인 것이라 스스로에게 약속하며 부담을 덜었다.

이제 남은 것은 올라오는 적을 막는 것밖에 없었다. 단운룡이 굴 밖으로 나섰다. 태자후도 몸이 하나인 것은 다를 바가 없는지라, 다른 길로 우회하여 올라온 병력들이 막 초림 풀숲을 헤쳐오고 있었다.

단운룡의 입가에 엷은 미소가 깃들었다.

이것으로 초림 탈환 완료다.

그의 몸에서 무시무시한 뇌전이 흘러나오기 시작했다.

　　　　＊　　　　＊　　　　＊

　한번 불붙은 전쟁은 끝날 기미가 보이질 않았다.

　한 달 내내 싸움을 피하며 퇴각을 감행하던 타가군이 기병을 모아 반격을 가하기 시작했다. 맹획군은 큰 싸움에 강했다. 오천 대군을 앞에 두고 타가군이 기병 일천을 투입해 과감한 기습을 감행했으나, 실효를 거두지 못했다. 반응도 민활했고, 진용도 튼튼했다. 마치 움직이는 대형 요새와도 같았다.

　하지만 국지전에서는 양상이 판이하게 달랐다. 몇백 단위 분대끼리의 싸움에선 타가군이 훨씬 위였다. 타가군은 소규모 싸움을 통해 착실하게 승수를 쌓았다. 벌레들이 나무를 갉아먹듯이 차근차근 피해를 입혀 나갔다.

　세 달이 지났다.

　맹획 측으로 한참 기울어졌던 저울추가 균형을 찾았다. 야금야금 줄어들던 오천 병력은 어느새 삼천이 되었고, 삼천 병력은 또다시 이천이 되었다.

　아야크의 공적이 가장 컸다.

　그는 뛰어난 군사였다. 맹획군에 새로 붙었다는 신비의 모사와 지략대결이라도 하듯 녹풍원 사령실에 앉아 하루에도 수십 명씩 연락병을 급파시켰다. 연락을 담당한 무격들을 닦달한 것도 물론이다.

　기병들의 기동력은 한계까지 올라갔다. 각개 전투를 통해 맹획이 점령한 기지들을 하나하나 다시 탈환하며 거목을 깎았다. 기지들을 점령하며 한때 타가 영역의 절반까지 차지하고 들어왔던 맹획군 영역은, 타가의 기병들에 듬성듬성 파먹히면서 다시 사분지 일로 줄어들었다.

흘연히 나타난 새로운 장수도 한몫했다.

무시무시한 독술과 신출귀몰한 창술을 구사하며 싸움터마다 수백 구의 시체를 쌓았다.

살상력이 엄청났다. 튠차이의 늑대부대를 능가하는 전투력이었다.

황육괴가 처음 그 모습을 확인한 이래, 새로운 장수는 흉표(凶豹)의 독창(毒槍)이라는 이름까지 얻었다. 그로써 타가군은 삼흉이 아닌 사흉을 부리게 되었다. 이전 삼흉의 명성을 위협할 만큼 무서운 자였다.

그리고 카무이.

아야크는 마지막 패(牌)로 무구고원 앞에 진을 쳤던 카무이를 운용했다. 카무이는 무구고원 앞에 진을 친 맹획군을 기습 공격하여 길을 열고, 맹획군 영역 내를 어지럽히는 유군(遊軍)이 되었다.

"쌍강 진지가 다시 적들의 손아귀에 넘어갔습니다."

"초림이 함락되었습니다! 흉수는 타가군의 카무이 또는 무구고원의 잔당들로 사료됩니다."

"영역 내의 기지들이 다수 무너졌습니다. 부족들의 동향이 심상치 않습니다."

"적파랍평원의 양귀비 농장이 전소(全燒)했습니다. 농장을 일구던 화니족 놈들 짓으로 밝혀졌습니다."

순조로운 출발로 기분이 한껏 고양되어 있었던 맹획은 잇따라 들려오는 비보(悲報)에 점차 신경질적이 되어갔다. 전투의 선봉에 직접 나가 타가군 기병들의 머리통을 부수고 와도 분통은 풀리지 않았다. 군사(軍師)의 제안은 그렇기에 시의적절했다.

녹풍원을 치십시오.

그 한마디는 거부할 수 없는 마력(魔力)과도 같은 힘을 발휘했다. 게다가 군사는 화포 열 문이라는 비장의 한 수까지 던져 주었다. 그동안 추가된 화포들을 합치면 그 숫자는 무려 삼십 문에 이를 정도였다.

맹획은 일대 무리수를 감행한다.

일각수 맹획을 필두로, 지사괴와 황육괴가 모두 전진배치되었다.

녹풍원 타가의 본진으로 전군을 일시에 몰고 갔다.

초원 한가운데 녹풍원 진지에는 하얀 성벽이 둘러쳐 있었다. 그러나 그 높이는 그리 높지 않았다. 마치 남왕궁 팔보당의 경계가 허술했던 것과 비슷했다. 타가가 이곳에 터를 잡은 이래, 그 누구도 녹풍원을 침습지 못했다. 한 명을 굳이 꼽자면 그게 지금 타가군에서 흉표로 불리는 효마다. 그 외엔 녹풍원 풀밭에 기병들의 피를 뿌린 자가 단 한 명도 없다고 할 것이었다.

쾅! 꽈앙! 꽈앙!

세 발의 폭음으로, 싸움의 서막을 올렸다.

화포의 사거리는 그다지 길지 않았다. 명중률도 그리 높지 못했다. 그래도 그 위력만큼은 막강했다. 세 발 직격에 타가 본진의 성벽이 와르르 무너졌다.

타가군은 예상 못한 공격에 놀라움을 금치 못했다.

녹풍원에 나타날 줄은 몰랐다.

누구도 몰랐다. 아야크조차 예상하지 못했다.

한 삼 일 종적이 묘연하던 참이다. 전에도 그런 일이 종종 있었기에 방비를 튼튼히 하다 보면 동남쪽 어디쯤에서 나타나겠거니 했었다.

아야크는 폭음과 동시에 극심한 패배감을 느껴야 했다.

맹획 측의 신비군사는 이 일격으로 자신의 능력이 아야크보다 한 수 위임을 완전하게 증명해 냈다.

실로 오랜 시간 만에 사령실에서 뛰어나왔다. 숙식, 운공, 수련, 모든 것을 사령실 안에서 해결했다. 심지어 전황 보고까지도 타가를 안에 불러서 올려왔던 차다.

아야크의 눈이 성벽 저편을 바라보았다.

무너진 성벽 너머로 대군이 보였다.

악몽의 시작이었다.

타가만 있었어도 이렇게 절망적이진 않았을 것이다.

타가는 녹풍원에 없었다. 회심의 일격으로 타가의 친정을 종용한 까닭이다.

그것도 적 심장부인 남왕궁에 일격이다. 왕궁에 남았다는 천삼괴의 목을 따기 위해, 타가의 이천 기병이 바로 그 순간 일전에 재탈환했던 쌍강 경계선을 가로지르고 있었다.

"카무이! 카무이에게 연락해라!"

뛰어나온 무격이 빠오로 달려들어 갔다. 카무이의 곁에는 언제나 무격 하나가 따라붙어 있었다. 카무이의 위치는 멀지 않았다. 한 시진이면 온다. 운이 좋다면 그 이전에도 당도할 수 있을 것이다.

"효마에게도 본대 복귀를 알려!"

"이미 연락병을 보냈습니다!"

라고족 놈은 더 빠를 거다. 그는 바로 이 근처에 있다. 이백여 기 흑마철기대도 함께다. 연락병이 오가는 시간까지 합쳐도 반 각 안에 올 수 있다. 하지만 그래도 빠듯하긴 마찬가지다.

아야크가 이를 악물었다.

'간파하고 있었던 것인가!'

이름도 모른다. 얼굴도 모른다.

아야크는 군왕인 맹획보다 그 곁에 있다는 군사의 존재를 훨씬 더 크게 느끼고 있다.

알고 있지 않았더라면 이렇게 올 리 없다.

타가가 남왕궁을 치러 움직이자마자 녹풍원에 전격적으로 공격을 가해온다. 상대방의 손아귀에서 논 셈이다. 야금야금 승리를 모아 저울추를 맞춰왔다고 생각했는데, 그 또한 놈의 계략이었다는 생각이 들었다.

꽝! 꽈아아아아앙!

사거리를 보니, 완전한 군용 화포는 아닌 것 같다. 사제(私製) 화포다. 그래도 위력은 놀랍다. 성벽 한쪽이 또 무너지고 있었다. 처음 저 성벽을 지을 때는 저런 게 들이닥치리라고는 생각조차 안 했었다. 아니, 저 성벽도 겨우 설득해서 지은 거다. 타가는 뼛속까지 초원의 영혼으로 물들어 있었다. 푸른 초원에 성벽 따위 필요치 않다고 했다.

콰르르륵! 꽈광!

"군사님! 피하십시오. 폭발의 여파가 여기까지 미칩니다!"

돌덩이 하나가 날아와 바로 앞에 퍽 하고 박혔다.

성벽은 계속 무너졌다.

화력 과시다. 병력의 사기를 끌어올리고 상대의 전의를 깎는 방법을 잘 알고 있었다. 아야크의 머릿속에서 무서운 속도로 계산이 이루어졌다.

'녹풍원 기본 병력을 긁어모으면 구백 남짓! 곧 당도할 라고족과 흑마철기대를 더하면 총 천이백!'

카무이의 살육부대는 소수다. 사백 기의 전투궁사들이 기병으로 운용되고 있다.

하지만 그들의 전투력은 숫자 이상이다. 그들이 언제 도착하느냐에 따라 생과 사가 갈릴 것이다.

쫘앙! 후두두두둑!

아야크가 움직이기 시작했다. 바로 그가 있던 자리에 돌덩이 하나가 날아와 땅 위에 커다란 구덩이를 만들었다.

'상대방의 병력 규모는 시야에 들어오는 것이 천 정도다. 하나, 이 땅을 칠 요량이었다면 천으로는 부족해. 뒤쪽에 느껴지는 군기도 그렇다. 최종병력은 보이는 것의 두 배, 이천 정도라고 봐야 한다!'

이제 적들은 전진을 시작하고 있었다.

화포 공격은 잠시 멈춘 상태였다. 화탄이 충분치 않아서일 것이다. 맹획 측에는 화포와 화탄을 자체적으로 생산할 수 있는 능력이 없다. 적어도 아야크가 아는 범위 내에서는 확실히 그랬다.

"공병대에 지시해! 빠오를 만들라고!"

"빠오를……?!"

"설명해 줄 시간 없다! 왕의 거처 주위에 빠오들을! 대형 빠오 위주로! 어서!!"

병사가 공병대가 있는 곳으로 달려갔다.

시간을 끌어야 했다.

그러려면 뭐라도 주의를 끌 게 필요하다. 공병대가 미끼가 된다. 공병들의 목숨은 이 순간 버려질 패이면서 동시에 시간을 벌어줄 패가 될 것이다.

'튠차이의 위치는 이곳에서 동남쪽으로 이틀 거리! 포기한다. 가깝긴 하나 지금은 쓸 수 없는 패다……!'

튠차이의 늑대부대는 사백 기다. 같은 수의 보병까지 딸려 있어 총 수는 팔백에 이른다. 정예병들이 많아 전투력도 가장 높다.

지금 당장은 무용지물이다. 이틀을 버티는 것은 불가능하다. 녹풍원은 요새 지형에 지어지지 않았다. 탁 트인 초원이다. 장애물은 아무것도 없었다.

"다가옵니다! 진형을 지시해 주십시오!"

"후방으로 산개하라! 밀집대형은 화포에 당한다!"

아야크는 냉정하게 생각했다.

지금 이 상황에서 녹풍원은 어차피 지켜내지 못한다. 선택의 여지가 없었다.

"무격들을 먼저 대피시켜! 기병들을 호위로 붙이고 전장 바깥으로 빼내라!"

강신술이라도 좀 할 줄 아는 무격들은 모조리 타가군왕께 붙여 보냈다. 이곳에도 두 명이 남아 있긴 하나, 지금은 어디에 써도 별반 효력이 없을 터였다.

퇴각에 초점을 맞춰야 했다. 군사들을 최대한 살리고 병장기와 보급창을 가능한 많이 끌고서 포위망을 뚫는 것이 일차 목표였다.

"아차!"

한줄기 생각이 머릿속을 스쳤다. 왜 먼저 떠오르지 않았을까. 이런 상황을 예상하지 못해서다. '녹풍원 함락 직전'이란 상정하기 쉬운 상황이 결코 아니었다.

"금원원(金元園)!!"

가장 급한 것은 방어도, 무격도 아니다. 금원원이 가장 급하다.

금원원은 타가의 빠오 뒤편에 지어진 보물창고 이름이다. 남왕궁의 팔보당에 해당하는 곳이라 할 것이다. 지배영역에서 올라온 헌상품도 헌상품이지만 금원원에는 더 중요한 것이 있다. 바로 금괴(金塊)다. 무려 사백오십 관(貫)에 이르는 어마어마한 양이었다.

"마차를 준비하라! 아홉 대! 금원원으로 데려와!"

금원원으로 달려가며 소리쳤다. 기병들이 일사불란하게 움직였다. 기병들이 양손에 두 마리씩 말고삐를 잡고, 금원원 쪽으로 말을 달렸다.

"백부장! 기병 이백 기를 이끌고 적 예봉을 막아라! 죽음을 각오하고 방벽을 쌓으라!"

달리는 내내 방어를 위한 명령을 내렸다. 왕의 빠오를 왼쪽으로 스쳐 지났다. 금원원이 눈앞에 나타났다.

금원원은 이 녹풍원에서 성벽을 제외하곤 유일하게 석재로 건축된 건물이었다. 황금[金], 원나라[元], 언덕[園]을 뜻하는 몽고어가 철문 앞에 금박으로 새겨져 있었다.

철컹! 콰앙!

문을 열고 들어갔다. 열쇠를 지닌 자는 타가와 삼흉 네 사람뿐이었다. 병사들을 안으로 집어넣었다. 깊숙이 있는 강철 철궤를 전부 다 들고 나오라고 명했다.

두두두두두!

"크악!"

"으아아악!"

기병 이백 기로 구축한 일차 저지선이 무너지는 소리였다. 아야크는 금원원에만 정신을 집중하려 했다. 바깥의 전황은 뻔했다. 직접 보지 않고도 눈에 그리듯 알 수가 있었다.

콰쾅!

화포 소리가 들렸다. 저들이 지닌 화포는 바퀴를 달아 기동성을 살린 종류였다. 이야기만 들었지 아야크로서는 직접 본 적이 없었던 신병기였다. 문득, 운남 한구석에 너무 오래 처박혀 있었던 게 아닐까 하는 생각이 들었다. 안이한 세월이었다는 생각도 마음 한 켠을 치고 올라온다.

척척척척! 꾸웅!

잡념에 빠질 때가 아니었다. 철궤가 올라오고 있었다. 밖에는 이미 마차들이 대기하고 있다. 철궤 하나가 금괴 이십오 관이다. 두 개씩 실으면 된다. 그 정도 무게라면 쌍두마차의 속력을 그런대로 높은 수준에서 유지할 수 있을 것이다.

쌍두마차 아홉 대에 황금 사백오십 관이 차곡차곡 쌓였다. 먼저 실은 마차부터 출발시키고 싶었지만, 흩어지면 안 된다는 생각이 그의 입을 막았다. 이런 전황에서는 아무리 충성심 높은 병사들이라도 마음이 돌변할 수 있다. 금괴 오십 관이면 대단한 금액이다. 기병들이 마차 하나만 마음먹고 빼돌려도, 평생 넉넉히 먹고살 수 있을 정도였다.

급한 마음을 다스리기가 힘들었다.

쿵!

마지막 철궤를 싣는 소리가 마침내 그의 입을 뗐다. 그의 입에서 명령이 떨어졌다.

"서둘러! 행로는 동남쪽, 튠차이 부대와의 합류를 목표로 한다!"

방법은 그것뿐이다.

타가는 남왕궁으로 떠났고, 녹풍원엔 저 대군을 막을 병력이 없다. 무조건 퇴각이다. 추격을 받을 것이 자명하니, 원군이 있는 방향으로 움직여야 한다. 그들을 살려줄 것은 튠차이의 늑대부대밖에 없다. 그들과 합류할 수만 있다면 생로가 열릴 것이다.

두두두두!

마차들이 움직인다. 그 안에 든 것은 녹풍원 함락 뒤의 군자금(軍資金)이다. 저것만 있으면 언제든 재기할 수 있다. 그런만큼 반드시 살려서 내보내야 했다.

"효마군은 아직인가!"

라고족 놈을 이리도 애타게 기다리게 될 줄은 몰랐다. 그의 눈이 사방을 훑었다. 초원의 자긍심으로 정착한 녹풍원이 아수라장으로 변하고 있었다. 폭음과 불길이 빠오들을 덮쳤다.

콰직! 쫘아앙!

장대를 세우고, 천막을 치는 공병들이 보였다. 마차가 제때 떠날 수 있었던 것은 그들 덕분이다. 그들의 목숨 건 작업이 적들과 금원원 사이의 시야를 어느 정도 가려주고 있었던 것이다. 철추를 든 자들이 달려와 공병들을 쓰러뜨리기 시작했다. 갈색 투구, 지각군 무인들이었다.

콰쾅!

황각군 무인 하나가 지각군 무인들에게 날 듯이 달려와 소리쳤다.

"적군입니다! 남서에 타가의 원군 출현입니다!!"

황각군 외침은 아야크도 들었다. 아야크가 남서쪽을 바라보았다. 빠오를 세우던 공병들은 삽시간에 전멸당했고 만들던 빠오들도 무너지는 중이다. 시야가 트였다. 맹획의 대군을 돌파해 오는 기병들을 볼 수가 있었다.

두두두두두!

흑마철기대는 역시 강했다. 선두에 선 효마는 말할 것도 없었다.

막아서는 삼십 명 황천인해진까지 단숨에 격파하며 녹풍원 안으로 들이닥쳤다. 천군만마의 원군이었다.

"홍라!!!"

하지만 선두에 선 효마의 울부짖음을 듣는 순간, 아야크는 낯빛을 크게 굳힐 수밖에 없었다. 적을 뚫고 들어온 효마는 다른 곳으로 가지 않았다. 그가 향하는 곳은 전의들이 있던 빠오였다. 찢어진 채 불타오르는 천막이 아야크의 눈에 비쳤다. 효마의 눈에도 똑같은 것이 비치고 있을 터였다.

"으아아아아!"

효마의 입에서 커다란 괴성이 뿜어져 나왔다.

부상자들을 치료하던 빠오는 한 면이 불길에 휩싸인 채, 반파되어 있었다. 바로 옆에서 화탄이 터진 까닭이었다. 불에 그을려 튕겨 나온 시체들이 보였다. 전의들의 시체였다.

효마가 말안장을 박차고 몸을 날려 빠오 안으로 들어갔다. 다시 나오기까진 긴 시간이 걸리지 않았다.

효마는 품 안에 한 명의 여인을 안고 있었다. 생명력이 넘쳤던 갈색 피부는 오랜 침상 생활과 욕창으로 검붉게 얼룩져 있었다. 피골이 상접하여 앙상해진 몸에는 풍만한 곡선도 색기있는 굴곡도 전혀 찾아볼 수 없었다.

효마가 고개를 들었다. 그의 표정을 본 아야크가 석상처럼 굳어졌다. 굳어졌던 얼굴이 사색이 되고, 경직된 근육이 뒷걸음질을 종용한다.

"설마……!"

희번덕거리는 효마의 눈이 아야크에게로 향했다. 뒷걸음질을 치려는데, 발끝이 잘 움직여지질 않았다. 뱀을 맞닥뜨린 개구리가 그러할까. 아야크 자신도 상당한 살기를 지녔다 자부하고 있었지만, 지금 그의 몸을 휩쓰는 효마의 살기는 그런 것과 차원이 달랐다.

털썩.

효마가 손을 놓았다. 땅 위에 홍라의 육신이 떨어졌다. 힘없이 떨궈지는 그녀의 고개가 아야크를 향했다. 원래부터 오늘내일했었던 홍라다. 포격(砲擊)의 와중에 어디 파편이라도 맞았던 모양이다. 목덜미에 선혈이 흐른다. 숨이 끊긴 홍라의 두 눈은 감기지도 않았다.

"거기 그대로 있어."

효마가 말했다.

명령 같은 말이 막 움직여지려던 발끝을 다시 한 번 붙잡았다. 그의 손이 검집을 훑었다. 손가락마저 잘 움직이질 않는다. 막 군략을 배우던 햇병아리 시절, 초원에서 마주쳤던 군신(軍神) 챠이가 눈앞에 나타난 것 같았다.

효마가 품속으로 손을 집어넣었다.

자기병 하나를 꺼내더니 홍라의 몸 위에 떨어뜨렸다. 파삭 하고 깨진 자기병이 주홍빛 운무를 피워 올렸다.

치지지지직.

홍라의 육신이 타 들어가기 시작했다. 희뿌연 연기, 살 타는 냄새가 효마의 눈앞을 흐릿하게 만들었다.

"죽이겠다."

영(靈)과 육(肉)을 하늘과 흙으로.

라고족의 장례는 길지 않았다.

효마가 성큼 다가온다. 기를 쓰던 아야크의 손가락이 마침내 검병에 걸렸다. 주혈검, 검을 잡자 밧줄이 풀린 듯 온몸에 힘이 돌았다. 옥죄어오던 살기에 저항할 힘이 생긴 것이다.

"그녀는 내가 죽인 것이……."

"캇!!"

효마가 괴성을 내지르며 아야크의 변명을 막았다.

그때다. 호시탐탐 기회를 노리던 한 떼의 맹획군 군사들이 효마를 향해 달려들었다. 효마가 이빨을 드러내며 사방에 철창을 쑤서 박았다. 핏물이 분수처럼 튀고 내장이 땅바닥에 흘러나왔다.

'도망쳐야!'

아야크가 그 틈을 타고 땅을 박찼다. 맹획군이 도리어 아야크의 목숨을 살려준 격이었다. 아야크는 있는 힘을 다 뽑아 올리며 경공을 펼쳤다. 무시무시한 살기가 등 뒤로 따라붙었다. 효마가 그의 뒤를 쫓고 있었다.

"막아! 막아라!"

기병들에게 소리쳤다. 기병들은 순간 당황했다. 라고족 효마는 이제껏 그들의 장수로서 활약하던 자였다. 아야크의 외침을 이해하기 힘들 수밖에 없었다.

"놈이 배신하여 나를 죽이려 든다! 어서 막아!"

그때서야 기병들이 효마의 앞을 막았다.

물론 막을 수 있을 리는 만무했다. 효마의 창이 첫 번째 기병의 목덜미를 꿰뚫었다. 확 돌려 쳐 뽑아내는 서슬에 잘려진 머리가 그대로 하늘을 날았다.

그다음 기병은 가슴 한복판이다. 갈빗대 부서지는 소리가 요란했다. 창에 딸려 나오는 거품은 헤집어 터뜨린 폐장 때문이다. 잔인한 손속에 피보라가 하늘을 수놓았다.

타다다닥!

아야크는 그야말로 혼신의 힘을 다해 달렸다. 초원 저편으로 아까 출발시킨 아홉 개 금괴마차가 보일 정도다. 녹풍원 외곽까지 도망쳐 나온 것이다.

와아아아아!

함성 소리에 놀라 뒤를 돌아보니, 맹획의 군사가 지척까지 녹풍원을 감싸오고 있었다. 숫자도 숫자지만, 전개와 집중의 운용이 실로 놀라웠다.

쐐액!

퍼억! 하고 발뒤꿈치 바로 뒷 땅에 창날 꽂히는 소리가 들렸다. 죽을 지경이다. 도저히 안 되겠다는 생각이 들었다. 그가 순간적으로 땅을 박차며 방향을 꺾었다. 맹획 군사들이 둘러쳐 오는 방향이다. 맹획 군사들 한가운데에 뛰어들 요량이었다. 어차피 맹획군에겐 효마도 적이다. 그들 둘이 뛰어오면 둘 다 자신들을 공격해 오는 것으로 알 것이다. 그 편이 효마에게 쫓기는 것보다 훨씬 더 살 가능성이 높아 보였다.

"엇!"

달려가던 아야크가 일순 두 눈을 번쩍 떴다. 그가 왼편으로 고개를 돌렸다. 그의 얼굴에 화색이 돌았다.

어떻게 이렇게 빠르게 당도했는지 모르겠지만, 어쨌든 하늘이 도왔다.

살길이 보였다.

쉬이이익!

난데없이 들려온 파공음.

아야크를 바로 등 뒤까지 따라잡았던 효마의 몸이 한쪽으로 덜컥, 기울어졌다.

그가 재빨리 왼발을 땅에 박아 균형을 잡았다. 어깨 쪽으로 화끈한 통증이 밀려들고 있었다. 핏줄기가 그의 팔뚝을 타고 흘렀다. 두터운 어깨 근육 한가운데 화살 한 대가 깊게 박혀 있었다.

퓨슛!

그대로 화살을 잡아 뽑았다. 핏물이 어깨 위로 울컥 솟아올랐
다.

쉬익! 쉬이익!

파공음이 연이어 귓전을 스쳤다. 본능적으로 몸을 틀었다. 화
살 두 대가 아슬아슬하게 그의 몸을 스쳐 지나가 땅 위에 꽂혔
다.

쐐액! 쐐새새새색!

피해내고 땅을 박찼다.

수십 줄기 화살 소리가 들렸다.

혼자 쏘는 화살이 아니었다. 그가 오른쪽으로 고개를 돌렸다.
난사(亂射)와 만도술을 동시에 운용하며 맹획군을 돌파하는 기
병들이 보였다. 그들이 효마와 아야크를 향해 달려오고 있다.

가장 먼저 눈에 들어오는 것은 선두에 선 궁사였다. 불그스름
한 기운을 온몸에 둘러친 채, 시위에 화살을 올리는 중이다. 흉
터 한줄기가 얼굴 한가운데를 가로지르고 있었다.

다름 아닌 카무이다. 불그스름한 기운은 전에도 본 적이 있다.
몽고 무격의 술법이다. 강신술이라고 들었던 바다.

효마가 철창을 옆으로 돌리고, 품속에서 자기병을 하나 꺼냈
다. 허리가 비틀리고 손목이 바람을 가른다. 자기병 하나가 화살
만큼이나 무서운 속도로 카무이를 향해 날았다.

피잉! 파삭!

놀라운 궁술이다. 날아오는 자기병을 화살로 쏘아 맞췄다. 효
마는 놀라지 않았다. 깨진 자기병으로부터 붉은 가루가 퍼져 나
와 공중에 분홍빛 운무를 만들고 있었다.

카무이가 말고삐를 잡아채며 방향을 틀었다. 그 자신은 독술에 영향을 받지 않더라도 기마는 그와 같지 않음을 잘 알고 있기 때문이다.

효마가 두 개의 자기병을 더 던져 냈다.

카무이가 달려드는 앞쪽에 두 줄기 독안개가 피어올랐다. 그것으로 방벽을 삼고 땅을 박찼다. 저 멀리 아야크가 보였다. 그는 다시 방향을 바꿔 이두마차 아홉 대를 쫓아가고 있었다.

"어딜!!"

카무이가 소리치며 화살을 연사했다. 퍽! 하고 효마의 몸이 한 번 더 휘청 기울어졌다. 아까 맞았던 곳 근처에 또 한 대의 화살을 맞았다. 이건 심하다. 효마는 삼흉이란 작자들을 자신의 아래로 보고 있었다. 한데 이렇게 쉽게 화살을 허용하다니, 믿을 수가 없다.

거칠게 잡아 뽑고 상대의 위치를 확인하려니, 벌써 저 앞이다. 강신술의 위력이 이 정도였었나 싶었다. 가까이만 붙으면 단숨에 죽일 수 있을 것 같은데도 어찌할 도리가 없었다.

"으아아아아아!"

그의 입에서 비통한 포효가 터져 나왔다.

아야크가 멀어지고 있었다. 카무이도 그 옆을 달리고 있지만, 그의 눈은 오직 아야크에게 박혀 다른 곳으로 떠날 줄을 몰랐다.

지옥 끝까지라도 쫓아가겠다며 땅을 박차려는데, 쐐액 하고 또 한줄기 파공성이 들려왔다. 화살보다 더 두텁고 묵직한 뭔가였다. 효마가 가볍게 몸을 틀었다. 하지만 날아온 물체는 그를 지나치지 않았다. 살아 있는 것처럼 휙 돌아 그의 팔을 휘감았다. 철 끈에 달린 삼각철추, 유성추였다.

"이제야 저번 일을 만회할 수 있겠구나!!"

효마가 고개를 돌렸다.

시야에 들어오는 것은 추악한 늙은이, 황육괴였다. 효마가 유성추 강사(鋼絲)를 휘어잡았다. 손아귀에 감아 끌어당겨 보았지만 황육괴의 힘은 생각보다 강했다.

게다가 상대는 황육괴만 있는 것이 아니었다.

황육괴보다 더 강한 자가 있다.

멈추어 선 효마의 앞으로 펄럭이는 바람이 몰아쳤다.

주단 피풍을 휘날리며 내려선다.

그가 말했다.

"네놈이 흉표의 독창이렷다."

그곳에 서 있는 것은 놀랍게도, 일각수 맹획이었다.

"이야기 많이 들었다. 네놈에겐 군사를 많이 잃었지."

효마가 고개를 돌렸다.

맹획의 말을 제대로 듣지도 않는 것 같다. 그의 시선은 이미 원래 있던 곳에 가 있었다. 저 멀리 하얀 점으로 사라지는 아야크를 향해서였다.

맹획의 두 눈에 살기가 감돌았다. 무례하기 짝이 없는 놈이었다. 일각수를 향한 무례는 오직 죽음으로만 용서될 수 있었다.

"네놈이 정녕 죽고 싶구나."

효마가 눈을 돌린다. 하지만 그의 눈이 향한 것은 맹획 쪽이 아니었다. 그가 황육괴를 노려보며 말했다.

"놔."

황육괴의 얼굴이 굳어졌다. 효마의 말 때문이 아니었다. 맹획의 얼굴에 떠오른 표정을 보았기 때문이다. 저 표정이 떠오르면 사람이 죽는다. 공신과 수하를 가리지 않고 모두 다 죽을 수 있었다.

퀴융!

이질적인 파공음이 맹획의 손에서 뿜어져 나왔다.

효마가 유성추 강사를 확 끌어당겼다. 끌려오지 않던 황육괴가 덜컥 공중에 떴다. 황육괴의 몸이 맹획의 손을 막았다. 찰나의 순간 황육괴의 표정이 사색이 되었다.

퍼억!

황육괴의 비대한 몸집이 공중에서 비틀려 튕겨 나갔다. 맹획은 손을 거두지 않았다. 그는 그런 자가 아니었던 것이다. 떨어진 황육괴의 입에서 울컥 핏물이 솟구쳤다.

효마의 눈이 그때서야 맹획을 제대로 보았다.

그게 일각수의 본모습이다. 제 수하의 안위 따위 조금도 신경 쓰지 않는 자였다.

맹획이 다가왔다. 황금빛으로 손톱을 칠한 양손을 허리 높이에 슬쩍 들어 올린 상태였다.

효마가 철창을 고쳐 잡았다. 아직도 팔에는 유성추 강사가 감겨 있었다. 창날에 내력을 모아 강철 끈을 잘라냈다. 창끝이 맹획을 향해 겨누어졌다.

쿠우우, 퀴융!

맹획의 손바닥이 바람을 갈랐다. 맹획의 손은 핏줄이 훤히 보일 만큼 투명해져 있었다. 철창을 휘둘러 손바닥을 비껴냈다.

위잉! 따앙!

군왕의 위에 오른 저력이라고 할까.

비록 스스로 자처하여 얻은 이름이라고는 하나, 그가 지닌 무공만큼은 실로 대단했다.

일격필살 숨통을 끊을 기세로 쏟아지는 철창들의 쇄도를 아무렇지도 않게 파훼하고 흩어놓았다. 게다가 손을 들고 할퀴며 내치는 수격(手擊)들은 효마의 철창 못지않은 살기를 품고 있었다.

훙! 촤악!

맹획의 손에 스친 효마의 옆구리에서 피가 쏟아졌다. 효마의 얼굴이 굳어졌다. 상처를 통해 파고드는 내력이 차가웠다. 마치 얼음송곳이라도 쑤셔 박아 후비는 듯했다.

음유한 공력에 내상까지 입은 효마의 공격은 사나움이 예전만 못했다. 게다가 효마는 지금 정신까지 딴 데 팔려 있었다. 틈만 있으면 아야크 쪽으로 돌아가는 시선이다. 이제 저 너머로 사라져 보이지 않게 되었음에도, 효마는 미련을 버리지 못하고 있었다. 그의 머릿속을 지배하고 있는 것은 맹획과의 사투가 아니었다. 오직 홍라의 죽음밖에 없다. 계속하여 홍라의 마지막 모습이 눈앞에 떠올랐다. 마치 누군가 속삭이며 그의 머릿속에 그 장면을 연달아 쑤셔 넣는 듯했다.

쐐액! 퍼억!

그게 바로 마공(魔功)의 힘이었다. 맹획의 입에서는 의식 못하는 사이 아주아주 나직한 주문 같은 게 흘러나오고 있었다. 정신을 산란케 하여 머릿속에 죽음을 새긴다. 그래서다. 효마가 허용해선 안 될 일격까지 허용하고 만 것은.

"커어……!"

가슴에 일장(一掌) 직격이다.

몸속으로 침투한 맹획의 공력이 그의 내공을 무차별로 공격하기 시작했다. 효마의 입에서 핏줄기가 솟았다.

불행인지 다행일까. 그가 몸을 숙이는 순간, 그의 앞섶에서 깨진 자기병 조각들이 우수수 쏟아져 나왔다. 효마가 이를 악물고 뒤편으로 몸을 날리며 가죽옷을 벗어 던졌다.

치이익! 푸쉬시시식!

가슴에 맞은 일장으로 깨진 독병들이었다. 서로 섞이며 반응하는 독액들이 가죽옷을 녹이고 각양각색의 독무(毒霧)를 피워 올렸다.

쇄도하던 맹획이 눈살을 찌푸렸다. 남쪽 대지에서 둘째가라면 서러운 내공력을 자부하고 있었으나, 그런 그가 뛰어들기에도 눈앞의 독무는 심상치가 않아 보였다.

"운이 좋은 놈이로고."

운무 너머로 맹획이 효마를 보았다.

효마도 맹획을 봤다. 맹획은 효마만을 보고 있었지만, 효마의 눈에는 맹획만 보이는 것이 아니었다. 그를 방해한 자들, 그의 앞길을 막은 자들이 거기에 모두 다 있었다. 막 달려오고 있는 지사괴와, 쿨럭거리며 일어나는 황육괴가 그의 시야에 들어와 비쳤다. 그뿐이 아니다. 맹획군 정병들, 검은 포신(砲身)을 탑재한 수레형 화포, 화포들 한가운데로 다가오는 구름 문양 철수레, 그리고 그 철수레에 앉아 있는 젊은 군사의 얼굴까지, 보이는 모든 것들을 그의 눈에 하나하나 모조리 새겨놓았다.

파팟!

효마가 다시 뒤쪽으로 몸을 날렸다. 벗은 몸, 새롭게 입은 상처들이 한 움큼씩 피를 뱉었다. 기혈 한구석엔 중독 증세도 있다. 가슴 한복판 손바닥 자국도 만만치 않다. 가슴 전체에 불길한 검은빛으로 떠오르는 중이었다.

등 뒤에서 쫓으라는 명령이 들려왔다.

퍼져 나가는 독무를 넓게 돌아 달려오려던 맹획 병사들이 무색(無色) 독연의 범위에 휘말려 피를 토하고 그 자리에 쓰러졌다.

병사들은 함부로 그를 쫓아오지 못했다. 내공을 지닌 지각군와 황각군 무인들이 몇십 장 우회하여 추격을 감행했다. 하지만 효마는 부상을 입은 몸으로도 그들보다 빨랐다. 탁 트인 초원 저편, 사라진 마차들의 그림자가 눈앞을 아른거렸다. 휘청이는 효마의 발길은 영영 멈출 줄을 몰랐다.

*　　*　　*

"녹풍원이 맹획에게 무너졌다!"

타가는 진노했다.

남왕궁으로 향하던 기병들을 모조리 회군했다. 살아남은 아야크는 무격을 통해 남왕궁 공격을 강행하시라 전언을 넣어왔지만, 타가는 그의 말을 가볍게 묵살해 버렸다. 아야크가 몇 번을 재고하시라 부탁해도 소용이 없었다. 타가는 그대로 맹획이 이끄는 대군을 치겠다며 다시금 쌍강 경계선을 넘었다.

그에게 있어 녹풍원은 단순한 거점 이상의 의미가 있었다.

북방의 초원을 느낄 수 있는 유일무이한 공간이 녹풍원이었다. 녹풍원에 대한 타가의 애착은 아야크로서도 짐작키 어려울 만큼 깊었다.

타가는 밤낮으로 기마를 달렸다.

하지만 그는 끝내 맹획의 본대와 맞닥뜨리지 못했다. 맹획의 군사는 여전히 신출귀몰했다. 녹풍원 공격과 이어진 전투로 인해 그 수가 일천 명 남짓으로 줄어들어 있었지만, 줄어든 군사만큼 병대 운용이 오히려 더 빠르고 은밀해진 까닭이었다.

싸울 상대를 찾지 못한 타가는 결국 녹풍원으로 향할 수밖에 없었다.

녹풍원에 선 그는 또 한 번 분노했다.

남은 것은 철저한 파괴의 잔해요, 약탈당한 것은 창천처럼 푸르던 풀밭이었다. 융단처럼 때로는 잡초처럼 부드럽고 억셌던 푸른색 풀들은 화포와 화마에 상처 입어 예전과 같은 빛을 발하지 못했다.

타가의 귀환 소식을 들은 아야크가 녹풍원으로 돌아왔다. 그의 뒤엔 일곱 대의 쌍두마차가 함께하고 있었다.

"두 대는 추격전의 와중에 잃어버리고 말았습니다."

아야크가 비통한 목소리로 보고를 올렸다.

그는 그 순간을 너무나도 생생하게 기억하고 있었다.

추격해 온 맹획군 분대를 물리치던 중, 황각군 투구를 깊이 눌러쓴 털보 장한 하나가 나타나더니 아홉 대 마차 행렬을 가닥가닥 끊어놓았다. 멀리서 보고 당연히 황육괴라 생각했으나 얼굴을 확인하자 황육괴가 아니라 생전 처음 보는 졸개 놈이었다. 졸개 놈치고는 무공이 고강하다 싶었는데, 아야크와 카무이가 달려오는 것을 발견하고는 그대로 줄행랑을 놓았다. 들끓는 맹획군 병사들을 물리치며 겨우겨우 금괴마차들을 수습했다. 상황이 정리되고 마차들을 점검했는데, 어찌 된 일인지 후방에 있었던 마차 두 대가 보이질 않았다. 사방으로 기병들을 풀었지만 찾을 수 없었다. 근역에서 화살에 맞은 시체 몇 구가 발견되었다. 내부 소행을 의심할 수밖에 없었다. 궁병대를 추궁하고 카무이에게도 진상 확인을 부탁했으나 도리어 카무이의 자존심만 건든 꼴이 되고 말았다. 금괴마차 두 대는 끝끝내 나타나지 않았다. 땅으로 꺼졌는지, 하늘로 솟았는지 종적이 묘연했다.

기나긴 보고를 듣는 와중에도, 타가는 별반 관심을 보이지 않았다.

마차 두 대면 금괴 일백 관이었다. 그에겐 금괴 일백 관을 잃은 것보다 녹풍원의 전경을 잃은 것이 훨씬 더 충격인 듯했다.

그러던 와중에 척후병의 보고가 올라왔다.

맹획 부대가 남왕궁으로 돌아가고 있다는 소식이었다.

타가는 당장 남왕궁을 치겠다며 곧바로 기마 위에 올랐다. 아야크가 충심을 다해 그를 만류했다.

남왕궁을 공격할 때가 아니었다. 녹풍원 함락은 그 다섯 글자만으로 타가군 영역 전체에 크나큰 타격이었다.

피해 규모, 병력 손실. 중요하지 않았다. 패배감이 문제였다. 기병들의 전투 의지를 수습하는 것이 급했다.

절규하듯 쏟아내는 아야크의 충심에 타가가 결국 고개를 끄덕였다. 아야크가 옳았다. 남왕궁을 향해 진격하고 있을 때에도 아

야크의 말을 들었어야 했다. 남왕궁 공격을 강행하여 왕궁이라
도 무너뜨렸다면, 녹풍원 함락의 비보도 얼마든지 상쇄할 수 있
었을 것이다. 타가는 실책을 인정했다. 그리고는 무조건 아야크
의 말에 따르기로 결정했다.

긴 전쟁 끝에 남왕궁으로 귀환한 맹획은, 그 어느 때보다도 흡
족한 기분에 사로잡혀 있었다. 전쟁 중반부터 터져 나왔던 문제
들로 크게 골머리를 썩었지만, 최종적인 끝마무리가 워낙 좋았
다. 타가 진영을 제집처럼 들락거리며 유린했을 뿐 아니라, 녹풍
원까지 폐허로 만들었다. 녹풍원 금원원을 깨부수고 수확한 약
탈물도 그 가치가 상당했다. 타가군이 보유하고 있다는 소문 속
의 금괴는 찾아내지 못했지만, 대체로 만족할 만한 수준은 되고
도 남았다. 부서졌던 팔보당 두 면을 풍성하게 다시 채울 만한
재화를 얻은 것이다.
　타가군의 반격이 마음에 걸렸으나, 양무의란 군사 놈은 그 가
능성을 단번에 일축했다.
　절대로 쳐들어오지 못할 것이라 단언했고, 그 말대로 되었다.
며칠을 기다려도 타가의 군사들은 움직일 기미를 보이지 않았
다. 군사에게 이유를 물었다. 아야크는 포기가 빠른 자라는 대답
이 돌아왔다. 남왕궁 진격 중에 군사를 회군했으니 천기를 놓친
셈이요, 한 번 놓친 천기는 다시 잡을 수 없다 믿는 자이니 당장
재공격을 주장할 리 없다 하였다. 더욱이 녹풍원 함락 여파를 수
습하기 위해서는 내부 정리가 필요할 터, 아야크는 그것부터 해
결하려 들 것이 틀림없다 말했다.

"내부 정리라면 이쪽도 필요합니다. 군사 이백과 화포 열 문 만 주십시오. 무구고원을 격파하고 오겠습니다."

"이백? 고작 그 수로 가능하겠느냐?"

"화포 일 문에 일백의 병력을 상쇄할 수 있습니다. 더욱이 요새 지형의 좁은 진입로를 생각해 보십시오. 놈들이 목책이며 방패며 제아무리 틀어막아도 화포 일격이면 부서 버릴 수 있습니다."

맹획은 양무의의 말을 길게 듣지 않았다.

언즉현현(言卽顯現), 말한 대로 곧 이루어지다.

그것이 맹획이 지금껏 본 양무의의 모습이었다. 양무의는 이 전쟁을 승리로 이끈 자였다. 그를 향한 맹획의 신뢰는 이제 천삼 괴를 향한 그것에 버금갈 정도였다.

"마음껏 해보아라. 쓸데없는 보고는 더 이상 듣고 싶지 않다."

양무의가 포권을 취했다.

그의 눈은 별처럼 빛이 났고, 그의 전신엔 하늘이 내린 총명함 이 후광처럼 둘러쳐 있었다.

"흡족한 보고만을 듣게 되실 겁니다."

그것이 그가 맹획의 군사 자격으로 남긴 마지막 말이었다.

양무의가 물러갔다.

맹획이 태사의에 몸을 묻었다. 궁녀들이 나긋하게 다가와 부 채를 흔들었다.

군사를 순비하라, 양무의의 목소리가 들려왔다. 수많은 승리 를 안겨준 목소리다. 제집처럼 편안하게 들리는 목소리였다.

늪 앞은 황량했다. 타가와 맹획의 진지가 지어졌던 곳에 이르렀다. 망가진 목책들만 싸움의 흔적으로 남아 있었다.

이백 병사 맹획군은 각양각색 부족들이 모인 잡병들이었다. 지속된 전쟁은 엄청난 병력 손실을 초래했다. 병사들의 충원이 급했다. 이곳저곳 부족들을 가리지 않고 닥치는 대로 징병해 왔다. 려족과 장족 위주였던 병력이 토착민인 경포족이나 아창족으로 채워지고 있었다.

양무의는 철운거에 앉은 채 병사들을 둘러보았다. 대부분 양무의 자신이 직접 선발한 병사들이었다.

그의 눈이 뒤쪽으로 향했다.

출정 직전에 붙은 무인들이 거만한 얼굴로 잡병들을 압박하고 있었다.

천삼괴가 보낸 천각군 두 명이 가장 앞에 있었다.

맹획은 요상 중인 황육괴 대신 잘 써먹어보라는 말과 함께 황각군 무인을 백 명이나 딸려주었다.

숫자가 꽤 되긴 해도, 지금껏 무구고원이 벌인 일을 생각하자면 터무니없는 병력이라 할 수 있었다. 무구고원은 천 단위 병력도 어렵지 않게 막아내던 요새였다. 하지만 천삼괴도, 지사괴도 양무의를 신뢰하는 맹획의 결정엔 아무런 토를 달지 못했다.

맹획의 분노가 무섭기도 무서웠을 뿐 아니라, 새로운 군사의 지략은 그 어떤 호언장담이라도 터무니없게 들리지 않을 만큼 대단했기 때문이었다. 또한 맹획은 모두의 앞에서 선언까지 했었다. 무구고원 토벌에 성공하고 돌아오면 양무의에게 현오괴의 이름과 현각군의 지휘권을 하사하겠다고 말이다.

양무의는 맹획의 선언에도 한줄기 미소만을 지었었다. 그는 맹획의 일각수 투구를 준다 해도 별반 관심이 없었다. 그 앞엔 무구고원이, 긴 시간 동안 보지 못한 그만의 천하(天下)가 기다리고 있을 따름이었다.

양무의는 잠시도 멈추지 않았다.

늪 앞에 기지를 만들지도 않았다. 그대로 둑길을 건너더니, 구독림 대로까지 쑥 들어왔다. 화포 열 문을 다섯 문씩 두 줄로 앞장세워 전진을 계속했다. 진군 속도는 빠르지 않았다. 백가화가 철운거를 밀고 가는 까닭이다. 철운거 속도가 곧 진군 속도였다.

"군사께 한 가지만 아뢰고자 합니다."

참지 못한 황각군 무인 하나가 천각군 무인에게 말했다. 천각군 무인 두 명도 그냥 이대로 공격하는 것은 무모하다고 생각하던 차라 달리 제지하지 않았다. 그들 역시도 어쩔 생각인지 궁금하던 차였기 때문이었다.

"적들은 강합니다. 함부로 공격하면 당할 수도 있습니다."

황각군 무인이 양무의의 곁으로 달려와 말했다. 무인의 얼굴과 팔엔 화상 자국이 남아 있었다. 단운룡의 뇌신에 스쳐서 생긴 흉터였다. 죽음에서 살아온 그의 두 눈엔 무구고원에 대한 두려움이 하나 가득 담겨 있었다.

"당하지 않아."

양무의는 말했다. 그의 말이 신호라도 된 듯 뒤쪽에서 말발굽 소리가 들려오기 시작했다. 촉사와 늪 쪽이다. 먼저 소리를 감지한 것은 후방의 무인들이다. 천각군을 비롯한 황각군 무인들이 긴장하여 돌아섰다.

두두두두.

말발굽 소리는 요란하지 않았다. 멀리서 두 대의 짐마차가 달려오고 있었다. 쌍두마차였다. 몽고식 기마, 몽고식 마차가 직선으로 달려오고 있었다. 어찌 된 일인지 그들을 조금도 두려워하지 않는 것 같았다.

마차 두 대가 둑길을 지나 지척까지 다가왔다. 끼리릭, 양무의의 철운거가 뒤편으로 굴러왔다. 백 명이나 되는 황각군 무인들이 쫙 갈라지며 길을 열었다.

천각군 무인 두 명이 양무의의 양편에 버텨 섰다. 양무의가 그 둘을 슬쩍 둘러보고는 엷은 미소를 지었다. 이건 보호를 위한 건지, 감시를 위한 건지 구분이 되질 않았다. 아니, 양쪽 다의 의미가 있을 것이다.

두두두두. 푸륵, 푸르륵.

말들이 투레질을 하며 멈춰 섰다. 전투태세를 하고 있던 황각군 무인들이 의아한 표정을 지었다. 쌍두마차 어자석에 앉아 있는 자는 황각군의 투구와 각반을 장비하고 있었다. 커다란 체구에 얼굴에는 삐죽삐죽 수염이 가득했다.

웅성.

저런 자가 있었던가. 황각군 무인들 사이에 술렁임이 일었다. 최근 들어 새로운 인원을 충원하기 위한 선발과 훈련이 한창이라지만, 이런 자는 본 일이 없었다. 황각군은 진법을 익히기 때문에 같은 군 소속의 얼굴을 못 알아볼 리 없었다.

"기다리고 있었다, 장익."

"고생 좀 했지. 꼬락서니를 보아하니 만왕의 충신이 따로 없구나. 하하하하."

털보 장한이 호탕하게 웃었다.

황각군 무인들의 의아함이 더욱더 짙어졌다. 양무의는 동요하는 황각군을 아랑곳하지 않았다. 뒤편의 쌍두마차가 비스듬하게 다가와 장익이 끌고 있는 마차 옆에 섰다. 양무의가 마차 쪽을 바라보며 고개를 숙였다.

"오셨습니까, 노사."

두 번째 쌍두마차를 몰고 있는 자는 다름 아닌 궁무예였다.

그렇다.

장익과 궁무예. 그래서 두 대였던 거다. 아홉 마차 중에 사라진 둘. 이 두 대의 쌍두마차는 아야크를 비통케 한 바로 그 금괴 마차였던 것이다.

"클클클. 노인네를 마부로 부려먹다니."

"마부라니요."

"이제 어쩌려고?"

"주군이 저기 있습니다."

"주군? 난 아닌데."

"누누이 말씀드렸지 않습니까. 그냥 주군 삼으십시오."

"이 나이에?"

"봉공으로 모셔 드리죠. 주군 밑이라면 봉공질도 할 만할 겁니다. 게다가 사일적천궁도 찾게 될 터인데, 그래도 상대가 있어야 신나게 쏴보실 거 아닙니까."

"클클클, 세 치 혓바닥하고는."

대화가 이상하게 돌아가자, 천각군 하나가 앞으로 나섰다. 그가 오른손을 검병 위에 올리며 말했다.

“군사, 지금 무슨 말을 하는 거요.”

양무의가 천각군 무인을 올려보았다. 그의 얼굴은 지극히 태연했다. 끼리릭. 그가 그 자리에서 철운거를 뒤로 돌렸다. 철운거 뒤에 서 있던 백가화가 옆으로 움직였다. 양무의가 등을 보인 채 말했다.

“주군. 보러 갑시다.”

피슛!

무슨 소리냐며 막 검을 뽑으려던 천각군 무인의 몸이 덜컥 멈췄다. 그가 자신의 가슴을 내려보았다. 가슴 한복판에 작은 구멍이 뚫려 있었다. 뭉클뭉클 피가 솟았다.

그가 고개를 들었다.

그의 눈에 옆으로 비껴서 세워진 두 번째 쌍두마차가 비쳐들었다. 어자석이다. 어자석에 앉은 봉두난발 백발노인의 손에 길쭉한 목궁(木弓) 하나가 들려 있었다.

“날 원망치 말거라, 아이야.”

픽! 하고 끝이다. 뒤로 넘어가는 천각군 무인의 이마에 동전만 한 구멍이 생겨나 있었다.

또 한 명의 천각군 무인이 차앙! 하고 대검을 뽑아 들었다. 대체 무슨 일이 벌어지나 했더니, 순식간에 자신의 동료가 죽어버리고 말았다.

그가 양무의에게로 몸을 돌렸다.

속았다는 생각조차 하지 못했다. 그저 이해할 수 없었기에 검부터 뽑아 든 것이다.

“가화.”

“예.”

백가화의 면사 안에서 아름다운 목소리가 흘러나왔다. 그녀가 등 뒤에 흰 천으로 묶여 있던 창을 옆으로 비껴들었다. 파라락, 흰 천이 순식간에 풀려 나왔다.

순백으로 빛나는 창이 태양 아래 모습을 드러냈다.

보는 순간 누구라도 신병이기라는 것을 알 수 있는 신창이었다. 백강으로 주조한 백색의 신룡이 길쭉한 창날을 입에 물고 있었다. 제작자는 중원 전역의 장인들 중에서도 수위를 다툰다는 마장 당철민이다. 이름은 백룡신창(白龍神槍), 당철민의 역작 중 하나였다.

“군사, 이게 어떻게 돌아가는 거요?”

천각군 무인이 발악적으로 소리쳤다. 양무의에게선 아무런 대답이 돌아오지 않았다.

“이익!”

마침내 천각군 무인이 검을 휘둘렀다. 왼쪽에서 횡선으로 길게 긋는 대검술이었다.

쩌엉! 퍼어억!

단 일격이었다.

백룡신창이 두터운 대검을 단숨에 부숴 버리고, 그의 몸을 가볍게 꿰뚫어 버린 것은.

신병이기의 힘이라고 할 것이다.

놈은 신음 소리조차 제대로 흘리지 못했다. 백가화가 백룡신창을 옆으로 튕겨 창날에 묻은 피를 흩뿌렸다. 그것만으로 백룡신창은 다시 순백의 창이 되었다. 그 어떤 핏물도 백룡신창을 더

럽힐 순 없었다.

처처처척.

충격이었다.

황각군 무인들은 바보들이 아니었다. 천각군 무인 둘의 죽음을 통해 진정한 적이 누구인지 알게 되었다. 그들이 황천인해진을 구축하며 양무의의 앞을 막아섰다.

"장익, 길을 열자."

텅!

양무의의 말이 떨어지기 무섭게 어자석에 앉았던 장익이 몸을 튕겼다. 그의 손엔 팔보당에서 들고 나왔던 창산철창이 아닌 황색 무늬 요란한 녹색의 사모(蛇矛)가 들려 있었다.

마장 당철민이 만들어준 벽력사모(霹靂蛇矛)다. 통천벽력창, 굽이치는 창끝에서 천둥소리가 울려 나왔다.

꽈르르릉!

황천인해진의 선두에서 엄청난 양의 핏물이 터져 나왔다. 소리만큼이나 강렬한 일격이다. 달려드는 놈을 머리부터 가랑이까지 단숨에 쪼개 버린 것이다.

벽력사모가 무지막지한 참격으로 예봉을 꺾고, 이어지는 백룡신창이 인해를 갈랐다.

양무의는 산책이라도 나온 듯 여유롭게 철운거를 움직였다. 삼십여 명을 눕히자 길이 열렸다. 순식간에 황각군을 돌파한 것이다. 양무의의 눈앞에 이백 명 군사들이 비쳐들었다.

"실행하라."

양무의가 짤막하게 말했다. 막 벽력사모를 휘두르려던 장익이 손을 멈췄다. 이백 명 군사들이 일순간 무구고원 쪽으로 뛰어가기 시작했다. 놀라서 도망치는 것이 결코 아니었다. 일사불란, 훈련이라도 한 듯 대열은 조금도 흐트러지지 않았다.

처처처처처척!

쭉쭉 나아간 이백 명 군사들이 저 멀리 떨어진 곳에서 다시 대오를 정렬했다. 황각군 무인들과 이백 명 군사들 사이에 이십여 장 정도의 공터가 생겼다.

양무의, 백가화, 장익이 그 공터 한가운데 있었다.

그때서야 황각군 무인들은 깨달았다.

저 이백 군사는 백가화와 장익이 무서워서 저 위치로 옮겨간 것이 아니라는 사실을 말이다. 그들이 거리를 두려 했던 대상은 백가화와 장익이 아닌 황각군이었다. 일반 병사들에겐 황각군의 무위도 크나큰 위협이 될 것이었다.

"함정……!"

황각군 가운데에서 누군가가 침음성을 흘렸다.

그것도 보통 함정이 아니라 깊이를 알 수 없을 만큼 거대하고 무시무시한 함정이다.

양무의는 벌써 저쪽 군사들 바로 앞에 가 있었다. 그가 철운거를 돌리고 황각군 쪽을 바라보았다.

모두가 양무의에게 속았다. 황각군만이 아니라 맹획, 타가까지 전부 다 속은 것이다.

"고, 공격해!"

또 다른 누군가가 소리쳤다.

황각군 무인들은 공황 상태에 빠졌다. 그들에겐 이제 사태를 정확히 이해할, 또는 상황을 타개할 어떠한 판단력도 존재치 않았다. 몇몇 무인들이 몸을 날리자, 그냥 무작정 돌진을 감행할 뿐이다.

그때였다.

앞쪽에서 땅을 박차던 황각군 무인들의 얼굴이 삽시간에 굳어졌다.

끼리릭. 끼리릭.

바퀴 소리.

그것은 철운거 소리가 아니었다. 갈라지는 군사들 사이로 불 뿜는 입들이 드러났다. 화포들이다. 화포 열 문이 황각군 무인들을 겨누고 있었다.

쾅! 콰콰콰쾅!

지축을 울리는 굉음이 터져 나왔다. 구독림 한가운데, 검은 연기가 치솟았다. 열화지옥, 폭음지옥, 뭐라고 불러도 좋다. 구독림 대로 중앙에 한 편의 지옥도가 그려지고 있었다.

후우우우우.

구독림 대로가 훤히 보이는 후방.

거대하게 올라오는 검은 연기 멀리로, 하얀 연기가 한없이 가느다란 실처럼 올라왔다.

궁무예다.

쌍두마차 두 대는 어느새 폭발의 범위에서 한참 떨어진 곳으로 물러 나와 있는 상태였다. 궁무예가 다 끌고 온 것이다.

검지와 엄지로 잡은 연초가 작은 불꽃을 피우며 타 들어갔다.

그가 클클클 웃으며 한마디 중얼거렸다.

"주군이라……."

그의 눈이 양무의를 찾았다. 검은 연기와 하늘로 튀어 오르는 육편 때문에 저쪽 편이 잘 보이지 않았다.

저렇게 과격한 녀석을 군사로 데리고 있으려면 주군이란 신분도 만만치는 않겠다.

물론, 자신 같은 늙은이를 데리고 있으려 해도 골치깨나 아플 것이다.

"그래도, 재미는 있겠지."

그럴 것이다.

연초 연기가 오늘따라 무척 맛있다. 웃음이 나왔다.

*　　　*　　　*

보고 싶은 사람들이 속속들이 찾아들던 그때.

단운룡은 실로 오랜만에 먼 기억 속 영원히 잊을 수 없었던 사내를 만난다.

효마였다.

효마는 홀로 구독림 대로를 걸어왔다.

남문으로 들어와 위로 올라오기까지 망루 위의 전사들은 한시도 눈을 떼지 않았다.

순순히 들여보내 준 것은 허유 때문이었다.

망루 위에서부터 알아본 그가 길을 터줬다. 그러지 않았더라면 피 튀기는 싸움이 났을 거다. 품고 있는 살기를 보자마자 내린 판단이었다.

올라온 효마는 허유를 거들떠보지도 않았다.

마건위가 나타나 그의 앞에 섰다. 효마, 마건위, 허유 세 사람은 아무런 말이 없었다. 질기고도 질긴 인연이었다. 많은 것들이 그들 사이에 있었지만, 이제는 그저 있었다는 사실 그것만 남았다. 촉와향, 귀비산, 세심단. 이제는 모두 다 희석된 의미로만 기억 속에 새겨져 있었다.

"이쪽이다."

가장 먼저 입을 연 것은 마건위였다.

효마가 그의 뒤를 따랐다.

그들은 무구고원 중앙으로 향했다. 고원에 세워진 마을은 이제 제이의 오원이라 불릴 정도의 모습을 갖추고 있었다. 각 부족 거주지도 생겨났을 정도였다. 지금 막 지나는 곳은 포랑족이 주로 모여 사는 곳이었다. 둥글게 돌아가는 태양과 참나무 쥐 문양이 토담벽에 그려져 있었다.

효마는 그 어디에도 시선을 주지 않았다.

그저 말없이 마건위를 따라가 제법 그럴듯하게 지어진 원형 건물 앞에 섰다. 대전(大殿)까지는 아니지만 그런대로 큰 편인 전각 규모였다.

문을 열고 안으로 들어갔다. 회랑 끝으로 작은 회의실이 보였다.

지키는 이는 없다. 그럴 필요가 없었다.

그 안에 있는 자들은 모두가 기척만으로도 사람의 입출을 감지할 수 있는 능력을 지녔기 때문이었다. 앉은자리에서도 들어오는 사람의 의도까지 느낄 수 있는 이들이었다.

단운룡. 양무의. 그리고 백가화가 거기에 있었다.

효마가 단운룡을 바라보았다.

단운룡도 효마를 보았다.

효마의 시선이 한쪽으로 움직였다. 순간, 그의 표정이 크게 굳어졌다. 구름이 그려진 철수레, 철운거를 본 직후였다.

"네놈은……."

효마를 바라보는 양무의의 얼굴엔 별다른 표정이 없었다. 하지만 효마는 달랐다. 효마는 양무의의 얼굴을 분명하게 기억하고 있었다. 녹풍원에서, 맹획의 뒤에서. 또 다른 의미의 원수들 중 하나였다.

치잉!

그가 철창을 비껴들었다.

폭출하는 살기가 회의실을 채웠다.

백가화가 사뿐한 걸음걸이로 양무의 옆에 섰다. 백룡신창을 꺼내 들지 않았다. 그녀는 효마가 무섭지 않았다. 철심무혼창의 극의를 깨우쳐 버린 그녀였다.

"아는 얼굴인가 보지?"

효마는 당장이라도 철창을 내칠 기세였다.

효마에게 그럴 만한 이유가 있었다. 철운거에 탄 남자는 그냥 그의 복수를 방해한 정도의 흉수가 아니었다. 홍라의 죽음에 직접적인 책임이 있는 남자였다.

효마의 눈앞에 지난 일들이 주마등처럼 스쳐 갔다.

녹풍원의 전투에서 빠져나온 직후, 그는 아야크를 쫓았다. 하지만 그 추격은 오래가지 못했다. 온몸이 만신창이가 된 상태였기 때문이다.

화살에 맞은 어깨는 금방 회복되었다. 하나 맹획에게 입은 내상은 실로 만만치가 않았다. 중독도 문제였다. 세 달에 이르도록 제 기량을 찾지 못했다.

냉정을 되찾았다. 복수를 생각했지만, 현실은 그리 만만치가 않았다. 타가, 튠차이, 아야크, 모두는 좀처럼 녹풍원에서 기어 나올 줄을 몰랐다. 암습밖에 없었다. 하나, 그 역시도 독술 없이는 쉽지 않았다. 독이란 거저 만들어지는 것이 아니었다. 그것도 삼흉에게 통할 만한 맹독은 더더욱 만들기가 쉽지 않았다. 장비와 재료는 전부 다 녹풍원에 있었다. 리산의 거처에 있었던 장비들도 일찍이 그곳으로 옮겨간 상태였다.

그가 쓰던 독들을 혼자서 다시 만들려면 몇 달은 족히 걸릴 터였다. 하지만 효마에겐 그만큼의 인내심이 없었다. 당장 죽이고 싶은 마음을 가누지 못할 지경에 이르고 있었다. 타가군 기지를 습격하기도 하고, 녹풍원 주위를 서성여도 보았다. 그러던 와중에 몇 가지 이야기를 듣게 되었다. 맹획군의 분위기가 심상치 않다는 소문이었다.

상황이 돌아가는 꼴도 알게 되었다. 맹획에겐 화포를 제공하던 군사가 있었다더라. 타가 영역을 유린할 수 있었던 것도 그 군사의 신산귀모 덕분이라 한다. 한데 그 군사가 맹획을 배신했으니. 애초부터 맹획 편도 아니었던 모양이라, 무구고원이란 곳에 제 발로 기어들어 갔다 하더라.

결국 맹획이 일으킨 대전쟁은 무구고원 측의 농간이라는 말이었다. 타가와 맹획의 싸움으로 가장 득을 본 것이 또한 무구고원이니, 설득력이 충분한 이야기라 할 수 있었다.

"효마."

"……."

"창끝을 엉뚱한 데로 돌리지 마."

"엉뚱한 데가 아니다!"

"납치된 시점에서 끝난 거였어."

효마가 이를 악물었다. 흔들리는 창끝은 흔들리는 마음의 표상이다. 눈빛도 그러하다. 양무의를 향한 그의 눈이 가볍게 흔들리고 있었다.

"홍라 누님이 죽은 건 처음 그녀가 입은 도상(刀傷) 때문이었다. 그걸 제때에 살리지 않은 것은 타가 놈의 전의(戰醫)들이고."

"그렇지 않다! 저놈이 맹획에게 준 화포만 아니었다면……!"

"멍청한 소리!"

단운룡은 효마의 말을 일축했다.

"알고 있잖나. 놈들이 홍라 누님을 제대로 치료하고 있었을까? 완치되면 데리고 떠날 줄 뻔히 아는데도? 무공을 익히지 않은 자도 칼 맞은 거 새살 돋는 데 한 달이면 충분하다. 놈들은 몇 달을 끌었다. 목숨만 붙여놓고 있었던 거지. 자기들 목숨, 홍라 누님 목숨 전부 다 걸고 네놈 앞에서 아슬아슬한 줄타기를 하고 있었던 거다."

언젠가 효마가 어린 단운룡에게 퍼부었던 말처럼.

단운룡의 이야기가 효마의 자존심을 찢어놓는다.

효마가 온몸을 부들부들 떨었다. 그가 이를 갈며 단운룡에게 물었다.

"네놈은 그걸… 어찌 다 알고 있는 것이냐."

"흉표의 독창이라는 이름을 듣자마자 백방으로 수소문을 했다. 표범, 독, 창. 너라는 걸 바로 알 수 있었으니까."

"……!"

"넌 누구 밑에 들어갈 놈이 아니었어. 근데 타가군의 장수라니 이상했지."

단운룡이 잠시 말을 끊었다. 그가 아쉽다는 표정을 지으며 말을 이었다.

"우린 소식이 좀 늦었어. 구하러 갈라 했었는데 녹풍원 침공 소식이 들리더군."

"구해? 누구를?"

"홍라 누님."

"구하려… 했다고?"

단운룡이 효마의 두 눈을 직시했다. 언젠가 맥산에서 보았던 용신의 환영이 단운룡의 얼굴을 둘러치고 있었다.

"홍라 누님은 어린 시절, 우리의 꿈과 같은 여인이었다. 게다가 너! 너 같은 놈은 드물어. 타가 따위에게 주긴 아까웠지. 홍라 누님을 살려놓고, 내가 대신 네놈을 써먹어줄 생각이었다."

"놈!"

효마는 더 이상 참지 못했다. 철창이 빛살 같은 속도로 뽑혀 나왔다.

하지만 그 철창은 너무나도 간단히 단운룡의 손에 잡혀 버렸다. 오래전 단운룡의 발이 효마의 손에 잡혔던 그때와 같다. 단운룡의 말이 꿈결처럼 이어졌다.

"네게 준 약속을 기억하고 있다. 네가 원하는 것 그 무엇이라도 해준다고 했었지. 그리고 난 지금 네가 원하는 것을 알아. 그거, 내가 주겠다."

"무슨 소리냐."

"튜차이, 네가 죽여."

시선의 충돌이 한참 동안 계속되었다.

창에 담겼던 힘이 줄어들었다. 단운룡이 손아귀를 폈다. 효마가 창을 거두었다. 효마가 덧붙였다.

"아야크라는 놈도 내가 죽인다."

"알았어. 그놈도 줄게."

단운룡은 순순이 고개를 끄덕였다. 잠시 말을 멈춘 후, 단운룡이 지나가듯 다시 물었다.

"아 참, 타가도 네가 죽일래?"

효마가 눈썹을 치켜올렸다.

화가 머리끝까지 치밀어 올라 있었지만, 단운룡을 보고 있자니 마음 한구석이 이상하게 편했다.

문득, 효마는 홍라 외에 그 누구도 자신을 있는 그대로 이해해주지 못했던, 아니, 홍라조차도 이해하지 못했던 부분까지 알아줄 수 있는, 유일한 이해자를 만났다는 느낌을 받았다.

효마가 대답했다.

"타가는 필요없다. 놈은 사냥하기 좋은 사냥감이 아냐."

단운룡이 두 눈에 이채를 발했다. 물어보기 전부터 대답을 알 것 같더니만 역시나 생각대로다. 효마는 특별한 자다. 보통 놈들하곤 확실히 다른 사고방식을 지닌 사내였다.

“그리고 들쑤시다 보니 재미있는 게 나왔는데…….”

“또 뭐냐?”

“네 거처. 리산이라고 했었지? 거기 위치를 타가에게 밀고한 놈이 있었더라고.”

“관심없어.”

“마사충인데도?”

“관심없다니까. 네가 죽여주든가.”

휙 돌아서 나가 버린다.

역시 이놈은 걸작이다.

막야흔은 좌충우돌 제멋대로지만, 그래도 힘주어 말하면 고분고분 듣는 편이었다.

이놈은 그게 안 된다. 그렇게 다룰 수 있는 놈이 아니었다.

중원에 풀어놨을 때가 벌써부터 기대된다.

별호에 미칠 광(狂) 자 하나는 틀림없이 들어가겠지.

넘실넘실 넘보는 세상이 눈앞에 있었다.

그리고 느낀다.

이제 길지 않다.

둘만 더 오면 된다. 그때가 놈들을 칠 때다.

마지막 기다림이 남아 있었다.

우기(雨期)가 지났다.

내린 비가 사람들의 숫자를 늘리고, 개는 해가 전사들의 실력을 늘렸다.

무구고원은 날이 갈수록 강해졌다.

싸울 수 있는 전사들의 수가 이천에 이르렀다.

인구는 무려 일만에 가까워지고 있다. 드넓은 무구고원에 이
층, 삼층의 집들이 솟아올랐다. 그러고도 땅이 부족하여 아래로
내려가 구독림을 개간하기 시작했다.

독충의 위협은 여전했다.

남문과 구독림 사이에 만들어진 진지에는 전사들밖에 거하지
못했다. 그것도 황금비룡진기를 어느 정도 운용할 수 있게 된 자
들만 엄선해서 내려보냈다.

사람들은 계속해서 몰려들었다.

촉사와 늪 둑길과 구독림 대로는 안온한 땅을 향한 상징이 되
었다.

무구고원까지 오지 못한 자들은 곤산을 찾았다.

무공 훈련에서 가장 뛰어난 재능을 보였던 전사들을 초림에
배치했다. 태자후와 장익이 오가며 지키던 초림은 하루가 다르
게 강성해졌고, 네 달째에 이르러서는 전사들만의 자생적인 방
어력을 갖춘 난공불락의 요새가 되었다.

맹획군이 세 차례에 걸쳐 공격대를 보내왔다. 초림은 어렵지
않게 적들을 물리쳤다. 매 침공 때마다 적 병력은 괴멸 상태로
퇴각했다. 초림 측 사상자는 거의 없었다. 이후로 적들은 더 이
상 공격해 들어올 엄두를 내지 못했다.

때가 무르익고 있었다.

마침내 양무의가 총공격을 제안했다.

오원에 대한 공격이었다.

단운룡은 말했다.

조금만 더 기다려 보자고.

양무의는 시기를 놓치지 말자고 했다. 그러면서도 단운룡의 말을 여지없이 따랐다.

그는 자신의 계산보다 주군의 감을 더 믿기로 한 것 같았다.

아니나 다를까.

기다리자 말한 지 고작 이틀이 지났을 때.

그들은 무구고원에서 두 명의 남자들을 맞이했다.

한쪽 허리에 흔들거리는 칼을 차고 있는 자.

그리고 청강검 한 자루를 가슴 앞에 모은 자였다.

"좀 강해졌나?"

"한번 붙어보게?"

여전한 놈이다. 건방짐이 하늘을 찌르고 있었다.

"오랜만이오. 좀 늦었소."

"괜찮아. 잘 왔어."

죽립은 지겹지도 않은 모양이었다. 틈새를 보니, 가린 눈도 아직 풀지 않았다.

이유는 묻지 않았다. 저절로 알게 될 것이다. 이야기를 나눌 시간은 앞으로도 많았다.

"다 모여 있었네."

막야흔이 한마디 툭 던지며 회의실 안으로 들어왔다.

엽단평까지 들어오자 비로소 꽉 찬 느낌이 들었다.

항상 뭔가 부족하다는 기분이었다. 단운룡은 그 이유를 잘 알고 있었다. 이 둘이 없어서다. 이들은 그의 앞에 세울 칼과 검이자, 그가 가장 먼저 그의 문도로 약속한 이들이었다.

“왔나?”

“그래, 왔다. 이 무식한 자슥아.”

태자후의 말에 막야흔이 벌컥 한마디 했다. 엽단평이 그 옆에서 죽립을 벗으며 가볍게 목례했다. 막야흔과 엽단평, 불과 물, 정반대의 인물들을 보는 것 같았다. 그런데 그게 또 묘하게 어울리는 한 쌍이다.

“서 있지 말고 앉아.”

단운룡이 말하며 원형 탁자에 앉은 좌중을 한 바퀴 쭉 둘러보았다.

양무의가 오른쪽, 우목이 왼쪽이다. 양무의의 옆엔 당연히 백가화다. 바로 그 옆은 장익 차지였다.

다음은 노괴다. 말린 잎사귀를 돌돌 말고 있는데, 당장 불을 붙일까 말까 고민하는 중이었다. 빈자리 두 개를 두고 도요화가 옆에 앉아 있었다. 그 옆이 다시 우목이다. 효마는 없다. 그 성정에 이런 회의실을 좋다고 앉아 있을 리 만무했다.

단운룡의 시선을 따라 한 명씩 돌아보던 막야흔의 눈이 도요화의 눈과 마주쳤다. 막야흔은 주저하지 않았다. 덥석 도요화 옆의 빈 의자를 끌어당겼다.

“내 자린 여기군!”

막야흔이 그녀 옆에 털썩 주저앉았다. 그가 은근한 목소리로 싱글거리며 농을 걸었다.

“예뻐졌네.”

도요화가 피식 웃었다. 그녀가 한마디 하며 고개를 돌렸다.

“미친 건 낫지도 않나 봐요.”

잠자코 지켜보던 우목이 흡, 하고 숨을 들이켰다. 귀를 의심했기 때문이다.

사연 있어 보이는 눈빛과 이능의 신비로움으로 인해 요화낭랑이라 불리는 여인이다. 우목은 그녀가 그런 말투 쓰는 걸 처음 들었다. 우목이 자신의 놀라움에 동의라도 구하듯 다른 이들을 돌아보았다. 하지만 누구 하나 놀라는 이는 없었다. 클클클, 웃고 있는 노인만 있을 뿐이다.

"그럼……."

엽단평이 발을 옮겼다.

남은 자리는 하나다. 고르고 말 것도 없었다. 막야흔과 궁무예의 사이로 엽단평이 들어와 앉았다. 궁무예가 한마디 던졌다.

"왔냐, 샌님아."

"별고없으셨습니까."

"클클클."

궁무예는 언제나와 같은 웃음으로 대답을 대신했다. 궁무예가 손가락으로 엽단평의 얼굴을 가리키며 물었다.

"근데 그건 언제 벗을 거냐?"

푸른색 천이 두 눈을 가리고 묶여 있었다. 엽단평이 꽤나 진지한 목소리로 답했다.

"검을 새로 얻었습니다."

"검? 예전 것과 다른가?"

의자 옆으로 세워둔 검은 예전에 쓰던 것과 비슷하게 생긴 청강검(靑鋼劍)이었다. 엽단평이 고개를 한번 흔들며 말을 이었다.

"청천검을 배웠습니다."

"청천검? 검도천신마의 그 청천신검?"

"어이구야."

궁무예가 화들짝 놀란 표정을 지었다. 엽단평이 되물었다.

"아시는군요?"

"엉. 한데 그걸 배워놓고 눈은 왜 가려?"

"전조검법을 대성하지도 못한 처지에 다른 검을 손에 쥐었습니다. 사문에 죄송스런 마음입니다. 제 배움의 기원을 잊지 않고자 두 눈을 폐하기로 했습니다."

궁무예가 미간을 확 찌푸렸다.

마지막 말에 확 산통이 깨진 것이다. 옆에서 막야흔이 작은 목소리로 엽단평의 말투를 흉내 냈다.

"사문에, 죄송스런, 마음입니다……. 씨벌, 죄송은 무슨."

과격한 핀잔에도 엽단평은 태연자약 그 자체였다. 그는 막야흔의 말에 화를 내지도 부끄러워하지도 않았다. 놀려도 반응이 없자, 막야흔이 버럭 한마디를 했다.

"어이, 노인장. 물어볼 걸 물어봤어야지! 이 새끼 이거 그냥 겉멋이야. 샌님한테 물어봤자 재미없는 대답 나올 거 뻔히 알았으면서 뭘 그래!!"

"그러게 말이다. 클클클."

궁무예는 순순히 인정했다는 듯, 꼼지락거리던 잎사귀까지 내려놓고 두 손까지 들어주었다. 모두가 반가운 사람들이었다. 엽단평은 자길 바보로 만들고 있음에도 엷은 미소를 지었다. 막야흔이 기가 막힌다는 듯 고개를 설레설레 흔들었다.

"아이구, 이 새끼. 좋단다. 봐라! 이놈이 더 미쳤어."

옆에서 보고 있던 도요화가 눈살을 찌푸리며 혼잣말처럼 중얼거렸다.

"더 미쳤다니, 자기 미친 건 아나 보네."

"뭐여? 어이, 여자. 지금 뭐라 그런 거야?"

"하여간에. 정신 나간 것처럼 보이지 않으려면 사람 이름 제대로 좀 부르던가."

도요화는 한술 더 떴다.

우목은 더 놀라지 않기로 했다. 이렇게 떠드는 게 너무도 자연스러운 걸 보니, 원래 이게 이들 분위기이겠거니 하기로 했다.

"근데, 두목."

여기저기 찔러보던 막야흔이 싫증이 난 듯 마침내 단운룡을 불렀다.

두목이라고 분명하게 이야기하는 걸 보면, 확실히 주군으로 인정하긴 인정한 모양이었다.단운룡과 우목은 동시에 그 두목이란 표현을 들으며 순간적으로 대산을 떠올렸다. 그러고 보니 비슷하다는 생각이 들었다. 이들 대화를 듣다 보면 옛 소마군 소마성 안에서 떠들던 때가 겹쳐 들렸다. 사람도 다르고, 나이도 다르며, 모두의 신분도 달랐지만 그때 그들이 살아 살아 이만큼의 세월을 보내고 이 자리에 모였다면, 바로 이 느낌과 똑같은 대화를 하고 있을 것 같다. 정말로 그랬다.

"이게 전부야?"

이어지는 막야흔의 질문에 우목이 퍼뜩 정신을 차린다. 바로 옆에 앉은 단운룡이 탁자 쪽으로 상체를 끌어당기며 묻는다.

"전부라니?"

“이걸로 천하를 노릴 거냐고.”

막야흔이 원형 탁자를 휘돌아보며 말했다.

“더 모아야지.”

단운룡이 씨익 웃으며 대답했다.

그가 천천히 자리에서 일어섰다. 그저 원형으로 둘러앉은 의자에서 일어나는 것뿐인데, 거대한 용이 몸을 일으키는 듯했다.

“우린 할 일이 앞으로 많아.”

그가 좌중을 한 명씩 순서대로 돌아보며 말을 이었다.

“양무의. 무의는 날 도와 문파를 세워야 하고, 가화와 장익은 그런 무의를 도와줘야 해. 노괴에겐 사일적천궁을 찾아줘야 하며, 단평은 협의지도를 지켜 사문에 부끄럽지 않은 대협이 되어야 하지. 야흔 네 녀석은 천하를 상대로 날뛰며 이름을 날려야 할 것이고, 요화는 신마맹에 복수를 해야 해. 그리고 여기 우목은 이 땅이 겪은 아픔을 온전히 씻어내기로 했어. 이 자리엔 없지만 라고족의 효마란 놈도 목적은 같아. 죽어 마땅한 놈들은 죽어야 하니까.”

단운룡이 잠시 말을 멈추었다.

그가 천천히.

“그리고 나.”

아주 천천히 말을 이었다.

“난 이 땅을 우리 문파의 시작으로 삼을 거다. 난 무슨 수를 써서라도 여기 있는 모든 이의 바람을 다 들어줄 생각이야. 하지만!”

그가 하늘 위에 선을 그었다.

문파로서의 선.

마음의 선.

결단의 선이다.

"일단은 내가 원하는 것부터 하겠어. 이 일은 나의 개인적인 원한이야. 그때까지는 문도가 아니라 동료다. 문파의 이름은 이 일을 마무리한 다음에 짓겠다."

그가 그렇다면 그런 것이다.

문주는 그들을 동료라 했지만 이미 이 탁자에 있는 모두는 그의 권속에 든 문도였다.

우목도, 심지어 궁무예도 예외는 아니다.

원래부터 그리하도록 약속되어 있었던 것처럼.

"오원을 친다. 맹획을 베고 타가를 칠 것이다."

단운룡이 마지막으로 말했다.

"문파. 첫 출정이다."

＊　　　＊　　　＊

전장으로 나가기 직전.

납서족 꼬맹이 하나가 다가와 뇌왕님은 옷이 필요하지 않느냐 물었다.

뇌왕님이 하늘거리는 신선 옷을 입고 번개를 치면 모든 적이 혼비백산하여 도망칠 것이라 말했다.

과연 그렇겠다 대답해 주었더니, 신이 나서 제 어미에게 달려갔다.

납서족 어미의 남편은 포랑족이었다.

남편 잃은 과부로 무구고원에 올라와 처를 잃은 홀아비와 재가했다 하였다.

포랑족 홀아비는 다리 한쪽이 없었다. 싸움터에 나서지 못하니, 재혼한 제 처와 옷을 짓는 일을 맡고 있었다.

사냥꾼 포랑족인데도 솜씨가 무척 좋았다. 납서족 부인이 거드는 침화는 섬세함을 요구치 않았던 남방 옷에 편하게 감기는 세심함을 덧붙여 주었다.

납서족 부인이 고개 숙이며 찾아와 물었다.

옷가지에 넣고 싶은 침화가 있으십니까.

사양코자 했던 단운룡은 문득, 옛 생각에 젖어들었다.

대산. 흑로. 소봉. 하만. 반조. 금령. 그리고 홍라…….

생각난 이름들이 무심코 흘러나왔다.

무슨 말을 했는지도 몰랐다. 하지만 납서족 여인은 몇 번이고 몇 번이고 그 이름들을 입안에 새기며 돌아갔다.

출정날 아침.

납서족 꼬맹이가 옷 한 벌을 가져왔다.

마(麻)로 만든 조악한 전포였다. 과연 하늘의 천신들이나 입을 것 같은 옷이다. 펄럭거리는 뒤태가 검박한 재질임에도 멋들어진 느낌을 주었다.

고맙다 말하고 입으려니, 어깨 어림을 둘러 소매까지 새겨진 이름들을 볼 수 있었다.

그가 말했던 이름들이었다.

문득, 다른 사람 이름이 떠올랐다.

옷을 만드는 이.

강씨금상 강설영이었다면 어떻게 만들어주었을까.

그녀도 그랬을까. 왼쪽 어깨 남아 있는 상처 위에 친구들의 이름을 덮어주었으려나.

그러나 그녀는 여기 없다.

무엇보다, 이 전쟁은 그의 전쟁이다.

그와 함께 살아가는 이 납서족 여인의 전쟁이며.

전사들을 보고 자라나는 아들들의, 상처입어 옷 잣는 포랑족 사내의 전쟁이었다.

그래서 이 옷은 그 어떤 화려한 전포보다 의미가 있었다.

무가지보. 찾아 헤매던 천잠보의는 바로 이런 옷인지도 모르겠다. 아니, 천잠보의보다 더 가치있는 옷이었다.

무구고원에서 전사들이 출격했다.

일천 명 전사들이 남문을 내려와 구독림 대로를 지났다.

장관이었다.

망루 위에서 내려보는 모든 이들이 벅찬 가슴을 부여잡고 승리를 기원했다.

진군은 끊임없이 이어졌다.

맹획군의 저항은 없었다. 두 개의 맹획군 진지를 지났다. 맹획군 진지에서는 곧바로 투항 깃발이 올라왔다. 이제 그 일대에서 가장 무서운 군대는 맹획군도 타가군도 아니었다. 무구고원의 전사부대였다.

"임산 포랑족에서 왔습니다! 부디 합류케 해주십시오!"

포랑족 사냥꾼들이 화살을 짊어지고 나타났다. 숫자는 적었다. 그래도 천군만마다. 그들의 눈빛이 전사들의 투지를 하늘로 끌어올렸다.

그때부터 시작이었다.

나아가는 길마다 사람들이 찾아왔다. 그들 모두는 임산의 포랑족과 똑같은 눈빛을 하고 있었다.

"염동의 아창족이오. 우리도 한 칼 보태겠소."

"역시 염동의 경포요. 우리 부족은 창을 쓰지요."

놀라운 일이었다.

스무 명, 삼십 명. 한 무리씩 찾아오는 전사들은 적었지만 그 기세는 결코 무시할 수 없다. 그들이 전사들의 뒤로 속속 따라붙었다.

"중광의 납서족입니다."

"시강의 백족입니다."

"활산의 라고족입니다. 세 명이지만 삼십 명 몫을 하겠습니다."

숨어 있던 부족들이 모습을 드러냈다.

꿈틀대며 나아가는 전사들의 행렬은 구름을 끌고 가는 한 마리 거대한 용과도 같았다.

"화니족입니다. 우린 할 줄 아는 것이 없습니다. 북이라도 치겠습니다. 싸울 수만 있게 해주십시오."

헐벗은 화니족이 합류했다.

그들이 한 말은 구구절절, 전사들의 심금을 울렸다. 단운룡은 한 명도 내치지 않았다. 이것은 그의 싸움이며 또한 그들의 싸움이다. 그들 손으로 승리할 때에 더 의미가 있는 위대한 전쟁이었다.

곤산을 지났다.

곤산 기슭의 진지는 초림 전사들로 채워져 있었다. 초림 암굴에서 수련하던 전사들이 합류했다. 내려오는 삼백 전사들의 선두는 흑망이었다.

천오백을 넘겼다. 숫자는 계속 불어났다.

진군 속도는 그다지 빠르지 않았다. 그럴 수밖에 없었다. 싸울 전사가 없다는 마을에선 병량이 가득 담긴 수레를 보내왔다. 자신들 먹을 것도 없는데 보내온 병량이었다. 단운룡은 일일이 그들을 만나 반드시 이기겠다고 말했다. 잇따른 부족 전사들의 합류로 인해 행렬은 서다 가기를 반복했다. 늦어져도 관계없었다. 감격과 투지는 이미 천 리 길을 한달음에 내딛고 있었다.

맹획군과 타가군에 무구고원 전사들의 진군 소식이 알려졌다. 맹획과 타가는 오래 고민하지 않았다.

오원은 양측 모두 포기할 수 없는 패였다.

무구고원의 전력은 이제 무시할 수 없을 지경에 이르러 있었지만, 그래도 그냥 내주기엔 중원 진출로로써의 관문이란 의미가 지나치게 컸다.

오원 땅을 온전히 빼앗기게 되면, 타가와 맹획은 제아무리 자기들끼리 승부를 내더라도 중원으로 나가는 길 자체가 막혀 버린다. 게다가 무구고원의 성장 속도는 너무나도 빨랐다. 부족민들의 이탈은 맹획군과 타가군 영역을 가리지 않았다. 마을을 버리고 이동하는 이들에 대한 보고가 끊이질 않았다. 그리고 그렇게 이탈한 부족민들의 행선지는 두말할 것 없이 무구고원이었다.

오원까지 그들 손에 넘어갈 경우, 부족민의 이탈이 가속화되리라는 것은 불 보듯 뻔한 일이었다. 지금도 빠른데 더 빨라지면 정말 문제가 돌이킬 수 없을 지경에 이를 것이다. 맹획과 타가 모두가 세력 밑을 받치는 기반을 잃게 되리라는 뜻이었다.

선택의 여지가 없었다.

오원이라는 안정적인 땅까지 내주면, 그들 세력의 성장 속도는 상상을 초월하는 수준에 이를 것이 분명했다.

남왕궁에서는 천삼괴가.

녹풍원에서는 아야크가 오원으로 향했다.

두 이인자의 회담은 길지 않았다.

한 번만 더 은원을 잊고 힘을 합쳐 보자는 결정이 내려졌다.

아야크는 군사들의 총동원을 제시했다. 카무이와 튠차이 모두 투입하겠다는 말까지 했다. 천삼괴도 동의했다. 황육괴 지사괴를 불러오겠다 하였고, 그 자리에서 전령을 보냈다.

병력 수는 정확히 오 대 오.

양측에서 이천씩 동원하기로 하였다. 지난 대전쟁의 격전으로 그 이상은 어차피 동원하기조차 힘든 상황이었다. 양쪽 모두 밑천을 다 드러낸 셈이다. 진정한 총력전이라 할 만했다.

삼 일 후.

카무이와 튠차이가 먼저 도착했다.

일원요새의 중앙 회의실에서, 천삼괴는 그들에 앞서 들어온 자를 보고 충격의 표정을 감추지 못했다.

원마왕 타가.

그가 앞장서고 있었던 것이다.

타가는 영웅기를 있는 대로 표출하며 다가와 천삼괴의 바로 앞에 앉았다. 천삼괴는 타가의 시선을 정면으로 받아내기 위해 온 내력을 다 끌어올려야 했다. 타가와 타가삼흉, 전원이 그 회의실에 있었다. 아무리 맹획군 최강전력이라 하나, 그 네 명의 압력을 버텨내기는 천삼괴로서도 쉬운 일이 아니었다.

회담으로 결정된 사실은 지켜야만 할 맹세라.

타가는 천삼괴의 목숨을 충분히 빼앗을 수 있는 상황에서도, 전혀 손을 쓰지 않았다. 놀라운 남자였다. 상당한 유혹이었을 텐데도 흔들리는 기미조차 없는 것 같았다.

다음날, 천삼괴는 또다시 자신의 눈을 의심해야 했다.

긴 세월 서로를 향해 숙적으로서 싸워오던 자들 사이에는 어떤 예감이라도 있었던 것일까. 아니면 양무의에게 배신당한 분노가 그리도 큰 것이었을까.

일각의 투구를 높이 세우고 황육괴와 지사괴 뒤에서 걸어오는 자.

일각수 맹획이 직접 그 자리에 나타난 것이다.

맹획과 타가는 서로를 앞에 두고 단 한 마디조차 나누지 않았다. 짧은 눈빛을 교환한 것만으로 모든 의견을 일치시킨 듯했다.

"책임자를 불러와."

타가가 입을 열었다. 맹획에게가 아니라 아야크를 향해서였다. 아야크조차도 알겠습니다 대답 한마디를 하지 못했다. 그만큼 회의실의 공기는 무겁고 진했다.

아야크가 소리없이 문을 열고 나간 지 얼마 후, 상기된 얼굴의 젊은이가 안으로 들어섰다. 들어서자마자 창백하게 굳어진 얼굴이다. 독수리 발톱에 채이기 직전의 뱀처럼, 예측 못한 사태에 어찌 대응할 줄 모르는 모습이었다.

"일원요새를 둘로 나눈다."

타가는 젊은 뱀, 마사충을 쳐다보지조차 않았다. 그의 눈은 오직 맹획을 향해 고정되어 있었다. 그가 위엄있는 목소리로 말을 이었다.

"불편한 게 없도록 조정하라. 양측의 분란은 없어야 한다. 분란이 생기면 네놈 목이 날아갈 줄 알아라."

마치 맹획에게 경고하는 느낌이었다. 맹획의 입가에 잔인한 미소가 번졌다.

"나도 한마디 하지. 비축해 놓은 귀비신단을 모조리 가져와. 남의 물건을 탐할 생각은 버리는 게 좋아. 난 배신자를 싫어하지. 특히나 요즘은 배신자란 놈들만 보면 모조리 뇌수를 파버리고 싶어. 네놈도 예외는 아냐. 조금만 실수해 봐. 그 머리는 남아나지 않을 테니."

마사충의 얼굴이 더욱더 창백해졌다.

배신자.

맹획의 말에는 배신자 양무의를 향한 분노와, 연합을 결정한 타가에게 하는 경고가 동시에 담겨 있었다. 그게 주였다. 물론 마사충을 향한 경고의 의미도 없지는 않았을 것이다. 하지만 마사충에겐 그 이야기가 모조리 자신을 향한 말로만 들렸다. 그 자신이 배신자였기 때문이다. 그가 어느 쪽 방향이라고 말할 것도 없이, 고개를 숙이며 소리쳤다.

"존명!"

그가 밖으로 나갔다.

회의는 그것으로 끝이었다.

범이 사라진 곳에서는 여우가 득세한다고 했다.

맹획과 타가가 생각하는 무구고원이란 그러한 여유와 같았다. 아니, 두 호랑이가 싸우는 사이에 분수를 모르고 날뛰는 쥐 새끼들이라 생각했다.

아직도 그들은 깨닫지 못했다.

운중용변(雲烝龍變)이라.

구름이 들끓어 용으로 변하니.

서로를 물어뜯는 것밖에 할 수 없는 산중의 범 두 마리는 산꼭대기 둘러친 구름의 의미를 결코 알 수가 없다.

그런 그들 앞에 닥쳐오는 이가 있다.

물결을 일으키는 용. 운룡.

단운룡이 그의 문도를 이끌고, 옛 회한을 갚기 위해 대지를 가르고 있었다.

*　　　*　　　*

회한산. 그리고 회한평.

회한평엔 양귀비꽃이 가득했다.

붉은 물결이 끊임없이 이어졌다.

둥둥둥둥.

누군가가 북을 쳤다.

단운룡은 그 북소리에서 옛 친구 하만의 심장 소리를 들었다.

도요화가 옆에 있었다.

소년의 피가 말라붙은 전고에, 전사들의 결연한 의지를 담는다. 그녀가 울리는 북소리가 모든 이의 가슴속에서 하늘을 찌르는 함성으로 터져 나갔다.

와아아아아아아아!

그 함성 속에서 앞으로 나서는 두 사람이 있었다.

막야흔과 엽단평.

대산과 흑로는 단짝이었지만, 흑로는 결코 대산을 이기지 못했다.

막야흔과 엽단평은 물과 기름처럼 절대로 어울리지 않는 한 쌍이다. 그들에겐 우열이 없다. 언제라도 서로에게 싸움을 걸 수 있으며, 언제라도 서로를 이길 수 있다.

그래서 막야흔과 엽단평은 흑로와 대산보다 더 좋다. 더 큰 힘을 낼 수 있고, 더 많은 적을 벨 수 있으리라.

"도병(刀兵)부대 앞으로!"

낭랑한 목소리가 전열을 가다듬었다.

용음도를 익힌 호철도 전사들이 앞으로 나섰다. 끊임없이 울려 퍼지는 북소리가 그들의 발길에 힘을 더했다.

꾀가 많았던 소봉이 떠올랐다.

옆에 있는 우목을 돌아보았다.

두 사람을 합친 것보다 더 뛰어난 군사(軍師)가 옆에 있었다.

양무의다.

그가 아니었다면 이와 같은 순간을, 회한평 천오백 전사들의 장대한 도열을 결코 만들어내지 못했을 것이다.

"창병부대, 도병들의 뒤를 받친다. 기수병은 각 부대의 앞에서 공격 명령을 전달한다!"

파라라라라라락!

기수병들의 중심에서 황금색 비룡이 승천했다.

아아.

반조가 이 모습을 보았다면 얼마나 좋았을까.

끝까지 깃발을 휘두르다 죽었던 어린 소년의 모습이 저 멀리 보이는 회한산으로 그의 가슴을 쳤다.

둥둥둥둥둥.

회한평 저편으로, 적군이 나타났다.

천지현황 무인 군대 사이로 남만왕 일각수 맹획이 모습을 드러냈다.

지축을 울리는 말발굽 소리 한가운데, 원마왕 타가의 웅대한 기상이 솟구친다.

양대 괴수의 출현에도 놀라는 이는 없었다.

마치 오래전부터 약속되어 있었던 싸움처럼.

마의전포 펄럭이며 단운룡이 온 병력의 선두에 섰다.

막야흔, 엽단평, 태자후, 장익에 효마까지 그 뒤를 따라붙으니, 바로 뒤편에는 도요화와 궁무예가 버텨 선다. 백가화가 철운거 바로 앞으로 나와 백룡창을 비껴들었다. 양옆에는 허유와 마건위가, 후방에는 우목이 자리를 잡는다.

전설 속 용장들이 모두 다 한자리에 모인 듯하다.

그들만으로 수천 병력을 제압할 기파다. 넘실거리는 패력의 불길이 붉은 물결 양귀비 밭을 세차게 휩쓸었다.

"가자."

둥둥둥둥.

하만의 노랫소리가 들린다.

게 섰거라 맹획의 졸개들아.

멈추어라 타가의 기병들아.

그들이 회한평을 갈랐다.

와아아아아아!

전사들이 그 뒤를 따른다. 이것은 영웅들의 싸움이며, 또한 그들의 싸움이다. 그들 전사들이 피 흘리지 않고 얻어낸 승리는 영원한 의존만을 불러오리라.

그렇기에 그들은 달렸다.

그것이 그들에게 약속된 싸움이며, 이 땅이 그들에게 약속한 신화다.

천신영웅들의 발길에 뒤질세라. 용감한 전사들이 저들만의 신화를 만들기 위하여, 힘차게 땅을 박찼다.

『천잠비룡포』 11권 끝

❧ 황금 일만 관(一萬貫).

무협 소설을 읽다 보면 황금 일만 관이라는 표현이 종종 나온다. 어마어마한 거액을 말할 때 쓰는 어구다.

궁금해하실 분들이 많으실 것으로 안다. 황금 만 관은 수많은 버전의 주인공 기연들 중에서 야명주 천 개와 더불어 돈 관련 기연으로는 가장 많이 등장하는 아이템 중 하나다.

그렇다면 황금 만 관의 가치는 어느 정도일까.

현대 기준에 맞추어서 한번 고민을 해보았다.

위에서 말한 황금이란 당시 기술과 계량형에 따라 어느 정도 차이는 있겠지만 최대한 100% 순금에 가까운 형태로 제작되었을 것이다. 현재, 보통 금을 거래하는 단위로는 소위 골드 바(Gold bar)라 불리는, 길쭉한 형태의 금괴(金塊)가 많이 쓰이고 있는데, 한백무림서상의 금괴도 그와 비슷한 느낌으로 설정하였다. 현대에서 흔하게 쓰이는 금괴 단위로 킬로 바(Kg bar)라 불리는 1kg 금괴가 통용된다. g단위로는 500g 금괴 100g 금괴 등이 있고 그보다 작은 단위인 온스 단위로도 거래된다. 다양한 형태의 금괴들이 있다는 말이다.

이 중 1kg 금괴를 기준으로 할 경우, 세계 금값 변동에 따라 대폭 달라지겠지만, 현재 킬로 바 하나를 구입하기 위해서는 수수료와 세금을 제외하고도 금값만 2,700만 원 정도를 내야 한다고 알려져 있다(사보신 적 있으신 분은 정말 그런지 네이버 한백무림서 카페를 통해 확인 좀 해주십사 부탁드리는 바이다).

일단 금괴 1kg을 금값 수치대로 2,700만 원 정도로 생각하고(당시엔 수수료 개념이 지금과 달랐을 터이니), 이번엔 관(貫) 단위에 대해 짚어보겠다. 한 관은 국제법상 현재 3.75kg으로 정해져 있다. 다만 이 관 단위는 당나라 621년에 만들어진 개원통보 질량을 기준으로 만들어졌던 것이기에, 현재의 kg 수치와는 다소의 차이가 있을 수 있다. 여하튼 3.75kg으로 가정하여 2,700만 원×3.75를 계산하면 1억 125만 원이란 값이 나온다.

자질구레한 뒷부분 삭제하고 보면, 대략 금 한 관에 1억이라는 이야기다. 지금부터 600년 전이니 금 가치가 크게 달랐을 터이고, 위의 1억이란 숫자도 순도 99.99%. 즉 이른바 포 나인(four nine)이라 불리는 순금 기준으로 계산한 값이다. 당시의 기술 수준이 어느 정도일지는 가늠이 잘 안 되지만, 99.99%의 순금 금괴를 쉽게 생산하기는 힘들었을 것이라 생각된다. 즉, 완벽한 순금도 아니었을 것이며, 물가 상승률에 변동 시세를 생각하면… 전혀 답이 안 나온다(!). 당시 시세를 현대 금액으로 어떻게 환산해야 할지 아무리 머리를 굴려봐도 도무지 감을 잡을 수가 없었다.

때문에 그냥 현 시세에 맞춰 생각해 보기로 했다. 금 한 관에 1억이라면, 금 만 관이면, 1조다. 1조 원. 어마어마한 금액이다. 보통 우리가 살면서 '기연'의 범주 안에 들어가는 재운(財運)을 복권 당첨이라 해도, 1조 원 복권 당첨은 좀 너무한 감이 있다. 물론 많은 무협 주인공들이 드넓은 중원에서 일인자로 우뚝 서고 계시니 가진 돈 1조 원 정도는 오히려 개연성이 충분한 거라 하겠다.

한백무림서상 설정으로 돌아가 보자. 3.75kg이면 상당한 무게다. 손에 올려도 묵직할 것이다. 손톱만 한 다이아가 1억을 가뿐히 넘어선다고 볼 때, 순금 3.75kg를 손에 들면 1억 정도는 하겠구나 절로 느낄 것 같다. 아마 그 느낌만큼은 그 시대 사람들도 크게 다르진 않았으리라 본다. 이렇게 무거운 금덩어리 하나면 집 한 채 정도는 짓겠다! 싶었을 것이란 말이다. 그래서 황금 한 관은 지금 개념으로 1억! 그렇게 설정하기로 했다. 그리하여 타가군 보물창고에 있는 황금 관 수가 450관이 된 것이다. 몇천 기병을 운용하고 국가 수준의 집단을 경영하는데 450억 가지고 될까 싶지만, 당시 시대 수준으로 생각해서 금괴로만 450억 정도 있으면 초재벌이라 불러도 무방하다 보았다. 약탈도 하고, 말도 기르며, 여러 가지 다른 수입원도 있고 하니 아주 허무맹랑한 계산은 아니리라 확신한다.